춤추는 사제

이청준 전집 14 장편소설
춤추는 사제

초판 1쇄 2012년 8월 13일

지은이 이청준
펴낸이 홍정선
펴낸곳 ㈜문학과지성사
등록번호 제10-918호(1993. 12. 16)
주소 121-840 서울 마포구 서교동 395-2
전화 02) 338-7224
팩스 02) 323-4180(편집) 02) 338-7221(영업)
전자우편 moonji@moonji.com
홈페이지 www.moonji.com

ⓒ 이청준, 2012. Printed in Seoul, Korea

ISBN 978-89-320-2094-5
ISBN 978-89-320-2080-8(세트)

* 이 책의 판권은 지은이와 ㈜문학과지성사에 있습니다.
  양측의 서면 동의 없는 무단 전재 및 복제를 금합니다.

이청준 전집 14

춤추는 사제

문학과지성사
2012

일러두기

1. 문학과지성사판 『이청준 전집』에는 장편소설, 중단편소설, 그리고 작가가 연재를 마쳤으나 단행본으로 발간되지 않은 작품과 미완성작 등을 모두 수록했다.
2. 전집의 권별 번호는 개별 작품이 발표된 순서를 따르되, 장편소설의 경우 연재 종료 시점을, 중단편소설의 경우 게재지에 처음 발표된 시점을 기준으로 삼았다. 단, 연재 미완결작의 경우 최초 단행본 출간 시점을 그 기준으로 삼았다. 중단편집에 묶인 작품들 역시 발표된 순서대로 수록하였으며, 각 작품 말미에 발표 연도를 밝혀놓았다.
3. 전집의 본문은 『이청준 문학전집』(열림원) 발간 이후 작가가 새롭게 교정, 보완한 내용을 충실히 반영하여 확정하였다. 특히 미발표작의 경우 작가가 남긴 관련 자료에 근거하여 수록하였음을 밝힌다.
4. 전집의 각 권에는 작품들을 수록하고 새롭게 씌어진 해설을 붙였으며 여기에 각 작품 텍스트의 변모 과정과 이청준 작품들의 상호 관계를 밝히는 글을 실었다. 이 글은 현재의 문학과지성사판 전집의 확정 텍스트에 이르기까지 주요한 특징적 변모를 잘 보여준다.
5. 이 책의 맞춤법은 국립국어연구원의 '한글 맞춤법'에 따르는 것을 원칙으로 하되, 띄어쓰기의 경우 본사의 내부 규정을 따랐다. 단, 작품의 분위기에 영향을 준다고 판단되는 방언이나 구어체 표현·의성어·의태어 등은 작가의 집필 의도를 살려 그대로 두었다 (괄호 안: 현행 맞춤법 표기).
   예) ① 방언 및 의성어·의태어: 밴밴하다(반반하다) 희멀끄럼하다(희멀겋다) 달겨들다(달려들다) 드키(듯이) 둘레둘레(둘레둘레) 뎅강(뎅궁) 까장까장(꼬장꼬장)
   ② 작가의 고유한 표현:
   ―그닥(그다지) 범상찮다(범상치 않다) 들춰업다(둘러업다)
   ―입물개 개없고 아심찮게도 목짓 편뜻 사양기
   ③ 기타: 앞엣사람 옆엣녀석 먼젓사람 천릿길 뱃손님 뒷번 그리고 나서(그리고 나서) 그리고는(그리고는)
6. 이 책의 외래어 표기는 국립국어연구원의 '외래어 표기법'에 따라 바꾸었다. 단, 작품의 제목이나 중요한 어휘로 등장하는 경우에는 원본을 그대로 살렸다.
   예) ① 맘모스(매머드) 세느(센) 뎃쌍(데생) ② 레지('종업원'으로 순화)
7. 이 책에 쓰인 문장부호의 경우 단편, 논문, 예술 작품(영화, 그림, 음악)은 「 」으로, 단행본 및 잡지, 시리즈 명 등은 『 』으로 표시하였다. 대화나 직접 인용은 큰따옴표(" ")와 줄표(―)로, 강조나 간접 인용의 경우 작은따옴표(' ')로 묶었다.

차례

대왕의 침묵　7
꿈을 잃는 사람들　53
음양의 역사　94
가칭 백제 문화제　151
증인의 손　211
천 년의 낙화　259

해설 역사의 공백과 공허를 가로지르는 진리의 정치학/정홍수　300
자료 텍스트의 변모와 상호 관계/이윤옥　318

대왕의 침묵

1

 대왕은 눈부시게 빛나는 황금의 영좌(靈座) 위에 누워 계셨다.
 현실(玄室) 안은 사방이 온통 붉은색 연꽃무늬로 둘러싸여 있었다. 바닥이고 벽이고 심지어 궁륭형의 천장까지도 모두 붉음 일색의 연꽃 장식이 만발해 있었다.
 대왕의 영좌는 이를테면 붉은 연꽃의 호수 위에 고요히 떠 있는 한 척의 황금색 배였다.
 거기다가 대왕이 누워 계신 왕관 쪽에서도 그 크고 빛나는 황금색 관식이 영원의 화염처럼 밝게 불타오르고 있었다.
 대왕의 영좌는 왕관의 황금색 화염으로 인하여 그 연꽃의 호수 위에 스스로 밝고 영화롭게 빛났다. 그리고 붉은 동백꽃의 노란색 꽃술처럼 밝고 그윽하게 안으로 감싸여 들었다.

대왕은 그러나 말씀이 없으셨다.
대왕은 그냥 말없이 그렇게 기다리실 뿐이었다.
지섭은 한동안 지그시 감고 있던 눈을 번쩍 뜨고 말았다.
안타깝고 초조로워 더 이상 참고 기다릴 수가 없었다.
현실 안은 그러자 일시에 모든 것이 일변해버렸다.
사방이 그저 까만 어둠뿐이었다. 연꽃의 호수도 황금색 영좌도 흔적 없이 사라지고 능실 안은 그저 까만 어둠과 무거운 침묵이 가득할 뿐이었다.
그 어둠 속에서도 대왕은 여전히 말씀이 없으셨다.
대왕은 아직도 1천 3백 년 이상을 참고 기다려온 어두운 침묵 속에 무겁게 입을 다물고 계셨다.

지섭〔尹芝燮〕은 마침내 말 없는 왕의 앞을 물러 나오면서 나날이 더 여유를 잃어가는 자신의 몰골이 되돌아보이고 있었다.
— 용술이 이 작잘 한 번 더 되게 몰아세워봐야……
그는 조그만 손전짓불에 의지하여 왕릉의 어두운 현실과 짧은 연도(羨道)를 지나 서하총(西下塚) 현실까지 몸을 빼내 올라온 다음, 그 서하총 현실 서벽과 대왕릉의 묘도(墓道)를 연결시켜주고 있는 비밀 통로를 커다란 판위석(板圍石)으로 감쪽같이 다시 채워 막아놓았다.
— 일이 좀 빨라지려면 아무래도 이 위인하고 먼저 결판을 내는 게 옳은 순서라니까.
서하총 내부는 넓은 현실의 공간으로 하여 몸놀림이 훨씬 수월했다. 그는 아직도 주위가 으스스한 서하총 내부를 재빨리 벗어져 나오면서 자신이 당장 해야 할 일을 다시 한 번 굳게 다짐했다.

이대로는 다시 또 천 년이 가야 입을 열어 올 왕이 아니었다. 왕은 실상 아직도 입을 열 수 없게 되어 있었다. 용술이 녀석이 불손하게도 그 왕의 입을 틀어막고 있는 셈이었다. 작자를 먼저 족쳐야 했다. 그래서 위인하고 먼저 결판을 내야 했다.

"무슨 소득이 좀 있었습니까?"

지섭이 서하총 시멘트 출입구를 지나 능 밖으로 몸을 드러내고 나오자 여태까지 바깥 어둠 속에서 그를 기다리고 있던 용술이 그림자처럼 다가서며 조심스런 목소리로 물었다.

바깥날은 지섭이 능 안으로 들어갈 때부터 이미 어둠이 깔린 뒤였으므로 지척도 분간하기 어려울 정도였다.

지섭은 작자가 아직 거기서 자기를 기다려주고 있는 데에 안도의 한숨을 내쉬었다. 천 년을 지났어도 무덤은 역시 무덤이었다. 더군다나 바깥날까지 잔뜩 어두워진 다음에 그 무덤 속으로 몸을 담아 들어가는 일이 기분이 썩 좋을 리는 없는 노릇이었다. 인적이 끊어지고 난 저녁때라서 지섭의 그런 은밀스런 거동을 엿볼 사람은 아무도 없었다.

한데도 지섭이 일부러 사람의 접근을 살피라고 능 밖에 용술〔白用述〕을 세워둔 것은 자신의 으스스한 기분을 달래기 위해서였다. 지섭이 능실 출입을 할 때는 언제나 마찬가지였지만 위인이라도 그렇게 능 밖에 세워둬야 마음이 좀 놓이는 것 같았기 때문이다.

지섭은 그러나 그 용술의 물음에는 대꾸를 하지 않았다. 그는 어둠 속으로 작자의 얼굴을 흘끗 한 번 치올려 보고 나서 말없이 혼자 발길을 떼어놓기 시작했다. 관리 사무소가 있는 능역 출입문까진 아직 손전등을 함부로 밝힐 수 없으므로 지섭은 걸음 거동새가 몹시도 불안정했다. 그는 마치 화가 나 있는 사람처럼 아무렇게나 투덕투덕 어둠 속을 걸었다.

말없이 지섭을 뒤따르고 있던 용술 쪽도 지섭에게서 뭔가 심상찮은 기미를 느끼기 시작한 것 같았다.

"아무것도 없을 줄 알았어요. 전날에 없었던 것이 글쎄 오늘이라고 어디서 갑자기 새로 솟아 나와 있을 수가 있나요. 묘지 속은 제가 처음 문을 찾아 들어갔을 때부터 텅텅 빈 동굴뿐이었다니까요……"

용술은 지섭이 오늘도 아무 소득을 못 얻고 나온 것이 자신의 허물 때문이기라도 한 것처럼 제풀에 괜히 기가 꺾이고 있었다. 그리고 지섭을 향해 자신을 변명하듯 혼자서 자문자답을 계속하고 있었다.

그러자 지섭이 비로소 어둠 속에서 발걸음을 우뚝 멈춰 섰다. 그리고는 관리소의 불빛이 희미하게 비쳐 들고 있는 노변의 한 나무 걸상 위로 짜증스럽게 털썩 몸을 주저앉혔다.

"백 형도 거기 좀 앉아요."

용술의 물음이나 수다 따윈 아예 상관을 않으려는 것 같던 지섭에게서 마침내 첫마디가 떨어졌다. 그는 자신이 먼저 걸상 한쪽을 차지하고 앉아서 천천히 담배 한 대를 꺼내 문 다음, 아직도 그의 기분을 몰라 어정쩡해하고 있는 용술에게 걸상의 다른 한쪽을 턱

짓으로 가리켰다. 그리고는 전에 없이 위압적인 목소리로 상대방을 바싹 다그쳐 들기 시작했다.

"자네, 이제부터 정신 똑바로 차리고 내 말을 새겨들어야 하네."

마치 죄인이라도 다루듯 갑작스럽고 위협적인 말투였다.

"하기야 뭐 긴 이야길 할 것도 없지. 자넨 그저 한마디만 분명한 대답을 해주면 그만이니까. 난 이제 마지막으로 백 형의 말을 한 번만 더 들어보고 나서 이 일을 단념하고 말 작정이니 이번만은 자네도 좀 신중하게 생각을 해서 대답해줘야겠네. 백 형의 대답 한마디로 백 형 자신의 신세가 아주 달라질 수도 있는 일이라는 걸 명심하고."

"제 신세가 달라지다니요?"

지섭의 태도에 눌려 미리부터 기가 잔뜩 꺾여 있던 용술은 이제 겨우 지섭의 말뜻을 알아차리기 시작한 것 같았다. 하지만 용술 쪽도 지섭이 그에게서 듣고 싶어 하는 말에 대해서는 그 자신 미리부터 짐작을 하고 있었던 듯한 태도였다.

"제 신세가 왜 달라진다는 겁니까. 윤 선생님은 제게 또 무슨 말을 듣고 싶으신 겁니까."

목소리가 갑자기 완강해지는 것이 보나 마나 자기가 할 수 있는 말은 새삼스레 달라질 것이 없다는 투였다. 하지만 이젠 지섭의 어조도 용술 못지않게 더욱 단정적이 되어가고 있었다.

"몰라서 하는 소린 아닐 테지. 난 이제 더 이상 기다릴 수가 없어. 백 형한텐, 나도 그만 지치고 말았으니까. 남은 길은 이제 다만 한 가지뿐, 백 형을 당국에 고발하는 수밖에 다른 도리가 없겠어. 막상 고발까지 당하고 보면 백 형한테도 뭔가 달라질 일이 생기겠지."

"절 고발을 하세요? 무덤 속을 제가 도굴해 내갔다고 말입니까? 윤 선생님은 그래 아직도 제가 저 무덤 속을 미리 훑어냈다고 생각하고 계신단 말씀이에요?"

"묘지가 말을 해줄 수 있는 건 아니니까. 진실을 말해줄 수 있는 사람은 이 세상에서 오직 백용술 자네 한 사람뿐이거든."

"하지만 저 역시도 그건 마찬가지라고 하지 않아요. 한마디가 아니라 백 마디 천 마디 말을 하래도 저 역시 그건 절대로 모르는 일이란 말입니다. 전 죽어도 무덤 속을 미리 훑어낸 일은 없어요. 그건 벌써 골백번도 더 선생님께 다짐을 드린 소릴 겁니다."

"글쎄, 백 형이 정말 능 속을 미리 뒤져 갔는지 안 뒤져 갔는지 나도 이제 상관하기가 싫다지 않았나. 백 형 대답 한마디가 곧이 들리고 안 들리는 데에 따라선 말이야. 백 형이 정말로 부정한 짓을 안 했다면 그것도 수사 당국에 나가서 마음껏 증명을 해 보일 수가 있는 일일 테구 말이지. 난 더 이상 상관할 필요가 없어. 백 형만 결백하다면 내가 백 형을 고발한다 해도 자네가 겁을 먹을 필요는 조금도 없는 일이어야지. 하지만 말야……"

용술이 너무 완강하게 부인하고 나섰으므로 이번에는 지섭의 어조가 오히려 회유 조의 설득으로 변해갔다.

"하지만 만에 하나라도 결백하지 못한 데가 있다면…… 백 형 자신이 그 결백을 증명해 보일 수가 없다면, 자넨 아마 일이 벌어지기 전에 좀더 생각을 신중히 해봐야 할 필요가 있을 거네. 지금

같이 괜한 고집만 부릴 일이 아니라 이 말이지. 생각해보라구. 우리는 그 무덤의 진실을 알아야 해. 백 형도 아마 이 옛 백제 땅의 지령(地靈)을 받고 난 사람이라면 무엇 때문에 내가 이토록 그걸 알고 싶어 하는가를 충분히 이해하고 있을 테니까. 어떻게 생각하면 이 고장의 내력에 대한 이해나 애정이 자네 자신 나보다도 더 앞서 있을 수도 있는 처지구. 그런데 만약 백 형이 혼자만의 사욕 때문에 진실을 바로 보지 못하게 방해 하고 있다면 이 땅과 이 땅의 옳은 역사를 위해 그보다 더 큰 죄악이 있을 수가 없겠지. 그리고 진실이라는 게 언젠가는 제 모습을 드러내놓게 마련인 것이고 보면 그때 가서 자넨 자신의 죗값을 몇 배나 더 늘려 치러야 할 처지구. 이러나저러나 내가 이미 백 형의 일을 알고 있는 이상은 무덤의 비밀도 어차피 곧 밝혀지고 말 운명이 아닌가 말야. 시간이 흐르면 흐를수록 자네의 죗값만 점점 더 크게 불어나갈 뿐이지. 경우에 따라 내가 백 형을 고발하기로 작정한 것도 따지고 보면 그런 사정들을 모두 감안한 결과라고 할 수 있을 걸세. 내가 원하는 진실을 위해서나 자네의 죗값을 줄이기 위해서나 그게 가장 최선의 방법이 아닌가 생각될 수도 있단 말일세. 그렇게 해서 결국 자네의 결백이 증명될 수만 있다면 그걸로도 난 충분히 만족할 수가 있을 테거든…… 자, 그러니 서둘지 말고 좀 신중하게 생각을 다시 해보게. 그것도 너무 때를 놓치면 안 될 것이 백 형도 알다시피 물건에 따라선 특별한 관리술을 요하는 경우도 있지 않던가……"

"허 참! 이제 보니 윤 선생님은 절 아예 영락없는 도굴범으로 치부해두고 하시는 말씀이군요."

지섭의 어조에 좀 누그러드는 기미가 엿보이자 용술은 거꾸로 점점 씨가 먹히지 않는 말투가 되어가고 있었다.
 "그렇다면 좋아요. 어차피 절 그렇게 도굴꾼으로 만들 작정이시라면 저도 지금 다 실토를 해두는 게 좋겠군요. 그래요. 제가 묘지 속을 미리 다 뒤져냈어요. 금관 하나하고 금제 요패, 은식기 따윌 파냈지요. 아니 청동 향로도 한두 점 있었고, 수백 개의 곡옥에 금실 은실이 수북했어요. 기왕이면 순금 불상이나 은장도까지도 하나씩 얻었다는 게 좋겠군요. 하여튼 전 왕릉 하날 찾아내서 완전히 떼부자가 되었어요. 그래 혹시 어떤 눈치 빠른 사람이 갑자기 떼부자가 되어버린 저를 의심할까 봐 아직도 이렇게 부자 행세를 못 해보고 말단 왕릉 관리소 관리원 노릇을 하고 있는 거 아닙니까. 이제 아시겠습니까. 전 이제 그 무덤 덕분에 윤 선생님도 상상을 못할 엄청난 졸부가 되어버렸단 말입니다. 그런데 재수 없게 윤 선생님이 제 비밀을 눈치채고 말았지 뭡니까. 그러니 어쩝니까……"
 용술은 숫제 이제 실없는 농지거리로 지섭을 놀리려 들기까지 하였다.
 "그러니 윤 선생님처럼 무슨 진실인가 뭔가 그런 거하곤 인연도 상관도 없는 묘지기 주제에 넝쿨째 굴러들다시피 한 벼락 횡재수를 이대로 그냥 단념할 수 있습니까. 그저 윤 선생님의 넓으신 아량을 빌어보는 수밖에요. 고발을 하시든 눈을 감아주시든 제 손으로 이 행운을 들어다 버릴 수는 없다는 말씀입니다. 그렇다고 윤 선생님과 무슨 흥정을 하잘 수도 없는 일이고. 그러니 이렇게 그저 백골난망 은혜를 잊지 않겠으니 제 어려운 사정 한번만 봐주시라는 부탁을 드리는 수밖에요……"

지섭은 어이가 없다는 듯 아예 입을 다물어버리고 있었다.

그러자 이번에는 용술 쪽에서 정색을 한 목소리로 지섭을 거꾸로 설득하려 들기 시작했다.

"여보시오, 윤 선생님. 거기 정말로 그런 재보가 쌓여 있었고 제가 그걸 어디 딴 곳으로 빼 옮겨놓았다면, 그걸로 그만 출입구를 다시 막아버렸으면 그만이었지 무슨 좋은 수가 생긴다고 그걸 굳이 윤 선생님한테까지 귀띔을 해드립니까. 그곳에 왕릉이 또 하나 숨겨져 있었던 사실을 천 년을 넘은 긴긴 세월 동안에도 누구 한 사람 눈치를 못 채왔고, 앞으로도 또 얼마든지 그렇게 될 수 있었을 일을 말입니다. 윤 선생님께 이리 애꿎은 추궁이나 당하자고요? 못된 도굴꾼으로 쇠고랑이나 차게 되자구요?"

"백 형이 내게 이 일을 은밀히 귀띔해준 호의에 대해선 나도 아직 고마움을 잊지 않고 있네. 백 형한테는 내 와당(瓦當) 일로 해서도 이만저만 신세를 져온 처지가 아니구 말이네. 하지만 나로서는 이제 그 길밖엔 다른 방법이 없구만. 무덤 속은 너무 텅텅 비어 있는 데다 그렇다고 그 무덤에게 말을 시킬 수는 없는 노릇이고…… 어쨌거나 그 능실을 처음 찾아낸 사람이 백 형 자네이고 보니 그나마 할 수 있는 데까지 사실을 알아보려면 백 형 자넬 고발해보는 길밖엔 다른 도리가 없질 않은가. 그러니……"

지섭이 다시 자신의 결심을 되풀이 다짐해 보였다. 하다 보니 두 사람의 다툼도 좀처럼 끝장이 날 기미가 없었다.

용술이 다시 그 지섭의 말꼬리를 붙잡고 늘어졌다.

"제가 그 묘실을 처음 찾아낸 건 어쨌든 사실이지요. 하지만 제가 처음 묘실 안엘 들어갔을 때도 무덤 속은 이미 텅텅 비어 있었다지 않았습니까."

"백 형은 백 형 자신의 입으로 묘실 속은 그때까지 전혀 도굴을 당한 흔적이 없었던 것 같다고 말했었지. 그런데 도굴을 당한 적이 없는 무덤 속이 벌써 텅텅 비어 있었구."

"도굴을 당한 흔적이 없다는 것은 나중에 제가 윤 선생님을 모시고 갔을 때 윤 선생님도 거의 같은 의견이셨지 않았습니까. 그리고 그때도 묘실 속은 사방이 텅텅 비어 있었구요."

"……"

언쟁을 끌다 보니 이젠 지섭 쪽에서 오히려 궁지로 몰리고 있는 기미가 완연했다. 아닌 게 아니라 이야기가 거기까지 나오고 보면 지섭으로서도 더 이상 용술만을 의심하고 들 용기가 나질 않았다. 더 이상 작자를 몰아붙이고 나설 구실이 없었다.

"윤 선생님이나 저나 우리는 애초부터 유물이 들어 있지 않은 빈 무덤을 하나 우연히 발견하게 된 거고, 그 무덤 속에 다른 부장품이 함께 묻혀 있지 않았다는 사실 때문에 서로간에 공연한 의심을 품게 된 것뿐입니다. 되풀이 말씀드리지만 무덤 속엔 처음부터 무슨 부장품 같은 게 함께 묻힌 일이 없었던 게 확실할 겁니다."

지섭이 입을 다물고 있으니까 용술이 이젠 제 맘대로 혼자 결론을 내려가고 있었다.

"문제는 그 무덤 속에서 나온 도깨비 같은 묘석(墓石)인데, 무슨 의자왕(義慈王)이 그곳에 묻혔다고 한 지석(誌石)의 기록이라는 것도 앞뒤가 전혀 들어맞지 않는 이야기가 아닙니까. 글쎄, 나라가 망해 자빠질 때 당나라 병졸 놈들한테 중국 땅까지 끌려가 죽어 묻혔다는 의자왕이 어떻게 다시 이곳까지 되돌아와 묻혀 있을 수 있었겠느냐 말입니다. 틀린 것은 윤 선생님이나 제가 아닙니다. 무덤하고 묘석이 틀린 것입니다."

"틀리고 맞는 것이 어느 쪽이든 그것도 결국은 머지않아 밝혀질 때가 오겠지. 난 그렇게 되기를 바라겠고 또 그렇게 믿고 있으니까."

지섭은 이제 자리를 일어섰다. 자리를 일어서면서 내뱉은 말은 아직도 그가 용술에 대한 의심을 풀지 않고 있음을 분명히 하고 있음이었다. 보다도 그가 그 용술을 도굴범으로 고발하려는 생각을 바꾸지 않고 있음을 분명히 한 소리였다. 그리고 그는 자신의 결심이 흔들리기 전에 작자의 곁을 떠나버려야겠다는 듯 뒤에 남은 용술은 본체만체 혼자서 그냥 어둠 속을 투덕투덕 걸어 내려가기 시작했다.

작자에게 말은 그렇게 하였지만, 지섭 자신도 실상은 모든 일이 너무 아리송하게만 느껴지고 있었다. 용술을 정말 도굴범으로 단정할 수도 없었고, 그렇다고 그 지석까지 분명히 나타난 무덤을 의자왕의 것이 아니라고 부인할 도리도 없었다.

작자 말마따나 문제의 발단은 확실히 그 지석 때문이었는데, 지섭은 아무래도 지석의 내력과 비밀을 해명해낼 길이 없었다. 아무 부장품도 없이 오로지 하나 무덤의 내력을 밝혀주고 있는 유일한 출토품이 오히려 묘지의 내력을 더욱 의심스럽게 하고 있었다. 다른 부장품을 찾아내고 싶어 한 것도 값진 재보나 문화 유물을 얻기 위해서보다는 무덤과 지석의 비밀을 알아내는 데 도움을 구하기 위함이었다. 용술을 족쳐대는 일도 그가 반드시 무덤의 부장품을 도굴해 갔을 가능성이 분명해서라기보다 무덤의 내력을 말해줄 수 있는 유물의 부장 여부부터 우선 확실히 해두자는 생각에서였다.

무덤 속에는 아닌 게 아니라 그 지석 하나밖에 아무것도 다른 부장품이 껴묻힌 일이 없었을 수도 있었다. 부장품이 있었거나 없었거나 지섭은 우선 그것부터 확인이 되고 나야 다음번 생각의 순서를 정해나갈 수가 있을 것 같았던 것이다.

지섭은 이런저런 생각 끝에 이날은 일단 그쯤에서 능역을 떠나기로 작정하고서, 시내 쪽 집을 향해 때늦은 밤길을 재촉하기 시작했다.

2

—백제 와당이 어떻게 해서 백 가지나 모아질 수 있겠소.

책상 위에 가지런히 진열된 백제 와당의 은은하고 부드러운 선과 색감을 한참이나 눈길로 어루만지고 서 있던 지섭의 귓가에 김병호 박사의 그 기분 나쁘게 비웃는 듯한 목소리가 불현듯 되살아났다.

지섭은 소리를 듣지 않으려는 듯 고개를 한 번 세차게 내저어버리고 나서 술기가 얼근한 몽롱한 시선으로 책상 위의 진열물들을 차례차례 하나씩 다시 더듬어나가기 시작했다.

백제 와당은 이제 그의 서재 한쪽 벽면 전부를 빈틈없이 채우고 있었다. 안쪽에 책을 끼우고 그 책등에 기대어 진열해놓은 연꽃 기와가 이날까지 꼭 아흔일곱 종류에 이르고 있었다. 하기야 아직 백 가지를 마저 채워내기까지엔 얼마나 더 긴 시간이 걸리게 될지 아무도 확실한 장담을 할 수가 없는 일이었다.

하지만 언젠가는 결국 백 가지가 채워지고 말 날이 오리라는 것을 지섭은 믿고 있었다. 그리고 그 책상 위에 화원처럼 갖가지 모양으로 꽃피고 있는 기와의 연꽃들도 지섭과 함께 애틋하게 그날을 기다리고 있을 것이 틀림없는 일이었다.

아직도 그날을 믿지 않는 것은 김 박사 한 사람뿐일 것이었다. 김 박사만이 그것을 믿고 싶지 않을 것이었다. 하기야 그 김 박사가 아니었다면 지섭은 굳이 백 가지 목표라는 그 백제 와당 숫자에다 자신의 결심까지 매달려 하지 않았을지도 모른다.

지섭은 그저 애초에는 백제 와당의 연꽃무늬를 좋아하는 평범한 한 기왓장 수집가에 불과했을 뿐이었다. 지섭은 이 유서 깊은 백제 땅에서 이곳의 지령을 이어받고 태어나, 아직도 그 멸망 시의 분위기가 곳곳에 숨 쉬고 있는 이 고을 사람들이 누구나 다 그렇듯이 그 땅을 좀더 아끼고 이해하고 싶어 했고, 가능하다면 옛 조상들의 넋과 숨결이 묻어 있을 무슨 유물 부스러기 같은 거라도 한두 점쯤 구해 지니고 싶어 한 그런 평범한 부여 고을 사람들 중의 하나였을 뿐이었다.

돈도 없고 지위도 없다 보니 값지고 좋은 물건은 애초부터 구해 가질 엄두를 낼 수가 없었다. 부여 일대 주택가나 산야에서 자기 몸공과 분별력만으로 쉽게 구할 수 있는 것이 백제 기왓장 정도였 다. 백제 기왓장 쪼가리는 멋모르는 여염집 아낙네들의 손에까지 얻어걸려 함부로 박살들이 나는 형편이었다. 백제 기와를 부숴낸 흙가루가 아낙네들의 유기그릇 닦이에는 더 이상 부드럽고 효험스 러울 수가 없기 때문이었다.

 그렇게 시작된 백제 와당 수집이 차츰 열 가지 스무 가지로 가 짓수가 불어나면서 지섭에게도 그 백제 문화에 대한 보다 짙은 향 수가 깃들기 시작했고, 기와 수집가로서의 백제 와당에 대한 그 나름의 이해와 애정도 점점 깊이를 더해갔을 것은 당연한 노릇이 었다. 그리고 그때부터 그 용술이란 작자와는 서로 뗄 수 없는 인 연이 맺어져왔고, 그때부터 작자의 백제 유적지에 대한 민첩한 정 보와 도굴꾼다운 감지력엔 그저 감탄을 불금할 수밖에 없어온 지 섭의 처지였다.

 백용술은 그러니까 애초부터 이 고을에선 두루 불가사의한 데가 많은 인물로 정평이 나 있던 위인이었다. 무엇보다도 그는 우선 이 부여 고을의 이름 있는 도굴꾼으로 소문이 나 있던 불유쾌한 인 물들 중의 하나였다. 일정한 교육을 받아본 흔적이 없어 보이는 데다가 그가 전에 어디서 어떻게 살아온 위인인지 전날의 내력조 차도 알려진 것이 거의 전무하다시피 한 인간이었다. 그렇다고 그 가 유적지 도굴로 업을 삼아온 증거가 드러난 일도 없었다.

 하지만 용술은 어디서 배워 왔는지, 자신은 부인하지만 그에게 늘 붙어 다니던 그 도굴꾼이라는 뜬소문 못지않게 유적지 정보나 감별력이 놀랍도록 뛰어났다. 그리고 무슨 이름 있는 문화재 관계 사람들이나 고고학자 못지않은 어엿한 주장과 식견까지 고루 갖춘 그런 요부득의 인물이 백용술 그 작자였다.

고양이에게 제상(祭床)을 지키라는 격이었다 할까. 그래서 언젠가 유적지 관리 사무소에선 아예 이 작자를 고을의 왕릉 관리소 관리원으로 채용을 제안하고 나서기에까지 이르렀다.

어쨌거나 지섭이 백제 와당을 아흔 가지 이상이나 모아들인 데는 작자의 도움이 거의 절대적이라 할 수 있었다. 그는 마치 부여 고을 일대의 땅 밑을 어디나 다 훤히 들여다보고 있는 것처럼 정확하고 적절한 정보들을 지섭에게 제공했고, 더러는 그 자신이 직접 물건을 구해다가 흥정을 벌여오는 수도 있었다.

그렇게 해서 그럭저럭 모아들인 기왓장이 한 50종쯤 되어가고 있을 무렵이었다.

어떻게 소문을 들었던지 하루는 서울에서도 꽤 이름이 알려진 고고학자 몇 사람이 부여 고을을 찾아왔다가 지섭에게까지 그의 와당 수집을 보여달라는 청을 들여온 일이 있었다.

지섭은 물론 기꺼이 자신의 와당 목록을 제공했다. 한데 그때, 지섭이 앞으로는 좀더 노력을 해서 한 백 종쯤 모아들여야 백제 와당의 윤곽을 제대로 알아볼 수 있으리라고, 그 스스로도 좀 자신이 없는 허풍을 떨어댄 것이 엉뚱한 사단을 불러들였다.

지섭의 허풍 어린 설명을 흘려듣고 있던 일행 가운데서 유독 김병호 박사라는 사람이 그때 문득 고개를 설레설레 흔들고 나선 것이다.

"백제 와당이 어떻게 해서 백 가지나 모아질 수 있겠소."

백제 와당이 어떻게 해서 백 가지나 된다는 소리냐는 것이었다. 정신 나간 소리 말라는 듯 빙글빙글 웃고 있는 김 박사의 얼굴에서 지섭이 그때 어떤 기묘한 승자의 여유 같은 것을 느껴야 했던 것은 참으로 이상스런 인연이었다. 그리고 여유 만만한 웃음 뒤에 숨겨진 어떤 잔인스런 오만기 앞에서 지섭 자신은 무슨 불덩어리같이 뜨거운 것이 불끈 목구멍을 치솟아 오르는데도 그 당장엔 분명한 연유를 알지 못했다.

하지만 지섭은 결국 그 여유 만만한 웃음, 그 웃음기 뒤에 숨겨진 비수 같은 냉혹성과 자기 수모감 때문에 그 '백 가지 와당'의 짐을 스스로 짊어지고 만 것이었다. 그리고 그것을 위해서는 용술이 녀석과도 그동안 수없이 빈번한 음모와 거래를 서슴지 않아온 처지였다.

이제 그 '백 가지 와당'은 아흔일곱 종까지 목표를 육박해가고 있었다. 백 가지가 마저 채워질 날이 이제 거의 눈앞까지 다가와 있는 셈이었다.

아직도 그것을 믿지 않고 있을 사람은 오직 그 김병호 박사 한 사람뿐일 터이었다.

— 백제 땅에 무슨 백 가지나 되는 와당 종류가 있었겠소.

그는 아직도 지섭의 등 뒤에서 끈질기게 그를 비웃고 있었다.

넋을 잃은 듯이 한동안이나 더 몽롱한 시선으로 진열대를 응시하고 서 있던 지섭은 김 박사의 목소리에 문득 알 수 없는 서러움

같은 것이 가슴속을 서서히 차올라오는 것을 느끼기 시작했다.

흙기와 위에 피어오른 연꽃들을 오래 들여다보고 있노라면 이날 밤이 아니라도 그런 기분은 흔히 경험하는 일이었다. 더군다나 오늘 밤처럼, 술기가 좀 얼근해지고 보면 더욱더 자주 기분이 뭉클해올 적이 많았다. 밝고 부드러운 진흙색으로부터 어렴풋한 연청 연홍을 조금씩 더해가는 연꽃들의 색깔이 너무도 소박하고 정겹게 느껴져오곤 하였다. 그 아흔일곱 가지 와당에 수놓인 아흔일곱 송이의 연꽃이 한 가지도 같은 모양이 겹친 것이 없을 만큼 변화무쌍한 조화를 자랑해왔기 때문이다. 그리고 그 모든 것들이 의좋게 한데 어울려 지섭의 젖은 기분을 애틋하게 어루만져오곤 했기 때문이다.

하지만 지섭은 이날따라 유난히 마음속이 비장스러워지고 있었다. 김병호 박사가 이날따라 유난히 더 극성스럽게 그를 비웃어대고 있는 것 같았기 때문이다.

"맞아. 용술이 그 작자 얘기처럼 그건 실상 의자왕의 무덤이 아니라는 게 사실일는지도 몰라. 사리로만 따지자면 애초부터 의자왕이 거기에 묻혀 있을 리 없는 일이니까……"

지섭은 이윽고 진열대 앞을 물러서 나오며 절망적으로 혼자 중얼거렸다. 그리고 아내가 미리 깔아두고 간 서재 잠자리에 피곤한 몸을 비스듬히 기대 뉘면서 새삼스럽게 다시 무덤의 일들을 생각하기 시작했다.

결국 이날 밤에 일어난 일들은 모든 허물이 바로 그 의자왕의 무덤 쪽에 있었던 셈이었다. 이날따라 와당의 무늬를 느끼는 기분이

유독 더 수수로웠던 것도 의자왕 때문이었고, 김병호 박사가 그를 더 짓궂게 등 뒤에서 비웃어댄 것도 그 의자왕 때문이었다. 용술이 놈과 무덤에 관한 비밀을 분명히 해놓지 못한 데서 연유한 지섭 자신의 답답하고 안타까운 기분 때문이었다.

도대체 의자왕이 이 부여 땅 그의 선대들 묘역 한쪽 구석에 천년 이상의 세월을 남몰래 숨어 묻혀 있었다는 사실부터가 지섭으로서는 전혀 이해가 불가능한 수수께끼일 수밖에 없는 일이었다.

전해져오는 얘기 가운데는 나당 연합군(羅唐聯合軍)이 도성으로 밀려들자 의자왕은 그의 후궁들과 궁성 너머 낙화암에 이르러 다 함께 강물에 몸을 던져 죽었다는 속설이 있기는 했다. 하지만 강물로 몸을 던져 죽은 것은 의자왕이 아니라 그의 수많은 후궁들뿐이었다는 것이 『사기』의 옳은 기록이었다.

의자왕은 백제가 망하던 해 7월 13일 당나라 소정방의 침략군을 당할 수가 없게 되자 태자 효(孝)와 가까운 신하들을 데리고 웅진성(熊津城: 지금의 공주읍) 쪽으로 피신을 나갔다. 그리고 그 웅진에서마저 사세부득이 되자 의자왕은 그달 18일에 다시 도성[泗沘城]으로 돌아와 나라의 사직을 넘겼다. 뿐만이 아니었다. 의자왕의 항복 소식을 듣고 백제 도성으로 달려온 신라 무열왕이 베푼 전승 위로연에서는 대 위에 높이 올라앉은 신라 왕과 당장(唐將) 소정방 무리에게 그의 아들 융(隆)과 옛 신하들 앞에서 술잔을 따라 올려야 하는 수모를 당해야 했던 비운의 주인공 또한 의자왕 자신이었다.

의자왕은 낙화암에서 몸을 던진 게 아니었다.

그리고 그로부터 보름 뒤인 8월 17일 패왕 의자는 그의 태자와 왕자 대신 장수들을 합한 여덟 사람과 백성 1만 2천여 명과 함께 백강 나루터에서 당나라로 붙잡혀 갔고, 후일 그곳에서 당나라의 작위까지 제수받고 그 땅에서 편히 죽어 묻혔다는 당사(唐史)의 기록이 분명한 터이었다.

그런데 그 의자왕이 어떻게 다시 이 땅으로 돌아와 부여 고을에 그의 무덤을 남길 수가 있었단 말인가.

의자왕이 다시 이 땅으로 돌아올 수가 없었던 게 사실이라면, 그렇다면 이젠 그 지석의 기록 쪽에 다시 의심을 품을 수밖에 없었다.

하지만 무덤에서 나온 지석의 기록 또한 달리 어떻게 의심해볼 여지가 없을 만큼 사연이 분명했다. 석질이 좋지 않아 습기에 삭아 부스러져 들어간 글자의 자획들이, 그리 선명하게 드러나 보이지는 못한 편이었지만, 그러나 그럭저럭 맞춰 읽어낸 지석문의 문맥은 무덤의 주인이 백제국 의자왕 그 사람인 점만은 다시 의심할 여지가 없을 만큼 분명하게 밝혀주고 있었다.

지석의 기록에 남긴 왕의 붕어(崩御)일과 장례 일자들에도 실상은 매우 심상찮은 수수께끼가 깃들어 있었지만, 그런 2차적인 의문점 따위는 무덤의 주인이 의자왕이라는 그 엄청난 불가사의 앞에 아직 문제조차 될 바가 없는 사소한 일이었다.

고분을 발굴해내고 나서 무엇보다 귀중하게 여겨지는 것은 그 무덤의 내력을 밝혀주는 지석의 가치였다. 지석은 무덤 속에 부장된 어떤 값진 금은보화나 유물보다도 귀중한 사실(史實)의 단서가 되어줄 수 있었다.

이번 무덤 속에서도 그 지석이 나왔다. 삼국 시대 묘제(墓制)로는 드물게 나타나는 지석이었다. 풀뿌리가 짚방석처럼 얽혀 들어온 무덤 속의 부장품이라곤 오직 그 지석 한 가지뿐이었다. 그리고 그 지석의 기록이 무덤의 주인을 의심할 바 없이 분명하게 밝혀주고 있었다.
 지석의 기록만 따른다면 의자왕이 그곳에 묻힌 사실 또한 더 이상 의심의 여지가 없는 일이었다. 하지만 이번에는 바로 그 지석의 기록 자체가 더 큰 수수께끼였다. 무덤의 내력을 밝혀주고 있는 지석이 오히려 백제 멸망에 관한 지금까지의 상식을 깡그리 뒤엎는 불가사의가 되고 있는 것이었다.
 백제의 유적지는 거의가 나라의 패망사와 관련이 있는 것들뿐이었다. 낙화암의 전설이 그랬고, 황산벌 싸움과 계백(階伯) 장군의 이야기가 그러했다. 조룡대의 이야기가 그랬고, 백제탑과 당장 소정방의 방자스런 기공문(紀功文)의 내력이 그러했다. 군창지(軍倉址)의 검은 쌀알이나 유왕산(留王山) 유습들도 그러했다.
 신라나 고구려처럼 나라가 융성했던 시절의 유적이나 싸움을 이긴 승적지는 드물었다. 성충(成忠)이나 흥수(興首) 같은 충신의 이야기도 그러했다. 아름다운 문화가 백제 땅에 꽃피었고, 그 문화의 씨가 바다 건너 섬나라까지 전파되어갔다고 하나 그 문화가 싹트고 융성했던 땅에서는 흔적을 찾아보기가 아직은 매우 어려웠다.
 그런 흔적이 남아 있다면 불타버린 사지(寺址)들의 주춧돌 정도나 평제탑이란 오명으로 기나긴 세월 동안 몹쓸 수모를 감내해온 백제탑과 깨진 기왓장 정도가 고작이었다. 나라가 융성했던 시절의 왕릉에서마저도 침략군의 무도한 도굴 행각으로 값진 유물이 발견된 것은 매우 드물었다. 동서 연합군이 도성으로 밀려들어올 때까지 사직을 들어 바치지 않고 끝끝내 항전을 계속했기 때문이다. 나라가 망해 넘어질 때 도성 안에서 벌어진 치열한 초토화 작전 때문이었다. 그리고 침략군의 무도한 방화 약탈과 탐욕스런 도굴 행각 때문이었다.

백제사에 관한 한 후세인들의 기록마저 부실하기 그지없는 점 또한 무심히 보아 넘겨질 일이 아니었다. 그것은 끈질기고 치열했던 왕조의 광복 운동과 후백제 45년의 성세(盛勢)에 골치를 앓았던 신라인들이, 또는 그 신라의 정통성을 이어받은 고려조의 사관들이 이 땅과 그 문화 유적들을 의식 무의식중에 자꾸 무시, 왜곡하고 폄하하려 한 옹졸스런 편견의 소치가 아닌가도 의심해볼 수 있는 일이었다.

이런저런 이유들로 백제 왕조와 그 문화 유적에 관한 사실들은 모든 것이 그저 애매한 추정이나 몇몇 단편적인 전기들에나 의탁해야 할 만큼 아련한 수수께끼 속에 머물러 있어온 터이었다.

그래서 더욱더 애틋하고 수수롭고 그리고 덧없이만 느껴져온 백제의 7백 년 사직이었다.

한데 거기다가 이번에 다시 의자왕의 무덤까지 수수께끼를 한 가지 더해온 것이었다. 전부터도 물론 둘 사이가 예사 사람들의 그것과는 다른 데가 있었다지만, 용술이 그 작자가 하필 무덤의 비밀을 지섭에게 알려온 것부터가 괴로운 인연이라면 더 이상 괴로울 수가 없는 인연이었다.

3

 어느 초가을날 아침녘이었다.
 그날은 아직 새벽잠도 덜 깬 이른 아침부터 용술이 불쑥 지섭을 집으로 찾아왔다.
 "윤 선생님께만 조용히 말씀드릴 일이 있어서요."
 용술은 전부터도 늘 쓸 만한 정보나 흥정을 해올 때는 제 편에서 그렇게 흥분을 감출 수 없는 양 행세했다. 그런데 작자가 이날은 아직 잠자리를 빠져나가지 못하고 있는 지섭의 아내에게까지 잔뜩 신경을 곤두세우면서 굳이 지섭하고만 은밀히 의논을 하고 싶다는 것이었다. 사람의 이목을 피해야 할 이야기라면 지섭을 잠깐 문밖으로 불러내도 무방할 일이건만, 용술은 그보다도 더 신중한 주의가 필요한 이야기라는 듯 여자가 있는 남의 안방까지 마구 몸을 떠밀고 들어온 것이었다. 작자가 그런 식으로 나오고 보면 지섭 쪽에서도 차츰 긴장이 되지 않을 수 없었다.
 ─ 이번엔 보통 쓸 만한 물건이 아닌 게로군.
 그는 아내를 짐짓 밖으로 내보내고 나서 이제는 용술이 얼핏 속을 열어오기를 기다렸다. 그러자 용꿈 꾼 안방마님 반벙어리 행세하듯 말을 잔뜩 참고 있던 용술이 갑자기 목소리를 낮추며 속삭여왔다.
 "오늘 또 기와 쪼가리 수집을 나가실까 봐 윤 선생님 나가시기 전에 오느라고 이렇게 아침 일찍 댁을 찾아온 거예요. 이따 말입니다…… 이따가 해가 진 다음에 주위가 어두워지고 나면 제 사무실로 좀 나와주십시오. 사람들 눈에 뜨이지 않게 말씀이에요."

"왜 여기선 얘기가 안 되나?"

지섭이 성급하게 다그치고 나서자 위인도 이내 그의 말뜻을 알아듣고는 다시 한 번 똑같은 다짐을 되풀이했다.

"오늘은 물건 이야기가 아니에요. 하지만 물건으로 친다면야 보통 물건 정도가 아닐 겁니다. 그러니 지금은 아무 말씀 마시고 윤 선생님은 그저 제가 일러드린 대로만 이따가…… 이따가 해가 떨어진 다음에 제 사무실로 나와주기만 하시면 되는 거예요."

그러고 나서 용술은 자신도 금세 목구멍을 치솟아 올라오려는 말을 참아내기가 거북살스러운 듯 제풀에 얼굴빛이 잔뜩 굳어져가지고는 그길로 그냥 방문을 박차고 달아나버리는 것이었다.

지섭은 더욱 긴장이 되지 않을 수 없었다. 작자가 갑자기 나타나 내던지고 간 아리송한 귀띔 몇 마디만으로도 지섭은 자신을 긴장시키기에 충분한 이유가 되고 남았다. 작자는 지섭이 또 기왓장이나 주우러 나가지 않을까 싶어 새벽같이 집을 찾아왔다고 했지만, 해가 떨어진 다음에나 만나보자는 일을 그토록 이른 아침부터 숨이 차서 알리러 왔다면 그 한 가지 사실만으로도 아무려나 보통 일이 아니었다.

용술 자신이 정말로 흥분을 감추지 못하고 있는 증거였다. 그리고 앞뒤를 못 가리고 덤벙대던 위인의 무례스런 거동새 또한 여느 때의 작자하고는 낌새가 전혀 다른 것이었다.

한데 이날 저녁이었다.

녀석이 지섭을 보자고 한 사무실이란 물론 그가 백제 고분군을 지키고 관리하는 왕릉 관리 사무소를 가리킨 말이었다. 위인이 시킨 대로 긴장 속에 꼬박 하루를 기다리고 난 지섭은 어김없이 그가 정해준 시각에 용술의 그 사무실이라는 곳을 찾아 올라갔다.

하지만 위인은 이번에도 또 속 시원한 소리 한마디 없이 지섭에게 내처 답답한 시간만 기다리고 앉아 있게 했다. 그러다 마침내 자정녘이 거의 가까워올 무렵에서야 그는 겨우 지섭을 자리에서 일으켜 세웠다. 사위가 완전히 조용해지고 이젠 더 아무도 사람의 눈을 꺼려할 필요가 없을 만큼 깊은 밤 시각이었다.

용술이 관리소 사무실을 나와 한참이나 말없이 어둠 속을 걸어가다 발길을 머물러 선 곳은 옛날 도굴범들의 손길 때문에 이미 폐묘가 다 되어버리다시피 한 서하총 왕릉 입구의 능실 출입문 앞이었다.

— 작자가 이 밤중에 웬 무덤 속을 들어가자는 건가?

지섭은 용술의 내심을 알 수가 없었다. 이 능산리(陵山里)의 거대한 여섯 기〔六基〕무덤들은 모두가 백제 말기의 왕릉들로 추정되고 있을 뿐, 어느 능에 어느 왕이 묻혔는지 무덤들의 내력이나 연원이 분명히 밝혀진 것은 하나도 없었다. 그래서 능의 명칭마저 그 위치에 따라 동상총(東上塚), 동하총 중상·중하, 서상총 따위로 불리고 있는 실정이었다. 능지(陵誌)가 분명히 밝혀지지 않은 것은 이 무덤들의 내부가 백제 멸망기에 당병(唐兵)들의 도굴 행각으로 인해 폐허화되어버렸기 때문이다. 묘실 발굴 시에 수습한 부장 유물은 도금 장식구 몇 점과 약간의 금실 정도가 고작이었고,

능 내에는 이전에 벌써 도굴을 당한 흔적으로 판위석 윗부분에 사람이 출입할 수 있는 구멍이 커다랗게 뚫려 있었다는 이야기였다.

그런저런 수난에도 불구하고 능묘들은 장방형의 고운 판석들로 조성된 현실과 능실 입구의 연도로써 아직도 그 범상찮은 백제 왕릉의 묘제를 뚜렷하게 간직해 보이고 있는 점만이라도 다행스런 일이라 아니할 수 없었다. 그중에서도 묘지군의 맨 우편쪽 동하총 현실 천장에는 부드럽고 아름다운 유운문(流雲紋)과 연화문이, 그리고 사면의 석벽에는 사신도(四神圖)가 각각 그려져 있어 아직도 그 시절의 호화롭고 웅대한 왕릉의 묘제를 역력히 알아볼 수 있었다.

하지만 능실의 내부까지 이미 속속들이 다 개방이 되고 있는 여섯 기 왕릉들에는 더 이상 지섭의 관심을 끌 일이 전무했다. 더욱이나 용술이 놈이 방금 발길을 머물러 서 있는 서하총으로 말하면 능실의 내부마저 다른 능들에 비해 보잘 것이 훨씬 덜한 편이었다.

하지만 용술은 웬일인지 지섭을 그 서하총 능실 안으로 끌고 들어갈 작정을 하고 있음이 분명했다.

그는 아직도 말 한마디 없이 그 서하총 능실 출입문 안으로 지섭을 스적스적 앞장서 들어갔다. 그리고는 능실의 연도와 현실 중간쯤에서 지섭에게 냉큼 뒤를 따라서라는 시늉으로 손전지 불빛을 길게 켜 뻗쳐왔다.

지섭은 마치 도깨비한테라도 홀리고 있는 기분이었다. 한밤중에 묘지 속까지 무턱대고 작자를 따라 들어서기란 미상불 기분이 내킬 리가 만무한 노릇이었다.

하지만 작자의 그 말 한마디 없는 은밀스런 거동이 오히려 그를 더욱 자신만만하게 압도해오고 있었기 때문에 지섭은 언제까지나 그냥 묘지 밖에서 어물어물 망설이고 있을 수가 없었다.
— 아무래도 작자가 무슨 심상찮은 냄새를 맡아낸 때문일 테지.
지섭은 곧 마음을 다잡아먹고 무덤 속 현실께까지 용술의 발길을 어정어정 뒤좇아 들어갔다.
그리고 거기서 이날 밤 지섭은 첫번째 놀라운 사실과 마주쳤다.
지섭이 능실 안으로 따라 들어서자 용술은 곧 손에 들었던 전짓불을 건네주며 지섭에게 현실 서벽의 한구석을 밝게 비춰들고 서 있게 했다. 그리고 나서 자신은 그 능실을 조성하고 있는 넓다란 판위석 한 장을 거짓말처럼 간단히 뽑아 들어냈다.
그러자 판석이 떼어진 능실 벽 너머로 뜻밖에 컴컴한 지하 통로가 하나 나타났다.
지섭으로서는 전혀 상상치도 못했던 일이었다. 용술이 이음새조차 잘 알아볼 수 없는 판석을 종잇장처럼 간단히 떼어 들어낸 것도 놀라운 일이었지만, 그가 그 문짝을 들어내듯이 한 능실 벽 너머로 또 하나의 지하 통로가 마련되어 있었던 사실은 지섭으로선 꿈에도 상상을 못했던 일이었다.
그러나 지섭은 거기서도 아직 넋을 놓고 놀라고만 있을 수가 없었다.
"통로가 비좁으니까 조심해서 따라 들어오세요."
일이 그쯤 되고 보면 용술은 이제 더욱 자신이 만만해질 수밖에 없는 사정이었다. 그는 모처럼 만의 한마디를 명령하듯 지섭에게

던지고 나서 이번에도 자신이 먼저 그 컴컴한 통로 안으로 몸을 냉큼 디밀고 들어섰다. 전짓불이 있다고는 하지만 아직도 눈길이 서툰 통로의 어둠 속에서 작자의 거동이 그토록 민첩한 걸 보면 용술은 이미 통로의 어둠에도 그만큼 발길이 익어 있었던 게 분명했다.

지섭은 어쨌거나 이번에도 용술의 일방적인 주문을 따르는 수밖에 없었다. 그는 입구가 열린 통로 안으로 말없이 다시 몸을 비비고 들어갔다. 이어 머리를 깊이 숙인 채 용술을 바짝 뒤좇아 따라갔다.

그리고 그는 이날 밤 그 통로 끝에서 두번째 놀라운 사실을 발견했다.

서하총 묘실 벽으로부터 서남향으로 비스듬히 경사를 지어 내려 뚫린 통로 끝에 뜻밖에도 또 하나 다른 묘실이 나타난 것이다.

서하총 내부보다 규모가 훨씬 좁아 보이기는 했지만 그런대로 연도와 현실까지 따로 갖춘 완연한 왕릉 격식의 묘실 규모였다.

용술이 지섭을 안내해 간 지하 통로는 그러니까 그 새 묘실의 연도 입구로 연결된 묘도의 구실을 하고 있는 셈이었다. 하지만 그것은 묘제 원래의 묘도라기보다는 용술이 묘실을 향해 흙을 파고 들어가면서 뚫어놓은 비밀 통로일시 분명해 보였다.

어쨌거나 지섭은 아직 그런 걸 따지고 있을 여유가 없었다.

용술은 이제 지섭을 묘실 입구까지 안내해온 것으로 자기가 할 일을 다했다는 듯 묵묵히 지섭의 반응을 기다리고 있었다. 그리고는 다시 손전짓불을 빼앗아 들며 묘실 안을 이리저리 지섭에게 비춰 보였다.

아닌 게 아니라 지섭은 이미 용술의 설명이 아무것도 더 필요하지 않았다. 그곳에 또 하나의 묘실이 숨겨져 있었다는 사실을 알게 된 것만으로도 그는 이미 숨이 끊어질 정도로 온몸이 긴장을 하고 있었다. 그리고 걷잡을 수 없을 만큼 극심한 흥분기로 거칠어진 심장의 고동 소리를 스스로 진정시킬 길이 없었다. 전짓불에 드러난 묘실 안 정경은 아직 한 번도 사람의 손길이 스쳐본 일이 없는 원형의 모습 그대로를 곱게 간직해온 느낌이었다. 사방 벽과 천장에서 망사처럼 얽혀 늘어진 풀뿌리들하며 그 풀뿌리들이 짚방석처럼 썩어 얼크러진 묘실 바닥 풍경들이 적어도 가까운 세월 간에는 부정한 도굴꾼의 손길을 쉽사리 상상할 수 없어 보였다.

다만 한 가지 눈에 띈 부장품 같은 것이 아직 하나도 불빛에 드러나 보이지 않는 것만이 유감이라면 유감이었다. 지섭은 용술이 비춰주는 전짓불을 따라 묘실 안을 이곳저곳 말없이 두루 살피고 돌아갔으나 도굴당하지 않은 왕릉의 묘실에서 기대해봄 직한 부장품이 한 가지도 눈에 들어오는 것이 없었다. 현실 중앙에 남북으로 길게 드러난 관대(棺台) 형국의 석계(石階) 부근에서도 하다못해 관목이 썩다 남은 나뭇조각 하나 찾아볼 수 없었다.

하지만 지섭은 아직 그 정도로는 전혀 실망하지 않았다.

그런 일로 실망을 하자면 용술이 먼저 능실의 비밀을 알아낸 일에서부터 첫번째 허물을 삼아야 했다. 눈에 띈 유물이 있었다면 작자가 미리 어디다가 따로 은밀히 수습해놓았을 공산이 컸다. 작자가 헐레벌떡 지섭을 제일 먼저 묘실로 안내해온 건 사실이겠지만, 그러나 용술은 그전에 이미 제 할 짓을 다 해놓았을 위인이기 십상이었다. 그리고 아직 짚방석처럼 썩어 얽힌 풀뿌리 더미 속에서도 뜻밖에 놀랍고 값진 부장품들이 나타날 가능성은 얼마든지 있었다.

지섭은 다만 발굴 시의 원형에 손상을 입히지 않기 위하여 아직은 함부로 손을 댈 생각을 하지 않았을 뿐이었다. 손을 대려고 하지 않은 대신 섣부른 실망도 하지 않았다.

그리고 묘실 안에서 얼핏 눈에 띄는 부장품을 찾아볼 수는 없더라도 지섭은 마침내 그 부장품의 몇십 배 몇백 배 더 소중스럽고 충격적인 사실 한 가지를 찾아낼 수 있었다.

묘실 안엔 뜻밖에도 무덤의 내력과 그 무덤의 주인공의 이름이 간직되어온 것이다.

무덤의 지석이 발견된 것이다.

그러니까 그 무덤의 내력을 밝혀주는 지석의 발견은 이날 밤 지섭을 그토록 흥분시키고 긴장케 한 가장 큰 소득이요 사건인 셈이었다.

백제 시대의 묘제에서는 무덤의 내력을 적은 묘지(墓誌)가 나타난 일이 거의 전무했다. 도굴도 도굴이지만 이 능산리 왕릉들은 그래서 더욱 무덤의 진짜 주인공이 밝혀진 일이 없어온 터였다. 무덤의 주인공을 밝히고 있는 지석의 존재는 그런 뜻에서도 놀랍고 귀중한 발견이 아닐 수 없었다.

하지만 지섭의 놀라움이나 흥분은 단순히 그 지석의 존재 때문만이 아니었다. 지석으로 하여 밝혀진 무덤의 내력이 그를 더욱 놀라게 하였다.

지섭은 애초 그쯤에서 일단 묘지를 빠져나가 무덤을 찾아내기까지의 경위라든지 부장품의 수습 여부 따위를 용술에게 따져보고 나서 다시 뒷일을 차근차근 생각해볼 작정이었다.
　지섭이 그런 생각으로 막 묘실을 나갈 기미를 보였을 때였다.
　"여기 웬 돌조각 같은 게 하나 묻혀 있던걸요. 무슨 글자들이 새겨져 있는 것 같기도 하고……"
　용술이 문득 어떤 심상찮은 생각이 떠오른 듯 모처럼 만에 다시 한마디를 건네왔다. 그러면서 손에 든 전짓불로 현실보다 한 뼘쯤 낮은 묘실 연도의 중앙 부분 한 곳을 밝게 비춰 보였다. 불빛이 비치는 곳을 자세히 살펴보니 위인의 말대로 과연 풀뿌리에 뒤얽힌 속에 사방 두 뼘 정도의 사각형 돌판 하나가 습기에 젖어 묻혀 있었다. 묘지를 새긴 돌판이 아닌가 싶어 급한 대로 위에 묻은 부식물들을 털어내고 들어내보니 그것은 과연 앞뒷면으로 음각의 문자를 가득 새겨 넣은 지석의 일종이었다.
　지섭은 더 이상 참을 수가 없었다. 그는 촌각을 서둘러 무덤의 내력을 알고 싶었다. 그것만은 무슨 일이 있더라도 시각을 미루고 있을 수가 없었다.
　그는 흥분으로 두근거리는 가슴을 간신히 진정시키고 나서 조심스럽게 다시 돌판의 흙을 씻어 털어냈다. 그리고 용술이 비춰 든 전짓불의 도움 아래 지석의 전면에 씌인 글자들을 한 자 한 자 해독해나갔다.

　　百濟國義慈王庚申年

八月十七日崩乙丑年
八月十七日安錯大墓

한 시간 남짓 정성스런 작업 끝에 읽어낸 글귀가 이 3행 27자였다.

땅바닥을 향한 지석의 후면에도 보다 작은 글씨들을 조밀하게 음각해놓은 흔적이 남아 있었으나, 석질이 별로 견실하지 못한 데다 썩은 풀뿌리와 음습한 습기의 침훼(浸毁)를 입어 거기까진 아직 분명한 자획을 판독해낼 길이 없었다.

그러나 지섭은 능묘의 주인을 의자왕으로 밝히고 있는 그 묘지의 일부를 읽어낸 것만으로도 이미 호흡을 잊을 만큼 충격을 받고 있었다.

당나라 군사에게 끌려가 이역의 땅에서 곤욕스런 여생을 마치고 그 땅에 남은 한을 묻었노라던 의자왕이었다. 그 망국 왕 의자의 능묘가 이 땅에 마련되어 있었던 놀라운 사실 앞에 더 다른 자지레한 내력 같은 건 문제가 될 수 없었다. 왕의 능묘가 거기 있고 묘지의 기록이 무슨 땅귀신의 장난이 아니라면 그 하나의 사실만으로도 능히 등골에 땀이 흐르고 남을 일이었다.

지석문의 내용을 해독하고 난 지섭이 그때 무슨 엉뚱한 지령의 저주라도 받은 양 얼굴색이 갑자기 새파랗게 변해서 그길로 그냥 묘실을 서둘러 나와버린 것도 무리가 아니었다. 그는 도대체 하늘과 땅이 갑자기 뒤바뀌어 놓인 듯한 놀라운 사실 앞에 이날 밤은 그 이상 무덤의 깊은 내력을 만나기가 오히려 두려워지고 만 것이다. 묘실 안의 기물에는 늘어진 나무뿌리 하나에도 더 이상 손끝을 스치기가 스스로 두려워진 것이었다.

그리고 인하여 지섭은 이날 밤 능역 관리소의 골방 한구석에서 용술이 녀석과 온밤을 뜬눈으로 밝히면서 우선에 먼저 묘지를 찾아내기까지의 앞뒤 경위와 다른 유물의 수습 따위의 다급한 일부터 차근차근 실토를 받아나가기 시작했다.

두 사람이 묘실을 나와 사무실로 되돌아온 다음부터는 용술도 이제 더 이상 인색하게 말을 아끼려 하지 않았다.

용술이 털어놓은 바에 따르면, 그가 무덤을 발견하게 되기까지의 자초지종은 대략 이랬다.

용술은 언제부턴가 자주 서하총 좌측 능선을 심상찮은 눈길로 보아온 일이 많았었댔다. 백제 후기 왕묘들이 쐬어진 곳이라면 당시의 기본위(基本位)인 동쪽에서 서쪽으로 묘역이 전개해나가게 마련이었고, 아직도 그 서쪽 묘역은 다른 능묘가 자리 잡을 수 있는 여분의 지세를 보이고 있었다는 것이다. 변두리 쪽 왕릉이 한기쯤 폐묘로 가라앉아 들었을 가능성이 충분해 보였다는 것이다.

용술은 마침내 그쪽 묘역을 탐색해볼 작정을 세웠으나 사람들의 눈길 때문에 대낮에 지표를 파고 들어갈 수는 없었다고 했다. 그래서 이왕 내부가 개방된 서하총 묘실 벽에서부터 손을 대기 시작했는데, 거기서 그는 뜻밖에 숨겨 밀폐된 통로 하나를 찾아내게 되었댔다. 어디쯤서부터 일을 시작할까 한동안 현실 석벽을 살피고 돌아가다 보니 판위석 한 장에서 후면이 빈 것 같은 이상한 소리가 울려 나오더라는 것이다. 판위석의 이음새도 다른 것과는 좀 다른 솜씨가 엿보이는 것 같더랬다.

작정을 내리고 난 용술이 마침내 그 판위석 한 장을 조심스럽게 뜯어내고 보니 짐작대로 거기엔 후면의 성토가 약간 내려앉아 들어간 좁은 공간이 나타나고, 그 공간 다음으로는 주변 벽과 토질이 다른 흙을 채워 막은 긴 통로가 이어져 있었다는 것이다.

"처음엔 그게 다른 도굴꾼이 묘실을 파고 들어간 비밀 통로의 흔적인 줄만 알았지요. 하지만 통로는 도굴범의 소행으로 생긴 게 아니었어요. 이상한 일이지만 그게 일종의 묘도에 해당되는 것처럼 보였어요."

주변 벽과 토질이 다른 흙만을 파내다 눈에 띄지 않는 곳에 숨겨 버리고 하는 일을 밤을 새워가며 열흘쯤 계속해왔다고 했다. 그리고 마침내 흙을 거의 다 파 들어갔을 때 서하총 좌측 현실 벽으로부터 서남향으로 비스듬히 경사를 지어 뻗어 내려간 비밀 통로가 나타났고, 그 통로 끝에서 다시 북쪽을 향해 또 다른 묘실의 연도 입구가 가로막히고 있었다는 것이다.

그러니까 새로 발견된 능묘의 묘실은 서하총의 서쪽 하방으로, 능의 현실 역시 서하총보다는 조금 남쪽에 마련된 셈이었다. 그것은 새 능의 주인공의 신분이나 위계가 서하총보다는 아래임을 나타내는 것이었다.

"도굴꾼의 소행이라면 한번 파낸 흙을 다시 들여다 통로를 채워 막아놓았을 리가 없지요. 하지만 묘실 통로는 연도 입구만 해도 석괴(石塊)를 차곡차곡 쌓아올린 원래의 모습 그대로였어요. 자세히 찾아보진 않았지만 어디 다른 곳으로 묘도가 뚫려 나가 있는 것 같지도 않았구요."
 용술의 의견으로는 그러니까 그 능실은 서하총의 현실을 통해 들어간 일종의 암장 형식의 묘지가 아니겠느냐는 것이었다.
 하지만 용술의 이야기는 거기서 그만이었다. 연도 입구의 석괴를 들어내고 능실 안으로 들어가보았을 때 그는 더 이상 아무것도 눈에 띈 부장물을 찾아볼 수가 없었다는 것이다. 이날 밤 지섭이 능실을 들어가본 것과도 아무 다른 점이 없었다는 것이었다.
 의심스럽고 수상한 점이 한두 가지가 아니었다. 어째서 하필 서하총 내부로 묘도를 만들어 들어간 암장 형식의 능실을 꾸미게 되었는지, 또는 그 통로가 진짜 묘도인지 도굴범의 소행으로 사후에 생긴 비밀 통로인지도 아직은 아무것도 확실한 것을 말할 수 없는 형편이었다. 그리고 능실 안에 처음부터 아무런 부장품이 없었는지, 용술이 놈이 어디 다른 곳에다 이미 감쪽같이 수습을 해다 숨겨놓고 있는지도 아직은 잘 짐작할 수가 없는 일이었다. 의자왕이 세상을 떠났다고 한 날짜나 능실을 축성한 날짜에 대해서도 또한 납득하기 어려운 점이 없지 않았다.
 하지만 지섭은 이날 밤 그런 데까지 하나하나 마음을 쓸 여유가 없었다.
 어쨌거나 의자왕은 다시 그의 옛 땅으로 돌아와 있었다. 그리고 그 선대들의 묘역 안에 자신의 유택을 마련하고 있는 것이었다.
 지석의 문맥은 무엇보다 그 점만은 밝히 확인해주고 있었다. 지섭으로선 그 점만이 소중스러웠다. 의자왕이 다시 그의 옛 땅으로 돌아와 있었던 사실 한 가지만으로도 다른 사소한 의심거리들은 백 리 바깥의 남의 일로 물러나버린 느낌이었다. 아아, 이 땅의 사람들은 얼마나 오랜 세월 동안 당신의 후일을 안타까워해왔던가. 그리고 그 당신의 소식을 하염없이 기다려오고 있었던가. 그런데 당신은 이토록 기어이 당신의 옛 땅을 되찾아와 있었다니. 그리고 그토록 긴 세월 당신의 말을 어둠 속에 묻어두고 있었다니…… 용술과의 이야기가 끝나고 나서도 지섭은 못내 잠을 이룰 수가 없었다. 밤새도록 그 왕의 귀환이 견딜 수 없도록 감격스럽기만 했다.

만감이 교차하는 가운데에 왕이 떠나던 날의 일들이 어제런 듯 더욱 눈에 선하게 떠올랐다. 그 왕의 귀환은 이 땅의 사람들이 실로 천 년 이상이나 긴긴 세월 동안 끊임없이 소망해온 일이었다. 망국의 왕으로서 의자왕은 말로가 너무도 비통스러웠고, 젊은 날의 그 빼어난 기상과 치적에 비해 후세에 전해온 일화가 너무도 불공하고 치욕스러운 것들뿐이기 때문이었다.

모두가 나라의 사직을 이민족의 침략군에게 짓밟히고 만 허물 때문이었다. 백제를 멸망시키고 정복한 것은 동족의 신라군에 의해서라기보다 당나라의 원군에 의해서라는 느낌이 항상 앞서오던 지섭이었다. 신라와 당나라는 동서의 동맹군이었으나 싸움의 주도권은 늘 당나라 쪽에 있었던 흔적을 여러 대목에 남기고 있었다. 그것은 도성을 함락시킨 다음의 전승연 격식이나 망국민의 인질 행로를 보아도 그러했다.

도성이 함락된 당년의 8월 2일에 있었던 전승연 자리에는 신라왕과 당장 소정방 무리들이 윗자리에 열석하고 의자왕과 그 아들

융은 아랫자리에서 이들에게 술잔을 따라 받들어 올리게 하였었다.

신라와 백제는 원래가 동족의 형제국이었고, 그래서 후일 왕건이 신라를 넘겨받을 때나 견훤의 후백제를 병합할 때는 동족의 예로써 다 같이 망국 왕과 그 신하들에 대한 후의를 다하였다. 당군이 만약 신라를 돕는 원군의 역할에 그쳤다면 그 비록 망국 왕의 처지이기는 하였지만 통분스럽게도 그 원군의 장수 앞에 술잔까지 따라 올리게 하는 무도한 처사를 일삼았을 신라 왕은 아니었을 터였다. 그리고 그 망국 왕과 백성들을 신라가 아닌 바다 건너 당나라까지 머나먼 인질의 길을 떠나게 하지는 않았을 터였다. 뿐만 아니라 당장 소정방이 도성을 무너뜨리고 나서 정림사 5층탑에 새겨놓은 방자스런 기공문 내력이나 이후에 설치한 도독 정치의 행적만 보더라도 당시의 백제는 동쪽의 나라 신라에게가 아닌 당군에게 빼앗김을 당했음이 분명해 보인 것이었다.

어쨌거나 그래서 더욱 망국 왕의 치욕은 처절하고 통분스러울 수밖에 없었고, 백제의 유민들에게는 그 망국 왕의 치욕이 바로 자신들의 치욕이요 망국 왕의 설움이 자신들의 설움이 될 수밖에 없었던 것이다. 그리고 그 유민들은 나라를 다시 찾을 일만큼이나 못 견딜 치욕을 짊어지고 머나먼 이역 땅으로 인질이 되어 떠나간 망국 왕이 언젠가는 다시 전날의 치욕을 씻고 자기 옛 땅으로 돌아와주기를 바라는 간절한 소망을 간직하게 된 것이다.

왕이 다시 돌아와주기를 바라는 이 땅의 소망은 그러니까 그 왕이 당군에게 끌려 포구를 떠나간 바로 그해의 8월부터 시작된 일이었다.

도성이 무너지고 전승 축하연까지 치러지고 난 그해 8월 17일—망국 왕 의자를 비롯한 태자와 왕자 왕족들, 그리고 수많은 대신 장사들과 1만을 헤아리는 백성과 병졸들은 한꺼번에 포구까지 손수레로 실려 내려갔다. 그리고 포구에서 다시 배에 실려 바다 건너 당나라까지 머나먼 물길을 떠나갔다.

이들의 떠남을 못내 비통스러워하며 먼발치로나마 마지막 이별을 고하려 도성 사람들의 무리가 모여든 것이 지금의 유왕산이요, 그날의 비통스런 이별의 풍습은 아직도 이 고을의 유왕산 등산놀이로 면면히 그 명맥이 전해져 내려오고 있는 터이었다.

지금의 부여읍에서 남으로 20킬로미터가량 내려가면 양화면(良化面)에서 한산(韓山) 고을로 들어가는 길목 근처에 원당리(元堂里)라는 마을이 하나 있는데, 그 원당리는 부여군의 최남단 마을로 금강의 물줄기가 감돌아들어 강경과 군산 사이를 오르내리는 배들이 환히 다 바라다보이는 곳이다. 유왕산은 바로 이 마을의 뒷산을 이름이요, 산 위를 오르면 맑은 날에는 군산 앞 포구가 시야 안으로 아득히 떠올라 보이는 멧부리다.

이 유왕산에는 지금도 해마다 8월 17일이면 백 리 안쪽 아낙네들이 음식을 정성껏 장만해가지고 모여와서 하루를 지내고 돌아가는 풍습이 전해져오는 것이다. 웬만한 집안일들은 이후로 미뤄두고 이날 하루는 일부러 모두 유왕산을 찾아와서 자주 만나지 못하는 일가친지들을 찾아 그간의 안부를 묻기도 하고 음식을 서로 나눠 먹기도 하면서 하루를 보내고 돌아가는 것이다. 여인들의 바깥출입이 어려웠던 먼 옛날로부터, 1년에 이 하루만은 그것이 오히려 빠질 수 없는 여인들의 행사가 되어온 것이었다.
　말할 것도 없이 그 한스럽던 이별의 날에서부터 내력이 유래한 풍속임이 분명했다. 뱃길을 끌려가는 사람들 가운데는 아버지와 아들, 남편과 일가친척들이 두루 끼여 있었음은 물론이요, 뒤에 남은 사람들은 그 사랑하는 사람들의 마지막 가는 길을 보기 위해 유왕산 산허리로 기어올라가 다시 돌아오지 못할 땅으로 떠나가는 이들을 눈물로 배웅해 보냈을 터였다. 그리고 하루라도 더 그들에게 이 땅에 머무를 날이 주어지이다, 다시 돌아올 날이 마련되어지이다, 간절한 염원을 나누면서 서로서로 남은 사람끼리의 애틋한 위로를 삼았으리라. 더욱이나 끌려가는 사람들 가운데는 저들의 임금까지도 함께 끼여 있었으니, 지아비와 아들을 대신하여 그 왕이 하루라도 이 땅에 머물기를 바라던 아낙들의 애틋한 소망이 어려 이 메의 이름을 유왕산으로 지어 부르게 하였으리라.
　세월이 흐름에 따라 유왕산은 차츰 왕이 놀이를 하던 산이라 '유왕산(遊王山)'으로 바뀌어 불리기도 하고, 산놀이를 오는 아낙들은 내력을 모르고 그저 무심한 하루를 즐기고 돌아가게까지 되었지만, 1년에 하루씩 이날만은 굳이 이 산으로 여인들이 모여와서 일가친척의 안부를 묻고 돌아가는 놀이의 내력이나, 그 8월 17일이라는 날짜가 아무래도 그날의 비극을 되새기는 데서 비롯된 풍속임이 분명했다.

　　이별 별 자 네 설어 마소
　　만날 봉 자 또다시 있네,

명년 팔 월 십칠 일에
　　악수논정 다시 하세

　놀이에서 불리는 노래도 유독 그 이별의 정이 강조되고 만남의 소망이 간절한 점 또한 소홀히 보아 넘길 일이 아니었다.
　요컨대 이 땅의 아낙들은 그토록 오랜 세월 동안 망국 왕의 귀환을 기다려온 격이었다.
　그리고 이제 마침내 그 왕이 다시 돌아온 것이다.
　지석에 나타난 문구로 보면 그것도 하필 당신이 이 땅을 떠나간 바로 그 8월 17일에 다시 돌아와 묻힌 것이 되는 셈이었다. 그 역시 물론 우연한 일이 아닐 터였다.
　어쨌거나 의자왕은 이제 그 통분스런 망국의 치욕을 자신의 허물로 거두러 돌아와 있었다.
　그리고 그 치욕과 허물에서 자신의 몫을 증거하게 될 날을 이날까지 천 년이나 지하에 숨어 기다려온 것이었다.
　왕의 무덤은 바로 그 왕의 말이 숨겨져온 말의 무덤이었다. 그리고 그 왕의 말을 만나 듣게 될 첫번째 사람이 우연찮게도 바로 지섭 자신이 되고 있었다.
　그는 놀랍고 감격스럽지 않을 수 없었다.
　잠이 올 리 없었다.

4

國破山河 異昔時
獨留江月 幾盈虧
落花岩畔 花猶在
風雨當年 未盡吹

(나라가 망하니 산하도 예와 다르구나
강 위에 홀로 떠 있는 달은 차고 이울어짐이 그 몇 번이던고
낙화암반에 아직 꽃이 있으니
풍우당년에도 다함이 아니던가……)

용술을 족치고 돌아온 다음 날 아침 지섭은 잠자리에서 좀처럼 몸을 일으켜 나오지 못하고 있었다.

밤새 만나본 대왕의 모습이 아직도 한동안 눈에 선했다.

그는 이날 밤 새벽녘에야 간신히 눈을 붙인 늦잠 속에서까지 돌아온 왕을 다시 만나고 있었다.

대왕이 돌아와 계신 능실이 그의 꿈속에선 온통 붉은색 연꽃무늬의 전(塼)들로 꾸며져 있었다. 바닥도 벽도 궁륭형의 높은 천장까지도 모두 붉은색 연꽃무늬의 호사스런 치장이었다. 그 붉은색 연꽃무늬의 현실 안에 대왕은 눈부신 황금색 영좌에 누워 역시 춤추는 황금색의 불꽃 왕관을 쓰신 모습으로 편하고 위엄 있게 돌아

와 계셨다.

그러다 지섭이 마침내 눈을 떴을 때 그는 언제나처럼 그 벽 위에 걸린 시구부터 천천히 한 차례 마음속으로 읊조려보고 있었다.

옛 백제를 회고한 시인 묵객들의 절구(絶句)는 이 땅에 수도 없이 많이 남아 있었다. 2백 기십여 편을 헤아리는 많은 명구절편(名句絶篇)들 가운데서도 조선 초엽의 대석학 석벽(石壁) 홍춘경이 남긴 이 낙화암 회고 한 편은 더더욱 애틋한 백제 여망의 정을 담고 있었다. 시문(詩文)은 다시 홍춘경의 13대손 홍순승이 당대 제일의 명필 솜씨로 선인의 뜻을 재현한 것으로, 이후 오랜 세월 동안 부소산 기슭 고란사의 사보(寺寶)로 간직되어오고 있었다.

지섭은 연전부터 그 시판을 탁본해다 자신의 방 머리맡에 걸어놓고 스스로 그 백제 유혼(遺魂)의 한 내밀한 표상으로 삼아오고 있는 중이었다.

낙화암반에 아직 꽃이 있으니 풍우당년이 다하지 않았다 함은 나라 멸망 당년의 심한 풍우에도 아직 꺾이지 않은 백제 여혼이 꽃으로 남아 있었더라는 뜻이었다. 나당 연합군의 침입으로 도성이 무너질 때 낙화암 강물로 꽃처럼 몸을 던져 간 백제 여인들의 고결한 순절과 여망을 두고 빗댄 말이었다.

지섭은 무엇보다 그 꽃이 아직도 다시 피어 있노라는 한 대목에 마음이 더욱 깊이 사로잡히곤 해왔다. 꽃이 아직 다하지 않음은 지섭 자신이 누구보다도 간절히 소망해온 백제혼의 면면한 연명 바로 그것의 표상이 아닐 수 없었던 것이다.

그래 용술로 인하여 숨은 능묘의 비밀을 알고 난 다음부터는 그

시문의 뜻이 얼마나 더욱 새롭고 힘차게 그의 영혼을 흔들어놓았던가. 그리고 그 오랜 기다림 끝에 대왕의 넋이 비로소 당신의 말을 의탁할 맨 첫번 사람으로 그를 택해준 것처럼 보였을 때 지섭은 얼마나 황홀한 희망과 벅찬 감격으로 그 시편을 다시 읽게 되었던가. 하지만 이날 아침 그 같은 시편을 마음속으로 더듬어나가는 지섭의 심사는 웬일로 자꾸 여느 때의 그것처럼 감동스러워지지가 못했다.

　왕이 다시 이 땅으로 돌아와 있는 것은 아무래도 당신 자신에게 미처 다하지 못한 말이 남아 있었기 때문일 터였다. 왕은 언젠가 그 말을 보이기 위해 그토록 오랜 세월을 지하의 어둠 속에 기다려왔고, 그리고 이제 지섭을 부른 것이었다.

　왕의 무덤은 그 자체가 이미 당신의 말이었다. 지섭은 그 말의 뜻을 누구보다 먼저 정확히 알아내야 할 사람이었다. 하지만 그는 그것을 쉽사리 알아낼 수가 없었다. 왕이 아직도 여전히 침묵만 지키고 있기 때문이었다.

　지섭은 처음 아직도 왕이 그토록 입을 굳게 다물어버리게 한 것이 용술이 놈의 허물 때문일 것으로 생각했다. 능실 안에서 더 이상 왕의 말을 알아차릴 다른 징표들을 찾을 수가 없기 때문이었다.

　무엇보다 지섭은 그 지석의 후면을 조금도 해독해낼 수 없는 일이 안타깝기 그지없었다. 지석의 양식을 곰곰 따져보니 그것은 왕릉에 마련된 묘지의 기록치고는 앞뒤가 소홀한 점이 여러 가지나 나타났다. 지석이라 보기에는 붕어 당년의 나이나 월일(月日)의 간지(干支)조차 기록되지 않은 지문 형식이 너무 소홀해 보였고,

능권(陵券)으로 보기에는 방위표(方位表)와 지신(地神)들에 대한 지매(地買) 절차의 문권 형식이 전혀 나타나 있지 않았다. 왕의 붕어와 성묘(成墓) 일자에 대해서도 의문스런 점이 한두 가지가 아니었다.

그 모든 것은 지석의 후면 문구가 해독될 수 있어야 하는데 석질이 부실한 지석의 후면 글자들은 자흔이 너무 소밀하고 얕았던 데다, 그나마 오랜 습기와 썩은 풀뿌리의 침해를 받아 자흔을 전혀 알아볼 수 없게 삭아들어 있었다.

지석에 더 이상의 기대를 걸 수 없게 되고 보면 다른 부장품이나 유물이라도 찾아볼 수 있어야 했다. 현실 벽이나 바닥은 모두 연꽃무늬의 붉은색 치장이어야 했고, 천장 역시도 아름다운 궁륭으로 연꽃무늬가 만발해 있어야 했다. 그리고 무엇보다 그 기다란 영좌 위에는 황금색 어관의 흔적이 남아 있어야 했고, 왕의 머리가 놓였던 곳에는 화염이 타오르는 형상의 황금 왕관이 놓여 있어야 했다.

지섭이 눈을 감으면 그것들은 금세 그곳에 있었다.

하지만 눈을 뜨면 사정은 언제나 반대였다. 눈을 떴을 때 그의 앞에 있는 것은 언제나 까만 어둠과 무거운 침묵의 절벽뿐이었다. 전짓불을 켜고 봐도 왕관의 흔적은 자취가 없었다. 다만 깊은 흙먼지와 풀뿌리 아래로 연꽃무늬의 천이 깔린 바닥이나 그 붉은 연꽃의 천들로 아름다운 궁륭형을 이룬 천장의 모양이 고작일 뿐이었다.

도대체 능실 안에선 그 밖에 첫날의 휑한 모습 그대로 아무것도 더 눈길이 끌릴 만한 부장품을 찾아볼 수가 없었다. 며칠 밤을 두고 용술과 함께 능실 안을 샅샅이 조사해보았으나 소득이라고는 오직 삭아 부스러진 그 지석 한 조각과 어관을 올려놓았을 도두룩한 관대의 자국을 확인해낸 것뿐이었다.

연도 입구에서 묘도가 따로 마련되어 있지 않았던 걸 보면 서하총 현실로 연해 있는 비밀 통로 역시 이전에 어느 도굴꾼의 침입로라기보다는 당시에 어떤 불가피한 사정으로 원래의 묘도를 그렇게 만든 것이라고 할 수밖에 없었다. 묘도를 그렇게 만들어야 했던 당시의 사정 또한 여간만 궁금스런 수수께끼가 아니었다.

하지만 어쨌거나 능실이 그토록 말끔한 데다가, 이전에 사람의 손길마저 스쳐 간 흔적이 없고 보면, 이제는 필경 용술의 소행에 의심이 남을 수밖에 없었다.

하지만 용술 역시도 그것만은 끝끝내 부인했다. 용술 역시 능실을 미리 알아본 사람은 없었던 게 분명해 보인다면서도 자기 먼저 그 능실 안 물건에 손을 댄 일은 맹세코 없다는 것이었다. 탐나는 부장품이라도 있었다면 그는 혹 그것만 꺼내고 다시 입을 다물어버렸을지도 모른다면서, 오히려 텅 빈 능실 안이 그의 부정한 생각을 짓누르고 곧바로 지섭에게 사실을 알리게 했다는 거였다.

녀석의 태도는 전날의 그 막바지 설득과 위협 앞에서도 달라질 기미가 전혀 안 보였다. 그렇다고 지섭은 그 용술을 정말로 고발까지 하고 나설 생각은 아니었다. 녀석을 고발하고 보면 지섭 자신의 일도 그것으로 그만 끝장이 나야 했다. 그는 아직도 무덤의 비밀을 세상에 털어놓을 생각은 하지 않고 있었다. 왕의 말을 분명히 알아내기 전에는 절대로 그럴 수가 없는 일이었다.

지섭은 결국 혼자서 그 일을 해내지 않으면 안 되었다.

아직은 절망을 할 시기도 아니었다. 왕이 다시 그의 옛 땅으로 돌아온 사실 하나만으로도 그는 참으로 뜻 깊은 말을 하고 있었다. 지섭이 아직 그 답답하고 안타까운 수수께끼들의 자물쇠 앞에서 왕의 참뜻을 분명히 알아내지 못하고 있을 뿐이었다.

그러나 지섭은 언젠가는 결국 그것을 알게 될 날이 오고 말리라는 것을 알고 있었다. 왕이 그의 침묵을 깨고 보다 더 분명한 목소리로 그를 깨우쳐줄 날이 올 것을 굳게 믿었다. 그래 그는 아직도 끈질긴 노력과 정성으로 왕의 침묵을 참고 기다리고 있는 것이었다. 그리고 지섭이 능실 안 어둠 속을 혼자 숨어들어가 눈을 감고 기다리고 있을 때면 번번이 그 황금빛 속의 대왕이 눈앞에 나타났고, 그리고 그가 눈을 떴을 땐 대왕의 모습이 허무하게 사라지고 나서도 그 허허한 어둠 속에서마저 어느 쪽에선가 금방 왕의 목소리가 우렁우렁 울려 나올 것 같은 조급하고 간절한 기분이 되곤 하는 것이었다.

어떻게 보면 그는 이제 그 무덤의 비밀 때문에 정신이 반쯤 나가 사는 사람 같기도 했다. 밤낮을 가리지 않고 무덤의 망상에만 사로잡혀 지내는 그의 그 내밀하고도 망연스런 표정이나 질서 없는 행동들이 다른 사람들의 눈에까지 역력한 광태의 일종으로 비쳐지고 있었다.

하니까 이날 아침 지섭에게 그 망국한을 읊은 선인의 시편이 갑자기 시들해진 것은 그의 그런 왕에 대한 강한 집착이 이날따라 새삼 헐거워진 때문은 아니었다. 왕의 침묵에 실망을 해서거나 용술에 대한 자신의 결심이 달라져버린 때문에서도 아니었다. 그보다도 오히려 자신의 그런 광태 어린 집착을 얼마나 더 끈질기게 버티어나갈 수 있느냐에 대한 어렴풋한 자기 불안감 때문이라 할 수 있었다.

그러나 지섭은 이윽고 그 자신 속에 어떤 갑작스런 생기 같은 걸 느끼며 벌떡 자리를 박차고 일어났다. 자리 속에 망연한 상념들을 뒤쫓다 보니 이날은 또 그에게 다른 한 가지 수월치 않은 일이 예정되어 있었던 생각이 떠올라온 것이었다.

이번에는 그를 진짜 미친놈으로 만들어버릴지도 모르는 우스운 위험이 따르는 일이었다.

장수 계백의 애마(愛馬)를 한 필 찾아내는 일이었다.

그래서 그 말짐승의 뱃가죽 밑으로 사람이 기어들어가 발진 동작 시의 하체부 사진을 몇 장쯤 찍어내 오는 일이었다.

오전 중으로 바로 서울로 쫓아 올라가 기경대(騎警隊) 사람들을 일찍 찾아 만나야 했다.

꿈을 앓는 사람들

5

 읍내 거리 중심가에 계백 장군의 기마상(騎馬像)을 마련해 세우려는 계획은 고을 안 사람들 간에 여러 해 동안 논의가 계속되어온 일이었다. 부여 문화원이 주동이 되어 군내 문화계와 재계, 관계의 인사들을 망라한 계백 장군 동상 건립 추진 위원회가 결성되고, 동상 건립에 필요한 기금 확보를 위한 구체적인 모금 사업이 시작된 지도 올해로 이태째가 되고 있었다.
 위원회의 책임은 몇 해 전에 박물관장직을 물러나 지금은 민간 단체인 문화원 쪽으로 자리를 옮겨 앉은 홍은준 박사가 맡고 있었으나, 동상 건립을 위한 계획에서부터 모금 사업에 이르기까지의 모든 실무 처리는 지섭이 거의 홍 박사를 대신해오는 터이었다. 홍 박사나 위원회 사람들이 백제 관계 일 때문에 발바닥 마를 날이 없는 지섭에게 이번에도 그 일을 맡아주기를 원해왔고, 지섭 역시 사업 계획에 대한 첫번 논의가 시작되었을 당시부터 이미 두 발을 벗고 나서 있던 참이었기 때문이다.

그러던 일이 지난 여름께부터는 이제 기금도 웬만큼 모인 듯싶으니 본격적인 작업 진행을 서둘러나가는 것이 어떻겠느냐는 홍 박사의 다그침이 시작되게끔 이른 것이었다.

지섭은 홍 박사의 의견대로 곧 동상 건립의 구체적인 작업 설계에 착수해 들어갔다. 동상을 세울 장소를 물색하고, 그 동상의 규모에 따른 제작 경비의 명세를 작성했다. 무엇보다 번거로운 일이 장군의 복식(服飾)과 생동감 넘치는 기마 자세의 모델을 어떻게 마련해내느냐는 것이었다. 장군의 무장 복식은 홍 박사 쪽에서 고증을 맡고, 지섭 쪽에선 우선 늠름하고 생동감 있는 기마상의 모형을 마련하는 일을 맡았다.

거리마다 자랑스러운 기마상을 세워서 받드는 백성들은 그들이 그 동상에 바친 정성과 노력만큼 축복을 반드시 받아야 할 사람들이었다.

그런데 책이나 사진에는 보기 좋은 기마상의 모습들이 많았으나, 실제로 자기 고을 고유의 기마상을 하나 지어내려는 작업에선 도움다운 도움을 구할 수가 거의 없었다. 동상들의 자세나 분위기에서도 그랬고, 세부적인 동작의 표현에서도 그러했다. 장군의 동상이 제대로 동상답게 세워지려면, 무엇보다도 우선 사람과 말이 실제로 살아 움직이는 기마 동작의 실연을 통해서 동상 각 부분의 정밀한 형태와 생동감 있고 균형 잡힌 기마상 전체의 모형을 옳게 마련해내야만 했다.

동상 건립이란 이를테면 한순간의 정지 형태 안에다 모든 동작의 연속성을 압축해내는 일이었다. 사람을 말에 태워 모든 동작을 실연해보지 않고는 가능할 수가 없는 작업이었다. 지섭의 상의를 받고 동상의 설계를 자청해 맡고 나선 김주상(金周相, 그 또한 이 고을 출신의 조각가였다)의 의견도 그러는 편이 물론 일의 옳은 순서라는 것이었다.

다행스러운 것은 홍 박사 편에 마침 인연 닿은 기경대 경위가 한 사람 서울에 있었던 점인데, 지섭은 그래서 홍 박사의 주선에 따라 서울의 민영서 경위에게 도움을 구하는 글을 내게 되었고, 편지를 띄운 지 얼마 뒤엔 그 민 경위로부터 다시 호의에 넘친 협조의 다짐을 얻어놓기에까지 이른 것이었다.

왕릉 쪽에 정신이 팔려 잘못했으면 깜박 약속된 날짜를 잊고 넘길 뻔한 일이었다.

지섭은 자리를 빠져나오자 아침상을 드는 둥 마는 둥 내친김에 곧 상경 채비를 갖추고 서둘러 집을 나섰다.

"민 경위를 만나기로 한 날이 오늘이던가요? 이거 난 그런 줄도 모르고 다른 예정을 잡아버렸는데 어떡한다?"

집을 나서는 길로 곧바로 혼자 버스를 타버릴 수도 있었으나, 별일 없으면 자기도 함께 동행을 하고 싶노라던 홍 박사 생각이 떠올라, 지섭은 일단 박물관 아랫동네로 홍 박사부터 찾아가 만났다.

하지만 홍 박사는 이날 다른 예정이 미리 잡혀 있노라며 적잖이 민망스런 표정을 지었다.

동행을 그만두더라도 서울에서의 촬영 작업에 혹 주문할 일이 없느냐는 지섭의 물음에 대해서도 홍 박사는 그저,

"그야 내가 뭘 안다고 주문할 일이 따로 있겠소. 모든 걸 윤 형이 알아서 해주셔야지요. 하는 일도 없이 앉아만 있는 처지에 이런 소리도 함부로 지껄여대기가 뭣하지만, 이 일은 애초부터 윤 형을 믿고 윤 형의 헌신에 기댈 생각으로들 시작한 격이니 말요. 그러니 늙은이들은 상관 말고 모든 걸 윤 형이 알아서…… 허허."

맥이 풀릴 정도로 매사를 일방적으로 지섭에게만 일임해버렸다. 그야 일의 책임을 맡은 사람이 중요한 대목에서마다 번번이 힘을 합해주지 못하고 있는 데 대한 자격지심 때문일 수도 있었다.

하지만 지섭은 홍 박사의 그런 무기력한 선량성 같은 것이 아무래도 못마땅했다. 그는 그 홍 박사 앞에 느닷없이 어떤 반발심 같은 것이 치솟았다.

"이건 마치 저 혼자서 온통 백제 패망의 저주를 들쓰고 있는 것 같은 느낌이군요."

아마도 왕릉의 내력을 밝혀내지 못하고 있는 일로 해서 그의 신경이 의외로 피로해져 있었던 탓이었는지 모른다. 지섭의 입에서 어느새 그 홍 박사를 빗대고 한 힐난처럼 생각지도 않았던 소리들이 거침없이 흘러나오고 있었다.

"이건 웬 팔자에도 없는 동상 조각가가 되어야 하질 않나, 게다가 또 요즘 와선 천 년도 넘은 유령이 되살아나서 사람을 미치게 홀려대려 하지 않나……"

"……"

지섭의 말뜻을 알아듣지 못한 탓도 있었겠지만 그러나 홍 박사는 그럴수록 더 민망스런 침묵으로 지섭의 힐난을 고스란히 감수하려는 태도였다.

하다 보니 지섭은 이제 자신의 가슴속 깊이 몰래 간직해온 왕릉의 비밀에 대해서마저 까닭 없이 자꾸 말을 털어놓고 싶은 충동이 일고 있었다. 홍 박사에 대한 자신의 무례스런 언동도 변명해둘 겸 내친김에 지섭은 그 무덤에 얽힌 최초의 의문점부터 다시 홍 박사의 확인을 얻어두고 싶어진 것이었다.

"제 말씀이 어떻게 들리실지 모르겠습니다만, 전 요즘 와서 갑자기 백제를 망해먹은 망국 왕 의자의 유령 때문에 머리가 돌아버릴 지경입니다. 느닷없이 요즘 의자왕의 유령이 제게서 되살아나 가지고 당나라로 포로가 되어 끌려간 당신의 행적을 한사코 부인하려 든단 말씀입니다. 당신은 나라가 망하고 나서 포로가 되어 끌려간 것이 아니라, 그해에 바로 수령(壽齡)을 거두고 이 땅에 혼령이 묻혔노라구요. 도대체 그런 일이 있었을 수가 있을까요…… 의자왕이란 도대체 어떻게 죽어서 어느 땅에 묻힌 왕이었습니까?"

그는 마치 백제의 패망사에 관해 아무런 이해도 식견도 없는 사람처럼 다짜고짜 그렇게 홍 박사를 추궁하고 들었다. 무덤에 관한 구체적인 비밀을 함부로 발설할 수 없는 지섭의 처지로서는 어쩔 수 없는 일이었다.

그러나 홍 박사도 이젠 그런 지섭을 보고만 있을 수가 없어진 모양이었다.

"당신 지금 무슨 소리를 하고 있는 게요? 아까부터 웬 저주니 유령이니…… 의자왕이 어디서 어떻게 죽어 묻힌 줄을 모르고 있을 윤 형은 분명 아닐 텐데 말이오. 윤 형 자신의 말마따나 당신 요즘 정말로 머릿속이 좀 어떻게 되어가고 있는 게 아니오?"

홍 박사는 자신이 지섭에게 무슨 희롱이라도 당하고 있는 기분인 듯 얼굴빛까지 딱딱하게 굳어지며 지섭을 거꾸로 몰아세웠다.

지섭은 이제 물러설 수가 없었다.

"박사님께도 제가 정말 어떻게 되어 보이신다면 그 역시 허물은 그 의자왕이란 분의 유령 때문일 것입니다. 박사님이 보시는 대로 제 머릿속이 설령 어떻게 되어버렸다 해도 책에 씌인 그분의 역사를 모르고 있을 저도 물론 아니겠구요. 하지만 전 그『삼국사기』나 『유사』와 같은 책에 나오는 왕의 이야기가 아니라, 박사님께서 믿고 계실 마지막을 말씀해주시라는 것입니다."

"내가 믿고 있을 왕의 마지막이라니? 그렇다면 윤 형은 기록에 남은 사실과 내가 믿고 있는 사실이 다를 것이라는 이야기요?"

"박사님께서는 혹시 다른 상상을 하고 계실 수도 있지 않으시겠느냐는 말씀이지요."

"그것참 뜻밖의 추리로군요. 그야 물론 나도 기록만을 금과옥조로 믿고 받들 수 없는 대목이 있었을는지도 모르지요. 나 역시 때로는 사서 자체의 진실성을 의심해보는 때가 종종 있었으니까. 『사기』나『유사』의 기록들이 사실과 다를 수 있을 가능성은 둘째치고, 이쪽이나 저쪽이나 모두 삼국의 사기라기보다는 신라 한 나라의 사록 아니면 김유신 장군 개인의 인물전에 가까운 책이라는 소리까지 내 입으로 지껄인 일이 있었을 게요. 하지만 의자왕의 죽음은 『사기』나 『유사』뿐만 아니라 중국 쪽 기록에까지 뒷받침되어 있는 일 아니오. 게다가 우리 눈으로 직접 보고, 보아서 아는 일이 못 될 바에 어차피 얼마간 의구심이 남더라도 남아 있는 기록 밖엔 의지를 삼을 데가 없는 것이 역사상의 일들인 게구 말이오."

"기록상의 사실을 뒤엎을 일이라도 일어나게 된다면요?"

"기록의 사실을 뒤엎을 수 있는 일이라면? 윤 형을 요즘 홀리려 든다는 그 유령의 이야기 말이오?"

"유령이 아니라 가령 이 땅의 어느 구석에서 의자왕의 무덤이라도 뒤늦게 발견되는 일이 있다면 말씀입니다."

— 전 사실 지금 그런 무덤을 하나 발견해놓고 있는 중이거든요.

지섭은 곧바로 그렇게 한마디 더 덧붙이고 싶은 생각이 간절했다. 하지만 아직은 좀더 말을 참아야 했다. 섣불리 입을 잘못 열었다간 무덤은 오히려 영원히 그 수수께끼의 입을 다물어버릴지도 모르는 일이었다. 무덤 속의 왕은 당신의 말을 대신 시킬 사람으로 천 년 후의 지섭을 택하고 있는 터이었다. 무덤의 입이 열리기 전에 함부로 기미를 누설해서는 안 되었다.

홍 박사는 아닌 게 아니라 지섭의 그런 가정 화법에 대해서마저도 주의를 기울이는 빛이 전혀 없었다.

"항상 하는 말이지만 그렇게 너무 흥분을 하면 얻을 이득이 작아요. 역사란 감정을 너무 앞세우다 보면 사실에 대한 안목이 흐려지기 십상인 게요. 그야 물론 맘먹은 대로만 되어준다면 어디 그 의자왕의 무덤뿐인가요. 무덤보다도 아예 그냥 왕의 미라라도 찾아내진다면 이야기는 더한층 쉬워지고 말겠지요. 이런 소릴 지껄이고 앉아 있는 나라는 사람도 저 신라나 고구려가 아닌 백제 땅 사람이니 그런 바람들까지를 굳이 허물하고 싶은 처지는 아닐 테구 말이오. 나 역시도 실상 백제의 정신이나 문화를 옳게 밝혀내고 싶은 소망은 누구에 못지않을 테니까요. 그러나 내 얘기는 다만 그 백제의 정신과 문화를 옳게 밝혀 이어받자면 우선은 그 시대의 실상부터 선입견을 갖지 말고 옳게 바라보도록 하자는 것이에요. 감정을 앞세워 한 가지만을 주장하려다 보면 있었던 것도 없게 되고 없었던 것도 억지로 만들어내게 되지 않던가요. 저 군국 일본이나 나치하의 독일처럼 말이오. 그런 태도가 말하자면 쇼비니즘이라 일컫는 맹목적 국수주의라는 거 아니던가— 자기 고을 일에 열성을 내주는 건 더없이 고마운 일이고, 또 그러는 윤 형의 심정을 전혀 이해하지 못하는 바도 아니지만, 어쨌거나 요즘 윤 형의 태도가 심상칠 않아 보여서 하는 소리들이오."

무덤에 대한 이야기는 아예 그럴 가능성마저 깡그리 무시해버린 채 홍 박사는 그런 소릴 지껄여댄 지섭만을 호되게 나무랐다.

홍 박사라는 사람은 위인의 됨됨이가 원래 좀 그런 식이었다. 부여 고을에선 더 말할 나위가 없지만, 고을 밖을 나서봐도 홍 박사만큼 백제사에 깊이 통달하고 있는 인물은 흔한 편이 아니었다. 백제사에 대한 문헌적 지식뿐만 아니라 그만큼 홍 박사는 왕조의 흥망사나 그 문화에 대한 이해와 애착이 깊은 사람이었다.

하지만 그는 모든 일에서 될수록 개인의 감정이나 독단을 피하려는 쪽이었다. 한 예로 부여 고을 안에는 경주의 다보탑이 백제인의 제작품이라는 가설을 사실로 확신하고 있는 사람이 허다했다. 홍 박사 자신도 언젠가 사석에서 그 석가탑과 다보탑에 얽힌 전설의 모순을 지적해 말한 적이 있던 사람이었다. 석탑 제작의 기술적인 과정은 아무래도 다보탑 쪽이 석가탑보다 힘들어 보이는 게 당연하다는 것이었다. 석가탑이 다보탑보다 완성이 늦은 것으로 되어 있는 아사(阿斯)의 전설이 앞뒤가 뒤바뀌어 전해져왔을 수도 있는 일이라고, 영지(影池)에 탑 그림자가 떠오르지 않아 아사녀를 안타깝게 했던 무영탑은 오늘의 그 석가탑이 아닌 다보탑을 두고 빚어진 전설이었기가 십상이라는 것이 홍 박사의 추측이었다.

그러나 홍 박사의 공식적인 태도는 아직도 무영탑을 석가탑으로 시인해두려는 쪽이었다. 전설의 모순이나 개인적인 믿음과는 상관없이 전설의 통념을 뒤바꿔줄 만한 객관적인 근거가 발견되지 않은 때문이었다.

홍 박사의 그런 태도는 물론 무영탑 한 가지에 한한 것이 아니었다. 백제 문화에 관한 일체의 사실(史實)들에 대해서, 그 백제 문화를 포함한 삼국 문화의 선후 관계와 상호 관련성에 대해서, 또는 바다 건너 일본과의 관계에 대해서, 모든 면에서 홍 박사는 그처럼 엄격한 자기 객관성을 유지하려 노력했다.

지섭은 물론 홍 박사의 그런 점을 누구보다 깊이 이해하고 존경을 해오고 있는 터이었다. 홍 박사의 충고처럼 지섭 자신까지를 포함해서 이 고을 사람들이 걸핏하면 너무 감정을 앞세우고 나서려는 경향이 짙었기 때문이다. 백제사에 관한 홍 박사의 노력이나 주장들이 객관적으로 옳은 설득력을 유지해가기 위해서는 당연히 그 홍 박사 개인의 감정과 충동적 편견부터 극복될 수 있어야 했다.
 그러나 홍 박사가 그처럼 엄격한 자기 객관성 위에서 옳은 백제 문화의 양식을 밝혀내고, 그리하여 누구보다 떳떳한 자부심과 투철한 신념을 가지고 그것을 다시 이 땅의 것으로 되돌려놓으려는 노력 역시 궁극에 가선 지섭 들과 궤를 같이하고 있는 것이었다. 그것은 한마디로 홍 박사의 홍 박사다운 각성된 한 방법일 뿐이었다.
 지섭은 더 이상 소득 없는 집안 분란을 만들고 있을 필요가 없었다.
 ─언젠가는 이 양반도 꼿꼿한 머리를 갸웃거리게 될 때가 와야겠지.
 지섭은 일단 거기서 더 이상의 자세한 이야기를 참아두기로 작정했다.
 그리고 그쯤에서 그냥 발길을 돌이켜 박사의 앞을 물러나오려던 참이었다.
 지섭의 추측은 과연 홍 박사의 깊은 내심을 빗나가지 않았던 것 같았다.
 "이 사람, 그럼 어려운 수골 치르고 멋있는 사진들이나 많이 만들어오도록 하구려."
 차 시간을 들여다보며 자리를 일어서려는 지섭에게 홍 박사가 다시 양해라도 구하듯 정색한 얼굴로 몇 마디 덧붙여왔다.
 "지금 한 말들은 윤 형도 달리 알아들었을 리가 없겠지만, 이 홍은준도 이 고을에서 늙은 백마강 물깃 사람이라는 건 잊어버리지 말고 말이오."

6

 버스가 서울을 들어서는 길로 기경대를 찾아가 만난 민 경위는 지섭이 기대했던 이상으로 그의 일에 무척이나 협조적이었다.
 "잘 오셨습니다. 그렇지 않아도 제 깐엔 어떻게 맘에 맞는 사진을 찍어가게 해드릴지 꽤 걱정을 하고 있었습니다만……"
 민 경위는 지섭으로부터 자세한 이야기도 듣기 전에 혼자서 미리 작업 준비를 거의 다 끝내놓고 기다리던 참이었다. 지섭으로선 연기에 적합한 말을 골라내야 하는 일이나, 그 말을 부려줄 사람을 따로 구해야 할 번거로운 수고들이 거의 필요 없었다. 지섭에게 혹여 말을 고르거나 부릴 줄을 아는 요령이 있었던 것도 아니지만, 민 경위가 지섭을 대신해 거기까지도 미리 알아서 준비를 다 끝내놓고 있었기 때문이다.
 "말은 그냥 제 걸 쓰도록 하지요. 여기서 부리고 있는 말들은 특별히 외모에는 차이가 많지 않으니까요. 말이라는 건 원래 주인과의 호흡만 맞으면 얼마든지 실력을 발휘해주는 짐승이거든요. 제 말만 부리게 되면 저로서도 선생님의 주문을 받들기가 훨씬 쉬울 듯싶구요."
 지섭은 원래 민 경위를 만나서 일의 절차부터 하나하나 상의를 해나가야 할 입장이었다. 협조를 요청한 편지를 내면서도 민 경위 자신이 자기의 말로 필요한 기마 동작들을 실연해줄 것까지는 기대를 안 했었다. 그런데 민 경위는 지섭이 일의 순서와 내용을 의

논하려 들자 처음부터 으레 그런 주문이 아니었느냐는 듯 모든 역할을 자신이 직접 떠맡고 나선 것이었다.
　말도 기수도 사전에 미리 다 결정되어 있었던 셈이었다. 게다가 민 경위는 일을 진행해나가는 성격마저 몹시 단도직입적이었다.
　"그럼 뭣인가. 촬영 작업은 언제부터 시작하시겠습니까. 전 오늘 대장님께 미리 양해를 얻어놓았으니까, 제 근무 시간은 상관 마시고, 필요하시다면 지금부터라도 당장 일을 시작해도 좋구요."
　지섭보다도 앞질러 작업을 당장 서두르고 나섰다.
　성격이 선선한 것도 선선한 것이지만 지섭의 일에 대한 특별한 관심이나 이해가 없이는 그러기가 좀처럼 어려운 노릇이었다.
　알고 보니 민 경위는 실제로 그런 어떤 은밀한 자기 이유 같은 걸 숨기고 있는 듯한 대목이 의외로 많은 사람이었다.
　"어떻게…… 이런 일을 하시는 데 어디서 보조 같은 건 좀 있었습니까."
　점심 요기라도 하고 나서 일을 시작하자는 지섭을 근처 설렁탕집으로 안내해 간 민 경위가 지섭을 보고 넌지시 물어온 말이었다.
　"보조라니요?"
　식탁 앞에 자리를 마주하고 앉은 지섭이 그의 말뜻도 미처 알아듣기 전에 민 경위는 다시,
　"알 만합니다. 그러니까 이 일은 선생님네 고을 사람들의 독자적인 사업인 모양이군요. 하긴 그렇겠지요. 그쪽 일은 원래부터도 좀 바깥 동네 관심이 덜해온 편이었으니까요. 어려운 일을 하시느라 고충이 많으시겠어요."

지섭의 대답은 들으나 마나라는 듯 혼자서 지레 말끝을 마무려 버리는 것이었다. 그리고는 으레 일이 그런 식일 줄 알았다는 듯 지섭에게 무언지 깊은 수긍의 고갯짓까지 끄덕였다. 적어도 그 민 경위 자신만은 이 일에 대한 남다른 이해가 따르고 있음이 분명했다. 그런 민 경위의 얼굴 위론 지섭이 수차 이런 일을 치르면서 경험해온 형언할 수 없는 어떤 울분과 비장스런 결의의 빛 같은 것이 얼핏 스치고 있었다.
　아니나 다를까. 민 경위는 이윽고 갑자기 자신의 그런 언동을 변명하고 싶어지기라도 한 듯 그답게 다시 쾌활하고 시원시원한 목소리로 지섭을 부추기기 시작했다.
　"하지만 그 뭐 보조가 있으면 어떻고 없으면 어떻습니까. 설마 하면 여태까지 그런 일을 계획하고 추진해온 게 어느 곳 보조 같은 걸 바라고 한 일이었겠소. 안 그래요? 까짓 보조야 있거나 말거나 뜻 맞는 사람끼리 하고 싶은 일을 해나가면 그만이지. 글쎄 이건 다른 동네 꼴들이 보기 싫어 생긴 옹졸스런 질투나 오기 때문인진 모르겠습니다만, 이런 일은 실상 이런 식으로 명분과 보람이 제대로 살게 되는 거 아닙니까."
　민 경위의 그런 소리는 물론 어디까지나 자신을 삼자연시해두고서 하는 말이었다. 하지만 지섭은 그 민 경위의 태도에서 이 일에 대한 어떤 분명한 호의와 숨겨진 관심의 내력을 읽을 수 있었다.
　"아무것도 걱정하실 거 없습니다. 동상의 모델을 사진 찍는 일에 관한 한 제가 모든 걸 책임져드릴 테니까요. 제기랄…… 전 원래 이 일 저 일 함부로 뛰어들기를 잘해서 손해를 보는 편이지만,

이번 일엔 어차피 건장한 말 있겠다, 배워논 말꾼 기술도 어지간히 쓸 만하겠다, 긴 물건 늘여 파는 종마 장사가 아닌 바엔 저도 함께 힘을 보태는 게 마땅한 일 아니겠습니까. 하하. 그 대신 윤 선생께선 일당 치르는 셈 치고 제 기마 자세나 사진을 멋지게 찍어 주시면 되는 겁니다."

　호의와 협조에 새삼 고마움을 표해온 지섭에게 민 경위는 자기도 그게 힘을 '함께 보태야' 하는 일이라 말하고 있었다. 홍 박사와의 인연도 인연이겠지만, 도대체가 이런 일에 자신의 힘을 '함께 보태야' 하는 의무로 말할 수가 있거나, 자기 오기나 질투 때문에 다른 동네 꼴이 보기 싫어질 수 있는 사람의 속 내력이란 묻지 않아도 알 수 있는 것이었다.

　지섭은 그러나 그런 민 경위에게 굳이 무슨 지연이나 자세한 속 내력 같은 것까지는 물으려 하지 않았다.

　민 경위 쪽에서도 일단은 모든 것을 그저 홍 박사와의 인연 때문인 것으로 돌려댈 뿐 더 이상 구체적인 속 이야기는 입에 올리지 않고 있었다. 이를테면 서로 마음이 먼저 통해졌다고 할까. 그 또한 마음이 서로 통해진 사람끼리의 소리 없는 신뢰감의 표시인 셈이었다.

　어쨌거나 민 경위의 태도가 그런 식이고 보니 지섭의 일은 모든 것이 수월했다. 점심을 끝내고 기마대 연병장에서 본격적인 촬영 작업을 시작했을 때는 두 사람 다 제법 맹랑한 신바람이 일기까지 했다.

　그러니까 지섭과 민 경위는 바로 점심시간 다음부터 구경꾼까지 몇 사람 주위에 몰려선 기경대 연병장에서 본격적인 동상의 모델을 연출해나갔는데, 민 경위는 어디서 미리 창과 칼에 방불한 막대기들을 구해다가 장군 계백의 기마 동작과 마상 독전의 모습들을 열심히 흉내 지어 보이는 것이었다.

지섭은 민 경위가 지어 보이는 마상 동작에 따라 말의 출진과 돌진 또는 정지 간의 도약 동작들을 좌우전후에서 정신없이 카메라에 찍어 담고. 그리고 그 모든 방향의 동작들을 다시 한 번 세밀한 부분으로 분리 촬영을 해나갔다. 말의 출진과 도약에 따라 그 위에 올라앉은 민 경위의 모습도 칼과 창을 대신한 나무 막대기를 이리저리 바꾸어가며 여러 가지 변화를 연출해냈다.

— 이번엔 아마 처자를 베고 나서 마지막 황산벌 결전을 나갈 때의 비장한 장군의 분위기가 드러나 보여야겠지요. 자, 이 나라의 충직하고 자랑스런 병사들아. 옛날의 월(越)나라 구천(句踐)은 5천 명의 군사로써 오(吳)나라의 70만 대군을 격파한 일을 기억하느냐. 이제 우리 백제국의 5천 병사도 목숨을 걸고 분발하여 오늘의 승리를 결단함으로써 백제의 국은을 갚도록 하라!

— 그럼 이번엔 신라 화랑 관창의 어린 목을 베어 말과 함께 그의 아비에게로 되돌려 보내고 나서 무리져 오는 신라군을 맞아 병졸들을 독전하며 말을 달려 나가는 장군의 돌진 모습을 그려봅시다. 자, 백제의 아들들아! 어찌 우린들 저 신라 소년의 높은 기개를 보고만 있으랴!

민 경위는 하나하나 마상 동작을 바꿔갈 때마다 당시의 정황들을 스스로 상기해내고 있었다.

"계백 장군 이야기를 미리 좀 읽어두었지요. 아무래도 일을 일처럼 해보려면 알아두는 게 좋을 것 같아서요."

처음 몇 번은 자신의 행동이 쑥스러운 듯 머리를 긁적이며 멋쩍은 변명을 해오기도 했으나, 나중에는 아예 자신이 실제로 옛 장수의 화신이 되어버린 듯, 때로는 비장해지고, 때로는 늠름해지고, 때로는 위엄과 사기가 스스로 충천해 오르면서 가지가지 군호와 마상 동작들을 거침없이 실연해 보이는 것이었다. 군호를 부르짖고 창칼로 병졸들을 독전해댈 때의 그 땀기 밴 민 경위의 눈길 속엔 지섭마저도 가슴이 섬뜩해올 정도로 무서운 살기 같은 것이 불타오르는 식이었다.

보기에 따라서는 괴상하기 짝이 없는 희극이었다. 연병장 가에 둘러서서 그것을 구경하고 있던 몇몇 민 경위의 동료들조차도 이 어이없는 희극 앞에는 좀체 웃음을 참을 수가 없어진 모양이었다.

— 이제 보니 백제군이 신라군에게 짓밟힌 이유를 알겠구먼. 사기는 충천한데 무기가 너무 엉터리 아닌가 말야.

— 어이, 계백 장군. 이번엔 당신이 마지막으로 신라 장수 창에 찔려 떨어진 모습도 보여주어야지!

연병장 가에선 야윤지 농지거린지 모를 그런 실없는 소리까지 간간이 들려 나오는 판이었다.

어쨌거나 지섭은 그런 민 경위의 열띤 연기 덕분에 기대 이상의 작업 소득을 얻게 된 것이 무엇보다 다행스러웠다. 한데 알 수 없는 노릇이었다.

오래지 않아 마침내 뜻하지 않은 사고가 일어나고 만 것이다.

민 경위란 인물에겐 원래부터 그런 어떤 불안정한 의식의 함정 같은 것이 숨겨져오고 있었는지 모를 일이었다. 그래서 그는 자신도 모르게 순간적인 착각에 빠져 연기의 착오를 일으키고 말았는지 모른다. 혹은 또 그것은 민 경위가 지섭에게 더욱 극적인 동상의 모델을 제공해주려다 저질러진 단순한 과욕의 실수일 수도 있었다.

지섭이 동작 중의 외관 촬영을 거의 다 끝내가고 있을 때였다. 마지막 사진 한 장만 더 찍으면 외관 동작은 그것으로 마무리를 짓고, 다음번에는 그 말 짐승의 배때기 아래로 기어들어가 하복부와 대퇴부들의 부분 동작을 분리 촬영할 참이었다.

그런데 그 마지막 한 장의 사진이 바로 사고의 발단이었다.

민 경위는 그때 지섭의 정면에서 말을 달려와 약속된 지점에서 앞다리를 번쩍 쳐들며 공중으로 치솟아 오르는 제자리 도약 자세를 주문받고 있었다. 말의 앞 두 다리를 쳐들어 올린 제자리 도약 자세는 돌진과 급정지의 양면 동작을 겸해 보일 수 있는 이점도 있었지만, 보다도 지섭은 거기서 어느 기마 자세에서보다도 더 호쾌하고 용맹스런 느낌을 기대한 것이다.

민 경위는 이윽고 지섭의 주문에 따라 지섭과는 반대쪽 연병장 끝에서부터 지섭의 카메라를 향해 정면으로 말을 몰아오기 시작했다. 지섭도 카메라의 파인더에 눈을 들이대고 민 경위가 정해진 지점 근처에서 어느 때보다도 멋진 도약을 연출해줄 것을 기다렸다.

그런데 그때 민 경위는 어찌 된 영문인지 정해진 지점에서 약속한 동작을 일으키질 않았다. 그는 약속된 지점을 간단히 무시해버린 채 질풍같이 계속해서 연병장을 달려왔다. 그리고 지섭이 엉거주춤 카메라를 꼬놔대고 구부려 선 지점까지 말을 바짝 돌진해 들어온 다음에야 그의 머리통 위에서 갑자기 두 다리를 번쩍 공중으로 차올리는 것이었다.

지섭은 미처 일이 어떻게 돌아가는지 정신을 차릴 수가 없었다. 졸지에 당해버린 일이라 어떻게 미처 몸을 피해낼 도리가 없었다. 그는 다만 달려드는 말을 향해 위협적인 놈의 질주를 막아보려는 듯 무모하게 두 손으로 허공을 떠밀어대고 있었을 뿐이었다. 그리고 그때 누군가 그 연병장 가의 구경꾼들 가운데서 왁자하게 떠들어대는 소리를 스쳐 들었을 뿐이다.

─신라의 졸개 놈을 짓밟아버려라!
─백제의 원수를 갚아라!

그리고 그 순간 지섭은 그의 머리 위에서 갑자기 하늘로 날아오르려는 듯한 비마의 거친 울음소리를 들은 것 같기도 하였다.

그리고는 그만이었다.

지섭은 그 난폭스럽게 쳐들린 민 경위의 말발굽 아래로 몸뚱이와 카메라가 한꺼번에 나동그라져 들어가버린 것이었다.

7

지섭은 참으로 형언할 수 없을 만큼 심사가 초조하고 안타까웠다. 그는 마치 도깨비에게라도 홀린 듯한 황당한 기분이었다.

도대체 상상조차 해볼 수가 없었던 일이었다.

대왕의 능실이 깨끗이 다시 자취를 감춰버리고 만 것이었다.

대왕의 황금 영좌나 왕관들은 말할 것도 없었다.

대왕의 침묵이 깃들어 있어야 할 까만 어둠의 능실 전체가 흔적을 깨끗이 지우고 없었다.

귀신이 곡을 할 노릇이었다.

지섭은 상처가 아직 아물어 들지 않은 다리의 아픔쯤은 괘념할 여유도 없었다.

능실의 흔적이 사라져버리고 없는 것은 그런대로 또 무슨 천지신명의 말 못할 조홧속으로 체념을 해버릴 수도 있었다. 능실의 흔적이 없어진 것보다도 더한층 그를 망연스럽게 만든 것은 용술이 놈의 알 수 없는 태도의 돌변이었다.

위인은 웬일인지 처음부터 모든 것을 부인하고 나섰다. 지섭이 대왕릉의 묘실을 살피러 올라왔을 때부터도 녀석의 태도는 괴이하기가 이를 데 없었다.

"그 속에 무슨 묘실이 또 있었다구요?"

서하총 묘도로 숨어들어가는 지섭의 등 뒤에서 녀석은 숫제 어이가 없다는 듯 천연스럽게 지껄여댔다.

"선생님, 갑자기 머리가 좀 어떻게 되어버리신 거 아니세요? 지석이니 능실이니, 대관절 아까부터 어디서 무슨 허깨비들을 보고 하시는 말씀들이냔 말입니다."

그런 건 본 일도 들은 일도 없다는 듯 눈 하나 깜빡하지 않고 시치밀 떼려 들었다. 지섭더러 오히려 무슨 헛소리를 하고 있느냐는 것이었다.
 그런데 일이 이상스러운 것은 그 용술의 장담대로 지섭이 들어가 본 서하총 현실 벽엔 있어야 할 통로의 흔적이 감쪽같이 자취를 감추고 없는 것이었다. 주먹으로 석벽을 두드려보아도 별다른 기미를 느낄 수가 없었고, 판석을 떼고 통로를 넘나들던 벽면 주위에도 지섭을 포함한 사람의 손길 같은 것이 스친 흔적이 전혀 없었다.
 누군가가 다시 통로의 흔적을 지워 없앤 것이 아니라 처음부터 통로 같은 건 있어본 적이 없었던 듯한 본래의 상태 그대로였다. 지섭조차도 언제 거기서 통로를 보았던가 싶어질 정도였다.
 모든 것이 묘실을 찾아내기 이전의 상태 그대로였다.
 지섭은 마침내 그의 행동을 거꾸로 괴이쩍게 바라보고 있는 용술을 윽박질러대면서 의심스런 벽면의 판석 하나를 뜯어내보기까지 했지만, 그 판석 뒤에서도 역시 별다른 흔적이 드러나 보이질 않았다. 뚫렸던 통로를 흙으로 다시 채워 없앤 것이 아니라 예로부터 굳어온 적토(積土) 상태가 그대로 단단한 모습을 나타낼 뿐이었다.
 "윤 선생님, 아무래도 이젠 안 되겠어요. 느닷없이 밤중에 웬 묘를 다 허물어내려 드시고…… 무엇인가에 선생님 정신이 홀리고 계신 게 분명합니다. 묘를 나가 쉬시면서 정신을 좀 돌리고 보는 게 좋겠어요……"
 용술이 정색한 얼굴로 지섭을 걱정했으나, 그러는 녀석을 일방적으로 무시하고 들 수도 없는 형편이었다.
 사정이 그쯤 되고 보면 이번에는 녀석 말마따나 지섭 자신의 정신 상태를 의심해봐야 할 판이었다.

하지만 그의 의식이 분명한 것은 육신의 상처에서 오는 다리의 아픔이 아직까지 또렷해 있는 사실 한 가지만으로도 충분히 입증이 되고 있는 셈이었다.

그렇다면 그새 무슨 고약한 음모가 꾸며지고 있었던 게 분명했다. 묘실의 흔적이 사라져버린 건 둘째 치고 용술이 놈마저 한사코 의뭉스레 시치밀 떼고 나서는 것이 이만저만 수상해 보이질 않았다.

"글쎄, 언제 제가 선생님하고 여길 함께 드나들고 있었다는 겁니까. 윤 선생님의 꿈속에서요? 망상 속에서요? 도대체 그 비밀 통로라는 건 무어고 의자왕의 능실이라는 건 또 무어냐 말씀입니다. 언제 제가 선생님하고 그런 걸 보고 숨기고 있었단 말씀이냐구요."

용술은 지섭과 함께 능실을 찾아냈던 사실 자체를 처음부터 깡그리 부인해버리는 것이었다. 하다못해 지섭은 나중에 용술이 통로를 뚫고 들어갈 때 몰래 파내다 버렸다는 흙무더기를 찾아가보았지만 그 역시 벌써 감쪽같이 흔적이 사라지고 없었다.

음모가 꾸며져도 예사 음모가 꾸며지고 있는 게 아니었다. 지섭은 갈수록 안타깝고 못 견디게 속이 타올랐다.

능실이 사라지고 없는 데 대한 절망감 때문이었을까. 상처의 아픔이 이젠 견딜 수 없을 정도로까지 몸 전체로 번져왔다. 통증이 오는 곳은 다리 쪽이 아니었다. 가슴 쪽 아픔이 더욱 뚜렷했다. 아픔이 시작된 곳은 애초부터 다리 쪽이 아닌 그 가슴께 어디인 것 같았다.

지섭은 그 통증 때문에 숨길이 컥컥 치받쳐올 지경이었다. 등골에서 진땀이 흐르고 시야마저 깜깜 어두워왔다.
통증과 긴장으로 사지가 온통 공중으로 튕겨져 나가버릴 것 같은 절정의 순간이었다.
"이제 의식이 좀 살아나나 봅니다."
어디선가 가까운 곳에서 사람의 말소리가 들려왔다.
"이마에 땀을 흘리기 시작했어요. 숨소리도 훨씬 활발해졌구요."
"통증을 느끼기 시작하면 곧 의식이 회복될 겁니다."
눈을 떠보니 젊은 의사 한 사람과 민 경위가 그를 걱정하고 있는 소리였다. 그는 형광불빛이 밝은 병실 침대 위에 누워 있었고, 맞은편 나무 걸상 위에 민 경위가 그를 걱정스럽게 건너다보고 앉아 있었다. 의사는 방금 병실을 나가려던 참이었다.
"눈을 떴어요, 이 사람……"
지섭의 의식이 되살아난 것을 보고 민 경위가 병실을 나가려던 의사에게 다시 말했다. 문 곁에서 의사가 잠깐 발길을 머물고 서서 지섭을 건너다보았다. 그리고는 이내 다시 몸을 돌이켜 문을 나가면서 민 경위에게 일렀다.
"아, 잘됐습니다. 그대로 좀더 편안히 쉬게 해두십시오."
"어떻게 된 거지요?"
지섭은 꿈속에서와 같이 여전히 몸을 쥐어짜는 듯한 통증을 견디며 그 민 경위에게 좀 실없는 미소를 지어 보였다.
하지만 민 경위는 아직 웃음이 따라 나오지 않는 모양이었다.
"어떻게 드릴 말이 없는 것 같군요. 보시다시피 여긴 병원입니다."

죄지은 사람처럼 송구스런 목소리로 말하고는 제풀에 슬그머니 지섭의 시선을 피했다.
　민 경위가 그처럼 풀이 죽은 모습을 보니 지섭은 비로소 사고의 전말이 또렷이 생각났다.
　민 경위는 아닌 게 아니라 그한테는 큰 허물을 지은 사람이었다. 하지만 지섭은 이미 그 민 경위에게 사고의 허물을 추궁할 생각이 없었다. 이유는 알 수 없었지만, 지섭은 민 경위에 대해 무슨 악의 같은 게 조금도 느껴지지 않았다. 지섭 자신도 어쩌면 민 경위의 그런 우발적인 행동을 어렴풋이나마 이해할 수 있을 듯싶었기 때문이다.
　—당신이 누구요? 당신이 누구길래 그런 발작을 참을 수가 없어졌던 게요……
　지섭은 다만 민 경위의 심중에 숨겨져 있을 그 발작의 사연을 알고 싶을 뿐이었다.
　하지만 지섭은 거기까지도 굳이 민 경위를 괴롭게 추궁하고픈 생각이 없었다.
　"제가 그만 미쳤어요. 저도 모르게 졸지에 정신이 나가버린 겁니다……"
　지섭이 묵묵히 아픔을 참고 있노라니 민 경위가 다시 자신의 행동을 후회했다.
　"글쎄 저 자신도 그땐 뭐가 뭔지 도대체 분간이 안 갔으니까요. 윤 선생님이 땅바닥에 넘어져 있는 걸 보고서야 겨우 제정신이 좀 들어오지 않았겠습니까……"

"민 경위님도 아마 남도 땅 어디쯤에 탯줄을 묻은 사람 아닙니까. 그쪽 땅에 탯줄을 묻은 사람들 중에 가끔 그런 분들이 생기곤 하니까요. 탯자리 지력이 좀 드센 탓이라 할까요……"

지섭은 자기 쪽에서 오히려 경위를 위로하고 싶어졌다. 하니까 민 경위도 그제서야 좀 한시름이 놓이는 표정으로 조심스럽게 지섭의 부상을 들추고 나섰다.

"그나마 한 가지 다행스러웠던 일은 경황이 없는 중에도 어떻게 큰 변은 면해내실 수가 있었던 것이 아닌가 싶습니다. 크게 염려될 만큼 상처가 깊은 곳은 없으시다니까요. 카메라도 필름은 건질 수 있었구요……"

"도대체 전 지금 어디가 어떻게 망가진 겁니까."

민 경위의 말을 듣다 보니 지섭은 잠시 잊고 있던 육신의 고통이 되살아났다. 어디가 어떻게 다친 줄도 모르게 상처의 고통이 몸 전체를 곳곳에서 무겁게 짓눌러오고 있었다.

지섭은 비로소 자신의 부상이 궁금해지기 시작했다. 민 경위는 그리 심한 부상은 없는 듯이 말하고 있었으나, 그의 몸의 어디를 어떻게 다쳤는지 구체적인 상처 부위나 정도라도 우선 알고 싶었다. 사지를 어떻게 처매놓았는지 혼자서는 도대체 손끝 하나도 제대로 움직여볼 수가 없기 때문이었다.

"왼쪽 대퇴부하고 우측 어깻죽지 근처에 근육이 두 곳 끊어진 것 같다는군요……"

민 경위는 지섭이 될수록 안심이 되도록 말을 조금씩 얼버무리는 투였다.

"상처는 이미 손을 충분히 보았으니까 염려하지 마십시오. 근육이 끊어져서 통증이 심하실 테지만 깊은 데 뼈가 다친 곳은 없으니까 한 며칠 조용히 안정을 하고 치료를 받아보시라구요……"
 "가슴은 괜찮답니까?"
 지섭은 아직도 그 꿈속에서처럼 가슴께 어디서부터 자꾸 아픔이 번져 나오고 있는 것 같아 그쪽 사정을 다시 물었다.
 민 경위는 다시 자신 있는 얼굴로 단언했다.
 "가슴은 괜찮아요. 어깨하고 다리 쪽밖에 염려될 만한 상처는 한 군데도 없답니다. 어쨌든 이번 일은 이만만 하기가 천만다행 아니겠습니까?"
 "이건 민 경위님 말 쪽에도 감사를 해야겠군요…… 그건 하여간에 지금 시간이 얼마나 되었습니까."
 지섭은 마침내 다시 메마른 웃음을 지어 보이며 민 경위의 팔목 쪽으로 눈길을 돌렸다. 가슴 쪽에 상처가 없다는 말이 이상스럽기는 했지만, 민 경위가 그토록 단언을 하고 나서는 데야 지섭으로서는 더 이상 할 말이 없었다. 그는 이제 오히려 무서운 통증을 견뎌야 하는 시간이 두려웠다. 사고를 당하고 나서부터 상처를 견뎌 온 시간이 궁금해진 것이었다.
 "7시로군요."
 민 경위가 머뭇머뭇 손목시계의 시각을 읽어주었다.
 그러자 이번에는 지섭이 눈을 감은 채 민 경위 쪽을 걱정하기 시작했다.
 "그렇담 이제 민 경위님도 돌아가보셔야지요."

혼자서 아픔을 견딜 작정이었다.
그러나 민 경위는 아직 그럴 수가 없는 모양이었다.
"아니, 전 상관없습니다. 사정들을 다 알고 있으니까요. 일과 시간도 이미 끝났구요."
"댁에서 걱정을 하지 않겠어요."
"야근 경험이 많아서 여편네도 버릇이 되어 있습니다. 집에 벌써 연락을 해뒀어요. 윤 선생님 댁 쪽에두요."
"내 집에까지요?"
"윤 선생님이 어떻게 하려 하실지 몰라 깨어나실 때까지 기다리려다가 홍 박사님께만 우선 소식을 드렸습니다. 박사님께서 알아서 연락해주시겠지요."
지섭은 민 경위가 곁에 있는 것이 점점 더 거북스러워지고 있었다. 그는 감았던 눈을 다시 떴다.
"나 진통제 주사 한 대 부탁해주시겠습니까."
"왜 통증이 심합니까?"
"아무래도 오늘 밤은 한 대 맞아둬야 할 것 같군요. 잠이라도 들어야 밤을 새울 테니까요."
"부탁해드리죠."
"그거나 좀 부탁해주시고 경위님은 그만 돌아가보십시오."
잠시 후 민 경위는 방을 나갔다 돌아왔다. 지섭은 한사코 민 경위를 집으로 쫓아 들여보내고 나서 혼자서 간호사에게 주사를 맞았다.
주사라도 한 대 얻어맞고 나니 상처의 아픔이 한결 부드럽게 가라앉는 것 같았다.

하지만 이번에는 생각지도 않았던 병원 신세를 지고 누워 있는 자신의 몰골이 새삼 서글퍼지기 시작했다.

— 이게 도대체 무슨 놈의 주제꼴이란 말인가.

서울까지 쫓아 올라와 말 짐승에게 짓밟혀 누워 있는 자신의 처지가 스스로도 우습고 황당스러웠다. 자신의 몰골이 견딜 수 없도록 초라해 보이기만 했다. 관객을 웃기려다 말에서 떨어진 광대처럼 참담스런 자기 방어의 본능 같은 것이 지섭에게 한동안 실없는 웃음을 흘리게 했다.

그러나 이윽고 그의 그런 웃음기마저 얼굴에서 자취가 사라져버렸다. 능실의 일이 갑자기 그의 기분을 다시 불안하게 해왔다. 묘실의 흔적이 거짓말처럼 깨끗이 사라지고 만 꿈속의 일들이 머릿속에서 생생하게 되살아나고 있었다.

— 현실에서 정말로 그런 일이 일어날 수 있는 거라면……?

무엇 때문에 그새 그런 불길한 꿈을 꾸게 되었는지 내력을 이해하기가 쉽지 않았다. 그러나 그는 이제 진짜 현실 가운데서도 그런 일이 사실로 일어날 수 있는 것처럼 기분이 초조하고 불안했다. 꿈속에서 그렇게 묘실이 사라진 일이 사실 쪽이고 의식이 깨어나 불안을 느끼고 있는 현실이 오히려 꿈이 아닌가도 싶었다.

상처를 느끼는 그의 아픔 역시 그러했다. 약 기운 때문에 아픔이 훨씬 가벼워진 다음에도 가슴 쪽 증세는 여전히 뚜렷하게 남아 있었다. 다른 데 아픔이 사라지고 나니까 그쪽 증세만 오히려 점점 분명해져가는 느낌이었다. 아픔이 번지고 있는 부위도 그만큼 더욱 느낌이 뚜렷해지고 있었다. 오른쪽 겨드랑이 밑 갈빗대 속 어디쯤이었다. 다친 데는 없다지만 통증이 번지고 있는 곳은 아무래도 그 겨드랑이 밑 부근이 분명했다.

지섭은 그 수수께끼 같은 아픔조차 꿈속의 그것이 그대로 현실로 이어지고 있는 것 같았다. 그의 아픔은 현실의 사고에서가 아니라 꿈속의 그것에서 생기고 있는 것 같았다. 사고를 입은 것도 현실에서가 아닌 꿈속의 일이었던 것처럼 생각되었다. 꿈속에서 누가 그의 겨드랑이 밑에 변하지 않을 아픔을 찍어두고 간 격이었다.

―그래, 이건 내가 아직도 꿈을 깨어나지 못하고 있는 건지도 알 수 없지. 그렇다면 그 묘실 쪽에 진짜로 무슨 상서롭지 못한 일이 생긴 건 아닌지⋯⋯

약 기운이 몸속을 넓게 퍼져 나갈수록 현실과 꿈속이 한데 뒤섞이는 의식의 혼돈은 점점 갈피를 잡을 수 없게 되어갔다.

8

며칠 후, 지섭은 몸이 아직 좀 불편스런 대로 예정된 퇴원 날짜를 앞당겨 서울에서 내려왔다.

민 경위가 처음에 일러준 대로 1주일 정도 치료를 끝내고 나니 운신이 제법 수월해졌고, 거기선 더 이상 병원 비용을 감당해나갈 요량을 세워볼 수도 없었기 때문이다.

병원까지 쫓아 올라온 홍 박사와 아내의 걱정도 오래 누워 보기가 민망했다. 또는 와당의 연꽃들이 그를 못 보고 시들어가고 있을 것 같은 애틋한 기분이 될 때도 있었다.

하지만 지섭이 그토록 병원을 서둘러 나온 것은 무엇보다도 대왕의 능실에 대한 불안감 때문이었다. 자신이 병원 침대에 누워 있는 동안 묘실에선 정말로 어떤 기괴한 조화가 일어나고 있는 듯만 싶었다. 꿈속에서와 같이 묘실이 아주 사라져 없어지진 않는다 하더라도 용술이 놈이 그새 무슨 엉뚱한 짓을 저지르고 있을 것 같은 불길한 예감이 끊이질 않았다. 지금 당장은 몰라도 그가 그렇게 시일을 끌고 있는 만큼은 그런 위험이 일어날 시간도 늘고 있는 꼴이었다. 묘실에 대한 그의 꿈은 묘실이 다시 자취를 감추고 사라져버리는 경우를 보여준 것만으로도 지섭에게 크게 일깨워준 것이 있었다.

능실이 다시 사라져버리는 것은 지섭에게도 그것으로 모든 것의 끝장이었다. 천 년을 기다려온 세월과 그 세월을 어둠 속에 견디어 온 대왕의 운명과 백제 유민의 서러운 꿈들이, 그리고 그런 것들에 걸려 있는 지섭 자신의 삶과 꿈들이 그것으로 모두 끝장이 나는 것이었다. 그것은 또 한 번의 왕의 죽음이요, 능실을 만나고도 왕의 말을 들어두지 못한 지섭 자신에 대한 무서운 형벌이었다.

그리고 그런 이변은 실제로도 족히 일어날 수 있는 일이었다.

그것은 왕의 능실 쪽에서가 아니라 지섭 자신에게서 먼저일 수 있었다. 이를테면 그 연병장의 사고 같은 것이 그러했다. 민 경위의 말이 자칫 잘못 그의 목을 밟아 부러뜨리기만 했어도 묘실은 영영 다시 그 암흑 속으로 사라지게 되기 쉬웠다.

왕을 그렇게 다시 죽게 할 수는 없었다. 그런 일이 일어나기 전에 당신의 말을 들어두지 않으면 안 되었다. 하루빨리 집으로 내려가 그간의 변화를 알고 싶었다.

한 가지 아직도 걱정되는 증세가 남아 있기는 했다. 겨드랑이 밑의 통증이 아직 정체가 밝혀지지 않고 있었다. 다친 곳은 다리와 어깻죽지 쪽인데도 통증이 남아 있는 곳은 여전히 그 겨드랑이 밑 쪽이었다. 겨드랑이 밑 깊은 곳에서 아직도 이따금 송곳 끝으로 후벼대는 듯한 아픔이 발작을 일으키곤 했다. 의사도 정확한 이유를 알 수 없다고 했다. 의사나 지섭이나 처음에는 그저 착각이 아니면 통증의 어떤 전이 현상이거니 하고 가볍게만 보아 넘기려 했다. 엉겁결에 가슴을 밟혀 뼈를 상하지 않았나 해서 나중에는 엑스레이 검진을 다시 받아보기도 했다. 하지만 겨드랑이나 가슴 쪽 근처에선 끝끝내 통증이 일 만한 상처가 발견되지 않았다. 다친 곳이 없는데도 통증만 계속됐다.

수수께끼 같은 아픔이었다.

하지만 지섭은 무한정하고 그 아픔이 사라져주기를 기다리고 있을 수가 없었다. 그는 그대로 그냥 정체 모를 통증을 겨드랑이 밑에 지닌 채 민 경위의 만류도 뿌리치고 서둘러 집으로 내려온 것이었다.

지섭이 아직 한쪽 다리를 조금씩 절뚝거리며 마을로 돌아왔을 때, 그를 맞은 사람들의 표정은 이상하게도 웬 민망스런 웃음기들을 숨기고 있는 것 같았다.

— 이거 다 고을을 위해 당한 봉변이니 마음을 너무 언짢게 먹

지 않는 게 좋겠소.

— 선대의 혼령이나 이런 수난을 알아주실는지, 원.

말로는 제법 듣기 좋은 위로들을 건네면서도 맘속으론 어딘지 낄낄거리는 듯한 비웃음기를 숨기고 있는 것 같았다.

"이제는 당신도 정신을 좀 차리셔야겠지요. 이웃에서들은 당신을 뭐라고 하는 줄이나 아세요."

아내의 얘기로는 지섭을 역시 온전한 정신 지닌 사람 취급을 않으려 한다는 것이었다. 사람인지 귀신인지 그렇지 않아도 무엇엔가 늘 혼령이 들씌워 지내온 것 같던 위인이 이참엔 오장이 온통 거꾸로 뒤집혀 나온 모양이라 수군거린다는 거였다.

"전부터도 늘 엉뚱한 일에 열을 내기 좋아하시더니 당신 요즘 무엇인가 늘 불안에 쫓기고 있는 것 같은 눈길을 보면 제 맘도 과히 편하질 못해요."

나중엔 가끔 그런 푸념까지 함부로 털어놓을 정도였다.

지섭은 그러나 상관하지 않았다. 상관을 하고 나설 수도 없는 일이었다. 그러거나 말거나 집으로 내려온 그날 밤부터 능실 일에만 정신이 팔려 지냈다. 불편한 다리를 절뚝거리면서도 밤만 되면 은밀히 그 묘역의 어둠 속을 찾아 헤맸다. 이번에는 아예 용술이 놈까지 사무실에 떼어놓은 채 혼자서 유령처럼 능실의 어둠 속을 소리 없이 드나들고 있었다.

병원 치료를 뿌리치고 내려온 다음부터는 수수께끼 같은 겨드랑이 쪽 통증도 증세가 훨씬 뜸해지고 있어서 지섭은 그 어두운 밤나들이 거동 때도 그런대로 과히 큰 불편을 느끼지 않았다.

왕의 능실에 염려했던 것과 같은 수상한 일은 일어나 있지 않았다. 모든 것은 그냥 지섭이 전에 보아오던 그대로였다. 능실로 들어가는 통로나 현실 안의 모습들이 아무것도 달라진 데를 찾아볼 수 없었다. 용술의 말씨나 거동새 또한 마찬가지였다. 그에게도 어디 사람이 달라진 것 같은 구석이 안 보였다. 모든 것이 전에 대해온 그대로였다.
　달라지지 않은 것은 그러나 그뿐만이 아니었다.
　대왕의 침묵 또한 마찬가지였다. 대왕은 아직도 입을 열지 않고 있었다. 지섭이 서울엘 가기 이전과 똑같이 왕은 아직도 침묵을 깨고 입을 열어올 기미가 없었다.
　지섭은 이제 더욱 마음이 조급했다. 언젠가는 왕이 당신의 깊은 침묵마저도 흔적을 깡그리 거두어 가버릴 것 같았다. 허황스런 꿈이었는지 모르지만, 지섭은 이미 생생한 실감으로 그것을 경험한 일이 있었기 때문이다.
　그렇다고 지섭 쪽에서 왕의 침묵을 어떻게 할 수는 물론 없었다. 사고를 당하고 나서 감정이 너무 흥분되어 있었던 탓일까. 그는 이제 왕의 침묵을 하나하나 냉정하게 따져 생각해볼 여유마저 잃고 있었다. 바다 건너 이역만리 남의 땅으로 끌려간 왕이 어떻게 다시 이 땅으로 돌아와 묘실을 지을 수가 있었는가를 따져볼 여유가 남아 있지 못했다. 망국 왕의 태자가 또는 뜻있는 유신이 이역에 묻힌 왕의 원혼을 후일에 다시 고토로 거두어 모셔왔을 가능성에 대해서도 더 이상의 깊은 추리가 귀찮았다. 여력도 없었고 그럴 만한 자료도 없었다.

왕은 어쨌든 그곳에 돌아와 있었고, 거기서 천 년을 기다리고 있었다. 아니 사실은 왕이 돌아와 있다는 표현 자체도 옳은 소리가 아닐지 몰랐다. 왕에게 처음부터 떠나간 일이 없었다면, 돌아올 일도 또한 없었을 터이었다. 유왕산 전설을 남기면서 백강을 떠나갔다던 그날에 왕은 이 땅에서 죽어 이 땅에 묻힌 것이었다. 그리고 기나긴 침묵 속에 당신의 말을 기다려온 것이었다.
　나라를 짓밟고 빼앗은 자들이 패망한 왕의 무덤을 짓지 못하게 하였기 때문이었을까. 선왕의 능실 벽을 뚫고 들어가 흔적 없는 무덤을 꾸미게 된 것은 왕의 말을 그렇게 그곳에 몰래 숨기기 위함이었으리라. 빼앗은 자들의 눈길을 피해 왕에게 당신의 말을 몰래 지켜 전하게 하기 위함이었으리라.
　그 왕의 말을 알아야 했다. 왕이 다시 죽어버리기 전에 당신의 말을 들어야 했다. 혹은 그것이 대왕 자신의 뜻이 아닐 수도 있었다. 그것은 오히려 왕의 무덤을 비밀히 지은 망국 유민들의 슬픈 말의 무덤일 수도 있었다.
　백제의 유민들은 왕의 무덤을 지으면서 저들의 말도 그곳에 함께 묻었을 수 있었을 터였다. 혹은 처음부터 그곳에 저들의 말을 묻어 전하기 위해 왕의 무덤을 지었을 수도 있었을 것이다.
　그렇더라도 그것은 어차피 왕으로 대신될 저들의 말이었다. 왕이나 백성이나 저들의 말은 다를 바가 없었다. 뿐더러 이제 그쯤 사소한 궁금증 따위는 문제도 아니었다. 모든 사연은 왕이 입을 열어옴으로 해서만 비로소 깊은 진실이 밝혀질 수 있었다.
　왕의 말부터 들어야 했다.

그러나 대왕은 끝끝내 입을 다물고만 있었다.

지섭은 초조하고 안타까웠다. 해만 기울면 어느새 슬그머니 능산리 묘역을 찾아 나섰다. 영문을 알 턱 없는 아내의 걱정도 아랑곳없었고, 절뚝절뚝 아직 중심이 불안정한 보행의 불편도 아랑곳이 없었다. 그리고는 혼자서 능실 안을 숨어들어가 무작정 그 어둠 속에서 왕의 말을 기다리는 것이었다.

"자넨 여기 그냥 있어. 따라와도 이제 소용이 없으니까……"

번번이 동행을 거절당하곤 하는 용술의 느낌에도 보통 예사로운 행작이 아니었다. 유골의 흔적이 남아 있지 않은 무덤이라 하지만 혼자서 그 어두운 묘실 속을 드나들면서도 무어 좀 꺼림칙스러워 하는 기색이 전혀 없었다.

서울을 다녀온 다음부터는 용술을 의심하는 기미도 거의 없었다.

지섭은 그냥 그렇게 묘실 어둠 속에서 알 수 없는 시간을 보낼 뿐이었다. 한 시간도 좋고 두 시간도 좋을 때가 있었다. 어떤 때는 아예 무덤 속에서 밤을 새우고 새벽녘이 되어서야 후줄근한 모습으로 유령처럼 숙직실 문을 들어설 때도 있었다. 도대체 묘실 안에서 무슨 짓을 하는가 싶어 새 묘실의 입구 근처까지 뒤를 몰래 밟아 가 본 일도 있었지만, 묘실 안을 들어가서도 그는 누군가 거기서 사람이라도 만나고 있는 것처럼 중얼중얼 간간이 희미한 말소리 같은 것이 들려 나올 뿐 별다른 일통을 벌이는 기척은 없었다.

아무려나 정신이 온전한 사람의 행신은 아니었다.

한데 그러던 어느 날—

지섭에게 마침내 왕의 말이 들려왔다.

길고 긴 침묵 끝에 대왕이 드디어 입을 열어온 것이었다.

9

지섭이 대왕의 말을 만난 것은 서울의 기경대 민 경위로부터 소식을 받은 날 밤이었다.

지섭에겐 그러니까 이날 낮에 벌써 그 왕의 말을 듣게 될 조짐이 몇 가지 스쳐 간 셈이었다.

─변을 당하고 나서도 필름이 무사했던 것은 돌보는 바가 있었기 때문인 것 같습니다. 윤 선생께선 아마 정신을 잃으시는 마지막 순간까지 셔터를 누르고 계셨던 모양인데, 그 마지막 한 장의 필름에서까지 기가 막히게 정확한 기마 동작의 사진을 뽑아낼 수 있었으니 말입니다……

기분이 언짢아질까 봐 그랬던지, 지섭이 병원에 입원하고 있을 동안은 이 핑계 저 핑계로 자꾸 필름 이야기를 회피하려 들던 긴 경위가 이날사 뒤늦게 그날의 사진들을 부쳐 보내온 것이었다.

기묘한 것은 민 경위가 감탄하고 있는 그 마지막 사진이었다. 지섭이 말발굽 아래로 휩쓸려 들어가면서 엉겁결에 셔터를 눌러댄 마지막 순간이 민 경위 말 그대로 가장 멋진 기마 동작을 붙잡은 것이었다. 두 발을 번쩍 하늘로 치켜들고 불꽃처럼 갈기를 휘날리며 지축을 박차 오르는 힘찬 비마의 모습이 거기 있었다. 그것은 땅을 달리는 짐승의 화상이 아니라 하늘을 나는 한 마리 용마의 우람스런 비상을 연상시키는 것이었다.
 군졸을 독전하듯 한 팔을 높이 치켜들고 두 눈에 불을 뿜으며 군호를 토하고 있는 마상의 인물 역시 지섭이 거기서 만난 민 경위 그 사람이 아니었다. 사람과 말이 이루고 있는 절묘한 동작의 조화가 지섭에겐 차라리 하나의 환상이었다. 사람과 말의 그 환상적인 동작이 순간의 호흡 속에 아직도 끝없는 시간을 달리고 있었다.
 ─이것이다!
 지섭은 이미 민 경위를 잊어버리고 있었다. 말 위에 있는 것은 민 경위가 아니었다. 사진을 보내온 것도 민 경위가 아니었다. 사진이 그냥 그에게로 온 것이었다. 장군 계백과 그의 말이 그 앞에 홀연 모습을 나타내온 것이었다.
 모처럼 만에 지섭은 기분이 종일 황홀스러웠던 하루였다.
 그런데 바로 이날 해질녘이었다. 우연히 켜 들은 트랜지스터라디오가 지섭의 그런 기분을 무참하게 짓밟고 들었다.
 그 역시 사정이 그렇게 되어가도록 앞뒤 인연이 교묘하게 미리 점지되어 있던 일 같았다.
 "……요즈음 와서는 지방마다 자기 지역의 고유한 민속을 다시 개발해나가려는 활발한 기운들이 엿보이고 있지요?"
 "우리 민족은 원래 옛 삼국 시대 때부터 문화 전통이 깊은 민족이니까요. 근래에 와서 지방마다 갖가지 고유의 문화제 행사들을 힘써 마련하고 있는 건 우리 민족이 그만큼 다양하고 유서 깊은 전통 문화를 계승해온 문화 민족이라는 증거가 아니겠습니까. 좋은 현상이지요."

지섭이 스위치를 넣을 때 라디오에서 흘러나온 방송 프로그램은 때마침 어떤 지방 도시에서 벌어지고 있는 팔도민속경연대회의 경연 실황을 중계하고 있던 참이었다.

현장에선 지금 한창 무슨 놀이가 진행되고 있는 듯 왁자한 함성과 농악 소리들이 한데 어울려 소란을 빚고 있었다. 그 소란스런 현장의 경연 실황을 바라보며 중계 아나운서와 해설자 한 사람이 사이좋은 논평을 주고받는 중이었다.

"삼국 시대 이야기를 하시니까 말씀입니다만 지금 전래되고 있는 민속이나 문화 유적 같은 것들은 고대 삼국 가운데서도 아마 신라 쪽의 것이 압도적이지요?"

"그렇지요. 현실적으로 유적이나 유물이 활발하게 발굴되고 있는 곳도 그쪽이 많고, 현재까지 전승되어오고 있는 민속의 발상도 고대 삼국 가운데서는 신라에 유래를 둔 것이 대부분 아닙니까."

듣다 보니 아나운서의 물음에 맞장구를 쳐대고 있는 것은 언젠가 그 서울의 고고학자들 몇 사람과 함께 왔다가 지섭의 와당 수집을 비웃고 간 김병호 박사 바로 그 사람이었다.

지섭은 무언가 모래를 씹은 것처럼 기분이 몹시 서걱거리기 시작했다. 이야기 뒤에서 간헐적으로 쏟아져 나오는 경연장의 함성 소리마저 공연히 기분에 역겨워졌다. 지섭으로선 차마 듣기 거북한 이야기를 두 사람은 너무 아무렇지 않게 지껄여대고 있었다. 라디오의 스위치를 다시 꺼버릴까도 싶었지만 그것도 이미 때가 늦고 있었다. 지섭의 기분이 거북해지거나 말거나 두 사람은 여전히 아무렇지 않게 이야기를 계속해나가고 있었다.

"당대의 국세와 왕조의 흥망사가 오늘에 이르기까지도 그 기나긴 역사의 그림자를 드리워온 셈이군요."

"역사란 원래가 승자의 편이 아닙니까. 삼국 통일의 위업을 이룬 것은 역시 신라였으니까요. 백제도 물론 작은 나라가 대국들을 상대하여 끝까지 분전을 벌였던 것은 높이 평가받아야 할 일이겠지만, 그 역시도 삼국을 정복하여 민족과 국운을 하나로 통일시킨 신라의 위업에는 비할 바가 못 되는 거지요. 신라의 정신과 문물이 우리 민족의 정통적인 문화유산으로 널리 간직되어온 것은 당연한 일이지요. 지금 우리가 보고 있는 차전놀이만 해도 바로 그 좋은 예가 아닙니까."

"국운이 짧은 탓도 있었겠지만, 그러나 백제 쪽의 유물 유적이 빈약한 것은 역시 좀 섭섭한 일이지요? 그쪽 지역에서도 새로운 유적지의 발굴이나 민족의 기원 같은 걸 찾아내려는 활동이 있습니까?"

"글쎄요. 그쪽 지방에서도 근래엔 몇몇 뜻있는 지방 인사들이 꽤 열심히들 노력을 하고 있는 모양이더군요. 익산 근처 어디에선 백제의 새 왕궁 터도 발견했다던가요? 하지만 그쪽 지방엔 뭐가 나온다 해도 백제의 유물이나 유적보다는 통일기 신라나 고려, 조선의 후세 것들이 대부분입니다. 백제엔 그리 큰 기대를 걸 수가 없어요……"

한데 그때였다.

지섭에게 느닷없이 무서운 통증이 찾아왔다. 병원을 나온 다음엔 한동안씩 증세가 뜸해오던 서울서부터의 그 지독한 통증이었다. 이번에도 물론 다리나 어깻죽지의 진짜 상처에서 오는 통증이 아니었다. 겨드랑이 아래의 그 정체를 알 수 없는 아픔의 순간적인 발작이었다. 게다가 이번에는 여느 때의 그것보다도 정도가 훨씬 심했다. 숨을 쉴 수도 없을 만큼 지독한 아픔이 전신을 마구 수수깡처럼 쥐어 비틀어왔다.
참으로 기묘한 아픔이었다. 어디에 그런 지독한 아픔이 숨어 있었는지 도대체 연원을 알 수 없는 노릇이었다.
결국은 그 아픔의 정체가 문제였다. 지섭이 그 절망적인 아픔의 밑바닥으로부터 홀연히 그 정체를 만났을 때 그는 마침내 그렇게나 기다리던 왕의 소리를 듣게 된 것이었다.
그것은 바로 그 지독한 아픔이 두번째로 다시 지섭을 찾아왔을 때였다. 그러니까 지섭에겐 이날 하루 사이에 그 아픔이 두 번씩이나 거푸 육신을 덮쳐들어왔는데, 그 두번째 아픔이 지섭을 찾아온 것은 이날 저녁 그가 다시 어두운 능실 속을 찾아들어 왕의 말을 기다리고 있을 때였다.
너무나 예사로울 수 없는 말을 너무도 예사롭게 지껄이던 김병호 박사의 방송 해설에 충격을 받고 있었기 때문일까. 혹은 예고 없이 덮쳐든 통증에 시달리느라 심신이 너무 흥분되어 있었기 때문일지도 모른다. 지섭은 이날따라 유독 이른 저녁부터 서둘러 그 능실의 어둠 속을 찾아온 것이다. 그리고 전에 없이 더욱 초조하고 울적한 심사를 짓씹으며 왕의 침묵을 기다리고 있었다.
그러던 어느 순간 그 아픔이 느닷없이 다시 지섭을 두번째로 덮쳐온 것이었다. 등골에 진땀이 흐르고 의식이 아물아물 몽롱해질 정도로 지독한 발작이었다.

그런데 그렇게 지독한 아픔 속에서도 지섭은 마침내 거기서 그 아픔의 정체를 찾아낸 것이었다.

그것은 서울에서의 그 사고에서 생긴 상처의 아픔이 아니었다. 언제나와 마찬가지로 그의 아픔은 다리나 어깻죽지의 진짜 상처로부터 온 것이 아니었다. 상처도 없는 겨드랑이 밑께 어느 곳에선가부터 아픔이 갑자기 몸 전체로 그를 휩쓸고 들었다.

말에 짓밟힌 부상 때문이 아니었다. 아픔은 부상을 입기 전부터도 그의 몸 어느 깊은 곳에 은밀히 숨어 간직되어오던 것 같았다. 서울엘 가기 전부터도 지섭은 언제부턴가 자주 그런 아픔을 경험해온 것 같은 느낌까지 들었다. 그의 서재에 진열된 와당의 꽃무늬들에 취해 서 있을 때, 그가 그 기왓장을 찾아 허물어져 없어진 옛 절터들을 파헤치고 다녔을 때, 그것을 믿을 수 없어 하던 김병호 박사의 그 시큰둥한 얼굴이 떠올라왔을 때, 그리고 그 벽에 걸린 낙화암 회고의 시편을 마주하고 있을 때나 대하에 꿇어앉아 적장의 술잔을 받아 올려야 했던 망국 왕의 그 허다한 비운을 생각할 때, 그럴 때마다 지섭은 이미 수없이 자주 같은 아픔을 느끼고 있었던 것 같았다. 심지어 산성 위에 올라가 내려다본 백마강의 물줄기 한 굽이나 낙화암 절벽 언저리를 스쳐 가는 무심한 바람과 석양빛 한 점에도 얼마나 자주 가슴이 저며 드는 마음의 아픔을 경험했던가. 그것은 이미 마음의 아픔이 아니라 육신의 통증으로 그의 겨드랑이 밑에 둥지를 틀고 들어앉아버린 것이었다.

하지만 지섭은 무엇보다도 대왕이 다시 이 땅으로 돌아와 길고 긴 세월 동안 당신의 말을 견디며 기다려오고 있었음을 알았을 때, 그리고 그 어두운 묘실 속에 그가 그 왕의 말을 안타깝게 소망하고 있었을 때, 그런 때 그는 더욱더 뚜렷하게 그의 아픔을 맛보고 있었던 것 같은 느낌이 역연했다.

아픔은 바로 왕에게서 온 것이었다.

아픔이 곧 대왕의 말이었다.

대왕은 당신의 아픔을 전하기 위해 그토록 오랜 세월을 지하의 어둠 속에 참고 기다려온 것이었다.

그리고 그것은 지섭이 일찍부터 자신 속에 깊이 지녀오면서도 미처 깨닫질 못하고 있었던 것이었다. 대왕이 그것을 지섭에게 다시 분명하게 깨닫게 해준 것이었다.

"아아, 이 아픔이 당신에게서입니까. 이 아픔을 전하러 당신이 오신 것입니까. 이 아픔이 바로 그토록 기다려온 당신의 말씀입니까."

지섭은 마침내 아득한 의식의 밑바닥에서 절규하듯 뜨거운 독백을 토하고 있었다.

그리고 그때 지섭은 어디선가 능실의 어둠 속으로부터 그의 귀청을 무겁게 울려오는 분명한 목소리를 듣고 있었다.

— 그러하구나…… 그대에게 내가 전할 바이라니 이 아려운 아픔밖에 무슨 말이 더 있을 수 있으랴……

음양의 역사

10

 대왕이 당신의 아픔을 전하기 위해 천 년을 지하에서 참고 기다려왔음을 알게 된 이후로, 지섭은 한동안 문밖출입을 끊고 지냈다.
 며칠씩 방 안에만 들어박혀 그 겨드랑이 밑께의 기묘한 아픔을 기도하듯 소중스레 음미하고 있었다.
 그러던 지섭이 어느 날 문득 문화원 사무실로 다시 홍은준 박사를 찾아 나타났다.
 "박사님, 우리 고을에서도 이제 어떤 독자적인 문화제 행사 같은 걸 하나 가져보는 게 어떻겠습니까."
 홍 박사를 만나자 지섭은 대뜸 그에 대한 머릿속 구상이 이미 끝나 있는 사람처럼 문화제 행사의 추진을 거론하고 나섰다.
 "박사님께서도 알고 계시듯이 지방마다 이제 고을의 역사를 다시 발견하고 지방 문화의 전통을 고양시켜나가려는 문화제의 개최가 빈번해지고 있는 실정 아닙니까. 우리 부여 고을은 백제 문화의 자랑스런 요람지입니다. 이 부여에 아직 그런 행사가 마련되지 못하고 있다는 건 지역 역사와 문화 전통에 대한 무책임한 패배주의, 긍지 없는 나태성을 스스로 확인해 보여주는 격입니다. 이번에 마침 계백 장군 동상 건립 작업도 본격화되고 하였으니, 장군의 동상 제막식 같은 때를 계기 삼아 다른 문화제 행사도 함께 구상해봤으면 어떨까 해서 말씀입니다……"

지섭은 과연 그 며칠 사이에 생각이 거의 잡혀 있었다. 우선 대왕의 아픔을 고을 사람들에게 골고루 널리 전해야 했다. 대왕의 아픔은 그 혼자서 겨드랑이 밑에다 숨기고 지낼 성질의 것이 아니었다.

아픔을 전할 방법이 있어야 했다.

문화제 행사를 마련하는 것 이상으로 적절한 방법과 기회가 있을 수 없었다. 문화제 행사를 마련해보자는 생각은 그래서 지섭을 흥분시키기 시작했고, 드디어는 행사의 개최 시기와 방법에 대해서도 어느 정도 구체적인 윤곽이 잡혀진 터였다.

"내 언젠가는 윤 형한테서 그런 소리가 나오게 될 줄 알고 있었소."

지섭의 갑작스런 발설에 홍 박사도 이미 비슷한 생각을 해본 바가 있었던 듯 의외로 이야기를 쉽게 맞잡아주었다. 지섭이 언젠가 그런 소리를 하게 될 줄 알고 있었다는 것은 홍 박사 자신도 같은 생각을 지니고 있었다는 증거가 아닐 수 없었다.

하지만 홍 박사는 언제나 그렇듯이 지섭처럼 일을 조급해하거나 간단하게 생각하고 있지는 않은 것 같았다. 자신의 생각을 조심스럽게 뒤로 미룬 채 행사의 성격이나 규모에서부터 추진 방법에 이르기까지 하나하나 지섭의 의견과 구상들을 먼저 물었다.

"문화제 행사를 갖도록 하자는 데는 원칙적으로 찬성하지 않을 사람이 없겠지요. 하지만 막상 일을 구체적으로 추진해나가자면 사전에 미리 유념해둬야 할 일들이 한두 가지가 아닐 겝니다."

지섭으로서도 이미 그런 점들에 대해선 생각해두지 않은 바 아니었다.

"그렇겠지요, 물론. 이 일을 해나가자면 우선 먼저 문화제의 성격이라든지 행사를 주관해나갈 실무 집행 부서 같은 걸 마련할 준비 위원회부터 구성되어야 할 테니까요. 하지만 그런 일은 어차피 문화원 쪽에서 주관해줘야 하지 않겠습니까. 준비 위원회를 구성하는 일에서부터도 문화원에서 미리 대충의 윤곽이 짜여져 나와야 일이 순조로울 수 있을 테니까요."

"일은 어차피 그런 순서가 될 수밖에 없겠죠. 근데 도대체 우리 고을에 문화제를 꾸민다면 어떤 행사들이 마련될 수 있을 것 같소?"

"문화제를 꾸며나갈 행사야 얼마든지 많지요. 7백 년 사직의 홍망사가 모두 문화제 행사거리의 내용이 될 수 있지 않겠습니까. 그 많은 행사거리 가운데 어느 것을 주 내용으로 삼느냐 하는 것은 아무래도 문화제의 성격을 어느 쪽으로 꾸며가느냐 하는 것이 먼저 결정된 다음에, 그 문화제 전반의 성격에 따라 행사 소재가 좌우될 문제 아니겠습니까."

"그래, 윤 형 생각은 어떨 것 같습니까. 우리 문화젤 어떤 식으로 꾸며나가는 게 좋을 것 같아요?"

홍 박사가 이젠 제법 구체적으로 문화제의 성격을 물었다.

백제의 역사와 문화에 관한 것이면 무엇이든지 바로 문화제 행사의 테마가 될 수 있었다. 백제의 건국과 패망에 얽힌 신화와 사실(史實)도 상관이 없었고, 7백 년 사직의 성군(聖君)·명장·충신들에 관한 기록이나 설화들도 상관이 없었다. 명찰(名刹)이나 고승에 관한 일화도 상관이 없었고, 서민들의 풍속이나 유적지의 내력에 관한 이야기들도 상관이 없었다. 하지만 어떤 인물 어떤 사실이 문화제 행사의 테마가 되더라도 그것은 반드시 대왕의 아픔을 전할 수 있는 것이 되어야 했다. 천여 년 긴 세월을 대왕이 지하에서 참고 기다려온 당신의 아픔을 고을에 널리 전할 수 있는 행사가 되어야 했다. 성충·홍수의 충성심이든, 장군 계백의 비극적 용맹성이든, 무엇이 그 문화제 행사의 소재가 되든지 그것은 반드시 대왕의 아픔을 말하고 그것을 널리 전하는 것이 되어야만 했다.

지섭이 문화제 행사를 생각하게 된 동기가 바로 대왕의 아픔이었고, 그것을 널리 사람들에게 전함이 문화제 행사의 목적이기 때문이었다.

문화제 행사가 대왕의 아픔을 전하기 위한 것이 되어야 한다면, 무엇보다도 먼저 낙화암 절벽의 슬픈 낙화의 설화를 떠올려볼 수 있었다. 꽃이 짐은 언제나 사람의 마음을 아프게 하게 마련이지만,

낙화암 절벽의 그 궁녀들의 최후보다 사람의 마음을 아프게 하는 낙화가 있을 수 있으랴. 더욱이 후세인 홍춘경은 나라가 멸망하던 당년의 풍우에도 꽃이 짐이 다함이 아니었더라 노래하지 않았던가. 아직도 절벽 위에 꽃이 피고, 그 꽃이 천 년을 지고 있더라 노래하질 않았던가. 대왕의 아픔을 후인들에게 전하는 데는 그보다 애틋하고 절절한 아픔이 다시 있을 수 없었다.

지섭은 이 며칠 동안 고을의 젊은 여인들이 수도 없이 그 낙화암 절벽 위로 등롱(燈籠)을 켜 들고 올라가는 모습을 머릿속에 그리고 있었다. 여인들은 하얀 치마저고리의 소복을 해야 하고, 그 수는 3천이 되는 것이 마땅했다. 소복을 차려입은 3천의 여인들이 절벽 위에서 다시 백마강 물결 위로 몸을 던져 떨어져 흐른다. 손에 든 등롱으로 육신을 대신하여 강물로 뛰어내린 3천의 여인들이 혹은 어둠 속에서 흔적을 지워가고 혹은 강물 위를 밝히는 유등(流燈) 행렬을 지어 흐른다. 어두운 백마강 강상(江床) 위로 천 년의 세월을 낙화 지어 흐르는 백제 여인들의 그 아프고 장하고 아름다운 모습들…… 그것이 이곳 문화제 행사의 절정이 되어야 했다. 그것이 물론 행사의 전부는 될 수 없다 하더라도, 그리고 어떤 다른 행사들이 줄이어 행해진 다음이라 하더라도 문화제의 대미는 역시 그 낙화암 절벽 위의 낙화제 행사로 마감되는 것이 바람직했다.

"낙화암 바위 위에서 아직도 백제의 여인들이 낙화를 지어 내려 백마강을 흐르는 행사를 꾸며보면 어떨까요? 문화제의 성격도 그런 식의 행사로써 설명될 수 있는 무엇이 될 수 있도록 말씀입니다."

지섭은 쉬운 대로 우선 그 낙화암 전설을 근거로 한 자신의 생각들을 홍 박사에게 설명했다.

하지만 홍 박사는 예상했던 대로 금세 마음이 내켜오지 않는 기색이었다.

"글쎄, 쉽게 떠오른 대로 하자면 낙화암 전설도 생각해봄 직하기는 하겠지요. 하지만 문화제 행사까지 또 그렇게 퇴영적인 것이 되고 보면 어떨까 싶어지는군요."

홍 박사는 우선 지섭의 의견에 탐탁잖은 반응을 보이고 나서 자신의 생각을 조심스럽게 덧붙였다.

"문화제 행사라면 무엇보다 우선 문헌과 기록에 확실한 근거를 둔 것이어야 할 텐데, 낙화암 전설은 그런 점에서도 좀더 신중히 생각해야 할 것 같구요. 낙화암 얘기라면 3천 궁녀가 주가 되는 셈인데, 의자왕이 궁녀 3천을 거느렸다는 것도 현실성이 없는 구전일 뿐인 데다가, 이야기의 근거가 조금씩 남아 있다는 것도 후세인들이 그런 구전을 근거 삼아 기록을 만든 것 아닙니까. 3천이라는 수치에서까지 굳이 구애를 받아야 할 필요가 없다면 몰라도 말이오."

홍 박사의 그런 의구심 역시 지섭으로선 이미 예상하고 있던 일이었다.

"그렇습니다. 행사의 주제가 낙화암이 된다면 문헌적 근거가 좀 애매한 흠은 있을 수 있겠지요. 현실적인 가능성으로도 그렇고 믿을 만한 기록이 남아 있지 못하다는 점에서도 그렇구요."

지섭은 일단 홍 박사의 의구심에 동감을 표해 보였다. 그러나 그것은 물론 지섭 자신의 의도를 꺾고 홍 박사를 따르겠다는 뜻은 아니었다. 그는 오히려 이날만은 기어코 홍 박사를 설득하고 말 결심이었다. 그는 이미 홍 박사가 우려하고 있을 점들에 대한 자신의 주장을 마련해두고 있었다.

"하지만 그건 역시 어쩔 수가 없는 일 아닙니까. 백제사에 관한 한 만족할 만한 기록이 남겨진 일이 어디 그리 흔해야지요. 모든 것이 설화화되어버렸거나, 그 설화가 뒤늦게 기록으로 정착한 것이 대부분 아닙니까. 언젠가 박사님께서도 말씀하셨듯이, 그 점은 나중에 고대 삼국의 역사를 쓰면서 민족 문화의 정통성을 신라 쪽에 부여하고 싶어 했던 김부식이나 일연 같은 사람들에게 특히 고마워해야 할 부분이 되겠지만 말씀입니다."

"역사나 기록의 내용이 너무 설화화되고 말았다는 점은 우리로서도 이미 어쩔 수 없는 일이긴 하겠지요. 낙화암 설화에 문화제 행사의 소재로 취할 바가 없는 것도 아니겠구요. 드라마도 있고 아름답기도 한 건 사실이에요. 하지만 아까 말한 문화제의 성격과 관련해 생각해보면 아무래도 낙화암 전설에는 문제가 좀 있지 않겠소? 그렇지 않아도 백제사의 취급에는 지나치게 패배주의적 감상성이 지배적인 경향이 있어왔는데, 이런 행사에서까지 그것을 다시 확인시켜주는 식이 되어서야……"

"박사님께서도 역시 그 점을 염려하고 계시군요."

"윤 형은 그럼 그 점에 대해서도 고려를 해보았단 말이오?"

"물론입니다. 저 역시 우리 문화제 행사가 또 다른 패배주의의 축제가 되고, 그것을 재생산해나가는 것은 바랄 수 없는 일이었으니까요. 그래서 저도 처음에는 낙화암 전설을 두고 생각을 많이 망설였습니다. 패망사밖에 남아 있는 것이 없는 왕조사가 문화제 행사에서까지 그런 식으로 굳이 퇴영적인 해석을 되풀이해야 할 필요가 있을까 하고 말씀입니다."

"그런데 결국엔 낙화암 쪽으로 생각이 다시 돌아가고 말았다는 것이오?"

"그렇습니다. 문화제가 패배주의의 축제는 될 수 없어도 패배한 역사의 적극적인 확인은 필요한 일일 수 있다고 생각되었기 때문입니다. 백제가 패배했던 것은 어쨌든 움직일 수 없는 사실이니까요."

"패배한 역사를 적극적으로 확인할 필요가 있다…… 패배의 역사를 적극적으로 해석한다는 건 무엇을 뜻하지요? 그게 무엇 때문에 우리에게 필요한 것이지요? 윤 형의 생각으론 무엇 때문에 그래야 할 필요가 있다는 것이냔 말이오."

"패배의 역사를 적극적으로 확인한다는 것은 물론 그 패배의 사실을 비겁하게 외면하거나 맹목적으로 부인하지 않는다는 뜻입니다. 패배를 정직한 아픔으로 시인하지 않으려 하는 것처럼 영원한 패배는 없습니다. 거기서는 진정한 자신의 모습도 볼 수 없고 진정한 패배의 이유가 찾아질 수도 없습니다. 그 패배를 딛고 일어서서 앞날의 역사를 승리로 이끌어갈 힘이나 용기도 솟아날 수가 없습니다. 뿐더러 우리는 흔히 우리 주위에서 자기 몫의 패배를 맹목적으로 부인하면서 그것을 오히려 힘찬 승리처럼 위장하려는 사람들을 볼 수도 있습니다. 하지만 그 역시 옳은 태도는 아닐 줄 믿습니다. 극복의 단계가 필요합니다. 정직하고 성실한 자기 성찰이 없이 아집을 신념으로, 나태스런 비겁성을 용기로, 패배를 승리로 위장하려 함은 오히려 일을 영원히 치유 불능의 상태로 악화시킬 뿐입니다. 그러한 자기기만과 위장 속에서는 앞날의 역사에 대한 정직한 책임과 힘 있는 용기가 기대될 수 없습니다. 지나친 패배주의가 무책임한 배반일 수 있듯이 자기 몫의 패배에 대한 맹목적인 부인이나 위장 또한 자신의 역사를 옳게 책임져나가는 길은 못 됩니다. 패배를 적극적으로 확인한다는 저의 말씀은 그러니까 오히려 그것을 부인하고 위장하는 것보다도 더한 아픔과 용기로 그것을 시인할 수 있어야 한다는 말씀에 다름 아닙니다. 그리고 그것이 우리에게 필요한 것은 그러한 아픔을 감당해낼 수 있는 자기 성찰과 반성의 용기가 필요하기 때문입니다. 우리가 생각하는 문화제 역시 그런 아픔을 다짐하고 새로운 용기를 구할 계기를 마련하는 행사가 되어야 하겠지요. 낙화암 전설이 문화제 행사로선 아프고 비애스런 노릇이긴 합니다. 하지만 우리는 우선 그 아픔과 비애를 정직하게 받아들이고 스스로를 확인할 수 있음으로써 그러한 아픔의 근원을 규명하고 앞날의 역사에 대한 책임도 함께 계발해나갈 수 있는 일이 아니겠습니까. 그런 경우 낙화암 전설은 퇴영적 패배주의의 상징이 될 수 없고, 그것을 재연하는 행사가 위장된 낙관주의자들의 부도덕한 축제가 될 수도 없을 것입니다. 그때는 낙화암이 비로소 우리들 스스로의 역사에 대한 떳떳한 책임과 긍지의 상징이 될 수 있습니다. 문화제 행사는 무엇보다 먼저 그런 역사의 아픔을 전해줄 수 있는 방향으로 구성되어져야 합니다."

"……"

"어느 의미에서 낙화암은 이미 우리들에게서 그런 방향으로 역사가 재창조되어진 흔적이라고도 볼 수 있습니다. 역사에서나 현실에서나 패배가 패배 자체로서 아름다울 수 있었던 경우는 없습니다. 패배가 역사 속에 아름답게 간직되고 되돌이켜질 값을 지니는 것은 그 패배 위에 미래의 역사에 대한 새로운 창조와 희망을 지닐 수 있을 때뿐입니다. 낙화암이 패배의 상징이면서도 승리보다 더 아름다울 수 있었던 것은 그것 속에 바로 미래에 대한 우리의 희망과 창조의 힘이 아프게 숨 쉬고 있음을 느끼기 때문입니다. 그리고 그것이 비록 사실이 아니더라도 사실 이상으로 믿어지고 감동을 받을 수 있는 것은 이 땅의 사람들에게서 그날의 패배가 새로운 창조력을 잉태하게끔 재구성되어지고 있었던 때문일 것입니다. 바로 그것이 역사의 승화가 아니겠습니까. 낙화암은 그런 의미에서 이미 그 설화 자체로서 오래전부터 그런 승화가 이루어져 온 거나 다름이 없습니다. 제 생각은 다만 이번 문화제 행사로 그것을 좀더 적극적으로 감당해나갈 수 있도록 정직한 힘을 모아보자는 것에 지나지 않는 일일지 모르겠습니다……"

"아픔이라…… 문화제 행사가 그 아픔을 전하기 위해서라……"

말없이 눈을 감고 귀를 기울이고 있던 홍 박사가 마침내 지섭의 열기에 감명을 받은 듯 감았던 눈을 다시 떴다. 그리고는 지섭의 의견에 그 홍 박사 특유의 독특한 공감을 표시했다.

"문화제가 그 아픔을 전하기 위한 행사가 되어야 한다면 낙화암 전설보다도 훨씬 더 뼈아픈 행사거리가 얼마든지 많겠구만……
이를테면 저 도성 함락 후에 벌어졌던 연합군 전승 축하연에서 의
자왕이 적장들 앞에 술잔을 따라 올린 일이라든지……"
　홍 박사는 말을 하면서 씁쓸하게 웃고 있었다.
　그것은 물론 홍 박사 자신도 그런 행사들까지 문화제의 테마가
될 수는 없지 않느냐는 부정의 뜻이 포함되어 있는 말이었다.
　지섭은 물론 그러한 홍 박사의 내심을 익히 알고 있었다.
　하지만 지섭은 그 홍 박사 앞에 자신의 생각을 좀더 분명히 다짐
해두지 않으면 안 되었다.
　"그렇지요. 저 역시도 물론 낙화암 전설만이 반드시 행사의 주
제가 될 수 있다든가 전부가 되어야 한다고는 생각하지 않습니다.
낙화암 이외에도 행사의 소재를 삼을 수 있는 대목은 얼마든지 많
겠지요. 그것은 일을 시작하기 전에 가능한 데까지 자세히 알아봐
둘 일이기도 하겠구요. 하지만 박사님이 말씀하신 그 전승 위로연
에 대해서라면 전혀 고려해볼 여지조차 없는 일 아닙니까."
　"어째서? 왕조사 가운데서 그처럼 아프고 통분스런 대목도 드물
텐데?"
　홍 박사는 계속 지섭을 놀리듯 얼굴에 미소를 띤 채 물었다.
　"아까도 말씀드렸듯이 전승 위로연은 다만 패배와 치욕의 기록
일 뿐이기 때문입니다. 아름다울 수가 없기 때문입니다. 그것은
오히려 낙화암의 그것보다 분명한 기록을 남기고 있으면서도 창조
적인 긍지와 용기를 되살려볼 여지를 조금도 남겨두지 못한 비정
스런 역사의 자기 완결성을 고집하고 있을 뿐이기 때문입니다."

지섭의 결연스런 어조에 홍 박사는 다시 한 번 고개를 깊이 끄덕였다. 홍 박사로서도 이제 그것으로 문화제 행사에 대한 지섭의 구상이 어느 정도인가를 짐작하게 된 것 같았다. 하지만 그는 아직도 더 분명히 해두고 싶은 것이 남아 있는 모양이었다.

한동안 혼자 생각에 잠겨 있던 홍 박사가 다시 지섭에게 조심스런 충고를 덧붙여왔다.

"알겠소. 윤 형의 생각은 그쯤이면 충분히 알겠어요. 하지만 우리 의도가 그렇다고 지나간 역사가 우리 생각대로 함부로 조작되고 상상되어질 수 있는 건 아니겠지요. 과거의 역사는 상상이나 희망에 대한 해답이 될 수는 없습니다. 우리는 진실을 알아야 합니다. 가능한 데까지 깊은 진실을 알아내어 그 진실을 근거로 했을 때라야 보다 확고한 미래의 희망을 지닐 수 있습니다. 문화제 행사가 물론 과거의 역사 그대로를 재현시키는 것도 아닐 테고, 더더구나 그 역사 자체일 수는 없겠지요. 하지만 현재나 미래를 위한 진정한 자아의 발견이나 보다 높은 자기 창조와 발전에의 소망을 지니게 된다는 점에서 그러한 행사 역시 새로운 역사 기술(歷史記述) 행위의 일종임에는 틀림이 없습니다. 그렇다면 무엇보다도 우선 가능한 진실을 알아내도록 하는 것이 중요합니다."

홍 박사는 다시 한 번 문화제의 주제로 선택될 행사의 역사적 전거를 다짐하고 있는 것이었다. 홍 박사의 그런 걱정은 지섭이 처음 문화제 행사의 테마로 낙화암 이야기를 꺼냈을 때의 그것으로 다시 돌아간 셈이었다.

그러나 지섭에겐 이제 낙화암 전설의 허구적 일면이나 패배주의적 성향에 대한 기우가 서로 다른 별개의 문제가 될 수는 없었다. 홍 박사가 말한 역사의 진실이라는 것은 과연 무엇이던가. 홍 박사의 기우들은 바로 홍 박사 자신이 말한 역사의 진실성이라는 것 속에 얼마든지 바람직스럽게 해소될 수 있는 것들이 아니던가.
"그렇습니다. 저 역시 진실을 알아야 하리라는 박사님의 말씀엔 이의가 있을 수 없습니다. 그리고 앞으로 당분간은 저도 그것을 찾는 일에 전력을 기울일 참이구요. 하지만 박사님의 그 진실이라는 것은 결국 무엇을 뜻하시려는 것이겠습니까. 역사가 아무리 있어온 사실을 바탕으로 한 과거사의 기술이어야 한다고는 하지만, 그러한 기술이 어차피 전면적 과거사의 재현이 될 수가 없을 바엔 그러한 과거사들 가운데서 우리의 미래에 대한 희망적 선택과 해석의 기술이 될 수밖에 없을 것이고, 그러한 선택과 해석을 앞설 역사의 진실이라는 것이 따로 있을 수는 없는 일 아니겠습니까. 그리고 그러한 역사의 진실성에 관련해 말씀드린다면, 낙화암 전설에 앞설 아픔의 이야기도 백제사에 그리 많지는 않을 것입니다."
지섭의 표정이나 어조는 필사적이었다.
홍 박사는 그제서야 다시 지섭의 열기를 가라앉히려는 듯 자신의 어조를 더욱 부드럽게 누그러뜨렸다.
"아니, 내 말도 낙화암에 그런 의미가 있을 수 없다는 건 물론 아니오. 윤 형이 오히려 내 말을 잘못 이해하고 있는 것 같아요. 혹은 진실이라고 말한 내 표현이 허물일지도 모르겠고. 진실을 알아야 한다기보다는 사실을 알아야 한다고 말하는 편이 옳은 표현이 될 수 있을까? 난 다만 가능한 데까진 정확하게 있었던 사실을 알아야 한다는 걸 말하고 싶었던 것뿐이니까요."

"사실이란 그러나 더러 역사 가운데는 무시되기도 하고 변경될 수도 있었던 것 아닙니까."

지섭은 어쩐 일인지 이제 맹목적으로 홍 박사를 몰아세우고 있는 꼴이었다. 하지만 홍 박사로서도 이제 거기서 더 이상은 물러설 생각이 없는 것 같았다.

"더러는 사실이 무시되고 더러는 변경된 일이 없었던 건 아니겠지요. 하지만 사실을 외면한 허구 속에서는 옳은 진실이 찾아질 수도 없었으니까. 사실을 외면한 허구의 진실이 옳은 설득력을 지녀본 일도 없었고…… 어쨌거나 이 일은 엄격한 사실을 근거로 해야 한다는 것이 내 생각이오. 문화제 행사가 무슨 우리끼리의 창작극 경연 대회가 아닐 바에는 말이오."

11

홍 박사를 만나고 돌아온 다음에도 지섭의 눈앞에선 연일 그 아픈 낙화가 끝없이 계속되고 있었다. 3천의 등롱으로 낙화암 절벽을 떨어져 백제의 여인들이 밤 백마강 물결 위를 끝없이 슬프고 아름답게 수놓아 흐르고 있었다.

홍 박사 역시 문화제 행사를 마련해보자는 덴 원칙적으로 동의를 해온 셈이었다. 이 땅이 지녀온 아픔을 일깨워 전하는 것으로 문화제의 성격을 삼으려는 데에 대해서도 별다른 반대가 없어 보였다.
 지섭의 의견에다 홍 박사가 주문을 덧붙인 것은 다만 문화제의 주제로 선택될 행사들의 역사적 전거에 대한 당부 정도였다. 그리고 문화제 행사가 부여군 단독의 주관에 의해서보다는 이웃 고을 공주군과도 협의를 거쳐 백제 문화의 요람지로서 공동 행사가 이루어져야 한다는 것 정도였다.
 지섭은 곧 자료 조사를 시작했다. 공주 쪽과 협의를 거치는 일이나 준비 위원회 같은 것을 구성하고 그 문화제 행사의 규모나 시기 따위를 정하는 일들은 나중나중의 작업에 속했다. 그리고 그것은 장차 문화원 쪽에서나 맡아 할 일들이었다.
 지섭으로서는 문화제의 성격과 관련하여 행사의 주제와 종류 따위를 윤곽 지어놓는 일과 그 사단(事端)을 구하는 작업이 우선 중요했다. 그는 당분간 모든 일을 제쳐두다시피 하고 그 일에만 오직 전념을 기울였다. 서재를 채운 와당문에 취해 드는 일도 드물었고, 밤길에 대왕릉을 숨어들어가 능실의 비밀을 묻는 일도 한동안은 훨씬 뜸해진 형편이었다. 애초엔 모든 일의 사단이 계백 장군의 동상 건립에서부터 비롯되고 있었으나, 이제 와선 오히려 그 일이 한발 뒤로 물러선 느낌이었다. 그 일은 이제 동상의 설계를 자청하고 나선 동학인 김주상의 전담사가 되다시피 하고 있었다. 장군의 동상에 관련해서는 그날의 사고 이후부터 겨드랑이 밑의 정체 모를 통증(지섭에겐 이미 모든 것이 분명해진 것처럼 믿어지고 있었지만)이 그를 이따금씩 깜짝깜짝 놀라게 해올 뿐이었다.
 하지만 지섭에겐 이제 그 아픔이 무엇보다 소중스럽고 절실한 것이 되어 있었다. 아픔이 커지면 대왕을 대신하여 그가 사람들에게 전해야 할 진실의 크기도 그만큼 늘어갔고, 아픔이 뜸해지면 그 아픔을 전해야 하는 문화제에 대한 그의 생각도 그만큼 조급하고 초조해지는 것이었다. 아픔이 없는 것은 지섭에게 오히려 절망이었다. 그는 그 아픔을 잃어버리지 않기 위하여, 보다 큰 아픔을 찾기 위해 흩어진 전설과 기록들을 더듬고 고을 안의 성지와 유적지들을 구석구석 다시 헤매고 다녔다. 그리하여 곳곳에서 백제의 새 유혼을 만나 그의 아픔을 더욱 크고 무거운 것으로 지녀갔다.

행사의 주제로서 낙화암은 물론 처음부터 지섭이 첫손가락을 꼽아둔 것이었다. 하지만 낙화암 전설에 대해서는 이미 더 이상의 전거나 각색이 필요 없었다. 적병이 도성으로 몰려들 때 의자왕의 후궁, 궁녀들이 부소산 너머 백마강안 암벽에서 강물로 몸을 날려 산화(散華)했다는 기록은 다시 들출 필요가 없는 일이었다. 그 수 3천이라는 것 또한 한문식 과장법에 따른 설화 전개의 수사법으로 통분스런 현장 상황의 설화적 승화에 기여하고 있을지언정 사실의 파괴적 왜곡으로만 허물할 수는 없었다.

낙화암의 비극은 바로 그러한 전설로의 승화 과정을 통하여 더 이상의 조작과 해석을 더하고 덜할 여지가 없을 만큼 충분히 극화되고 의미화된 사건이었다. 그리고 그것은 이미 지섭의 눈앞에 스스로의 전설을 등롱의 낙화로 아름답게 재연되어 나타나고 있었다. 다만 한 가지 낙화암 전설에 곁들여 고려에 넣을 일이 남아 있다면, 홍은준 박사의 유명한 백제 와당문의 열 폭 병풍에 관한 것이었다.

백제의 꽃과 홍은준 박사의 와당문 병풍에 관한 이야기를 여기서 잠시 소개하고 가도록 하자.

고대 삼국 가운데 고구려의 문화를 벽화의 문화라고 말할 수 있다면 신라의 문화는 불상과 석탑으로 대표되는 돌의 문화요, 백제의 그것은 기와류와 토기로 대표되는 흙의 문화라 할 수 있었다. 그런데 그 흙의 문화가 번창했던 부여 고을에 다시 세 가지 아름다운 백제의 꽃이 말해져왔다.

하나는 백마강 물줄기를 감돌아 흐르는 부소산 기슭의 진짜 꽃이요, 그 둘은 백제 여인의 아름다운 절개를 말하는 낙화암 언저리의 전설의 꽃이다. 그리고 마지막 세번째가 부처님을 모시는 불사(佛寺)의 지붕을 덮는 기와에 피어난 불심(佛心)의 꽃으로, 이는 곧 백제 와당의 연꽃 문양을 가리켜 말함이다.

백제 사람들이 기와 굽는 일에 유독 정성을 들인 것은 그들의 돈독스런 숭불 사상의 한 표현이라 할 수 있었다. 부처님을 잘 모시자면 불사가 우선 견실해야 하고, 견실한 불사가 지어지려면 비바람을 잘 견디는 지붕이 필요했다. 백제 사람들의 부처님을 공경하는 마음은 우선 부처님을 모시는 불당의 지붕을 견실하게 할 기와를 굽는 일에서부터 비롯되고 있었다. 지붕이 부실하여 비바람이 새어드는 것은 곧 부처님에 대한 불공이요 불심의 크나큰 오손이 아닐 수 없었다. 그들은 부처님을 잘 모셔 받들기 위해 무엇보다 기와를 굽는 일에 정성을 기울였다.

기와에 대한 정성과 열의가 곧 백제인들의 불심의 시초였다. 그리하여 백제인들은 그 기와의 질과 모양에 뛰어난 창의력이 발휘

된 것이다. 그리고 거기서 백제의 흙의 문화가 이루어지고 백제인들의 불심의 표현인 연꽃의 무늬가 기와 위에 아름답게 꽃피어난 것이었다. 기와를 굽는 일이 백제인들의 불심의 표현이 분명한 증거는 백제 이후로 고려와 조선조를 거치면서 불심이 훼손되고 타락해감에 따라 기와의 질과 문양 또한 볼품없이 거칠고 소홀해져 간 데에서도 한눈에 능히 감득할 수 있는 일이었다.

백제 사람들은 기와에 온갖 정성과 창의를 다하여 그들의 불심을 유감없이 발휘했다. 온화하고 세련된 백제 불상과 궤를 같이하고 있는 듯한 그 와당문의 유연한 선과 세련된 색감은 둘째 치더라도 연꽃 한 가지로 크고 작은 수백 종의 꽃무늬를 도안해낸 것 한 가지 사실만 보아도 그것을 능히 짐작하고 남았다. 화무십일홍(花無十日紅)이라지만, 세월이 흐를수록 천 년을 더욱 지혜롭고 아름답게 꽃피고 있는 것이 또한 백제 와당의 흙에 핀 꽃이었다.

백제의 꽃 가운데서도 유독 더 지혜롭고 아름다운 꽃이 이 세번째 흙 위의 꽃이었다.

그런데 어느 날 홍 박사가 지섭의 서재로 그 세번째 흙 위에 핀 백제의 꽃들을 만나러 온 일이 있었다. 그리고 그 크고 작은 수많은 꽃들을 며칠에 걸쳐서 탁본으로 떠 갔다. 연꽃의 와당문으로 병풍을 꾸미기 위해서였다. 그렇게 하여 며칠 뒤에 완성해낸 것이 아름다운 백제 와당문의 열 폭 병풍이었다.

홍 박사는 이후 그 병풍을 무엇보다 소중한 소장물로 간직하면서 보는 이들의 찬사와 부러움을 함께 사기도 하였지만, 그것이 더욱 그럴 만한 이유는 그것의 독특한 구도와 설화성에도 기인되고 있었다.

 부소산엘 올라보면 백마강이 감돌아 흐르는 고도(古都)의 풍광이 일본의 어느 도읍지를 연상케 한다는 사람들이 가끔 있어왔다. 과연 그럴는지도 모른다. 고을 남쪽 궁남지(宮南池) 또한 조원(造園)의 시원(始元)으로 저들이 본받아간 바가 되었다는 주장을 펴는 이가 있는 터이고 보면, 그리고 옛 백제의 문물이 일본〔飛鳥〕문화의 근원이었음이 사실이었고 보면, 저들의 성도(城都) 또한 부여성의 풍정이 도읍지를 택하는 예범(例範)이 되었을 수도 있는 일이었다. 부소산과 백마강을 껴안은 부여읍의 풍정은 거의 인공적 조원미마저 느껴질 정도로 완벽스러운 것이었다.

 홍 박사의 병풍은 바로 그 부여 고을의 구도를 교묘하게 본뜬 것이었다. 그것은 병풍 중앙을 백마강 물줄기가 가로질러 흐르고 그 윗단의 물깃 한끝이 하늘로 아련히 닿아 올라간 구도였다.

 그러나 그 크고 작은 와당문의 갖가지 연꽃송이로 강물의 흐름이 수놓인 모습은 강의 흐름이 곧 꽃무늬의 흐름이었다. 게다가 병풍 속의 강물은 백제의 두 가지 꽃, 낙화암의 설화와 불심의 연꽃을 하나로 교묘히 조화 짓고 있었다. 하늘로 닿아 올라간 물깃은 와당의 꽃무늬가 색색으로 휘날림으로 하여 그 물깃이 하늘로 승천함이 아니라 누구나 금세 낙화암의 낙화를 연상할 수 있었다. 거기서는 바로 와당의 꽃무늬와 낙화암의 그것이 다 같은 백제의 꽃으로 아름다운 설화를 새로 빚어내고 있었다.

 낙화암을 중심한 백제의 꽃 이야기가 문화제 행사의 주제가 되는 데는 그 두 가지 백제의 꽃을 하나로 묶어낸 병풍의 새로운 설화성이 많은 참고가 될 수 있었다.

하지만 지섭은 오로지 그 낙화암 하나로 모든 문화제 행사를 옳게 꾸며나갈 수는 없음을 알고 있었다.

낙화암 이외에도 대왕의 아픔을 전하게 할 행사거리는 될수록 많이 소재를 찾아두는 게 바람직스러웠다. 그런 행사거리의 소재는 고을 안에 얼마든지 좋은 것이 많았다. 유왕산의 풍습도 그런 것의 하나였고, 자신의 손으로 처자의 목을 베고 나선 장군 계백의 마지막 출진도 나무랄 데 없는 행사거리의 소재였다. 백제 광복에 몸을 바쳐간 망국 장수의 원혼을 달래는 은산면(恩山面) 전래의 별신제(別神祭) 유습이나 백마의 피로 결속을 다짐하지 아니치 못했던 신라와 백제 유민들의 후일의 맹세, 그리고 당장 소정방이 안개 낀 강물 속의 거룡(巨龍)을 낚아내어 백제의 수호신을 없이하였다는 조룡대(釣龍臺)의 이야기도 이 고을 사람들의 마음을 애석하게 하기로는 한결같은 바가 있었다.

그런 사실(史實)과 전설들을 하나하나 다시 전거를 밝히고 뜻을 음미해나가면서 지섭은 아픔으로만 남은 왕조사의 여운과 그 아픔의 가짓수 많음에 놀라움을 새삼 금할 수가 없었다.

낙화암 설화 이외에, 문화제 행사의 테마로서 특히 지섭의 관심이 집중된 인물이나 사건·유습들로는 다음과 같은 것들이 취재되었다.

먼저 왕조 멸망기의 장군 계백과 성충·흥수 등 백제 삼충(百濟 三忠)의 충절—

장군 계백은 이미 기울어가는 사직의 운명을 한 점 부끄럼도 없는 국장(國將)의 용기와 기개로 살고 간 충절 때문에 그 충절을 받들어 기리기 위한 동상 건립의 일을 추진해온 터이거니와, 기우는 국운을 염려하여 왕 앞에 일찍이 그 대비책을 간해 올리고 죽음으로 사직을 구하려 한 좌평(佐平) 성충과 흥수 들의 충절 또한 이 땅의 사람들에겐 오래오래 기려져야 할 정신의 유산이었다.

의자왕 16년(655) 3월 왕은 궁인(宮人)과 더불어 음황(淫荒), 탐락(耽樂)하며 음주 방탕을 그치지 않으매 좌평 성충이 이를 삼가기를 극간(極諫)하였으나, 왕은 오히려 노하여 그를 옥에 가두므로, 이후부터는 감히 왕에게 간언을 올리는 자가 없었다.

성충이 몸이 쇠약해져 죽게 되매, 자신의 임종에 당하여 왕에게 다시 글을 올려 간하기를, "충신은 죽어도 임금을 잊지 않는다 하옵기로, 바라옵건대 죽기 전에 한 말씀 더 올리려 하나이다. 신이 항상 시세(時勢)의 변화를 살피옵건대 이제 반드시 전쟁이 일어날 듯싶사옵니다…… 만약 다른 나라의 군사가 쳐들어오면 육로로는 침현[沈峴: 탄현(炭峴)]을 지나지 못하도록 하시옵고, 수군(水軍)은 기벌포(伎伐浦)의 언덕으로 들어오지 못하게 하시어서, 그 험난한 곳에 의거하여 방어하신 연후에 그들을 치시는 것이 옳겠나이다" 하였다……

『삼국사기』 의자왕 편에 나오는 성충에 관한 기록이다. 같은 『사기』 의자왕 편에는 다시 충신 흥수에 관해서도 다음과 같은 기록을 남기고 있다.

……이때 좌평 흥수는 억울한 죄를 짓고 고마미지현〔古馬彌知縣: 장흥(長興)〕으로 귀양 가 있었는데, 의자왕이 흥수에게 사람을 보내어 사태가 위급하니 어떻게 하면 좋겠는가를 물었다. 이에 흥수가 대답해 올리기를, "당병(唐兵)은 무리가 많고 군사들의 기강이 엄명(嚴明)한 데다 신라와 공모하여 쳐들어오므로, 만약 이를 평원이나 광야에 맞아 싸우면 그 승패를 예측기 어려울 것입니다. 그러나 백강(白江: 혹은 기벌포)과 탄현(혹은 침현)은 우리나라의 중요한 길목이므로 여기서 한 장부가 창을 휘두르면 만인도 당하지 못할 것이니, 마땅히 용사를 뽑아 여기서 지켜 당병들로 하여금 백강을 들어서지 못하게 하고 나인(羅人)들로 하여금 탄현을 통과하지 못하게 하시면서, 대왕께서는 성문을 굳게 닫고 엄중히 지키시다가, 저들의 군량이 다하고 병졸들이 지쳐나기를 기다리신 연후에 들여 치시오면 격파하실 수가 있으시리이다" 하였다……

성충이나 흥수나 한결같이 같은 전략을 왕에게 간해 올렸다가 뜻을 이루지 못하고 기울어져가는 사직과 운명을 같이해간 마지막 충신들이었다. 그리고 비록 이들의 뜻이 밝게 펴져 국운을 구해내지는 못했다 하더라도, 그 간절한 충절과 애석한 좌절의 사연은 계백 장군의 그것과 함께 백제 삼충의 빛나는 충절로 길이 이 땅에 기려져야 할 유지였다. 그 삼충의 충절과 보국의 사연들이 어떤 형식의 행사로 구체화되어야 하느냐가 문제일 뿐이었다.

왕국의 멸망사 가운데에 다음번으로 지섭의 관심을 끈 것은 저

기괴한 '형백마이맹(刑白馬而盟)'의 의식이었다.

  나라가 망하는 데에 좋은 일이 있을 수야 없겠지만, 백제의 멸망기를 훑다 보면 그 슬픈 국멸의 과정과 정황들이 유난히도 요연했다.

  의자왕이 도성 함락과 함께 웅진성으로 피신을 하였다가 돌아와 사직을 들어 정식 항복을 하는 데에서부터, 그해 8월 2일의 연합군 전승연에 나아가 왕과 태자 융이 적장들 앞에 술잔을 따라 올리지 아니치 못했던 치욕의 고비하며, 이날에 이르기까지 유왕산 등 산놀이의 유습을 남긴 그 17일의 고토 이별, 그리고 무왕(武王)의 종자(從子) 복신(福信)과 중 도침(道琛)을 중심으로 한 일련의 광복 운동 과정들이 너무도 처절하고 역연한 멸망사의 절차를 거쳐 보이고 있었다.

  하지만 지섭이 이번 문화제 행사의 테마로서 마음이 더욱 끌린 대목은 오히려 그다음의 한 기이한 의식에 관해서였다.

  백제의 광복 운동이 와해되고, 나라의 명맥이 이어질 마지막 희망까지 완전히 사라진 다음의 일로『사기』는 다시 이런 기록을 남기고 있었다.

    당나라 고종(高宗)은 부여융(扶餘隆)을 웅진도독으로 삼아 귀국하게 하여 신라와의 옛 감정을 풀게 하고⋯⋯ 인덕(麟德) 2년(665)에는 신라 왕[文武王]과 함께 웅진성에 모여 백마(白馬)를 잡아 그 피를 입에 발라 맹세하고 유인궤(劉仁軌)가 그 맹세하는 글을 지어 금서철계(金書鐵契)를 만들어 신라 묘중(廟中)에 보관

케 하였는데, 그 맹사(盟辭)는 신라본기(新羅本紀) 중에 기록하였다.(百濟本紀 義慈王篇)

 문무왕(文武王) 5년 당 고종은 부여융에게 고토(故土)로 돌아가서 그의 유민(遺民)들을 안정시키고 신라와도 옛 감정을 씻고 화친하도록 하였다. 이에 백마를 잡아 화친을 맹약(盟約)하는데 먼저 천지신명과 천곡(川谷)의 신(神)에게 제사 지내고 그 피를 서로 입에 찍어 바름으로써 맹약하였다. 그 맹약문(盟約文)은 이러하다. "전일에 백제의 선왕은 역순(逆順)의 이치에 어두워서 이웃 나라와 우호를 도모하지 못하고 친척과도 화목하지 못하여 고구려와 결탁하고 왜국(倭國)과 교통(交通)하며 다 같이 잔폭하게 신라를 침해하고 성읍을 약탈하여…… 중국의 천자는 번번이 사자를 보내어 화친을 권하였다. 그러나 백제는 험한 지리와 중국과의 거리가 먼 것을 믿고 천도(天道)를 모만(侮慢)하였으므로…… 황제가 노하여…… 이를 평정하였다…… 궁궐을 없애고 연못을 만들어 후사(後嗣)를 훈계케 하며, 근원을 막고 뿌리를 뽑아 후사들의 영원한 교훈을 삼을 것이나…… 망하는 것을 일으켜주고 끊어지는 것을 이어주는 것은 왕철(往哲)의 법이므로…… 부여융을 웅진도독으로 삼아 그 제사를 받들고 옛 땅을 보존케 하니 신라와 서로 의지하며 오래도록 우국(友國)이 되어 지난날의 원한을 서로 없애고 우호를 맺고 화친하며…… 만약에 이 맹약을 배반하여 다시 군사를 일으켜 변경을 침범하는 일이 있으면…… 그 자손을 기르지 못하게 하고 그 사직을 지키지 못하게 하고 제사조차 없어져서 그 남은 바가 없도록 할 것이다. 그런 때문으로 금서철권(金書鐵券)을 만들어 종묘

에 간직게 하니……"(新羅本紀 文武王篇)

 망국의 왕자가 그의 정복자들과의 강요된 화해를 승복지 아니치 못했던 대목이다. 혹은 후일을 도모키 위하여 마지못해 화해와 승복을 가장했다 말할 수도 있겠으나, 승자와 패자 사이의 화해란 언제나 승자의 강요에 의한 패자의 영원한 복종을 다짐하는 치욕적인 패배의 마감 행위에 불과하기 십상인 것이었다.
 '형백마이맹'에 관해 지섭은 언제나 그 눈에 보이지 않는 치욕을 느꼈었다. 눈에 보이지 않는 치욕의 기이한 환기력이 지섭으로 하여금 이번 행사의 한 소재로서 충분한 관심을 가지게 해온 것이었다.
 다음으로 또 지섭의 머릿속에 윤곽이 잡혀 들고 있는 행사거리로는 앞서 말한 유왕산의 등산놀이와 은산면의 별신제 유속이었다. 유왕산 등산놀이는 앞에서 이미 소개한 바 있거니와, 은산의 별신제 역시 왕조의 멸망과 그 광복 운동에서 유래된 제속(祭俗)으로 다 같이 한스런 망국의 아픔을 전하는 이 지방 고유의 유속이었다.
 별신제에 얽힌 전설과 유래는 이러했다.
 부여읍에서 북쪽으로 20리쯤 떨어진 은산 지방에 그 옛날 어느 해 여름 무서운 역병이 번져 들었다. 마을의 청장년 남자들이 떼죽음을 당하고 사람들은 영문 모를 역병의 위세에 속절없이 두려운 날들만 보내고 있었다.
 그러던 어느 날, 마을의 한 노인이 낮잠을 자다 이상한 꿈을 꾸었는데, 백마를 탄 한 늙은 장수가 꿈속에 나타나 눈물을 흘리며 간청해오는 것이었다.

— 나는 기울어진 나라를 되찾으려다 억울하게 죽은 옛 백제국의 장군이오. 나의 유골은 나라를 구하려다 죽은 수많은 병졸들과 함께 아직도 땅 위의 비바람에 씻기고 있어 혼백이나마 편히 쉴 수가 없소. 바라기는, 노인이 나서서 아직도 땅 위에 흩어져 뒹굴고 있는 나와 내 부하들의 뼈를 거둬 땅속에 묻어 쉬게 해주면 나는 대신 지금 이곳을 휩쓸고 있는 역병을 거둬가게 해드릴 것이오.

잠에서 깨어난 노인이 꿈속에서 장수가 일러준 곳을 찾아가보니, 거기에는 과연 수많은 사람의 유골들이 사방에 흩어져 뒹굴고 있었다. 노인이 마을 사람들과 유골들을 한곳에 거둬 장사 지내고 그 혼령들을 위로하는 제사를 지냈더니, 과연 마을을 괴롭히던 역병이 씻은 듯이 물러갔다.

그로부터 이곳에서는 3년거리로 이른 봄의 길일을 택해 위령제를 지내왔으며, 그러한 제속은 최근까지도 은산 지방에서 명맥이 이어져 내려오는 터였다.

노인의 꿈에 나타난 늙은 장군은 백제의 광복 운동에 앞장섰던 복신 장군 또는 도침 대사라 전해져오고 있어, 별신제의 주신으로 이곳 신당에 모시고 제사를 올리는 것도 이들의 화상(畵像)인 것이다.

복신 장군과 도침 대사라면 백제가 망하자 지금의 예산 땅인 임존성에 자리 잡고 왜국에 가 있던 왕자 풍(豊)을 맞아 왕위에 앉히고 사직의 재건을 도모했던 인물들로, 한때는 2백이 넘는 성을 되찾기까지 한 것으로 전해왔다.

왕조 패망의 내력을 아프게 되새겨줄 수 있는 인물들이었다.

유왕산 등산놀이와 함께 이 별신제 행사도 기왕부터 행해져 내려온 제례 의식을 문화제 행사의 큰 줄거리 속으로 정리해 들이면 되는 것이었다.

그 위에 다시 지섭의 계획 가운데는 학생들의 행사거리로 백일장에 관한 구상이 들어 있었다.

백제 땅에는 노래도 많고 시가도 많았다. 앞서 소개한 석벽 홍춘경의 낙화암 회고와 같은 명구절편도 2,3백을 헤아릴 정도인 데다, 왕조 30대 무왕의 지음으로 전해오는 향가 「서동요(薯童謠)」는 이 나라 시가 문학의 한 원류의 자리를 점하고 있었다. 그 풍요롭고 내력 깊은 문학 정서로 왕조의 문화와 애석한 패망의 아픔을 되새겨 읊게 함은 문화제 행사의 한 빠질 수 없는 요소가 아닐 수 없었다.

그러나 지섭의 마지막 계획은 무어니 무어니 해도 결국은 의자왕 당신을 위한 위령의 제식이 마련되어야 한다는 것이었다. 문화제의 진행에 어떤 행사들이 어떻게 마련되든지 그것은 결국 대왕의 아픔을 드러내 전하는 것이 되지 않으면 안 되었다. 모든 행사의 의미를 종합하고 마무리 짓는 문화제 주신(主神)으로서의 대왕을 위한 대왕 자신의 행사가 한 가지쯤 마련되지 않으면 안 되었다. 그리하여 다시 이 땅의 사람들에게 당신의 아픔을 전하고, 새로운 결의와 치열한 창조에의 소망을 점지시켜줌으로써 당신의 영혼을, 그 기나긴 천 년의 침묵을 비로소 보람으로 꽃피게 할 수 있어야 했다.

대왕 자신이 주역이 되어 행해질 행사가 어떤 형식이 되어야 할 것인지는 조급히 서두를 필요가 없는 일이었다. 그것은 대왕의 아픔을 위로드리는 위령제 형식이 될 수도 있었고, 천 년을 참아온 당신의 말씀을 오늘에 비로소 이 땅의 율법으로 이어받는 강률(降律)의 의식으로 꾸며질 수도 있었다.

제식의 서단(序端)과 무대는 낙화암 설화가 되어도 좋았고, 혹은 장군 계백의 마지막 출진을 배웅하는 곳이나 유왕산 길목의 고토 이별 대목이 되어도 무관할 것이었다.

대왕의 성세 때는 부소산록에 움터 오르는 상서로운 푸나무의 아홉 가지 꽃눈을 따다 담근 구순주(九筍酒)를 자주 즐겼다 했다. 그리고 그 부소산 너머 고란사 절벽의 석간수(石澗水)를 어수로 즐겨 마셨다던가. 대왕의 제례에는 그 구순주와 고란사 석간수의 영화가 되살려지는 것도 바람직할 터였다. 부소산 북쪽, 지금의 고란사 경내 바윗돌 틈에선 예부터 맑은 약수가 솟아오르고 있었다. 대왕은 평소 궁녀들을 시켜 부소산 너머 그 석간수를 떠 오게 하여 마셨는데, 그 우물가 바위 벽에는 희귀한 고란초가 성하고 있었으므로, 대왕은 궁녀들이 물을 길어 올 때는 언제나 물 항아리 위에 고란초 몇 잎을 띄워 오게 하였댔다. 우물 길이 너무 멀어 궁녀들이 다른 물을 담아 올 염려가 있었으므로, 고란초 이파리를 띄우게 하여 약수를 속이지 못하게 함이었다.

아홉 가지 꽃순으로 담근 구순주나 고란초 잎을 띄운 석간수는 탐락이 아닌 그 시절의 영화였다. 지섭은 그 영화로운 행락을 행사의 한 줄기로 되살려봄이 좋을 듯싶었다. 문화제 기간이 다가오면 고을의 여인들로 하여금 대왕을 위한 제례에 구순주를 빚어 마련케 하고, 그것을 하나의 솜씨 내기로 이끌어갈 수 있었다. 꽃다운 아가씨들에게는 부소산 너머 석간수를 길어 오게 하되, 그 물항아리 속에 고란초 이파리를 띄워 오게 하는 어수 긷기 경주 같은 행사를 마련해볼 수도 있었다.

그 모두가 대왕의 아픔을 적절히 상징하고 되새기게 할 수 있는 행사거리들이었다. 백제 왕조 7백 년 가운데는 그 밖에도 물론 문화의 빼어남과 영화를 전해줄 유물·유속이 수없이 많았지만, 애초에 상정한 문화제의 성격에 관련하여 지섭이 우선 윤곽을 잡은 행사거리의 소재들은 대략 그와 같은 것들이었다. 그리고 그 정도로 일단 행사의 규모나 주제의 가짓수는 충분할 것 같았다.

12

문화제의 성격과 행사 규모를 윤곽 지은 지섭은 곧이어 다시 정해진 테마들에 대한 보충적 고증 작업에 들어갔다. 문화제에 마련될 행사들은 물론 알려진 설화나 유물·유속들에서 테마가 취해져야 하고, 그 위에 그것들은 행사에 알맞도록 줄거리나 뜻이 재구성되고 윤색되어야겠지만, 그 설화나 유물·유속들의 원래 유래나 성격은 분명히 밝혀져 있어야 하겠기 때문이었다. 하나의 설화나 유물·유속이 문화제 행사로서 다시 꾸며 보여질 수 있으려면 무엇보다 먼저 그 점이 분명히 전제되어 있지 않으면 안 되었다. 그러한 설화나 문물을 빚어내게 한 동기나 시대 배경, 당시대인들의 감정 정서와 구체적인 생활 습속 따위가 바르게 이해되어 있지 않으면 안 되었다.

지섭은 그것을 위해 다시 행사거리로 취택된 사건이나 인물, 유속들에 대한 세심한 고증 작업에 들어갔다.

그러나 지섭은 그 작업에서 곧 기이한 난관에 봉착하고 말았다. 백제사에 관해서는 유물, 유적뿐 아니라 그에 관한 기록 또한 빈약하기 그지없는 형편인 점은 지섭으로서도 일찍부터 이미 체념을 하다시피 해온 터이었다. 그리고 그러한 기록이나 유물, 유적도 대개가 성세의 것보다는 왕조의 패망사와 관련이 깊은 것들뿐이라는 점 또한 미리부터 속다짐을 하고 나선 지섭이었다.

하지만 사정을 좀더 세심히 더듬어나가다 보니, 지섭은 그 패망사에 관련된 빈약한 사록들마저 기술자(記述者)의 의도가 너무 부정적으로 작용하지 않았나 싶은 의구심이 들기 시작했다. 백제국의 패망에 관한 기록은 무어니 무어니 해도『삼국사기』와『삼국유사』의 그것이 거의 유일한 전거가 될 수밖에 없는 형편인데, 지섭은 그『사기』와『유사』의 기록들을 더듬다가 우연찮게 한 가지 심상찮은 사실을 발견한 것이었다.『사기』에 나타난 백제인들의 종말은 거개가 영광스러운 것이 못 되거나, 그 영광을 그의 조국 백제의 것으로 돌릴 수 없게 되어 있는 점이 그것이었다.

『삼국사기』열전(列傳)에 나타난 백제인으로는 장군 계백과 흑치상지(黑齒常之), 그리고 개로왕 때 사람 도미(都彌)와 후백제의 견훤이 거의 전부거니와 그 만년의 생애와 종말에 관련하여 우선 눈에 띄는 대목으로 다음과 같은 기록들을 볼 수 있었다.

● 백제의 유장(遺將) 흑치상지는 무리를 불러 모아 임존성에 의거하여 스스로 굳게 지키니, 10여 일이 못 되어 그에게 모여든 무리가 3만여 명이나 되었다. 이에 당장 소정방은 군사를 거느리고 임존산성으로 그를 공격해 갔으나 이기지 못하고, 흑치상지는 오히려 2백의 옛 성을 회복하고 크게 군세를 떨쳤다. 이에 당 고종은 사자를 보내어 흑치상지를 회유하니 그는 드디어 당장 유인궤를 찾아 투항하고 "당으로 들어가…… 여러 번 의정에 종군해 공로를 쌓으므로 작위를 주고 특별히 상을 내려……"

● 백제의 21대 개로왕은 그의 백성 도미의 예쁜 아내를 탐하여 그의 정절을 시험하다가 듣지 않으매 남편의 눈을 뽑고 작은 배에 태워 강물에 띄워버렸다. 그리고 다시 그의 아내를 탐하려 하므로 도미의 아내는 계교를 써서 몸을 피해 달아나다 홀연히 나타난 조각배를 타고 가서 그의 남편을 다시 만났다. 도미의 아내는 그의 남편이 아직 죽지 않았으므로 풀뿌리를 파먹으면서 마침내는 "함께 배를 타고 고구려에 이르러…… 그곳에서 일생을 마쳤다."

● 후백제의 견훤은 그 아들 신검(神劍)에게 밀려 금산사에 유폐 생활을 하다가 935년 6월에 금성(지금의 나주)으로 도망하여 "사람을 고려로 보내어 태조를 만나기를 청하니, 태조는 기뻐하며 그를 맞아 위로하고…… 후한 예로 대우했는데……"

의자왕도 그랬고, 그 태자 융 또한 그랬듯이 장군 계백 한 사람을 제외하면 열전에 취급된 백제인들은 모두가 그의 나라에서 생애를 끝마치지 못한 사람들이었다.

망국 유장으로 나라를 되찾으려던 흑치상지나 의리와 절행의 모범으로 이름을 떨친 도미 부부나, 심지어는 옛 백제에 버금가는 국세를 뻗치던 견훤까지도 하나같이 남의 땅을 택해 가 여생을 끝냄으로써, 생애의 영광을 남의 땅과 역사에 바치고 있는 것이다. 그 점은 무왕과 견훤을 빼고는 거의 유일하게 백제인의 행력을 적고 있는『삼국유사』의 승(僧) 혜현(惠現)에 관한 기록 또한 예외가 아니었다.

● 혜현의 나이 58세에 그는 "중국으로 들어가 더 배우지 않고 고요히 일생을 보냈으나 이름은 곳곳에 드높아 그 전기가 씌어지고 당나라 사람들의 우러름을 받았다."

『사기』의 열전에 나온 인물 가운데 유일하게 제 나라 땅에서 목숨을 거둬 간 계백 장군의 최후 역시도 그 우람스런 기개와 충절에 값할 만한 영광을 조국에 바칠 수 있었던 것은 아니었다.

사실이 그러했으니 어쩔 수 없는 사정이었을 수는 있었다. 그러나 문제는 기술자의 눈길과 사서 편찬의 완연한 의도성이었다. 백제 왕조 7백 년사 가운데서 유독히 그런 말년을 보낸 사람들만이 후세에 이름을 전할 만한 인물은 아니었을 터였다. 이들에 대한 기록이 사실에 얼마나 충실할 수 있었던가는 둘째 치더라도 하필이면 그런 사람들의 기록만을 택해 남긴 기술자의 의도에는 아두래도 석연찮은 대목이 숨어 있었을 것 같았다. 뿐더러 모든 사실은 저술자의 붓끝에 따라 의도적으로 더욱 부정적으로 기술되었을 가능성이 있었다.

사실로 신라는 고대 삼국을 통일하여 이후 두 세기 반이나 민족 문화의 정통성을 유지 전승해왔고, 이를 다시 고려국에 승계케 한 나라였다. 『사기』의 저술자인 김부식 또한 신라 김문의 후손으로 고구려와 백제의 그것에 비하여 신라의 정통성을 옹호 주장하려는 감정적 편향이 짙었던 인물로 추측될 수 있는 여지가 충분했다. 『사기』의 대부분이 신라사에 할애되고, 열전의 대부분이 김유신과 신라인들에 바쳐진 소이 또한 그런 데에서 숨은 연유를 찾아볼 수 있을 듯싶었다.

『사기』의 기록들 가운데는 실제로 그런 저술자 자신의 노골적인 육성이 드러나고 있는 대목이 허다했다. 백제의 의자왕은 초토전을 벌이다 그 세가 다하여 멸망하였으되 "대국에 죄를 지어 멸망한 것이니 마땅한" 것으로 기록하고, 신라의 경순왕은 군·현을 들어 고려에 귀순하였으되 "고려 조정에 공이 있고 백성들에게 큰 덕이 있었으니 가상함이 옳겠다"고 기록한 것 따위가 그런 예에 속했다.

사정이 이미 거기에 이르렀다면, 지섭은 이제 신라의 정통성을 위한 백제사의 폄하는 어쩔 수 없는 일이 될 수밖에 없었으리라는 생각이 들기 시작했다. 그리고 지섭은 마침내 어떤 감정적인 반발처럼 신라사에 대한 백제사의 의도적인 폄하 현상을 거의 사실처럼 받아들여버리고 있었다.

하고 보니 지섭에겐 다시 난처한 문제가 생겼다.

당대의 풍속과 진실의 실상을 밝혀내야 하는 지섭의 작업에는 바로 그 역사의 유일한 전거가 되고 있는 사록 자체가 오히려 그의 일을 방해하고 있다는 사실이었다. 지섭이 거기서 그의 전거를 구할 수밖에 없는 사록은 한편으로 오히려 진실을 왜곡하고 그것을 가리는 두꺼운 장애물이 되고 있는 셈이었다. 지섭은 결국 그 사서(史書)에 자신의 고증 작업을 의지할 수밖에 없으면서도 그것을 오히려 멀리 뛰어넘어 그것 너머에 있는 진실의 실상을 찾아 만나야 하는 이중의 노력이 필요해진 것이었다. 그것은 이를테면 지금까지 읽혀지고 믿어져온 역사를 기술자의 주관적인 의도성을 전제로 하여 미확정의 어떤 가상의 진실에서부터 거꾸로 읽는 독법을 택하는 꼴이었다.

그것은 물론 쉬운 작업이 아니었다.

그러나 지섭으로서는 그 길밖에 방법이 없었고, 그것은 일단 상당한 희망을 걸어볼 수 있을 듯싶었다. 사실이 고의적으로 무시되거나 지나치게 부정적으로 폄하되어 있을지 모르는 저술자의 의도를 의심하기 시작하자, 『사기』의 기록은 과연 곳곳에서 수상한 조짐들을 드러냈다. 특히나 문화제 행사의 주신으로 모셔질 대왕에 관련된 부분에 가서는 사사건건 부정적인 행력만 기술되어 나타나 지섭의 그런 신념을 더욱 요지부동하게 부추겼다. 백제사가 온통 패망사하고만 상관하여 부정적인 편린만을 남기고 있는 것도 오로지 그 기술자의 왜곡에 의한 결과일지 모른다는 식으로 지섭의 의구심은 비약을 거듭해갔다. 그러나 역사를 거꾸로 읽으려는 지섭의 독법은 이제 기술자가 덮씌운 편견과 왜곡의 그물을 얼마간이나마 서서히 벗어져나게 할 수 있을 것 같았다. 그리고 기술자의 의도적인 왜곡의 정체를 밝히고 보다 더 분명한 당대의 진실을 허심탄회하게 넘겨볼 수가 있을 것 같았다.

무엇보다도 그러한 독법은 우선 의자왕 자신의 인물됨과 치적들에 대한 기왕의 평가를 되돌아보게 하는 소중한 계기를 지섭에게 마련해주었다.

의자왕은 뭐라고 해도 우선 그 7백 년 사직의 마지막 왕이었다. 그는 사직을 지켜 전하지 못한 패주의 무능과 업고를 온통 한 몸에 감수해야 하는 비운의 군왕이었다. 대왕에 관한 인물과 치적의 기록도 그것을 전제로 앞뒤의 맥락을 지어나갔을 가능성이 충분했다. 국멸의 책임을 그에게 물어, 대왕은 오히려 당연한 사리로 과실과 실정의 주역의 운명을 감수하지 않으면 안 되었을 터였다.

하지만 지섭은 이제 백제의 멸망과 대왕의 공과 관계를 거꾸로 읽으려 노력하고 있었다. 백제의 국멸을 대왕의 치적과 나라 안 사정에서가 아닌 나라 밖 형세에서부터 원인을 찾아보자는 것이었다. 나라 안 사정보다 바깥의 형세가 백제로 하여금 더욱더 어쩔 수 없는 멸망의 길을 가게 하였다면, 그때 가서는 대왕의 면면과 치국의 공과도 달리 이해할 여지가 생길 터이기 때문이었다. 아닌 게 아니라 그때는 대왕에 대한 기왕의 수많은 부정적 서술도 그가 다만 패주의 운명과 책임을 감수치 않을 수 없었음으로 하여 부당하게 덮씌워진 허물일 공산이 커지는 것이었다.

사실로 의자왕은 그 초년 치적에 볼 만한 대목이 없지 않았다.

『사기』의 기록조차도 대왕 즉위 초기에 대해선 그 인물됨과 치적을 적잖이 크게 평가하고 있는 편이었다.

● …… 의자왕은 무왕(武王)의 원자(元子)로 웅용비대(雄勇譬大)하고 결단성이 있어 무왕 재위(在位) 33년(632)에 태자(太子)로 책봉되었는데, 효도로 어버이를 섬기고 형제간에 우애를 도모하므로 사람들은 그를 해동증자(海東曾子)라 일컬었고, 무왕이 돌아가자 태자로서 뒤를 이어 즉위하였다(641).

● 2년. ……2월 왕은 주군(州郡)을 순무하고 죄수를 살펴 사죄(死罪)를 제외하고는 모두 이를 석방하였다. 7월에 왕은 친히 군사를 거느리고 신라를 공략하며 미후성(彌猴城) 등 40여 성을 함락시키고, 8월에는 장군 윤충(允忠)을 보내어 군사 1만으로 신라의 대야성(大耶城)을 공격하니 성주 품석(品釋)은 처자와 함께 성을 나와 항복하다……

● 3년. 정월에 사신을 보내어 당나라에 조공(朝貢)하다. 11월에는 고구려와 화친하고 신라 당항성(堂項城)의 공취(攻取)를 기도하여 신라에서 당으로 입조(入朝)하는 길목을 막고 드디어는 군사를 내어 이를 공격하니 신라 왕 선덕여왕(善德女王)은 사신을 당나라로 보내어 구원을 청하므로……

● 4년. 정월에 사신을 당으로 보내어 조공하니 당 태종은 사농승 상리현장(司農丞相里玄奬)을 보내어 백제와 신라 양국에 유고(諭告)하므로 왕은 글을 보내어 사례하였다. 이때 왕은 왕자 융을 세워 태자로 삼고 죄수를 대사(大赦)하였다. 9월에 신라의 김유신이

군사를 거느리고 침입하여 일곱 성을 빼앗았다.

● 5년, 5월 왕은 당 태종이 친히 고구려를 정벌한다는 말을 듣고, 그 틈을 이용하여 군사를 징발하여 신라의 일곱 성을 쳐 빼앗으려 하였는데, 신라는 김유신 장군으로 이를 되쳐 물리쳤다.

● 7년, 10월 장군 의직(義直)은 군사 3천을 거느리고 무산성하(茂山城下)에 진주하여……

● 9년, 8월 왕은 좌장(左將) 은상(殷相)을 보내어 정병 7천으로 신라의 석토성(石吐城) 등 일곱 성을 쳐 빼앗았는데, 신라의 김유신 등이 역격하여 전세가 불리해지므로……

● 13년, ……8월에 왜국(倭國)과 수교를 통하다.

● 15년, 8월에 왕은 고구려 및 말갈과 함께 신라의 30여 성을 쳐 빼앗으니, 신라 왕 김춘추는 당나라로 사신을 보내어 백제가 고구려 말갈과 함께 북쪽 경계의 30여 성을 빼앗은 사실을 알리다……

이상의 기록들에서 볼 수 있듯이 당시의 삼국은 기회가 있으면 서로 치고 빼앗는 영토 분쟁과 서로의 국익을 도모키 위한 분방한 외교전의 역학 질서 위에 존립해 있었음을 알 수 있었다. 그리고 그러한 국익 도모와 삼국의(나아가 당과 말갈, 일본 등을 포함한 다국 관계) 외교적 역학 질서 속에서 의자왕은 그 위인의 됨됨이나 치국 위업이 눈에 띄게 진취적인 면모를 보이는 영군이었다. 왕 11년 당나라 고종이 의자왕에게 보낸 다음과 같은 글은 그런 복잡한 삼국 관계와 왕의 치세를 더욱 확연하게 설명해주고 있었다.

해동(海東)의 삼국(三國)이 건국한 지 오래라 경계가 실로 견아(犬牙)처럼 접했는데, 근대 이래로 드디어는 서로 틈이 벌어져 싸움을 일으키며…… 지난해에는 고구려와 신라의 사신이 함께 입조(入朝)하므로 짐은 서로 구원(舊怨)을 풀고 다시 화목하기를 이르니, 신라 사신 김법민이 고하기를 백제와 고구려는 순치(脣齒)와 같은 관계로 서로 의지하며 군사를 일으켜 침핍(侵逼)하므로…… 원컨대 백제에 명하여 빼앗아간 성진(城鎭)을 되돌려주게 하여주시라 청하고 만약에 백제가 조명(詔命)을 받들지 않으면 곧 군사를 일으켜 이를 되찾게 하여주기를 원하므로, 짐은 그 말이 순리로 여겨져 이를 허락지 않을 수 없었다. …… 그러므로 왕(王)은 아우른 바 신라의 성진을 그 본국으로 되돌려줌이 마땅하며, 신라에 붙잡힌 백제의 포로도 또한 왕에게 되돌려 보내게 할 것이라…… 왕이 만약 이 말을 순종하지 않으면 짐은 이미 신라 김법민의 청원에 따라 그들의 뜻에 맡겨 떳떳이 결전케 하고 고구려에도 약속을 명하여 멀리서 서로 구원하지 못하게 할 것이다…… 왕은 짐의 말을 깊이 생각하여…… 후일의 뉘우침이 없도록 하라.

의자왕은 이 글을 받은 다음 해 정월에 다시 사신을 보내어 당의 고종에게 조공을 바치고, 그 이듬해에는 왜국과도 수교를 통한다. 그리고 다시 이듬해에는 앞서 기록대로 고구려 말갈 들과 신라의 30여 성을 쳐서 빼앗으니, 신라의 무열왕은 당나라로 사신을 보내어 이를 고해 알린다.

여기까지는 『사기』의 기록도 삼국 간의 역학 관계와 외교전의 양상에 초점을 맞추면서 비교적 공정한 시선을 유지해 보인다.

하지만 다음부터가 문제였다.

『사기』의 저술자는 거기서부터 갑자기 왕의 위인과 치덕을 패주(敗主)의 그것으로 폄하시키는 독단적 서술을 감행하기 시작한다. 당시의 상황을 삼국 간의 힘의 질서와 외교전의 성패 여하로 평가하기를 그만두고, 백제 국멸의 허물을 한갓 의자왕 개인의 패덕(敗德)과 그 패덕에 대한 시운(時運)의 응보처럼 설명하려 함으로써 저술자 스스로의 주관적 결정론이 필행을 압도하기 시작한다.

의자 16년, 그러니까 백제가 고구려 말갈 들과 합세하여 신라의 30여 성을 빼앗고 신라가 이를 당나라에 고해 알린 다음 해의 기록이 바로 그렇게 시작되는 곳이었다.

● 의자 16년(655) 3월 왕은 궁인과 더불어 음황, 탐락하며 음주 방탕을 그치지 않으매……

그리고 그다음 왕 20년에 이르러 마침내 나당 연합군의 백제 침공이 시작되기까지의 몇 년 동안의 기록은 이러했다.

● 17년, ……4월에 큰 한재가 들어 적지(赤地)가 되었다.
● 19년, 2월 여우들이 떼를 지어 궁중으로 들어오고 한 마리의 흰 여우가 상좌평(上佐平)의 책상에 올라와 앉았다. 4월에는 태자궁의 암탉이 작은 새와 교미를 하였다. 이때 왕은 장벽을 파견하여 신라의 독산성(獨山城)과 동금성(桐岑城)을 침공하였다. 5월, 서

울 서남쪽 사비하(泗沘河)에 큰 고기가 나와 죽었는데 길이가 세 길이나 되었다. 8월에는 한 여인의 시체가 생초진(生草津)으로 떠내려왔는데, 길이가 18척이었다. 9월에는 궁중에 괴수(槐樹)가 우는데 사람의 곡성과 같고 밤에는 궁성의 남쪽 길에서 귀신이 울었다.

● 20년, 2월 서울의 우물물이 핏빛으로 변하고 서해변(西海邊)에 작은 물고기가 나와 죽었는데 백성들이 능히 다 먹지 못하였다. 사비하의 물의 붉기가 핏빛 같았다. 4월에는 두꺼비 수만 마리가 나무 위로 모여들었고, 서울 사람들이 까닭 없이 놀라 달아나며, 이를 잡아 죽여 쓰러진 자가 백여 명이나 되었으며, 재물을 잃은 것 등은 헤아릴 수가 없었다. 5월에는 풍우가 사납게 일어나고 천왕사(天王寺)와 도양사(道讓寺)의 두 절의 탑이 진동하고, 또 백석사(白石寺)의 강당(講堂)이 진동했으며, 검은 구름이 용과 같이 일어나서 동서의 공중에서 서로 싸웠다. 6월에 왕흥사(王興寺)의 중들은 배가 큰물을 따라 절문으로 들어오는 것과 같은 것을 보았고, 개 모양을 한 들사슴 한 마리가 서쪽 사비하 언덕에 와서 궁성을 향해 짖다 갑자기 간 곳을 모르게 사라졌는데, 서울의 수많은 개들이 길 위로 모여 혹은 짖고 혹은 울다가 잠시 후에 헤어지고, 한 귀신이 궁중으로 들어와서 크게 소리치기를 '백제가 망한다, 백제가 망한다' 하고 땅속으로 들어갔다……

당 고종이 군병을 일으키기까지의 3년여에 걸친 왕의 치적과 외교 전략에 관한 기록은 깡그리 사라지고 오로지 왕의 방탕과 실정, 그리고 주술적 국멸의 징조들이 일관해서 나열될 뿐이었다. 한마디로 백제란 나라는 의자왕의 방탕과 실정, 그리고 시운의 저주로 인하여 마땅히 패망해갈 수밖에 없었다는 주술적 당위론의 소산이 아닐 수 없었다. 그리고 그러하므로 패주로서의 의자왕은 마땅히 국멸의 책임을 짊어져야 할 군왕으로서 가차 없는 폄하가 감수되고 있었다.

하지만 지섭은 그것을 승복하고 싶지 않았다. 도대체 한 나라의 멸망사를 다스림의 잘잘못과 이웃 나라들과의 힘의 질서 관계에서 찾기를 중단하고 갑자기 한 군왕의 인간과 치덕의 폄하로써 설명하려 한 점도 그러하거니와, 그것을 다시 갖가지 흉조와 변고를 들어 주술적 운명론으로 귀결 지으려 한 것이 더욱 그랬다.

지섭의 생각으로는 한마디로, 백제의 국멸은 왕의 방탕이나 국력의 한계성보다 외교적 판단의 실수가 빚어낸 비극으로 보고 싶었다. 백제 쇠락의 기미를 엿본 당나라는 의자왕의 방탕을 징벌하러 출병한 것이 아니라, 고종의 회유와 경고를 듣지 않고 스스로의 힘에 취하여 신라를 괴롭히는 그 방자스런 호전성을 꺾으러 나선 것이었기 때문이다. 스스로의 힘을 과신한 데다 당나라의 출병을 사전에 막아두지 못했던 점, 아니면 그 기미만이라도 일찍 간파해내지 못한 외교적 실수가 그 국멸의 비운을 초래한 크나큰 이유가 아니었던가 싶었다.

지섭으로선 아무래도 그런 식으로 생각이 기울지 않을 수 없었다. 한다면 이제 그『사기』의 기록들을 거꾸로 읽는 방법으로 대왕의 모습은 얼마든지 달라질 가능성 또한 충분해진 것이었다.

어느 날 저녁, 지섭은 오랜만에 다시 능산리 묘역으로 대왕릉을 찾아갔다. 사서(史書)의 기록들이 대왕의 참모습을 엉뚱하게 폄하하거나 왜곡시켜놓았을지 모른다는 생각은 이제 지섭의 신념처럼 되어 있었다. 그는 그 불경스런 왜곡의 그물로부터 진실을 풀어 해방시키고, 대왕의 참모습을 찾아 증거하지 않으면 안 되겠기 때문이었다.

그것은 물론 생각처럼 간단한 일이 아니었다. 사서의 기록들을 거꾸로 읽어나가는 방법으론 진실의 분명한 뿌리를 만날 수 없었다. 그것은 어디까지나 그 진실의 존재에 대한 심정적 유추의 단계에 불과했다. 그 단계에서 사서의 기록들은 차라리 지섭의 작업을 방해하고 있는 높고 두꺼운 절벽이었다. 진실은 아마도 그 기록의 절벽 너머에 숨어 있을 터였다. 지섭의 추리와 상상력은 그 압도적인 기록의 절벽을 뚫고 넘을 수가 없었다. 그렇다고 그 기록 이외에 사실을 번복시킬 다른 유물, 유적들이 주위에 흔한 것도 아니었다. 대왕릉만이 오직 기록상의 사실을 뒤엎고 지섭의 희망적인 추리를 뒷받침해줄 유일한 증거였다. 그리고 그 능실을 찾아가야 비로소 훼손되지 않은 대왕의 참모습을 가장 가까이서 만날 수 있었다. 한동안 뜸해진 듯싶었던 상처의 아픔이 다시 쇠망치를 얻어맞은 것처럼 겨드랑이께서부터 온몸으로 무겁게 번져 흘렀다.

"이제 시작이옵니다. 이 아픔을 전할 수 있도록 대왕을 보게 하소서. 그리고 그 길을 밝히 열어 보이소서!"

지섭은 어두운 능역 안으로 발길을 재촉해 들며 간절히 기원하고 있었다. 그새 다행히 다리 쪽 상처는 깨끗이 아물어 있어서 보행의 불편도 사라진 지 오래였다.

능역을 들어선 지섭이 관리 사무소 앞을 지나다 살펴보니 사무실 안에 웬일인지 용술의 모습이 보이질 않았다. 하지만 지섭은 위인의 모습이 보이거나 말거나 그런 일에는 별로 신경을 쓸 필요가 없었다. 아마 어디 잠깐 외출을 나갔거나 용변이라도 보러 갔거니 생각하고 여느 때처럼 그길로 곧장 혼자 대왕릉 쪽으로 걸음을 재촉해 올라갔다. 한데 알고 보니, 용술은 이때쯤 보다 엉뚱한 짓에 정신이 팔려 있었다.

지섭이 서하총 능실 속을 들어섰을 때, 그 서하총 현실 벽으로 은폐된 대왕릉의 묘도 입구가 뜻밖에 활짝 열려 있었다. 그리고 그 묘도 끝 능실 안쪽으로부터 희미한 불빛과 함께 무슨 작업 공구들이 땅에 부딪는 소리가 간간이 흘러나오고 있었다. 이쪽 기척을 죽이며 지섭이 조심조심 어두운 묘도를 더듬어 들어가보니 짐작했던 대로 그것은 백용술이 분명했다. 용술이 능실 안에 불을 밝혀 놓고 대왕릉의 현실 벽들을 요절내고 있는 것이었다.

— 여기서 지금 무슨 짓을 하고 있는 거지?

여기저기 현실 벽들을 뜯어내고 있는 작자의 소행은 묻지 않아도 알 만한 것이었다. 하지만 지섭은 지금 당장 그런 용술을 만나게 된 것이 오히려 반가웠다. 그는 녀석의 등 뒤로부터 덮쳐들듯이 목청을 불쑥 높여 말했다.

"헛!"

그러자 이번에는 용술 쪽이 펄쩍 몸을 솟구쳐 놀라며 제풀에 겁에 질린 괴성을 떠지르고 물러섰다.

"어이구, 선생님도 참! 난 갑자기 귀신이 덮쳐드는 줄 알았어요."

이쪽이 지섭이라는 걸 알고 나서는 한동안 넋이 빠진 사람처럼 멍청하게 땅바닥에 주저앉아 있던 용술이 이윽고 엉덩이를 툭툭 털고 일어서며 원망스러운 듯 중얼거렸다. 용술로서도 당장엔 자신의 비행을 들켜버린 데 대한 죄책감보다 음산한 무덤 속에서 뜻하지 않게 지섭을 만난 반가움이 앞선 모양이었다.

지섭도 물론 그 용술을 새삼스레 나무랄 생각이 없었다. 지섭이 처음 용술의 소행을 보고 그가 오히려 반가워진 것은 어두운 무덤 속에서 산 이웃을 만난 안도감 때문이기도 하였고, 또는 살아 움직이는 사람이 정체 모를 도굴꾼이 아닌 백용술 바로 그자였기 때문이기도 했다. 하지만 지섭은 이날 밤 용술의 그런 소행으로 그동안 의심해온 작자의 진심을 어느 정도 분명히 점칠 수 있게 된 것이 보다 반가운 수확이었다. 말하자면 위인은 아직 대왕의 능실을 찾아낸 일로 해서 지섭이 모르는 재미를 볼 수가 없었던 게 분명해진 것이었다. 그가 이미 쓸 만한 물건을 찾아내 갔다면 그토록 끈질긴 미련이 남았을 리가 없었다. 있음 직한 것이 없었기 때문에, 있어야 할 것이 찾아지지 않았기 때문에 미련이 남을 수밖에 없었을 터이었다. 그래서 마지막에는 벽을 허물고 묘실의 밑바닥에까지 미심쩍은 생각을 품었을 터였다.

지섭은 용술에게서 그 점을 알게 된 것이 더없이 다행스러웠다. 하더라도 지섭은 그 때문에 용술의 그 무모한 행동에 입을 다물고 넘어갈 수는 없었다.

"귀신이 나타나서 목을 눌러 죽인대도 능실 안을 이렇게 감자밭

갈아엎듯 훼손해놓은 자네 죗값으론 오히려 싼 편이지. 그래 언젠가 이 능실 문이 세상을 향해 열리는 날이 오면 우리 죗값을 어떻게 감당해야 할지 생각이나 좀 해봤나 말일세. 능실을 이렇게까지 갈아엎어가면서 무슨 그럴 만한 낌새라도 찍혔다면 또 몰라도……"
 갑자기 준열해진 지섭의 추궁에,
 "낌새가 찍히다니요? 윤 선생님도 참 답답하십니다. 제가 그새 무슨 낌새를 찍었다면 이날 이때까지 꼬리를 이토록 길게 늘이겠어요. 옛날에 벌써 손발 씻고 들어앉아 하늘이나 쳐다보고 한바탕 크게 웃었겠지요."
 그런 식으로 느물거린 위인의 대꾸는 그에 대한 지섭의 처음 추측을 더욱 분명히 해왔을 뿐이었다.
 "그럼 오늘은 생판 이렇게 애꿎은 능벽만 요절을 내는 판이구만?"
 핀잔기 어린 지섭의 채근에도 용술은 오히려 그러는 지섭이 안타깝다는 투였다.
 "글쎄, 오죽했으면 저도 이런 짓까지 해가며 미련을 버리지 못했을라구요. 눈에 띄는 곳이 아니면 어디 벽 뒤쪽이나 밑바닥 같은 데라도 무슨 흔적이 남았을까 해서지요. 따지고 보면 이 무덤 자체부터서 워낙이 괴상하게 숨겨져 있었으니까 말입니다."
 "그러고도 아무 조짐을 못 찾았다?"
 "말짱 헛일이었어요. 솔직히 말씀드리면 전 그동안 선생님 모르게 이 무덤 속을 두세 번은 족히 파헤쳤을 겁니다. 벽이고 바닥이고 제 손길이 닿아보지 않은 곳이 없어요. 자세히 보시면 아시겠지만, 기미가 수상해 보인 곳은 모조리 한 번씩 속을 뜯어보고 되발라놓았으니까요."

아닌 게 아니라 현실 벽과 바닥의 벽층 모습이 지섭이 처음 능실을 들어와 봤을 때와는 많이 달라져 있었다. 썩어 얼크러진 풀뿌리도 많이 제거되고, 흙먼지로 지저분하던 전벽의 틈서리들도 사람의 손길로 훨씬 매끈매끈해져 있었다.

어이가 없는 일이었다. 용술은 아직도 그가 저지른 엄청난 실수를 실수로 깨닫지 못하고 있는 위인이었다. 실수를 깨닫게 해주기엔 때가 이미 너무 늦어버리고 있었다.

지섭은 그저 어안이 벙벙해서 어둠 속에 말없이 작자의 거동만 지켜보고 있었다.

용술은 그러나 이번에도 그가 뜯어낸 전벽들을 하나하나 감쪽같이 되맞춰 넣으며 짜증스럽게 혼자 투덜대고 있었다.

─아무리 생각해도 이 무덤은 가짜랄 수밖에 없을 것 같아요. 도굴꾼 한 번 스친 흔적이 없는데 이렇게 말짱 빈탕이고 보면 무덤이 생긴 사연부터가 의심스럽단 말입니다. 선생님은 그런 생각이 안 드세요? 이 무덤이 가짜일지 모른다는 생각 말입니다.

─가짜가 틀림없어요. 지석에 씌인 대로 이 무덤이 진짜 의자왕을 모신 곳이라면 이럴 수가 없어요. 어떤 사연에서였는지 모르지만 이 무덤은 누군가가 가짜 묘실을 꾸며가지고 진짜처럼 지석을 만들어놓았을 수도 있는 일 아니겠어요······

하고 나서 용술은 이제 더 이상 미련을 남길 필요도 없다는 듯 지섭을 남겨둔 채 혼자서 먼저 능실을 나가버렸다.

지섭은 위인이 능실을 나가고 나서도 한동안 혼자서 망연스런 상념 속을 헤매고 있었다.

대왕의 참모습을 만나기를 기대하고 찾아온 능실 속이 너무도 허허하고 황량스럽기만 했다. 어둡고 괴괴한 능실 속 어느 구석에서도 대왕의 모습을 쉽게 느껴볼 수가 없었다. 이젠 그 붉은 연꽃의 호수와 황금의 영좌조차 모습이 아득해지고 있었다.

— 아무리 생각해도 이 무덤은 가짜일 수밖에 없어요. 윤 선생님은 그런 생각이 안 드세요?

문득 그 용술이 놈의 객쩍은 불평 소리가 다시 귀청을 무겁게 울려왔다. 작자의 말마따나 지섭도 이제는 능실 자체가 가짜일 수도 있다는 생각이 들기 시작한 것이다. 어떤 기록을 들춰보아도 의자왕이 이 땅에 죽어 묻힌 듯한 흔적을 찾아볼 수가 없었다. 바다 건너 당나라로 떠나간 왕이 살아서든 죽어서든 다시 옛 땅을 찾아 돌아온 듯싶은 흔적이 보이지 않았다. 능실의 내력을 밝혀줄 근거를 구할 수가 없었다. 하고 보면 지섭으로서도 일단은 능실의 내력을 의심해보지 않을 수 없었다. 아니 한 시대의 역사가 그 당대나 후세인들에 의하여 얼마나 노골적인 왜곡이 감행될 수 있었던가를 똑똑히 보아온 지금의 지섭으로서는 이번 일 역시 누군지가 그렇게 대왕의 가짜 능실을 꾸며놓았을 가능성은 충분하다고 생각했다.

기록과 유적들로 보존된 역사가 양지의 역사라면 전설과 민담의 그것은 음지의 역사일 수 있었다. 양지의 역사가 스스로의 진실을 위한 왜곡을 감행할 때 음지의 역사 또한 스스로의 진실을 위한 비상한 왜곡을 감행했을 수 있었다.

대왕릉의 내력이 가짜에 분명하다면 그것은 그 백제의 유민들이 숨어 지은 음지의 역사가 아닐 수 없었다. 백제 유민들은 저들의 숨은 진실을 지켜 전하기 위하여 대왕의 능실을 몰래 지어 숨김으로써 자신들의 역사에 과감한 왜곡을 감행할 수 있었다.

그런 의심을 하자면 대왕이 어수(御壽)를 거두었다는 그 8월 17일이라는 날짜에서도 얼마든지 심상찮은 의미를 새겨 읽을 수 있었다.

묘지(墓誌)에 나타난 경신년의 8월 17일은 나라를 잃은 대왕과 그 유신, 유민들이 이 땅을 하직하고 머나먼 당나라 물길을 떠나던 날이었다. 대왕이 이날로 어수를 다했거나 혹은 목숨을 부지하여 이 땅을 떠나갔거나, 남아 있는 그 땅의 유민들에겐 그것이 저들의 임금을 마지막으로 섬길 수 있었던 날이었다. 그리하여 저들은 해마다 이날을 빌려 임금의 귀환을 기다리고, 끝끝내 돌아오지 못한 임금의 수종(壽終)을 이날로 받들어 제사함으로써 살아 떠나간 임금의 치욕을 스스로 부인하고 싶어 했을 수도 있었다. 그리고 누군가가 정복자들의 눈을 피하여 선대의 능실 속에 또 하나 능실을 지어 만들어 지석의 기록까지 적어 남김으로써 임금의 치욕을 씻어 뒷날의 증거를 삼게 하려 했을 수 있는 일이었다.

그것은 참으로 눈물겨운 음지의 역사요, 그 역사의 가슴 아픈 왜곡이 아닐 수 없었다.

그것이 만약 사실일 수 있다면 대왕의 능실은 이제 대왕 당신만의 역사가 될 수 없었다. 그것은 오히려 어느 땐가 그 능실을 숨어 지은 사람들과의 공동의 역사요, 그 역사의 역설적 징표가 아닐 수 없었다. 그리고 또한 어느 때, 어떤 사람들에 의해서였는지는 알 수 없지만, 그들이 그 능실을 숨어 지었던 뜻은 오늘에 이르러 그것을 다시 찾아 만나게 된 지섭의 그것에까지 같은 맥을 이어준 것이었다. 그리하여 백제의 국멸과 대왕의 운명은 사연이 불확실한 당신의 무덤으로 하여 시간을 초월한 이 땅의 사람들과 지섭 자신에 이르기까지의 또 다른 음지의 역사를 만들어놓았을 수 있는 것이었다.

지섭은 다시 뜸했던 그 겨드랑이의 아픔이 되살아나기 시작했다. 대왕의 참모습을 찾아 만남으로써 당신에게 덮씌워진 왜곡의 그물들을 풀어 없애려던 당초 의도와는 다르게 일이 자꾸만 거꾸로 풀려가는 느낌이었다. 왜곡의 그물을 풀어 벗기기보다는 더욱더 비상한 왜곡과 그 왜곡의 깊은 지혜를 덧붙여 보게 된 것이었다.

하지만 지섭은 오히려 만족이었다. 그는 능실의 비밀 속에 숨겨진 또 다른 누군가의 목소리를 만난 것이었다. 대왕의 운명과 죽음에 대한 그의 소망과 소리 없는 증언을 만난 것이었다. 그리고 그 간절한 소망과 은밀스런 증언 속에 비로소 어렴풋이 대왕의 모습을 감지한 것이었다.

진짜거나 가짜거나 능실은 어차피 그것을 지어 만든 사람이나 지섭 들에겐 어김없는 대왕의 능실일 수밖에 없었다. 대왕이 이 땅을 떠나갔거나 말았거나, 당신의 육신을 정말로 이곳에 묻었거나 말았거나, 그것을 지어 만든 사람이나 지섭 들의 마음속엔 똑같은 대왕의 무덤이었다.

중요한 것은 당신의 육신이 아니라, 당신이 이 땅에서 죽어 그곳에 묻히기를 바라온 이 땅의 사람들의 뜻이기 때문이었다. 또 다른 왜곡의 가능성 앞에 지섭의 아픔이 되살아나기 시작한 것도 바로 그런 능실의 진실, 어쩌면 그 자체가 바로 대왕의 참모습일 수도 있을 그 능실의 진실을 만나게 된 때문일 터였다.

그 아픔이 바로 대왕 당신의 아픔이 아닐 수 없었다.

하지만 지섭은 그 아픔을 아직도 당분간 혼자서 견디는 수밖에 도리가 없을 것 같았다. 모든 일은 아직도 지섭 자신의 추측과 가능성에 불과할 뿐이었다. 대왕이 정말로 이 땅에 당신의 육신을 묻었는지 어쨌는지, 그리고 어떻게 그런 일이 가능할 수가 있었는지에 대해서는 아직도 훨씬 세심한 검토가 필요했다. 능실의 사연과 진실을 가능한 데까지 분명히 밝히지 않으면 안 되었다.

그것이 분명해지지 않으면 능실의 비밀은 누구에게도 함부로 발설할 수 없는 것이었다. 그리고 그때까지는 능실로 인한 대왕의 아픔도 지섭 혼자서 끝끝내 감내해내지 않으면 안 되었다.

13

"좋습니다. 우리 고을에 문화제를 하나 마련하자면 행사의 내용을 천상 그런 정도로 잡아볼 수밖에 없겠지요."

어느 날 문화제의 성격과 행사 계획에 대한 지섭의 윤곽을 종합적으로 설명 듣고 난 홍은준 박사는 첫마디부터 대체로 지섭의 의견을 수긍한 편이었다.

"이 고을 문화제라면 계백 장군을 비롯한 백제 삼충의 충절을 기리는 행사도 의당히 마련되어야 할 게고, 먼젓번에 윤 형이 말했던 낙화암 설화를 소재로 한 유등놀이 같은 것도 그런대로 뜻있는 행사가 될 수 있겠지요. 더욱이 유왕산 등산놀이나 은산의 별신제 같은 것은 기왕부터 이곳에서 전해 내려오는 행사들이니만큼 새 문화제의 순서 가운데로 쉽게 정리해 들일 수 있겠구요. 학생 아이들의 백일장 행사, 의자왕의 구순주 담기나 석간수 나르기 경주 같은 것도 모두 재미있는 착상들이에요. 의자왕 자신이 주역이 되어 진행될 행사가 한 가지쯤 마련되어야 하겠다는 데도 충분한 수긍이 갑니다. 그새 윤 형이 이미 충분한 자료를 확보해놓은 듯싶기도 하지만, 이런 정도 행사라면 사실의 전거를 마련하는 것도 그다지 힘이 들 작업은 아닐 것 같구요……"

홍 박사는 일단 지섭의 복안을 그쯤 긍정적으로 평가하고 나서는, 대수롭지 않은 듯이 다시 자신의 의견을 간단히 덧붙였다.

"하지만 백마의 목을 베어 그 피로 옛 백제와 신라의 화평을 맹세한 대목은 다시 좀 생각을 추려보는 게 어떨까 싶군요."

한데 사실은 그 대수롭지 않아 보인 몇 마디 속에 홍 박사 나름으론 더없이 심각한 주장이 숨어 있었던 모양이었다.

"생각을 추리라니요? 박사님께선 그럼 그 대목이 마음에 드시지 않는다는 말씀입니까."

'형백마이맹'에 관해서는 지섭으로서도 나름대로 일찍이 마음속에 접어둔 생각이 있었다. 그런데 그 지섭이 뭔가 심상찮아하는 어조로 되묻는 소리에 홍 박사는 이내 솔직하게 고개를 끄덕였다.

"글쎄, 나도 굳이 그 대목을 사람들 앞에 재연해 보이고 싶은 윤 형의 의도는 짐작할 수가 있을 것 같아요. 하지만 우리 문화제 행사들이 하나같이 그렇게 패배주의적인 경향의 의상을 즐기다간 애초에 우리가 예기치 못한 달갑잖은 역작용 같은 게 생겨날 수도 있지 않겠소?"

"달갑잖은 역작용이라뇨?"

"이를테면 윤 형과 나 둘이서 행사의 전체를 주관해나갈 처지가 아닐 바에 다른 사람들의 반대 의견도 있을 수 있는 게고. 그보다는 또 애초에 그런 식의 행사를 마련한 의도와는 반대로 쓸데없이 무기력한 패배주의나 맹목적 배타주의의 성향 같은 걸 이 땅에 만연시키게 될 염려도 있는 게고……"

"문화제 행사가 물론 저의 복안대로만 꾸며져나갈 수 없다는 점은 저도 충분히 예상하고 있습니다. 행사의 성격이나 규모의 최종적인 결정은 박사님의 문화원 관계자들 이외에도 고을 유지분들이나 각급 학교, 군청 관계자들을 망라한 공동 협의체의 결의를 거쳐야 할 테니까요. 거기선 얼마든지 다른 의견들이 나올 수도 있는 일이구요. 저는 그래서 우선 박사님과 저 사이의 의견이라도 한데로 먼저 합해두려는 거 아닙니까. 하지만 우리 문화제의 기본 성격과 관련하여 행사의 주제들이 지나치게 패배주의적인 것 같다는 박사님의 염려에 대해서는……"

"알고 있어요. 윤 형의 생각은……"

지섭이 얼핏 자신의 주장을 굽히려는 기색을 안 보이자 홍 박사가 이번엔 좀더 단호한 어조로 그의 말을 가로막고 나섰다. 그리고는 지섭이 더 이상 자기 생각을 덧붙일 틈을 주지 않은 채 일방적인 설득을 펴나가기 시작했다.

"이 문화제에 대한 윤 형의 애초 발상이 음지에 파묻혀온 백제사의 아픔을 전하기 위해서라는 점도, 그리고 굳이 이 문화제 행사의 주제를 비애스런 패배사 가운데서 구하려 하는 것도 아픔을 무릅쓰고 그 패배를 정직하게 시인할 수 있음으로써 그 패배와 아픔의 근원을 밝히고 앞날의 역사에 대한 우리 책임을 창조적으로 감당해나갈 수 있게 되리라는 희망에서라는 점을 말이오. 하지만 윤 형은 미처 이 점을 잊고 있어요. 언젠가 내가 윤 형에게 기왕지사 패배사를 택하려면 그 8월 2일의 전승연 광경을 재연시켜 보일 수도 있지 않겠느냐고 말했을 때 윤 형은 내게 뭐라고 말했소. 그것은 다만 패배와 치욕의 기록일 뿐이기 때문에, 창조적인 긍지와 용기를 되살려볼 여지를 남기지 못한 비정스런 역사의 자기 완결성 때문에 더 다른 고려의 가치가 없는 일이라 말하지 않았소. 승자와 패자가 백마의 목을 베어 서로 화평을 맹세함도 거기서 더 앞설 바가 없는 일일 듯싶어요. 그건 누구 앞에서도 함부로 내세워 보일 수 없는 백제의 치욕이 아닙니까. 윤 형의 말마따나 그것은 어떤 새로운 창조의 여백도 남김이 없이 그것 자체로서 이미 충분히 완성되어져버린 역사요. 다시는 결코 재구성되거나 아름다워질 수 없는 완벽한 치욕의 역사일 뿐이란 말이오. 그 치욕을 이제 와서 되씹는 것은 그 역시 윤 형 말대로 숙명적인 패배주의자들의 치욕의 축제밖엔 될 것이 없지 않겠소."

한마디로 홍 박사 역시 옛 백제와 신라 간의 강요된 화해를 백제국의 마지막 치욕으로 여기고 있는 게 분명했다. 그리고 그 때문에 홍 박사는 그것을 더욱 아프게 내세우고 싶은 지섭과는 반대로 문화제 행사로서 그 일을 되새기기를 반대하고 있었다. 지섭으로서도 홍 박사의 그런 생각에 이해가 안 가는 바는 아니었다. 도성 함락에 이은 치욕적인 전승연 잔치는 그 비정스럽고 완고한 역사의 자기 완결성 때문에 절대로 행사의 테마를 삼을 수 없다던 지섭의 논리를 이번에는 홍 박사 쪽에서 지섭에게로 고스란히 되돌려 온 것이었다.

하지만 그것은 실상 어느 쪽이 되거나 서둘러서 미리 결정을 내려야 할 문제는 아니었다. 문화제 개최를 위한 발기회가 구성되면 모든 것은 거기서 다시 되풀이 논의될 일이었다. 행사를 마련하는 일에 홍 박사와 지섭의 뜻이 우선 합해지고, 지섭이 윤곽을 마련해온 행사의 성격과 규모에 대한 홍 박사의 대체적인 동의가 있었고 보면, 이제부터 지섭이 서둘러야 할 일은 무엇보다 먼저 그 발기회의 모임을 주선하는 것이었다.

지섭이 이날 홍 박사를 만나 얻은 가장 큰 소득은 홍 박사 역시도 그 점을 선선히 수긍한 점이었다.

"그렇지. 이제 우리들끼리의 개인적인 논의는 이쯤 해두고 이제부터는 좀더 범위를 넓혀서 공개적으로 본격적인 작업을 서둘러 나가야겠지. 기왕 이야기가 나온 김이니 금년 안으로 첫번 행사를 가지는 게 좋을 게고, 가을에라도 당장 행사를 시작하자면 시일이 그리 넉넉지도 못한 형편이니까……"

발기회 이야기가 나오자 홍 박사는 오히려 지섭을 앞질러 그의 생각을 부추겨온 것이었다. 게다가 홍 박사는 문화제 개최에 뜻을 같이해줄 사람을 모으는 일에 대해서는 그다지 큰 걱정을 하지 않았다.

"공주 쪽 사람들이나 이 지방 출신으로 고을을 나가 있는 인사들에 대한 연락 관계는 아무래도 윤 형이 따로 수고를 해줘야겠지만, 부여군 안에서야 새삼스럽게 따로 사람을 추리고 말고 할 일이 없을 것 같군요. 이런 일에 상관이 될 사람들이라면 기왕에도 계백 장군 동상 건립 일에 관계가 되어온 분들일 테니까 그분들하고 우선 먼저 이야길 나눠보면 되지 않겠소."

계백 장군 동상 건립의 일도 시일이 제법 촉박해지고 있으니, 홍 박사 자신이 다음 날이라도 당장 위원회를 소집하여 그 사람들하고 함께 이야기를 나눠보겠다는 것이었다.

그런 이야기가 오간 다음에 보다 더 본격적인 발기회 준비나 회의 자료들은 그 결과를 가지고 정리해나가자는 것이었다.

지섭은 그쯤 만족하고 집으로 돌아왔다.

집으로 돌아오자 그사이에 모아들인 문화제 관계의 자료들을 수습하고, 머지않아 있게 될 발기회의 개최 절차와 논의 안건들을 정리하기 시작했다.

그러면서 그는 행사 계획표가 하나하나 마무리 지어져나갈 때마다 그것들이 이미 자신의 눈앞에 실현되고 있기라도 한 듯 기분이 잔뜩 들뜨고 있었다. 어둠에 싸인 낙화암 밤 절벽을 수많은 등롱들이 줄지어 오르고, 강상으로 낙화 진 그 등롱들은 다시 천 년의 세월을 꿈처럼 노 저어 백마강 강줄기를 흘러내린다. 고을의 아낙들은 구순주를 익히고 석간수를 받들며 옛님들의 슬기와 영화를 되새기고, 백제 삼충과 별신당의 제전에는 이 땅에 이어진 구국의 충절과 긍지가 되솟는다⋯⋯

도대체 이 아름답고 간절한 행사를 꾸며나가는 데 무슨 달갑잖은 차질이 생길 까닭은 없었다. 그것을 반대하거나 손가락질하고 나설 사람도 있을 리 없었다.

아직은 발기회조차 거치지 않은 혼자의 계획에 불과했지만, 지섭은 모든 것을 그렇게 낙관적으로 자신했다.

소요 경비의 갹출과 인원 동원에 관한 계획도 전혀 문젯거리가 생길 게 없었다.

다만 한 가지 아직도 작정을 내리지 못하고 있는 일이 있다면 그것은 대왕을 주역으로 삼아 진행될 행사를 어떻게 꾸미느냐 하는 것이었다. 하지만 그것은 처음부터 그 능산리의 대왕 묘에 관한 비밀을 지섭이 어떻게 이해하게 되느냐에 마지막 해결책이 달려 있는 문제였다. 대왕릉의 비밀이 어떻게 그에게 분명해지느냐에 따라 지섭은 비로소 그 능묘의 존재를 세상에 공표할 수 있었고, 혹은 그 비밀이 풀리든 안 풀리든 그가 그 능실의 내력을 어떻게 옳은 길로 이해하게 되느냐에 따라서 대왕의 모습과 당신의 역할도 함께 결정될 수 있는 것이었다.

하지만 능실의 내력에 관한 한 지섭은 아직도 분명한 확신이 없었고, 그것을 어떻게 이해해나가야 하는가에 대해서도 아직은 이런저런 가능성 속에 끝없는 망설임을 계속하고 있는 처지였다.

그러나 지섭의 예정표 가운데서 그 대왕 자신의 몫을 제외한 모든 행사 계획은 거의 다 윤곽이 떠오른 셈이었다.

지섭은 아무래도 흥분이 되지 않을 수 없었다.
―아픔이여, 백제의 아픔이여, 대왕의 아픔이여, 이제 마음 놓고 내게로 솟아오라……

그는 마치 지금 당장에라도 계획한 행사들이 눈앞에 벌어지고 있는 듯 열에 들뜬 독백을 짓씹고 있었다.
―그 아픔으로 나의 영혼과 육신을 채워서 뼈를 비틀고 살을 짓찧는 고통으로 당신의 말들을 전하게 하라……

가칭 백제 문화제

14

가칭 백제 문화제(假稱百濟文化祭)의 발기인회 구성 작업은 예정대로 순탄하게 진행되어나갔다.

계백 장군 동상 건립 추진회 사람들뿐 아니라 홍 박사가 접촉한 군내 관계 인사들은 누구 한 사람 취지를 이해하지 못하는 이가 없었다.

당연한 노릇이었다. 지섭이 한동안 공주와 서울 쪽을 넘나들며 만나본 인사들의 반응도 한결같이 고무적이었다. 더러는 오히려 때가 너무 늦은 감이 없지 않노라 자신의 무관심과 게으름을 자책하고 나서는 인사까지 있었다.

본격적인 사업 추진을 위한 발기인 회의는 소집을 머뭇거릴 이유가 없었다. 지섭은 홍 박사와 의논하여 간략한 발기 취지문과 그간의 자료들을 정리해낸 대로 곧 날짜를 잡아 회의를 소집했다.

발기인 대표로서 회의 소집 책임자는 물론 홍은준 박사였고, 장소도 홍 박사의 문화원 회의실이었다. 발기회의 참가 대상은 이미 사업의 취지에 동의하여 개별적으로 발기인 서명을 수락한 사람들로, 기왕의 계백 장군 동상 건립 추진회 사람들을 중심으로 한 부여와 공주의 각급 학교 교장들과 사회 문화 단체, 기관의 책임자들, 멀리는 서울과 대전 지역에 산재한 이 지방 출신의 학계, 문화계 인사들, 그리고 향토 문화의 계발과 발전에 뜻이 깊은 재계, 정계의 유지들이 너나없이 모두 보조를 같이했다.

그야 일의 취지를 이해하고 뜻을 한데 합할 것을 다짐했다 해서 모두가 발기 총회에 참석해준 것은 아니었다. 더러는 불가피한 사정 때문에 회의 불참을 사전에 통지해온 사람도 있었고, 더러는 그저 주위가 번거로워 일부러 참석을 사양해온 사람도 있었다.

하지만 회의는 어쨌거나 성황이었다. 회의 참석 인원이 거의 30명에 가까웠다.

지섭은 다시 한 번 자신이 생겼다. 회의 출석을 해오지 않은 사람들마저도 생각이 갑자기 달라져서라기보다는 이날의 모임에서 무슨 결정이 어떻게 나든지 거기에 자기 의사를 맡기겠다는 편이었다.

별다른 문제가 생길 리 없었다.

하지만 사실은 그렇지가 못했다. 막상 회의가 개회되고 안건들이 토의되기 시작하고 보니 사정이 달라졌다.

회의 벽두서부터 분위기가 그런 식으로 흐른 것은 물론 아니었다. 지섭이 임시 사회로 나서서 총회 개회를 선언하고, 홍 박사가 발기인 대표로서 간단한 개회 인사를 끝마치고 났을 때까지도 회의 진행은 그저 박수와 찬의로 일사천리 격이었다. 곧이어 임시 의장으로 선출된 홍 박사의 의뢰에 따라 지섭이 단상으로 올라가 발기인 회의가 소집되기까지의 문화제 발의 과정과 취지를 설명한 경과보고를 끝냈을 때까지도 회의장 분위기는 그저 일사불란하게 숙연하기만 했다. 지섭이 다시 홍 박사의 주문에 따라 미리 준비한 발기 선언문을 낭독하고 그 선언문을 회의 참석자 전원이 요란한 박수로 채택하고 났을 때의 회의장 분위기는 차라리 어떤 기묘한 흥분기와 비장감마저 감돌았다.

그러나 바로 그다음이 문제였다.

다음에는 이제 총회의 정관을 심의 채택할 차례였다. 총회는 개별 접촉 단계에서부터 이미 법인체 등록이 예정되고 있었으므로 정관의 채택이 절대로 필요했다.

지섭은 이번에도 그가 미리 초를 잡아온 정관의 골자를 조목조목 따라 읽어 내려갔다. 백제 문화제 관리 위원회로 가칭되어온 법인체 명칭의 채택 단계에서부터 위원회 회장단과 집행 부서들의 구성 방식 및 선거와 재정, 그리고 구체적인 사업 내역으로서 문화제 행사의 개최 시기나 규모, 행사 종목들을 하나씩 결정해나가는 것이 정관 심의 작업의 주요 골자였다.

지섭이 일단 정관 초안을 읽어주고 나자 홍 박사는 이어 그 정관 전체에 대한 대체 토론으로 들어갔다.

"정관의 각 조항은 뒤에 가서 다시 하나하나 축조심의를 거치기로 하고 여기선 우리 모임의 성격이나 사업 목표와 상관하여 정관 전체의 대략적인 윤곽에 관한 토의를 가져볼까 합니다. 좋은 의견을 말씀해주세요."

그런데 그때,

"우리들 생각 같아서는—"

참석자 중의 한 사람이 정관 심의 방식에 관한 색다른 제안을 내놓았다.

"여기 모인 우리들은 어차피 문화제 개최의 기본 취지에는 뜻을 같이하고 있는 사람들입니다. 다시 말해 이 회의나 정관 채택의 목적은 보다 바람직한 문화제 행사의 추진에 있는 것입니다. 따라서 우리들이 지금 여기서 정관을 심의해나갈 토론의 주요 핵심도 당연히 우리 모임의 사업 내역이 되어야 할 것입니다……"

단체의 명칭이나 회장단 구성 방법과 같은 형식 요건은 우선적인 관심의 대상이 될 수 없다는 것이었다. 그러므로 그는 먼저 단체 구성의 핵심적 목표인 행사 내역에 관한 논의부터 선행시켜나가도록 하자는 제의였다.

"우리 문화제를 언제 어떤 규모로, 그리고 어떤 행사들을 어떻게 진행해나갈 것이냐 하는 구체적인 윤곽이 결정지어지고 나야 문화제의 성격이나 의의도 훨씬 선명해지고, 거기 따라 그 일을 효율적으로 감당해나갈 재정 동원의 규모라든지 회장단을 포함한 집행 부서의 구성과 같은 부차적 요건들이 스스로 윤곽을 드러내게 될 것 아니겠습니까. 사업 내역부터 먼저 알아보도록 합시다. 여기 정관 초안에는 그냥 문화제 행사에 따른 제반 계획의 수립과 집행이라고 간단히 요약되어 있습니다만, 어차피 여기까지 일을 이끌어왔을 때는 발의자 쪽에서도 그동안 행사 계획에 관한 구체적인 복안이 마련되어 있을 거 아닙니까?"

요컨대 문화제를 치러나가기 위한 구체적인 행사 종목이나 진행 방식에 대한 계획표 같은 것이 어느 정도 마련되어 있으면, 그것에 관한 의논부터 먼저 해보고 거기에 따라 필요한 기구와 부속 요건들을 결정해나가도록 하자는 주장이었다.

납득이 가는 제안이었다. 본때 있는 문화제를 하나 꾸며보자고 모인 사람들의 입장에선 무엇보다 행사 자체에 가장 큰 관심이 집중될 것이 당연했다.

"옳습니다. 그렇게 합시다."

다른 사람들도 이내 그의 의견에 동의하고 나섰다.

"그렇다면—"

홍 박사로서도 물론 그것을 기피할 이유가 없었다. 그는 다시 지섭에게 보충 설명을 주문했다.

"여러분의 의견에 따라 행사 계획에 관한 몇 가지 자료를 먼저 설명드리도록 하겠습니다. 여기 참석해 계신 분들은 이미 개별적인 접촉 과정을 통하여 행사의 주제나 종목에 관한 의견들이 많이 오간 줄 알고 있습니다만, 사실을 말씀드리자면 거기 대해서도 여기 윤지섭 형께서 그동안 꽤 수고를 해온 바가 있는 듯싶으니 차제에 마저 설명을 듣도록 하겠습니다. 하지만 이건 어디까지나 아직 정관의 조항으로 확정 지어질 성질의 이야기는 아닐 줄 믿습니다. 보다 구체적이고 최종적인 행사 종목의 선정 작업은 어차피 회의 정관 확정 이후의 총회와 새 집행부 쪽 소관 사항이 되어야 할 테니 말입니다. 여기서는 다만 우리 문화제의 규모와 성격을 윤곽 잡아나가기 위한 기초 자료 정도로 참고해주시기 바랍니다. 그러면 윤지섭 형께서 다시 한 번 수고해주세요."

홍 박사의 주문에 따라 지섭은 다시 자리를 일어섰다.

"먼저 한 가지 발기인 여러분의 양해를 구하겠습니다. 홍 박사님께서도 방금 같은 뜻의 말씀을 하신 줄 압니다만, 여기서 지금 제가 말씀 올릴 문화제 행사의 종목들은 어디까지나 제 개인의 사안에 불과하다는 것입니다. 전 사실 이 자리에서 저의 사안 같은 걸 말씀드릴 자격도 권리도 없는 처지인 줄 압니다만, 다만 한 가지 이 회의를 진행해나감에 있어 다소나마 참고가 되실까 하여 감히 이렇게 소개 올리려는 것입니다. 따라서 아직 구체성도 없고 또 말씀드리는 것 전부가 우리 행사에 적합한 테마가 될 수도 없으리라는 점을 미리 밝혀두는 바입니다……"

그리고 나서 지섭은 이어 자신이 정리해온 행사의 테마들을 종목별로 차근차근 설명해나갔다. 그것은 물론 홍 박사와 지섭 사이에 일찍부터 논의가 계속되어온 역사나 풍속의 사단들을 재정리한 것에 다름 아닌 것이었다.

그는 낙화암의 설화나 백제 삼충의 애끓는 충절을 상기시키고, 은산의 별신제와 유왕산 등산놀이의 유래를 되새겼다. 무왕의 「서동요」와 의자왕의 구순주와 고란사의 석간수 들도 가능한 자료를 빠짐없이 설명했다. 그리고 낙화암 설화를 근거로 한 점등낙화제(點燈落花祭)와 유등 행사를 예로 들어 하나의 역사적 사단이나 설화 전설이, 또는 전래의 풍습과 유물 유적지의 정신들이 어떻게 구체적인 문화제 행사로 재구성될 수 있는가를 소상하게 설명했다. 심지어는 홍 박사와의 의견 차이가 많던 그 치욕적인 '형백마이맹'에 관한 사실까지도 허심탄회하게 재거론, 그것을 어떻게 다시 문화제 행사로서 적극적으로 해석해볼 여지가 없겠느냐는 그 나름의 가능성을 솔직히 제시해 보이기까지 했다.

그런데 지섭의 설명이 한 고비를 넘기고 났을 때였다.

"그 왜 행사의 주제들이 한결같이 너무 무기력하다는 느낌이 들지 않습니까."

지섭이 설명한 행사 예정표에 대한 첫 반응이 그런 식으로 대뜸 부정적으로 나타났다. 비교적 얼굴이 익숙지 못해 보이는 점으로 보아 첫대목부터 그런 식으로 엇갈린 의사를 표하고 나선 것은 아마 공주 쪽 인사가 분명한 듯싶었다.

하지만 그의 지적은 실상 홍 박사나 지섭으로서도 처음부터 얼마간 염려를 해오던 바였다. 회의 벽두에 발기 선언문의 채택이 있었다고는 하지만, 홍 박사와 지섭은 그 선언문에서부터 문화제의 성격을 너무 노골적으로 드러내는 것을 조심스럽게 피해온 터였다. 거기에선 그저 문화제의 명분과 필요성을 밝혀두는 정도로, 두 사람 사이에 미리 말이 오간 바 있는 행사 성격과 사회 기여의 방식들에 대해서는 적당히 태도 표명을 유보해온 것이었다.

지섭이 설명한 행사의 목록은 그러한 문화제 기본 성격의 수락을 전제로 이해가 가능한 것이었다. 하지만 회의 참석자들은 아직 거기까지는 자세한 설명을 듣지 못하고 있었다. 지섭의 목록이 그렇게 받아들여지는 것도 무리가 아니었다.

"이건 물론 확정적인 계획표도 아니고 앞으로 훨씬 더 많은 논의를 거쳐야 할 일이기도 하지만, 그럴수록 지금은 행사 계획에 대한 전체적인 방향이 신중하게 검토되어야 할 단계가 아니겠습니까. 그래서 지금 사양 없이 하는 말씀이지만, 우리가 방금 들은 발안자의 행사 목록들은 어딘지 전체적인 방향이 잘못 설정되고 있지 않았나 하는 느낌이에요. 그야 지금까지의 예로 보아 신라나 고구려에 비해 백제사 연구나 유물, 유적의 보존 작업이 앞서왔다고는 말할 수 없겠지요. 하지만 그렇다고 문화제 행사까지 굳이 그렇게 무기력하고 퇴영적인 분위기로 흘러야 할 필요가 있을까요. 백제가 아무리 이 땅에 자랑스럽지 못한 패배의 역사를 남겼다곤 하지만, 그럴수록 오히려 오늘의 문화제만은 어느 곳보다 활기차고 진취적인 행사가 되어야 할 필요가 있지 않습니까. 그런데 방금 전에 우리가 설명 들은 행사의 주제들이라는 것은 너무 한결같이 패배와 퇴락의 유산들뿐으로, 우리 문화제가 정말 그런 식으로 꾸며져나갔다간 이 일을 기획한 의도 자체가 의심스러워질 것입니다……"

발언자는 숫제 지섭의 저의를 석연찮아하는 투였다.

홍 박사와 지섭이 수없이 곱씹고 되짚어본 일들이었다. 그런 공박이 나오게 된 것이 오히려 당연한 노릇일 수도 있었다.

홍 박사는 이제 입장이 적잖이 거북해진 모양이었다. 게다가 이젠 회의장 분위기마저 참석자의 상당수가 발언자의 의견에 동조하는 낌새였다.

"좋습니다—"

홍 박사는 마침내 허심탄회한 어조로 지섭의 입장을 대신해 나섰다.

"내가 여기서 이런 말을 덧붙이는 것이 옳은 처산지 어떤지 모르겠습니다만, 이 사람 역시 지금 들은 행사 예정표에 대해서는 나름대로 다소간의 의견을 보태온 터이므로 더 이상 필요 없는 오해나 논란을 줄이기 위해 몇 말씀 드리겠습니다. 내 생각으로는 지금 말씀하신 분의 의견에도 충분한 이유가 있는 줄 믿습니다. 앞에 보인 행사 테마들을 놓고서 초안자인 윤지섭 형 주위에서도 같은 논의가 자주 오갔던 게 사실이었으니까요. 하지만 윤 형의 생각은 아마 이런 것이었던 듯싶습니다……"

홍 박사는 뜻밖에도 지섭이 언젠가 그 일을 두고 자신에게 덤벼들었던 그 지섭의 논리를 차근차근 그대로 다시 되풀이해나갔다.

이 땅의 문화제 행사가 또 다른 패배주의의 축제가 되고 그것을 더욱 일반화시켜나가는 것은 누구도 바랄 수가 없는 일이다. 하지만 이 문화제가 패배주의의 축제는 될 수 없어도 패배한 역사의 적극적인 확인은 필요한 일일 수 있는 것이다. 패배의 역사를 적극적으로 확인한다 함은 그 패배의 사실을 비겁하게 외면하거나 맹목적으로 부인해버리려 하지 않음이다. 패배를 정직한 자기 아픔으로 시인하지 않으려는 것처럼 영원한 패배는 없을 터이다. 거기에선 진정한 자신의 모습도 볼 수 없고 진정한 패배의 이유가 찾아질 수도 없을 것이다. 그 패배를 딛고 일어서서 앞날의 역사를 승리로 이끌어나갈 창조적인 힘이나 용기도 솟아날 수가 없을 것이다. 뿐더러 우리는 흔히 우리 주위에서 분명한 자기 몫의 패배를 맹목적으로 부인하면서 그것을 오히려 정반대의 승리로 위장하고 싶어 하는 사람들을 볼 수도 있다. 그 역시도 물론 바람직한 태도가 아니다. 극복의 단계가 필요하다. 정직하고 성실한 자기 성찰이 없이 아집을 신념으로, 나태스런 비겁성을 용기로, 패배를 승리로 위장하려 함은 오히려 일을 점점 더 치유 불능의 상태로 악화시켜갈 뿐이다. 그러한 자기기만과 위장 속에선 앞날의 역사에 대한 정직한 책임과 힘 있는 용기가 기대될 수 없다. 지나친 패배주의가 무책임한 배반일 수 있듯이 자기 몫의 패배에 대한 맹목적인 부인이나 위장의 행위 또한 자기 몫의 역사를 옳게 책임져나가는 길이 못 된다. 패배를 적극적으로 확인해나간다는 말은 그러므로 오히려 그것을 위장하고 부인하는 것보다도 더한 아픔과 용기로 그것을 허심탄회하게 시인할 수 있어야 한다는 이야기에 다름 아니다……

그리고 나서 홍 박사는 어조를 차츰 부드럽게 누그러뜨리며 조용조용 설득조로 자신의 말을 끝맺어나갔다.

"우리에겐 백제의 패배사가 있습니다. 백제가 패배했던 것은 어쨌든 움직일 수 없는 사실이요, 그 패배의 역사가 여기 모인 우리들 공동의 몫의 아픔인 점도 부인할 수 없는 사실일 것입니다. 그렇다면 우리는 스스로 그 아픔을 정직하게 감당해나가야 할 책임이 있습니다. 그리고 그것이 우리에게 필요한 것은 그러한 아픔을 창조적으로 감당해낼 수 있는 자기 성찰과 반성의 계기가 필요하기 때문입니다. 그러므로 우리의 문화제는 어떻든지 그런 아픔을 스스로 다짐하고 새로운 용기와 지혜를 구할 계기를 마련할 수 있는 그런 행사가 되도록 해야 할 것입니다. 초안자의 생각은 아마 이 비슷한 뜻이었던 것 같습니다. 하지만 이것은 물론 여기 선 나나 윤지섭 형의 요지부동한 주장은 될 수 없고, 또 그것만이 문화제 행사의 가장 바람직한 길이 될 수도 없음은 당연한 일입니다. 이 사람의 말은 다만 거기에도 그만한 근거와 명분들이 있었음을 솔직히 소개해드림으로써 앞으로의 논의에 참고가 되기를 바라서였을 뿐입니다. 그야 물론 우리에게 불퇴전의 승리와 전진의 역사가 많았다면 무엇 때문에 굳이 이런 참담스런 명분까지 마련해야 할 필요가 있었겠습니까마는, 아무래도 우리에겐 패배한 백제사가 우리들이 감내해가야 할 역사의 몫인 걸 어떻게 하겠습니까……"

홍 박사는 결국 지섭이 하고 싶은 말을 모두 대신해준 셈이었다. 그리고 그것은 홍 박사나 지섭이 당분간은 너무 표면화시키기를 주저해오던 문화제 전반에 걸친 기본 성격이기도 하였다. 지섭은 홍 박사의 엄호 사격에 새로운 용기가 솟아났다.

그러나 그 지섭을 추궁해온 상대방의 의도는 실상 홍 박사가 애써 해명하고 싶어 한 쪽이 아니었던 모양이다.

"패배의 역사, 패배의 역사, 그 자랑스럽지 못한 패배 소리는 너무 빈번히 내세우지 않는 게 좋겠습니다."

느닷없이 장내를 울려오는 목소리가 있었다.

"도대체 우리 백제사를 어째서 온통 패배의 역사로만 규정지으려는 것입니까. 백제사가 어째서 그토록 부끄러운 패배사뿐입니까. 백제사에 어째서 그토록 떳떳한 승리의 역사가 없었다는 것입니까."
 회의 취재 겸 발기인의 한 사람으로 자리를 함께하고 있던 충청일보의 손재학 기자였다.
 "쫓기고 멸망해간 왕조사 말기에만 생각을 너무 매달리다 보니 그런 것 아닙니까. 백제 왕조 7백 년사를 부여 시절의 멸망기에만 한정시켜보려고 하지 말고 개국 이후의 왕조사 전체를 넓게 조감해보십시오. 왕조를 개국하여 5백 년 국세를 발전시켜온 한강 시대나 다섯 임금의 치세를 이어온 공주 도읍 시절은 어째서 전혀 주의를 않는 것입니까."
 "왕조사 7백 년 가운데에 자랑스럽고 떳떳한 역사가 간직되지 않았던 것은 물론 아니지요. 하지만 우리가 지금까지 생각해온 문화제의 특수 성격과 관련하여 적합한 행사 테마를 찾다 보니 관심이 아무래도 그쪽으로만 흐른 것 같군요."
 홍 박사의 솔직한 해명에도 불구하고 회의장 안은 이상스럽게 점점 분위기가 술렁대기 시작했다.
 "논의의 순서를 착각하지 마십시오. 우리는 아직 문화제의 성격을 확정 지은 바가 없습니다. 박사님께서 말씀하신 그 문화제의 성격이라는 게 도대체 무엇입니까. 패배의 역사를 적극적으로 확인한다? 그건 스스로 왕조 멸망기에다 관심을 한정시켜놓았을 때의, 그 패배사만을 전제로 하였을 때의 이야기가 아닙니까. 그때는 물론 백제의 역사가 결과에 있어서 무기력한 패배사로 규정지어질 일면도 있겠고, 그에 따라 문화제의 성격도 박사님 말씀처럼 그 패배를 적극적으로 확인해나가는 식으로 꾸며보는 것도 의미가 있을 수 있겠지요. 그리고 행사의 테마들도 모두 그런 식으로만 골라낼 수 있을 테구요. 그러나 우리는 지금 바로 백제사 자체를 어떻게 해석하고 이해할 것이냐, 무기력한 패배사로서냐 아니면 보다 더 창조적이고 진취적인 희망의 역사로서냐, 그것을 토론하고 있는 중이 아닙니까. 그렇다면 우리는 지금 그에 대한 보다 옳은 이해의 길을 구하기 위해 우리의 시야를 왕조 멸망기에만 고착시켜야 할 이유가 없다는 것입니다. 왕조 4백 년 전반에 걸쳐서, 한강 시절과 공주 도읍기에 대해서도 충분한 주의와 검토가 행해져야 합니다. 한강 시대의 개국 설화나 국세의 확장 과정, 공주 시절의 동성왕조대나 무령왕대의 그 눈부신 문화 발전상에 대해서도 충분한 관심이 기울여져야 한다는 말입니다. 그리고 그런 식으로 우리 눈을 넓게 열어두고 보면 왕조 말기의 멸망사 가운데에서도 얼마든지 진취적이고 장엄한 역사의 서사시들을 발견해낼 수 있을 것입니다. 우선 그 의자왕대의 초기 치적들을 예로 들 수 있는 일 아닙니까."

여기저기서 노골적인 공박이 잇따라 터져 나왔다.

홍 박사가 처음 지섭을 상대로 걱정스런 추궁을 계속해오던 때와 꼭 같은 식이었다. 하지만 홍 박사는 이날 웬일인지 한사코 지섭을 두둔하는 식의 설득만을 되풀이하고 있었다.

이야기는 마침내 진짜 본색을 드러내가고 있었다. 홍 박사와 지섭의 시안에 대한 비판 발언은 이를테면 문화제의 성격과 방향에 대한 전면적 반발이었다. 하지만 거기에는 문화제 행사의 성격보다 더욱 근본적인 불만의 요인이 도사리고 있었다.

그것은 이를테면 행사 주제들의 연고지가 지나치게 부여 쪽으로 치우치고 있는 데 대한 지연적 불만 비슷한 것이었다. 주제의 연고지가 부여 쪽으로 치우치다 보면 문화제의 주도권 자체가 부여 쪽으로 기울 염려가 있었다. 공주 쪽 역할이 본의 아니게 소원스러워질 우려가 있었다. 홍 박사나 지섭은 미처 그 점을 감안해두지 못한 것이었다.

 논의가 한동안 계속되어나가다 보니 마침내 그 눈에 보이지 않던 갈등의 뿌리가 노골적인 정체를 드러냈다.

 ─솔직히 말해서 여기에는 다소 공정치 못한 독단이 개입할 소지가 있는 것 같습니다. 이를테면 백제사가 패배의 역사든 희망의 역사든 그것은 결국 박사님 말씀대로 여기 모인 우리들 공동의 역사인 것입니다. 그것이 일방적으로 부여 단독의 역사가 될 수는 없다는 말입니다. 말할 것도 없이 그것은 부여와 공주 두 고을의 역사입니다. 문화제 역시도 마찬가집니다. 그 역시 부여나 공주 어느 한쪽 고을의 행사가 될 수는 없습니다. 그래서 우리는 지금 이렇게 부여와 공주가 자리를 함께하고 의논을 하고 있는 것입니다. 그렇다면 문화제에 대한 관심과 참여도도 양쪽 고을이 균등해야 할 것입니다. 이건 어디까지나 공주와 부여 두 고을의 공동 책임의 공동 행사가 되어야 할 거라는 말입니다. 그러나 보십시오. 행사의 종목들을 지금과 같이 선정해놓고 보면 공주 쪽은 마치 부여의 들러리를 서는 격이지 뭡니까. 문화제에 대한 두 고을의 관심과 높은 참여도를 위하여 행사 종목의 선정에 대해서는 훨씬 더 신중한 논의가 있어야 할 줄 믿습니다.

―이 문화제는 공주와 부여의 공동 사업이라는 것을 잊지 말아 주십시오.

백제 문화제가 두 고을의 공동 행사라는 점을 또 한 번 똑똑히 다짐해둬야 할 사정은 그리 반가울 수가 없었지만, 갈등의 정체는 어쨌거나 공주 쪽 사람들 스스로가 솔직한 근원은 밝혀준 셈이었다.

하고 보니 그동안 지섭의 초안에 대해 그토록 부정적인 반응을 보인 인사들 역시 한결같이 모두 공주 쪽 인사 일색이었던 점도 우연한 일이 아닌 셈이었다.

부여 쪽 인사들은 오히려 잠잠히 말들이 없었다. 문화제의 성격이나 행사 종목들을 놓고 왈가왈부 부여 쪽에서 땀을 뺀 것은 오직 지섭과 홍 박사 두 사람이 전부였다.

당연한 노릇 같기도 했지만 지섭은 어쨌거나 입맛이 씁쓸했다. 하지만 그나마 다행이랄 수 있는 것은 그 논의의 현명한 방식이었다. 공주 쪽에서도 일단 그런 식으로 갈등의 핵심을 드러내버린 다음부턴 더 이상 불필요한 분파와 대립을 조장시킬 소리는 조심스럽게 발언을 자제해나간 것이다.

이야기가 다시 문화제의 성격으로 되돌아간 것이다. 문화제의 성격에 대한 논의의 형식으로 보다 더한 명분과 설득력 있는 주장을 펴나갈 수가 있었기 때문이다.

15

"이건 아무래도 간단히 끝나질 문제가 아닌 것 같군요."
 발기 총회를 치르고 난 다음 날 아침이었다. 지섭은 이날 아침 일찍부터 문화원 사무실로 홍 박사를 찾아가 첫날 있었던 회의 결과를 검토하고 있었다.
 총회의 성과는 한마디로 기대의 이상도 이하도 아닌 편이었다. 문화제 개최에 대한 각계의 열망과 결의가 공식적으로 확인되고, 그 소망과 힘이 백제 문화제 관리 위원회라는 실질적 사업 추진체로 한데 집결되어진 점, 그리고 이젠 문화제 개최에 필요한 최소한의 명분과 요건을 갖추고 본격적인 작업 출범을 보게 된 것이 우선의 성과였다. 문화제의 성격과 행사 주도권 문제로 부여와 공주 간에 은근한 갈등이 빚어졌음에도 불구하고, 발기 총회는 결국 문화제의 개최 원칙과 그 사업을 주관해나갈 관리 위원회의 설치 필요성에 누구나 찬성을 아끼지 않았던 것이다. 그리하여 이날은 결국 구체적인 행사 계획표나 문화제 성격에 관한 깊은 논의들을 뒷날로 미뤄둔 채, 법인체 등록을 위한 정관의 채택과 임원 선거만으로 회의를 끝마친 것이다. 구체적 행사 계획은 애초부터 새 집행 기구가 구성된 다음에 다시 논의돼야 할 성질의 것이었고, 문화제 성격이라는 것도 적합한 행사 테마의 선정과 제전 진행 과정에서 실질적인 의도가 구현될 수 있는 것으로, 양쪽이 다 정관 채택 과정에서부터 확정적인 내용이 명시될 필요는 없었기 때문이다.

하지만 다른 한편으론 바로 그 문화제의 기본 정신과 행사 내역에 관한 논의들이 아무 결론 없이 어물어물 뒷날로 미뤄지고 만 것은 아무래도 개운찮은 숙제거리가 아닐 수 없었다. 개운찮은 구석을 남긴 채 회의를 그런 식으로 미적미적 밀어붙이고 나가지 않을 수 없었던 불가피한 사정이 상서롭지가 않은 것이었다.

집행 부서 구성이나 임원 선출 과정에서도 사정은 비슷했다. 먼저 회장단 선거에서부터 일은 그다지 화창스럽지가 못했다. 관리 위원회는 문화제 행사를 주관해나갈 사업 집행 기구로서 간사회를 두고 간사회 의장 한 명과 부의장 두 명으로 위원회를 함께 대표시키기로 하였는데, 그 관리 위원회를 대표할 간사장 한 사람을 선임하는 데에 있어 지섭은 의당 그 인품이나 백제사 연구에 깊은 안목으로 하여 홍은준 박사가 만장일치로 추대될 것을 기대했다.

그런데 막상 사정은 딴판이었다. 홍 박사는 뜻하지 않게 강력한 경쟁자의 도전을 받은 것이었다. 홍 박사의 경쟁자는 따로 공주 쪽 추천을 얻어 나온 그쪽 문화원 관계 인사로서 홍 박사와는 같은 백제사 전공의 소장학자였다.

이번에도 두 고을 간의 눈에 보이지 않는 주도권 다툼이 벌어진 것이다. 기미를 눈치챈 홍 박사 쪽에서 오히려 쑥스러운 다툼을 사양하고 나섰을 정도였다. 어쨌거나 결국 그 간사장 자리는 번거로운 투표 절차까지 거쳐가면서 홍 박사가 책임을 맡게 되었지만, 이어서 진행된 또 다른 집행 부서들의 책임자 선정 과정에선 더한층 쑥스런 일들이 벌어졌다.

간사장을 보좌할 부의장 두 명과 총무, 기획, 재무, 동원, 진행,

섭외 등으로 분담된 각 업무 부서의 간사직은 부여와 공주의 두 고을 인사들로 아예 공평한 숫자를 나눠 간 것이었다. 이를테면 부의장 두 명은 공주와 부여에서 각각 한 명씩을, 그리고 총무 간사가 부여 쪽 사람인 윤지섭으로 선임되고 나면, 다음번의 재무 간사는 두말없이 공주 쪽 인사의 차지가 되는 식이었다. 이때는 숫제 투표의 절차조차 필요가 없었다. 부여 쪽에서 총무 간사로 윤지섭을 추천하고 나면 공주 쪽에선 아예 다른 후보의 추천조차 해오지 않았고, 다음번 간사는 다시 부여 쪽에서 자체 후보를 내지 않음으로써 서로가 공평을 기해나간 것이었다.

얼핏 보면 그 이상 순조롭고 화기애애한 진행이 있을 수 없었다. 하지만 바로 그 지나친 공평성이 위태로운 것이었다. 어디선가 한번 이해가 엇갈릴 때 그 팽팽한 공평성은 오히려 가차 없는 파국을 몰고 올 소지가 다분했다.

홍 박사도 아마 그 점이 마음에 걸려 있었던 모양이었다.

"이 일을 추진해나가는 데에 가장 바람직스럽지 못한 일이 바로 그 지역 간의 주도권 다툼 아니겠소. 그런데 어제의 분위기로 보아선 벌써부터 징조가 심상칠 않아요."

"글쎄, 그 점을 미처 생각해두지 못했더군요. 하지만 명분과 목적이 분명한 일인데 양쪽이 잘 협의해나가면 별일이야 있겠습니까."

지섭이 일부러 가벼운 말투로 안심을 시켜보려 했으나, 홍 박사는 좀처럼 마음이 놓이지 않는 기색이었다.

"글쎄요. 아무쪼록 말썽 없이 일이 잘되어나가야겠지요. 다소간 의견 차이가 생긴다 하더라도 목적한 행사만 보람 있게 치러낼 수 있다면 그 이상 다행스러운 일이 있겠소……"

"그렇게 되도록 서로가 힘을 합해야지요. 그렇다고 이제 와서 두 고을이 따로따로 독자적인 행사를 꾸미잘 수는 없는 일 아니겠습니까."

"결과를 두고 봐야 알 일이지만, 그건 차라리 없는 망신을 사들이는 격이겠지요. 하지만 만에 하나라도 그런 망신스런 분열과 대립이 빚어질 경우를 미리 상정해둘 필요는 있을 게요. 윤 형이나 나나 이런 소릴 입에 담긴 우습지만 만약의 경우에 대비해서 이쪽 켠에서도 미리 상당한 각오들을 해둬야 할 테구요……"

"상당한 각오라니, 어떤 식으로 말씀입니까."

"아, 윤 형이 늘 고집해온 적극적인 패배의 확인이라나 뭐라나 하는 식의 문화제 성격하며 행사 종목 같은 것들 말이오. 윤 형도 그 점에 대해선 물론 자신의 생각만 외곬으로 주장하려는 게 아니겠지만, 사정이 여차해지면 거기서부터 우선 어떤 공평한 타협점이 찾아져야 할 거 아니겠소."

홍 박사는 이미 지역적인 이해관계를 초월해야 할 자신의 위치를 인식한 탓인지 이야기의 책임을 뜻밖에 지섭 쪽으로 돌리는 어조였다.

홍 박사 식의 공적인 위치로 말하면 지섭도 물론 홍 박사처럼 지역적 이해를 깨끗이 떠나야 할 사람이었다. 하지만 이번에는 지섭이 홍 박사를 용납하려 하지 않았다.

"공평한 타협점이라뇨? 그럼 박사님께선 지금 절더러 여태까지 제가 가다듬어온 문화제의 목적을 단념하라는 말씀입니까?"
 그는 갑자기 결연스런 목소리로 홍 박사를 추궁하고 들었다. 그것은 물론 지섭 자신이 자기의 지연적 이해관계에 충실하기 위해서는 아니었다. 대왕의 무덤이 이 땅에 마련되어 있었던 사실을 근거로 그 대왕의 아픔을 사람들에게 전하고, 그 아픔을 보다 주체적으로 감당해나갈 수 있게 함으로써 이 지방 사람들에게 새로운 긍지와 높은 자아의식의 계기를 마련해주려던 것이 지섭이 애초 문화제 행사를 꿈꾸게 된 기본 동기였다. 자기의 아픔을 적극적으로 확인하고 그것을 새로운 긍지와 창조력으로 승화시켜나가는 것이 지섭에게 있어서 문화제를 구상해온 목적의 시작이요, 또한 마지막이었다.
 그는 그것을 양보할 수는 없었다. 타협을 할 수도 없는 일이었다. 무엇보다도 그것은 우선 대왕을 위한 제전이 되어야 하기 때문이었다. 문화제의 주도권 따위를 부여 쪽으로 끌어오려는 지연적 이해 때문이 아니었다. 그보다는 차라리 대왕으로부터의 계시에 의한 어떤 종교적 관심과도 같은 것이 지섭을 확고하게 지배하고 있었다.
 하지만 홍 박사는 역시 지섭에게서와 같은 계시를 입은 바가 없었고, 따라서 어떤 종교적 신념의 소유자일 수도 없었다. 그는 될 수록 침착하게 그 독단에 가까운 지섭의 반발을 만류하려 애썼다.
 "단념까지는 할 필요가 없더라도 적어도 다른 사람들의 의견에 귀를 기울여보아야 할 책무는 있을 게 아니겠소. 어차피 이 일은 윤 형 혼자서 하는 일은 아닐진대 말이오."

"그렇다면 박사님은 결국 이쪽저쪽의 주장을 적당한 선에서 이 등분해가지고 그런 방향으로 문화제 행사를 꾸며가자는 것입니까. 그게 아까 박사님께서 말씀하신 공평한 타협점의 본뜻이란 말씀입니까."

"우리는 아직 다른 한쪽의 의견을 충분히 경청하고 검토해볼 시간을 못 가졌소. 저쪽 의견에도 우리가 승복하고 받아들여야 할 점이 있을 수 있는 게고, 어쩌면 오히려 이쪽의 의견을 앞설 수마저 있는 것이오. 서로가 충분한 의견을 나누기 전에는 어느 한쪽도 함부로 다른 한쪽을 심판할 수는 없는 일이오. 우리에겐 아직 시간과 기회가 있어요. 우리는 주어진 시간과 기회를 외면하려 들지 말고 충분한 이해가 이루어질 때까지 더 많은 의견들을 참고 기다릴 줄 알아야 한단 말이오. 시간이 좀 걸리더라도 그래 가노라면 언젠가는 이쪽도 저쪽도 서로 애초의 목적을 단념할 필요가 없는 합당한 길이 얻어질 게 아니겠소……"

한동안 이야기가 계속되다 보니 홍 박사와 지섭은 어느새 서로 평소의 입장이 뒤바뀐 꼴이었다. 지섭이 은연중 사태를 비관적으로 보고 있는 데 비하여 홍 박사 쪽은 훨씬 낙관적인 태도를 견지하려 애쓰고 있었다.

하지만 그건 물론 홍 박사와 지섭 사이의 근본적인 태도의 차이는 될 수 없었다. 홍 박사가 뭐라고 말하든 그는 이미 지섭의 생각을 누구보다 속속들이 이해하고 있었다. 전날 있었던 발기 총회에서는 그 자신 지섭을 위하여 상당량 발언을 대신해준 터이기도 했다. 지섭이 지나치게 조급하고 직선적인 데 비하여 홍 박사는 보다 더 유연한 융통성을 가지고 무리 없이 일을 이끌어가려는 것뿐이었다.
 지섭은 그 점을 분명히 믿고 있었다. 이야기를 더 계속하다 보면 문제만 자꾸 복잡해질 뿐이었다.
 지섭은 일단 그쯤에서 심사를 다스리고 홍 박사의 사무실을 물러나는 게 좋겠다고 생각했다. 그리고 거기서 더 이상 다른 일만 일어나지 않았다면 그는 실제로 그렇게 했을 터이었다.
 그런데 바로 그럴 즈음이었다. 문화원 사무실로 홍 박사를 찾아온 뜻밖의 손님이 한 사람 있었다.
 "마침 윤 선생께서도 함께 계시군요. 잘됐습니다. 그렇지 않아도 오늘 중에 윤 선생도 한번 찾아뵐까 싶었는데……"
 홍 박사와 지섭을 한자리에서 보게 된 것을 오히려 다행스러워한 방문객은 군청 공보실의 나병찬 실장으로, 그 계백 장군 동상 건립의 일에서부터 전날 있었던 발기 총회에 이르기까지 몇 차례 군내 행정 부서를 대표하여 자리를 함께해온 사람이었다.
 지섭은 처음 무슨 일인지 영문을 알 수 없었다. 그가 비록 전부터 몇 차례 면식이 있어온 사람이긴 하지만, 지섭이 아는 바로는 그와 홍 박사 간에는 그리 왕래가 잦을 일이 없던 인물이었다. 군청 관리가 홍 박사를 만나러 예정에도 없는 방문을 해왔다면, 그건 필경 문화제 행사에 관한 일 때문임이 틀림없겠는데, 거기다 나중엔 지섭까지 따로 한번 찾아볼 예정이었다니 까닭을 얼핏 짐작할 수 없었다.
 하지만 지섭은 그 나병찬 실장과의 우연찮은 대면으로 하여 다시 한차례 쓰디쓴 좌절과 쓰라린 자기 시련의 과정을 각오하지 않으면 안 될 입장이 되고 있었다.

"두 분께 좀 의논 말씀을 드리고 싶은 것은 다름이 아니라 바로 어제 회의에서 논의가 되었던 문화제의 취지와 행사 종목에 관한 것인데요……"

나병찬 실장이 이윽고 홍 박사를 찾아온 용건을 말하기 시작했다.

"저로서도 물론 우리 고을의 긍지와 향토 문화의 발전을 도모키 위한 문화제 개최의 취지는 누구 못지않게 충분히 납득을 하고 있습니다. 거기 대해선 누구 못지않은 이해와 찬의를 지녀온 사람이기도 하구요. 하지만 어제 회의에서 논의가 오갔던 문화제의 성격이라든가 행사 종목의 선정 방향에 관해서는 저로서도 어딘지 좀 재고의 필요성이 있지 않을까 싶어서요……"

나 실장은 몹시 말을 더듬거리고 있었다. 그러나 지섭은 그것으로 이미 그가 무슨 말을 하고 있는가를 알 수 있었다.

답답한 일이었다. 행사의 주도권과 상관된 지연적 이해관계로 말하면 나 실장 역시 공주 쪽이 아닌 부여 고을 사람이었다. 그리고 이 부여 고을의 문화와 공보 관계 업무를 관장하고 있는 군청 내의 책임 관리였다. 그런 그가 어찌 된 노릇인지 퍽 어정쩡한 소리를 늘어놓고 있었다.

영문을 알 수 없는 노릇이었다.

"재고의 필요성이라니요. 그렇다면 나 선생께선 우리 문화제의 행사 방향을 그 사람들 주장대로 따라가야 한다는 얘깁니까?"

지섭은 나 실장의 말뜻을 알아듣고 있으면서도 일부러 좀 퉁명스런 어조로 홍 박사를 대신해 나섰다.
"아니, 그 뭐 공주 쪽 사람을 따르자는 이야기라기보다 저로서는 아무래도 박사님께서 어제 말씀하신 그 패배의 확인이라든지, 무슨 그런 식의 방향으로는 받아들이기 거북스런 점이 있지 않을까 싶어서요…… 그걸 좀 어떻게 재고해보실 여지가 없으신지 여쭤보고 싶었을 뿐입니다."

"재고의 여지고 뭐고 아직은 아무것도 확정 지은 일은 없는 형편 아니오. 그건 앞으로의 의논 과정에서 결정을 지어나가게 될 일 아니던가요?"

"아, 그야 물론 그렇게 되긴 하겠지요. 하지만 전 앞으로의 논의 과정에서 박사님이나 윤 선생께서 어떤 태도를 취해나가실는지 그게 사실은 궁금해서요."

계속해서 웃음기를 잃지 않고 있는 나 실장의 얼굴이나 말씨들은 그토록 겸손해 보일 수 없었지만, 지섭은 그럴수록 그 나 실장의 태도에서 어떤 만만찮은 것이 느껴졌다.

그는 마침내 목구멍 속에서 뜨거운 것이 치솟아 오르기 시작했다. 그의 주장이 아무리 지연을 초월한 개인적 신념에 바탕을 두어왔다 하더라도 부여와 공주 간에 지역 간 대립이 사실상 표면화된 지금에 와서 공주 쪽 사람이 아닌 나 실장으로부터의 도전은 몹시 기분을 상하게 해온 것이다.

"그래 나 선생은 도대체 어느 쪽 사람이오? 막말로 말해서 난 이번 일을 추진해오면서 공주니 부여니 따위의 지연 같은 걸 가려 생각해본 일은 없습니다. 하지만 지금 나 선생 생각은 한사코 공주 쪽 주장을 따르고 싶으신 모양인데, 그러시는 나 선생은 도대체 어느 고을 인사더냔 말입니다."

홍 박사는 도대체 입을 열 기미가 안 보였다. 두 사람의 이야기에는 아랑곳이 없이 눈을 감고 혼자 묵묵히 생각에만 잠겨 있었다. 홍 박사가 그런 식이고 보니 지섭이 계속 나 실장을 상대할 수밖에 없었다. 그는 거의 감정적일 만큼 나 실장을 힐난하고 들었다.

하지만 나 실장은 아직도 여유가 만만했다. 여유가 있는 것은 그의 어조나 얼굴뿐만이 아니었다. 홍 박사의 대꾸가 있거나 말거나 지섭을 상대로 한 그의 말투 속에는 아직도 번번이 그 홍 박사의 존재를 염두에 놓치지 않고 있었다.

"그야 물론 저도 박사님이나 윤 선생처럼 이 고을 사람이지요. 하하…… 그리고 제 개인의 솔직한 입장을 말씀드린다면 저도 물론 누구 못지않게 내 고을 일 쪽을 편들고 싶은 사람이 분명하구요."

"나 선생의 개인적 입장이라? 그렇다면 앞서 이야기는 나 선생 개인의 생각이 아니라는 말입니까?"

"박사님이나 윤 선생께서 지연적 이해를 초월해오셨듯이 저 역시 개인의 소견만을 내세울 수는 없는 입장이 아닙니까?"

"개인적인 소견을 내세울 수 없는 나 선생 입장이라면?"

"전 공록을 먹는 관리가 아닙니까."

지섭은 비로소 나 실장이 굳이 그의 개인적 입장을 변명하고 싶어 하는 이유를 짐작할 수 있었다. 말하자면 그가 지금까지 홍 박사나 지섭을 상대로 해온 말들은 그 개인의 생각에서가 아니라 그가 몸담고 있는 군청을 대표한 관리로서의 그것이었다는 점이 분명해진 것이다. 그리고 그는 그 청사 내의 어떤 공식적인 의견을 가지고 홍 박사와 지섭을 설득할 임무를 띠고 온 것이 분명했다.
　하지만 지섭은 아직도 이해할 수가 없었다. 나 실장의 주장이 만약 군청 쪽의 공식 의견을 대표하는 것이라면, 제전을 계획하고 그것을 치러나가는 과정에서 막대한 영향력을 행사해올 수 있는 청사 쪽의 의견을 함부로 다룰 수는 없는 일이었다. 지섭의 장애는 자칫 고을 바깥쪽 사람들의 주장에 있는 것이 아니라, 오히려 고을 안의 이웃 가운데에 도사리고 있는 꼴이었다.
　지섭은 그 군청 쪽 태도를 납득할 수가 없었다. 청사 안 관리들이라 하여 이 고을 사람들이 아닐 리 없었고, 이 고을을 위해 일하고 싶어 하지 않을 사람들일 리 없었다. 한데도 어찌하여 그곳에서는 지섭 들의 생각을 반대해 나서야 하는지를 이해할 수가 없었다.
　하지만 나 실장은 이미 그 점에 대해서도 그럴 만한 설명을 마련하고 있었다.
　"불필요한 지역감정의 유발은 시정 당국으로서는 바라는 바가 아니니까요. 그리고 이제 와서 다시 이 지역 사람들에게 옛날의 패배를 되씹게 함으로써 있어서는 안 될 새 가해자를 머릿속에 연상시키는 것도 크게 보면 그리 생산적인 일은 못 될 테구요."
　전에 없이 단호한 목소리로 말하고 있는 나 실장의 요지는 얼핏 공주 쪽 주장을 대신하고 있는 듯 보였지만, 사실에 있어 그는 부여와 공주 간의 대립 갈등을 염려하고 있는 것이 아니었다. 나 실장이 말한 바람직스럽지 못한 지역감정이란, 알고 보니 부여와 공주를 다 같이 하나의 권역으로 포함한 이 지역 전체의 어떤 공동 감정을 염두에 두고 한 말이었다. 이를테면 그 문화제는 부여고 공주고를 가릴 것이 없이 백제 혼의 재발견과 그것의 창조적 수용이 목적일진대, 그 목적을 구현해나가는 행사 진행 과정에 있어 지역인의 자존심을 지나치게 자극할 감정적 테마의 선택은 여타 지역인들에 대한 더없이 파괴적인 배타심을 촉발시킬 위험이 크다는 것이었다. 그리고 그러한 지역 간의 파괴적 배타심은 그 지역이 비록 어디에 닿아 있든 간에 만인의 공익을 도모해야 할 시정부로서는 그것을 조장할 입장이 못 된다는 것이었다.

그리고 나서 나 실장은 다시 지금까지의 이야기들이 그 개인의 생각에서가 아닌 시정 당국자로서의 청사 쪽 의사를 공식으로 통보하고 있음을 분명히 하였다.

"사실을 말씀드리면 전 어제 회의를 참석하고 청사로 돌아가는 길로 곧 윗분을 찾아뵙고 보고를 드렸지요. 하지만 전 그저 회의 진행 중에 행사 주제를 두고 오갔던 이야기들을 골자만 대충 말씀드린 정도였습니다. 그리고 어제의 회의 분위기로 해서는 앞으로 일을 해나가는 데 우리 부여와 공주 쪽 사이에 상당한 알력 같은 게 예상되더라고 말씀입니다. 했더니 윗분께서 그 이야길 단순히 그렇게만 받아들이시질 않으시더군요. 백제고 신라고 각기 저희 조상의 업덕을 기리고 긍지를 키워가면 그만이지, 천 년도 더 지난 일들을 가지고 뭐 그리 새삼스런 감정을 돋워야 할 필요가 있느냐구요. 그분 말씀으론 이쪽 주장대로 행사의 주제들을 너무 그렇게 부정적으로만 이끌어가다 보면 자연히 그런 부작용들이 뒤따르게 될 게 아니냐는 것이었지요. 우리는 지금 국민 전체가 한마음 한뜻으로 힘을 한데로 결집시켜나가야 하는 판에, 일부러 누가 의도하려고 한 일은 아니라 하더라도 그건 오히려 우리의 국민 된 도리와 시대정신을 역행해가는 새로운 분열의 책동과 한가지가 아니냐고 말씀입니다. 듣고 보니 뜻이 깊은 말씀이었어요. 솔직히 말씀드려서 일이 정말 그런 식으로 가다 보면 한 고을의 시정 책임자로서 그분의 입장은 여간 아니 난처해지지 않을 것 같더군요. 그분에게도 윗분이 계시고, 그 위에 또 층층으로 다른 윗분들이 계시지 않습니까……"

알아들을 수 있는 말이었다.

나 실장의 이야기는 오히려 지나치리만큼 정확하게 지섭의 의중을 꿰뚫고 있었다. 문화제 행사의 감정적 테마 선택은 지역인의 자존심을 건드리게 될 염려가 있다는 점도 지섭이 은근히 바라던 바였고, 그로 인한 배타적 지역감정의 조장 가능성 또한 지섭이 애초부터 노려온 바였다.

청사 쪽은 이미 그것을 알아차리고 공직 기관으로서의 우려를 표해온 것이었다. 나 실장이나 그 윗사람들에게 그것이 그토록 분명해지고 있다면 지섭의 의도가 일단은 그만큼 성공적이라는 증거가 될 수 있었다.

지섭은 이제 자신의 주장을 더욱더 꿋꿋하게 밀고 나가야 한다는 결의가 솟구쳤다. 청사 쪽 입장은 어디까지나 삼자적 공직 기관으로서의 입장에 불과할 뿐이었다. 지섭이 비록 그것을 이해할 수 있다 하더라도 그것에 승복을 해야 할 이유는 없었다. 군 단위

시골구석에서 지방 문화제를 가지려는 의의가 도대체 무엇인가. 그리고 지섭이 애초에 이번 일을 발의하고 나선 기본 동기가 무엇이던가. 말할 것도 없이 그것은 지역 내 주민의 자랑스런 긍지와 자기 위엄의 계발에 있었다. 따지고 보면 지방 문화제 개최의 1차적 의의도 그것이 지방 문화제인 한에서는 각 지방마다 그 지방 고유의 생활 풍습과 문화 전통에 바탕한 독특한 자기 지방색의 고양이나 그것의 주장에 있다 할 수 있었다. 하지만 이 지방 사람들은 아직 이 지방 단위의 자기 위엄과 긍지를 내세울 줄 몰랐다. 그저 무엇엔가 자신을 휩쓸리고 있으면서도 그 자신이 휩쓸리고 있는 사실조차도 아랑곳을 하지 않으려는 것처럼 보일 때가 있었다. 자신의 긍지와 위엄을 되찾게 할 방법이 있어야 했다. 문화제 계획이 이를테면 그 방법의 하나였다.

될수록이면 지역감정이 강렬해질 문화제가 소망스러운 것이었다. 진정한 자아의 발견이나 창조가 아무리 그런 상대적 승부 행위는 아니라 하더라도 거기에는 우선 효과적인 순서가 있을 수 있는 일이고, 바로 그 배타적인 지역감정의 유발은(더욱이 상대방이 이미 그런 기미를 보이고 있을 때는) 그러한 자아 발견 작업의 방법상의 순서가 될 수 있었다.

그런데 나 실장은 지섭의 바로 그 점을 경계하고 있었다. 공주 쪽 사람들은 이제 차라리 그 나 실장의 뒷전에 물러서 있었다. 나 실장으로 대표된 군청 쪽에서 이젠 공주 쪽 주장을 완전히 대신해 나서고 있는 꼴이었다. 공주 쪽 사람들은 나 실장에게 더없이 적절한 명분과 구실을 마련해준 셈이었다. 일이 참으로 묘하게 되어가고 있었다.

지섭은 그런 나 실장을 용납할 수가 없었다. 나 실장 말대로 문화제를 꾸며간다면 지섭으로서는 향토 문화제로서의 백제 문화제 자체의 발기 의미가 사라지는 것이었다.

"청사 쪽이나 나 선생의 입장은 나도 충분히 이해가 갈 만하군요. 그러면 나 선생은 우리 문화제를 도대체 어떤 식으로 꾸미자는 겁니까. 사람들을 모아들여 북이나 두들기고 춤이나 추자는 겁니까. 아니면 남녀 학생들이나 잔뜩 끌어모아다가 거리를 휩쓸고 다니면서 백제 만세나 부르게 하자는 겁니까."

지섭은 이제 나 실장 자신이 눈앞에서 등을 돌리고 돌아서려는 배신자라도 되는 것처럼 노골적인 면박과 힐난의 말들을 사양치 않았다.

"그래, 나 선생은 우리 문화제를 그런 식으로 꾸며가서 무슨 의미를 찾자는 겁니까. 나 선생은 우리가 이번 일을 시작한 동기나 목적에 관해서 조금이라도 진지한 생각을 해본 일이 있었던가요. 도대체 우리가 지금 이런 일을 생각하고 나선 의도가 무업니까. 우리 발상이 아무리 감정적이고 배타적이라 하더라도 우리가 지녀온 백제사의 내력이 그렇고, 그것이 우리를 그렇게 요구하고 있는데, 이제 와서 우리가 어떻게 합니까. 우리가 아무리 다른 것을 원해도 있어온 사실은 사실이 아닙니까."

지섭이 그렇게 흥분하면 할수록 나 실장은 오히려 그 말씨나 태도가 더욱 겸손하고 침착해지고 있었다.

"물론 저도 생각을 해봤지요. 그러니까 감히 박사님이나 윤 선생 앞에 이런 말씀을 드리는 거 아닙니까. 하지만 저에게는 윤 선생의 그 있어온 사실이나 그것이 우리들에게 요구해오는 바가 달리 느껴질 수도 있는 일 아니겠습니까."

"그것이 달리 느껴진다면요?"

"윤 선생께서는 그 있어온 사실들이 모두 그렇게 패배사로만 비쳐 보이실지 모르지만, 어제도 누군가 저쪽에서 얘길 해온 것처럼 시대를 좀더 넓게 확대해서 백제사 전체를 읽어나가면 얼마든지 자랑스런 승리의 역사가 찾아질 수 있을 테니까요. 그것이 정 찾아지기 어려운 경우라면, 우리 현실이 요구한 바에 따라 그것을 다소간 과장시킬 필요도 있을 수 있는 일이구요. 윤 선생께서는 그것이 우리들을 그토록 감정적이고 배타적이 되도록 요구하고 있다고 하지만, 제 생각으로는 오히려 오늘의 우리들에게 그것이 요구해오는 바는 분열과 대립이 아닌 화해와 단합일 수도 있어 보이거든요."

"화해와 단합? 그것을 위해서라면 나 선생은 그럼 사실의 왜곡도 무방하다는 겁니까?"

"역사를 해석하는 방법상의 문제겠지만, 오늘의 현실이 진실로 그걸 요구하고 있음을 믿을 수만 있다면요."

사실이란 역사 기술 가운데선 필요에 따라 무시되기도 하고 변경되어질 수도 있다던 것이 홍 박사에게 주장해 보인 지섭 자신의 태도였다. 한데 나 실장도 지금 참으로 뼈아픈 방법으로 지섭에게 그런 자신의 생각을 돌이켜보게 해주고 있었다. 하다 보니 지섭은 그보다도 한술을 더 떠 나가고 싶어졌다.

"그렇다면 나 선생한텐 어제부터 꼭 맘에 드는 행사거리가 하나 있었겠구료. 바로 그 승자와 패자가 백마의 피로 화평을 맹세했던 거룩한 제식 말이오."

그 역시 전일 홍 박사 앞에 굳이 행사거리로 내세운 적이 있던 소재였다. 하지만 지섭은 나 실장의 자신만만한 태도 앞에 돌연 어떤 배신스런 의구심을 느끼며 심한 공박조로 몰아붙였다. 나 실장 쪽도 그러나 여전히 자신이 만만했다.

"아니 전 아직 어느 것이 문화제 행사의 주제가 되어야 한다고 작정을 가져본 일은 없습니다. 그걸 의논드리고자 지금 이렇게 박사님을 찾아뵈러 온 것 아닙니까. 하지만 오늘은 우선 저희 윗분의 의사를 전해드리는 것으로 저의 책임은 끝나는 겁니다. 그리고 이건 누차 말씀드려온 일입니다만, 지금까지의 제 말씀은 어디까지나 제 개인의 생각과는 별 상관이 없다는 점을 분명히 이해해주시면 감사하겠습니다."

홍 박사는 아직도 말이 없었다. 말없이 혼자 생각에 잠긴 채 두 사람의 언쟁을 방관하고 있었다. 지섭 혼자서 끝끝내 그 홍 박사를 대신해 버티고 있었다.

그러나 지섭은 그저 단순히 홍 박사의 생각만을 대신하고 있는 건 아니었다. 지섭은 바로 자신의 말을 하고 있었다. 홍 박사는 오히려 지섭보다는 나 실장의 주장에 주의가 끌리고 있을 수 있었다. 지섭은 차라리 그 홍 박사를 경계하는 의미에서도 더욱더 단정적인 태도로 나 실장을 공박한 것이었다.

싸움을 대신해 나선 것은 물론 나 실장 쪽도 마찬가지였다. 나 실장은 기회 있을 때마다 그의 주장이 자기 개인의 의사와는 상관이 없노라 강변하고 있었다. 하지만 어떤 필요성이나 요구에 의해 피력된 주장이라도 그것이 자주 되풀이되다 보면 그 자체의 논리나 신념이 주장의 주장다운 속성으로 자생하게 마련이었다. 나 실장은 그것이 아무리 자신의 주견이 아니라 하더라도 그 나름의 역연한 논리가 뒤따르고 있었다. 그것은 청사 쪽의 어떤 의사를 전달하는 입장이기보다 나 실장 자신의 만만찮은 신념 같은 것이 엿보이고 있었다.

나 실장은 말의 형식을 그렇게 빌려 나왔을 뿐 주장의 내용은 거의가 자신의 것임이 분명했다. 현실의 요구가 명백해질 경우라면, 그리고 보다 큰 화해와 단합이 필요할 경우라면 사실의 왜곡도 불가피할 수밖에 없지 않으냐는 그였다. 남의 입장을 대신하고 있는 사람으로서는 엄두도 낼 수 없는 논리의 비약이었다.

지섭은 이제 그만 맥이 풀리고 말았다. 나 실장은 이미 부여 고을 사람이 아니었다. 그렇다고 물론 공주 고을 사람도 아니었다. 그와는 더 이상 논의를 계속해나갈 여지가 없는 것 같았다.

— 그야 군청이 부여군 단독의 자치 기구는 아닐 테니까.

그는 이제 그만 그쯤에서 자리를 일어서는 게 좋을 것 같았다.

16

백제 21대 개로왕(蓋鹵王) 때의 일.

고구려의 장수왕은 백제를 도모키 위해 몰래 첩자를 구하여 백제로 밀입시키고자 하였는데, 이때에 중 도림(道琳)이 그 일을 자청하고 나섰다.

"우승(愚僧)이 능히 도를 알지는 못하나 국은에 보답할 생각이 있사오니, 원하옵건대 대왕께서는 신을 불초하다 마시고 그 사명을 맡겨주시면 신은 목숨을 걸고 어명을 욕되게 하지 않겠나이다."

이에 장수왕은 크게 기뻐하며 도림으로 하여금 백제로 들어가 그를 속일 계책을 꾸미게 하였다.

그리하여 도림은 짐짓 나라에 거짓 죄를 짓고 도망을 치는 양 백제로 들어갔는데, 이때 마침 백제의 개로왕은 바둑을 매우 즐겨했다.

도림은 궁성문을 찾아가 아뢰기를,

"신은 어려서부터 바둑을 배워 그 묘리를 자못 깊이 깨달은 바 있으므로 원컨대 그 바둑으로 대왕을 곁에서 모시게 하여주소서"

하고 소원하였다.

왕은 곧 그를 불러 대국을 하여 보니 과연 국수의 기리(碁理)라, 마침내 그를 상객(上客)으로 높이 받들어 곁에 있게 하였다.

그러자 하루는 도림이 왕에게 조용히 아뢰었다.

"신은 이국 사람이온데, 왕께서는 신을 소외하지 않으시고 은혜를 베풀어주심이 심히 후하셨사옵니다······"

그러고 나서 그는 그 은혜에 보답기 위해 국익에 보탬이 될 말 한마디를 아뢰고자 소망한다 하므로, 왕은 그를 신임하여 기꺼이 응낙했다.

그러자 도림은 왕에게 권고했다.

"대왕의 나라는 사방이 모두 산구하해(山丘河海)로 이루어져 있으니, 이는 하늘이 베풀어주신 험지이며 사람의 힘으로는 이를 다시 어찌할 형세가 아니므로 어느 이웃 나라라 하더라도 감히 이 나라를 넘볼 엄두를 못 내고 다만 받들어 섬기기에만 여념이 없어 왔사옵니다. 대왕께서는 마땅히 숭고한 위세와 풍요한 왕업으로써 다른 사람의 보고 듣는 바를 움직이게 할 터인데도 성곽이나 궁성들은 손을 보지 않은 채요 선왕의 유골이 땅 위로 드러나는 형편이며 백성들의 집은 번번이 파괴되어 강물에 휩쓸리는 지경이니, 소신의 생각으로는 이 모두가 대왕께서 마땅히 하실 일을 하시지 않으신 연유로 해서인가 하옵니다……"

왕은 도림의 이 말에 자극되어 곧 백성들을 동원하여 흙으로 성을 쌓고 그 안에는 장엄한 궁실과 누각들을 세우며, 마을이나 강가에서 큰 바위를 가져다 곽을 지어 부왕의 유골을 다시 장사 지내는 등 힘든 역사를 계속해나갔다.

그 결과 국고는 마르고 민생은 어려워져서 나라의 형편이 말이 아니게 되었다.

이에 도림은 백제를 빠져나가 고구려로 돌아가 저의 왕에게 사정을 고하니, 고구려의 장수왕은 곧 군사를 정비하여 백제를 침공해 나섰다.

이 싸움에서 개로왕은 결국 고구려 장군 걸루(桀婁)와 만년(萬年) 등에게 사로잡혀 무참한 죽음을 당했는데, 사실인즉 개로왕을 붙잡아 살해한 고구려 장군 걸루와 만년은 두 사람이 다 전일 나라에 죄를 짓고 고구려로 도망한 백제인들이었다……

또 하나 비슷한 의자왕 때의 이야기.

신라의 천산현령 조미곤은 백제의 공격을 받아 성을 빼앗기고 자신도 포로로 붙잡혀 와 좌평 임자의 집종의 신세가 되었다. 그러나 조미곤은 매사에 부지런하고 주인을 속이는 일이 없었으므로 임자는 그를 불쌍히 여겨 의심하는 일이 없게 되었다.

조미곤은 이런 기회를 틈타 신라로 도망하여 백제 땅에서 보고 들은 바를 낱낱이 김유신에게 보고하니, 유신은 그를 다시 백제로 되돌려 보내면서 또 다른 계책을 꾸며 맡겼다.

"내가 들으니 그 임자라는 사람은 백제의 국사를 그 혼자서 거의 전단(專斷)해나간다 하므로 어떻게 그 사람과 모의하여 백제를 도모해볼 생각을 가져왔으나 아직까지 기회를 얻지 못하였다. 그대가 신라를 위하여 다시 임자에게로 돌아가 내 말뜻을 알아 일해볼 수 있겠는가."

유신의 밀명을 받들고 다시 임자에게 돌아간 조미곤, 그러나 처음에는 우선 자기 허물이 두려워 그럴듯한 거짓말로 임자를 속여넘겼다.

"저는 이미 이 백제국의 백성이 되었습니다. 그러하오면 저도 이제 이 나라 풍습을 익히는 것이 옳다고 여겨져, 그동안 이곳저곳 구경을 다니느라 수십 일을 돌아오지 못하였습니다. 하오나 개나 말이 그 주인을 그리워하는 마음을 이기지 못하는 것처럼 오늘 이렇게 돌아와 뵈오니 허물을 널리 용서하여주시옵소서."

임자는 그냥 그 말을 믿고 조미곤을 크게 책망하지 않았다. 조미곤은 한동안 그 임자의 기색을 살피다가 다시 사실을 아뢰었다.

"아까는 실상 저의 죄가 두려워 감히 바른말을 여쭙지 못하였사온데, 저를 이토록 너그러이 용서하여주시니 이제 사실을 바로 아뢸까 하나이다. 저는 그동안에 실상 신라를 들어갔다 왔나이다. 하온데 이렇게 다시 이 나라를 찾아온 것은 저쪽에 계신 김유신 장군의 은밀한 밀지를 전해 올리기 위해서이옵니다. 장군께선 저에게 '한 나라가 흥하고 망하는 것은 사람이 가히 알 수가 없는 일이니, 백제가 만약 먼저 망한다면 좌평은 신라에 의지하고, 신라가 먼저 멸망한다면 나는 백제의 좌평에 의지할 것이다'라고 말씀하시며 이를 저에게 전해 올리라 하시더이다."

임자는 그 말을 듣고 묵묵부답 말이 없었다. 조미곤은 마음이 두렵고 송구스러워 이내 그 앞을 물러나와 몇 달 동안이나 책벌을 기다리고 있었는데, 임자가 어느 날 다시 그를 불러 묻는 것이었다.

"네가 먼저 이야기한 유신의 말이 어떻다고 하였던가?"

조미곤은 깜짝 놀라 다시 두려움에 떨면서 먼저의 이야기를 되풀이 아뢰었다. 그러자 임자는 그에게 오히려 뜻밖의 분부를 내렸다.

"네가 일찍이 내게 전했던 바는 나도 이미 알고 있으니, 너는 이제 다시 장군에게로 돌아가 그렇게 하자는 뜻을 알리도록 하여라."

조미곤은 곧 신라로 돌아갔다. 그리고 그 임자의 뜻을 유신에게 전하고, 아울러 백제의 국내 사정도 낱낱이 다시 고해 알렸다.

이에 김유신은 드디어 백제 병탄을 서두르게 되었고, 마침내는 그 뜻을 이루었다……

해괴한 일이었다.

문화제 발기 회의와, 회의 다음 날 부랴부랴 문화원을 찾아온 나 실장 들에게서 경험한 배신감 때문이었을까. 지섭은 요즈음 와서 이상하게 자주 그 해괴스런 배반의 역사들이 머릿속에 맴돌았다.

그것은 참으로 기막힌 기만이었다. 백제인들은 어떻게 그토록 치명적인 기만극들에 번번이 속아 넘어가고만 있었는지. 고구려에도 속고 신라에도 속아 넘어간 백제— 그것도 번번이 결정적 고비에서 당한 배반극들이었다.

하지만 또 한편으로 달리 생각해보면, 백제인들의 그 무분별한 도량과 이국인들에 대한 경계심 없음을 어리석은 처세로만 탓할 수는 없었다. 나라는 비록 망하고 말았을망정 백제인들의 믿음은 차라리 경세의 왕도를 잃지 않음이라 말할 수도 있었다.

어느 시대, 어느 곳에서나 눈에 보이지 않는 배신의 씨앗은 은밀히 그 발아의 기회를 기다리고 있게 마련이었다. 그 몇몇 되지 않는 비겁스런 음지의 씨앗들이 백제에서는 도저히 외교적 술수로는 보기 어려운 이웃 나라들의 간교한 책모와 안팎을 이루면서, 그 엄청나게도 비극적인 기만극을 빚어낸 것이었다. 신라나 고구려에도 물론 그런 배역 도배가 없었던 건 아니었다. 8월 2일의 그 도성 함락 전승연 날에 죽음을 당한 모척(毛尺)과 점일(點日)이 그런 자들이었다.

점일은 전일 대야성 도독 품석이 그의 아내를 빼앗아 간 데 대한 원한을 품어오던 자로 백제 장군 윤충이 성을 공격해오자 그와 내통하여 성중의 창고들을 불태웠고, 모척도 본래 신라 사람으로 백제 땅으로 도망쳐 있다가 후일 점일과 공모하여 대야성을 잃게 한 신라의 죄인이었다.

제 나라를 배반하고 고구려로 가서 옛 왕을 참해한 반역 도배들, 그리고 신라 장군 유신과 내통하여 나라를 잃게 한 좌평 임자 들의 이후 생애는 알 수 없지만, 점일과 모척은 후일 사지가 찢겨 강물에 던져짐으로써 전날의 죄과를 단죄받은 것이었다. 같은 배역도들로서 임자나 걸루 들의 후일과 단죄됨을 볼 수 없는 데 반하여 모척과 점일의 그러한 죽음은 비열한 배신자들의 당연한 업과였다.

배신은 어쨌거나 천벌을 받아 마땅한 악덕이었다. 이 땅에선 이제 같은 배신극이 용납될 순 없었다.

누가 또다시 그 배반을 꿈꾸려 하는가.

지섭은 물론 그런 증거를 말할 수는 없었다. 하지만 그는 요즘 와서 자꾸만 그런 꺼림칙스런 기분이 머릿속을 떠나지 않았다.

나 실장 쪽 생각이 너무 요지부동이었다. 그것은 나 실장이 그날 문화원으로 홍 박사를 찾아와 겸손하게 의견을 전하고 간 이상으로 훨씬 결정적인 것이었다. 어떤 명목이나 구실로도 지역 주민의 의식을 패배적 성향으로 흐르게 할 가능성이 있는 행사 종목은 절대로 찬성할 수가 없다는 것이었다. 더욱이 어떤 지역 간의 대립 의식 같은 것을 조장시킬 배타적 지방색의 조장은 엄두도 내볼 수가 없는 형편이었다.

그것은 이미 단순한 의견의 제시가 아니라, 실질적으로 행사 진행을 감독하고 협찬해나갈 책임 관서로서의 일방적 통고 한가지였다. 그것은 나 실장의 문화원 방문 횟수가 더하면 더해갈수록 대항할 수 없는 중층적 압력으로 공식화했다.

"처음에도 말씀드렸지만, 우리 군청 역시도 이 지역의 생활과 문화를 책임지고 있는 지방 관서가 아닙니까. 이 지방의 발전을 생각하지 않을 리가 없지요. 지역 주민들의 동태나 소망을 이해하지 못하는 바도 아니구요. 하지만 우리는 개인보다 지역 사회의 이익을, 지역 사회의 이익보다는 나라 전체의 국익을 먼저 생각해야 할 처지들이 아닙니까. 그게 우리가 받들고 순응해나가야 할 국가 시책이구요. 문화제를 부당하게 간섭하거나 방해하고 싶어서는 절대로 아닙니다. 우리 생각은 다만 우리 문화제가 지나치게 배타적으로 지방색을 강조하기에 앞서 보다 큰 목적과 공동의 이익에 부합할 수 있는 행사가 되기를 바라고 있을 뿐인 것입니다. 그 점은 이미 우리 군청뿐만 아니라 더 윗분들의 의사도 마찬가지겠구요. 그래 오죽했으면 이 일을 가지고 우리도 이리저리 미리 윗분들의 조언을 구하러 다닐 생각까지 했겠습니까. 하지만 역시 그분들 생각도 다르지가 않아요."

나 실장이나 누구나 청사 쪽 사람들은 이미 지섭 들과는 차원이 다른 국익에의 봉사자들이었다. 태생이 어디고, 감정이 어떻든 특정한 지역인의 이익에는 자신을 봉사시킬 수 없는 만인의 공복이었다.

— 보다 더 궁극적이고 진취적인 문화제가 되어야 합니다……
부정적인 대립과 갈등보다는 총화와 단합을 지향해나가는 작금의 시대 윤리와, 바야흐로 나라 전체가 민족중흥의 역사적 대업을 이룩해내려는 국가적 요구에 부응해나가야 한다는 점에서도 문화제 행사는 긍정적 과거의 전진적 재창조 작업이 되어야 한다는 것이었다. 그리고 그 긍정적인 과거로서 문화제 행사가 재창조해나가야 할 시대적 과제는 이를테면 백제와 신라 간의 화해의 성전이나 그 성전 위의 새로운 단결과 전진과 같은 것이 바람직하다는 것이었다.

나 실장 들은 결국 그 화해와 단결의 논리를 위하여 공주 쪽 주장을 업고 나선 셈이었다. 공주 쪽의 동기가 무엇이던가. 공주 쪽 사람들은 문화제 주도권의 공평한 관리를 위하여 그것의 성격을 문제 삼고 나섰다. 의자왕 당대의 패배사만을 행사 주제로 한정시키지 않기 위하여 문화제의 자학적 성격을 비판하고 나선 것이었다. 나 실장 들은 그러나 패배한 백제사로 인한 지나친 지역 의식의 촉발을 경계하기 위하여 그것을 주장했다. 그의 목적은 지역 내의 공평한 행사 관리에 있지 않았고, 오히려 문화제 권역 바깥 사람들의 관심을 피해두려는 데에 있었다.

하지만 어쨌거나 나 실장은 공주 쪽 사람들에게 무엇보다 떳떳한 자기주장의 명분을 얻고 있었다. 그리고 나 실장의 동조에 힘을 입은 공주 쪽 사람들은 때마다 새로운 갈등거리를 엮어냈다. 이제는 부여권 일각에서조차 나 실장의 주장에 머리를 끄덕이고 나서는 사람들이 생겨나는 판이었다.

더 이상의 말썽이 귀찮아진 것이었다. 홍 박사마저도 이젠 기진맥진 상태였다.

— 잘들 되어가시는군.

지섭은 차츰 혼자가 되어가는 느낌이었다. 하지만 그는 아직도 물러설 순 없었다. 역사를 쓴 사람들이 자신의 기호와 이해관계에 따라 그것을 왜곡시켜놓았을 수 있듯이, 그 왜곡된 역사의 기록마저 다시 한차례 엉뚱한 왜곡이 감행되려는 참이었다. 그것은 지섭이 왜곡과 폄하로 인한 왕의 아픔을 전해주려던 문화제 구상의 본뜻과는 출발부터 방향이 다른 것이었다.

그는 자꾸만 어떤 새로운 배반에의 예감 때문에 밤잠을 제대로 이룰 수 없었다.

그러자 마침내 청사 쪽 주장의 구체적인 윤곽이 드러났다.

"이제 마지막으로 한 가지 주문만 말씀드리겠습니다."

어느 날 나 실장이 다시 문화원 사무실을 찾아와 홍 박사와 윤지섭에게 사실상의 최후통첩을 전하고 돌아갔다.

"박사님이나 윤 선생께서도 우리가 이 문화제에 대해 어떤 부정적인 간섭의 의도를 지니지 않고 있다는 점만은 분명히 이해하고 계시리라 믿습니다. 우리도 당연히 이 문화제에 대해선 최선의 기여를 희망하고 있습니다. 그리고 그런 점에서 우리는 위원회의 노력이 최선의 성과를 거둘 수 있는 방향으로 추진되어나가기를 희망하고 있습니다. 다만 그 최선의 지혜와 성과를 위하여 저희가 덧붙여두고 싶은 희망은, 지금까지 논의가 매우 분분해왔던 그 문화제 행사 테마 가운데에 백제와 신라 간의 화해의 장을 필히 포함시켜달라는 것입니다. 문화제 행사가 어떤 식으로 진행되어나가든 그 모든 행사가 마침내는 보다 큰 화해와 전진의 정신으로 승화·귀결될 수 있도록 말씀입니다. 한마디로 솔직하게 말하면 그 백마의 피로 맹세한 백제와 신라 간의 화해의 장이 있었지 않습니까. 우리 문화제의 개최 목적도 그걸 하나의 정신적 지표로 삼고 행사 목록 가운데도 그걸 반드시 포함시키고 싶다는 겁니다. 이게 우리 문화제에 대해 저희 쪽에서 결론지은 단 한 가지 최선의 희망입니다. 이것은 다만 제가 몸담고 있는 청사 안의 희망일 뿐만 아니라, 그 이상의 첩첩한 윗분들의 희망이기도 합니다. 이 점을 유념하여주시기 바랍니다. 그 점을 소홀히 하신다면 저희로서도 이 문화제에 대해선 더 이상 협조의 뜻을 지닐 수가 없겠어요."

벌써부터 충분히 예견되어오던 일이었다.

단 하나의 희망이며, 또한 군청 자체로서뿐만 아니라 그 이상의 첩첩한 윗분들의 희망이기도 하므로 그 점을 깊이 유념해달라는 나 실장의 전갈은 그것이 다만 희망이 아니라, 사실상의 문화제 관리 관서로서의 최후통첩임을 의미했다. 그리고 그런 청사 쪽의 희망이 무시될 때 더 이상 협조에 뜻이 없다 함은 그 협조의 뜻뿐만 아니라 문화제 계획 자체가 불가하다는 선언 한가지였다.

요컨대 그 백마의 피로써 화해를 서약하는 의식을 행사의 대미(大尾)로서 반드시 포함시켜야 한다는 것이오, 그런 전제 위에서라면 다른 행사들은 어떻게 꾸며져가든 더 이상의 상관을 않겠다는 뜻이었다.

지섭은 참으로 어이가 없었다.

하필이면 그 화해의 서약인가. 아니 문제는 그것을 문화제 행사 목록으로 삼는 데에 있는 것이 아니라, 그것으로 나 실장 들이 내세우고 싶어 하는 일의 해석 방향과 내용에 있었다. 화해의 서약은 지섭의 처음 목적이나 해석 방향과는 정반대인 때문이었다.

애초에 문화제를 너무 거창하게 구상하고 나선 것이 잘못이었다. 일은 차라리 문화원을 중심으로 뜻 맞는 사람끼리 조촐하게 시작한 편이 나았을 것 같았다. 규모는 작더라도 그렇게 시작하여 일사불란한 힘으로 일을 이끌어가다가 적당한 계기에 그 취지나 규모를 발전시켜나가는 편이 훨씬 수월했을 법하였다. 시작부터 범위를 너무 크게 잡다 보니 불편스런 간섭과 갈등이 너무 빈번했다. 더구나 그 행사의 테마에 대해서는 이제 너무도 확정적인 통첩을 전해 받은 꼴이었다. 그것도 지섭으로선 이제 거의 치욕 이상의 의미를 느끼지 못해온 그 피의 맹세라니……

―그것은 다만 패배와 치욕의 기록일 뿐입니다. 그것은 오히려 낙화암의 그것보다 분명한 기록을 남기고 있으면서도 창조적인 긍지나 용기를 되살려볼 여지를 조금도 남겨두지 못한 비정스런 역사의 자기 완결성을 고집하고 있을 뿐입니다.

문화제 개최의 목적이 백제사의 아픔을 적극적으로 확인해나가는 데 있다면 도성 함락 후의 전승연 치욕이야말로 이번 문화제 행사의 가장 알맞은 테마가 아니겠느냐는 홍 박사의 힐난에 대하여, 지섭이 홍 박사에게 전승연의 치욕이 행사의 소재가 될 수 없음을 설명한 말이었다. 지섭에겐 그 백마의 피로 화평을 서약한 신라왕과 백제 유민 간의 맹세에 대해서도 이제 비슷한 느낌을 가지게 된 터였다.

아닌 게 아니라 지섭으로서도 '아픔의 적극적인 확인'이라는 점에서 그 화평의 서약을 행사 테마로서 생각해보지 않은 바가 아니었다. '형백마이맹'은 바로 망국의 왕자가 그의 정복자들과의 강요된 화해를 승복지 아니치 못했던 아픔의 대목이었다. 혹은 후일을 도모키 위해 마지못해 화평의 승복을 가장했을 경우를 상정해볼 수 있었다 하더라도 승자와 패자 간의 화해란 거의 언제나 승자의 강요에 의한 패자의 영원한 복종을 다짐하는 치욕적인 패배의 마감 행위에 불과하기 십상이었다. 그 때문에 지섭은 언제나 그 눈에 보이지 않는 치욕을 느껴왔다. 눈에 보이지 않는 기이한 환기력이 바로 지섭으로 하여금 이번 문화제 행사의 한 테마로서 그것에 관심을 두어보게 한 원인이기도 하였다.

그러나 홍 박사 말대로 이 일 역시 전승연의 그것 한가지로 창조적인 용기와 긍지를 되살려볼 여지를 남기지 못한 참으로 비정스런 역사의 자기 마감 행위의 한 본보기에 불과했다. 치욕일 뿐이었다. 그리고 그 너무도 완벽스런 치욕의 느낌 때문에 지섭으로선 이미 자신의 행사 예정표 가운데서 관심을 깨끗이 삭제해버린 대목이었다.

그것을 나 실장 쪽에서 다시 확정적으로 주장하고 나온 데 대해 지섭은 차라리 기묘한 아이러니를 느끼지 않을 수 없었다. 그의 의도야 물론 다른 데에 있었지만 그것이 하필 그 나 실장의 입으로 말해진 희망이어서도 더욱 그러했다.

한마디로 어림도 없는 수작이었다.

하지만 이제 와선 지섭으로서도 그런 나 실장의 의사를 깡그리 무시하고 나설 수는 없었다. 자기 혼자서 문화제를 마음대로 꾸며나갈 입장이 아니었다. 혼자 고집대로만 하려 했다간 문화제 계획마저도 와해될 판이었다. 나 실장의 등에는 움직일 수 없는 힘과 조직이 얹혀 있었다. 나 실장은 어쨌거나 문화제의 실질적 관리 관서로서의 군을 대표하는 현실적인 힘의 상징이었다. 그리고 백제 문화제는 뭐니 뭐니 해도 그 군청과 공주 쪽 사람들과의 힘의 조정 위에 일이 추진되어나가야 할 성질의 것이었다.

한 며칠 문화원을 나다니며 이쪽저쪽 사람들을 두루 만나보고 난 다음의 결론 역시 그러했다.

"백마를 잡아 그 피로 화해를 맹세하자면 지금부터 미리 백마 종자를 구해다 기르도록 해야 옳지요. 윤 형은 언제나 일을 너무 외곬으로만 생각하는 게 탈이란 말예요. 이건 어차피 윤 형 한 사람의 일이 아니잖소. 행사 가운데에 그걸 포함시킨대서 윤 형의 의도가 깡그리 다 무시당해버린다고 볼 수도 없는 게고 말이오."

홍 박사마저도 이제는 그 지섭의 승복을 은근히 권하고 있었다. 그는 이제 지섭에게 적극적인 동조를 보내지도 않았지만 그렇다고 그를 새삼스럽게 나무라지도 않으려는 쪽이었다. 그런 식으로 그는 지섭에게 나이 먹은 사람의 지혜를 보여줄 뿐이었다.

지섭은 마침내 자신의 태도를 결정했다.

— 화평의 맹세를 행사 가운데 포함시킨다. 그 대신 문화제의 결말은 그 유왕산의 등산놀이로써 마무리를 짓는다.

지섭이 그런 식으로 작정을 내린 데에는 두 가지 이유가 있었다.

첫째는 등산놀이를 문화제의 대미로 삼음으로써 앞서 행해질 화평의 맹세와 관련된 문화제의 의의를 최소한으로 삭감하거나 무효하게 만들자는 것이었다. 그리하여 문화제 행사의 최종적인 의미를 등산놀이의 통한과 간절한 소망 쪽으로 귀결시키자는 것이었다.

유왕산 등산놀이의 유습에는 바다 건너 이국으로 끌려가는 임금과 남편, 자식들이 하루라도 더 이 땅에 머물러 남기를 바랐던 피맺힌 원망(願望)이 스며 있는 터였다. 그리고 그 행사가 해를 이어 전해짐은 그것이 곧 떠나간 임금과 남편과 아들들의 귀환을 함께 기다리는 끝없는 소망의 몸짓들이 아닐 수 없었다. 그런 내력을 밝히 알고 있든 모르고 있든 이 땅의 아낙들은 그 오랜 원망과 소망으로 오늘날까지 그 천 년의 기다림을 중단치 못해온 것이었다. 백마의 피로써 화평을 맹세하는 의식의 재현이 무엇을 노리는 행사가 되었든 그 행사 다음에 원망의 기다림을 담은 유왕산의 등산놀이를 접속시켜 그것으로 행사의 대미를 삼고 보면, 전체적인 문화제의 의의와 여운은 보나 마나 뻔한 결과를 낳게 마련이었다.

유왕산 등산놀이를 문화제의 마지막 행사거리로 작정하게 된 지섭의 두번째 이유는 능산리에 숨겨진 대왕릉의 비밀에 대한 고려때문이었다.

지섭이 문화제를 생각하게 된 애초의 동기가 그 대왕의 무덤에 있었다. 문화제를 통하여 대왕의 아픔을 전하자는 것이 지섭의 당초 생각이었다. 지섭에게 있어서 문화제의 주인공은 그 능실 속의 대왕이었다. 그런 연유로 그는 그 문화제 행사들 가운데에도 대왕 자신이 주역으로 나설 행사거리를 유념해온 터였다.

그에겐 언젠가는 대왕의 무덤에 관한 비밀을 세상에 알려야 할 책임이 있었다. 그 대왕의 아픔도 함께 세상 사람들에게 널리 전하지 않으면 안 되었다. 그러지 않는 한 대왕의 아픔은 언제까지나 지섭 혼자의 아픔일 뿐이었다. 그 혼자서 그것을 견뎌야 했다.

그는 물론 그럴 수도 없었고 또 그래서도 안 되었다.

물론 대왕을 주역으로 삼게 될 행사는 당신의 무덤과도 상관을 지어 생각해봄 직했다. —— 유왕산 등산놀이는 문화제 첫날부터 행사를 시작한다. 첫날은 임금과 그 백성들을 떠나보내는 행사가 된다. 다음 날부터 문화제가 끝나는 날까지는 그 임금과 유민들의 귀환을 비는 기다림의 의식이다. 그리고 그 마지막 날 기다리던 임금과 백성들이 돌아온다. 그때 모든 행사 참가자들은 유왕산으로 가서 돌아온 임금과 백성들을 맞는 의식을 갖는다. 의식의 핵심으론 사제(司祭)가 마침내 모든 행사 참가자들을 비밀의 왕릉으로 안내해 가서 대왕의 혼령을 위로하는 제례를 올린다……

지섭의 생각은 대략 그런 식으로 윤곽이 지어져갔다. 그리되면 자연 대왕의 무덤은 가장 바람직스러운 공개의 계기를 얻게 될 터이고, 그 공개의 의의 또한 어떤 다른 방식으로보다도 지중해질 터이었다.

그런 식으로 일단 마음을 작정하고 난 지섭은 그의 결심을 곧바로 나 실장에게 알렸다. 그리고 홍 박사를 비롯한 문화제 관계 인사들에게도 그의 복안의 대충을 설명했다.

유왕산 등산놀이로써 지섭이 의도한 바 깊은 뜻을 설명하지 않은 탓도 있었겠지만, 나 실장 쪽에선 어쨌든 그 지섭의 복안에 대해 당장엔 별다른 이견이 없었다. 홍 박사나 다른 문화제 관계 인사들 쪽에서도 더 이상의 말썽은 원하지 않았다.

궁궐을 나선 임금의 거동놀이와 시조 백일장 행사의 주관을 미리 그쪽으로 분장(分掌)시킨 데다가, 지연(地緣)에 따라 피의 서약에 관한 행사의 관할권까지 덧붙여 할애해버리고 나서, 공주 쪽 인사들의 드센 반발도 웬만큼은 서슬이 숙어들고 있었다.

17

 지섭은 군청 나 실장과 공주 쪽 인사들과의 의견 조정을 통해 이제 거의 마지막 단계의 행사 계획표를 다듬어나갔다.
 그의 머릿속에 윤곽 잡혀진 행사 계획표의 대강은 이러했다.
 문화제는 맨 처음 왕조의 멸망을 되새기고 그것을 추념하는 낙화암의 점등낙화제로부터 모든 행사가 발단된다.
 따라서 그 낙화제가 행해지는 문화제의 첫날은 일종의 전야제 형식으로 해가 진 다음의 야간 행사로 치러진다.
 문화제 제2일부터는 부여와 공주가 각각 자기 지역의 행사를 분담하여 진행하는데, 공주 쪽에서는 시조 백일장과 거동놀이 행사를 진행하고, 부여 쪽에서는 성충·흥수·계백 들의 충절을 기리는 삼충사(三忠祠) 제례와 유왕산 등산놀이를 시작한다. 단 문화제의 첫해에 한해서는 계백 장군 동상 제막식 행사를 삼충사 제례 행사에 덧붙여 거행한다.
 문화제 제3일엔, 부여 쪽에서는 부녀자들의 유왕산 등산놀이를 제외한 다른 행사표를 따로 마련하지 않고 은산과 공주 쪽의 행사만 갖는다. 은산은(이날을 위하여 이곳 지역민들은 별신제의 모든 제례 순서를 독자적으로 미리 진행해간다) 옛 백제 유장들의 원혼을 위로하는 은산 별신제의 마지막 행사를 마무리 짓고, 공주에서는 새로운 화해와 전진의 장을 열어가는 '형백마이맹'의 의식을 치른다. 부여 쪽 인사들은 이날 은산의 별신제와 공주 쪽 행사에 임의 참가한다.

제4일은 모든 지역민이 참가하는 유왕산 등산놀이가 절정을 이룸으로써 4일간의 문화제 행사의 대미를 맞는다……

몇 단계의 논의와 설득을 거친 지섭의 복안은 이제 거의 위원회의 공식적인 의사로까지 굳어져갔다. 나 실장 쪽에서도 아직은 여전히 별다른 불만의 소리가 나오지 않고 있었다.

지섭은 이제 마지막으로 한 번 더 회의를 소집하여 자신의 복안을 위원회의 공식적인 결의 사항으로 확정 지을 생각이었다.

그러나 그럴 무렵이었다.

잠잠하던 나 실장 쪽에서 느닷없이 다시 간섭의 소리를 해오기 시작했다.

"전야제 행사를 점등낙화제로 정한 것은 문화제 전체를 너무 비장스런 분위기로 이끌어갈 염려가 있지 않을까요. 아니 뭐, 이제 와서 행사 종목 자체를 재고하자는 의도로 하는 소리는 아닙니다. 낙화제 자체를 반대하고 싶은 건 더욱 아니구요. 제 희망은 다만 전야제 행사를 그 점등낙화나 유등놀이로 치른다 하더라도 그것이 너무 무거운 비장감을 띠지 않게, 뭐라고 할까요…… 이를테면 좀더 흥겨운 축제의 분위기 같은 걸 자아낼 수 있도록 이끌어가는 게 어떨까 싶어요. 3천 명의 처녀아이들이 밤길의 낙화암을 올라가 3천 개의 등롱을 강물로 떨어뜨리게 한다면 그 아니 아름다운 장관 아니겠어요? 행사에 참가한 계집아이들에게도 그것은 필경 경험하기 어려운 젊음의 축제가 아닐 수 없을 겁니다……"
처음에는 그저 그런 식으로 전체적인 행사의 분위기를 염려하는 정도의 사소한 의견을 건네왔을 뿐이었다.
하지만 나 실장 쪽의 간섭은 미구에 행사 계획의 가장 핵심적인 부분에까지 서슴없는 거론을 일삼고 들었다.
"행사 순서를 좀 재고해보시는 게 어떻겠습니까."
그새 누군가가 지섭의 의도를 귀띔해준 걸까. 지섭의 깊은 속셈을 어떻게 눈치채고 말았는지, 나 실장은 이제 거의 확정적 단계에 있는 행사 순서를 새삼스럽게 다시 거론하고 나선 것이다.
"전번에 설명 들은 윤 선생의 계획표에선 문화제의 마지막 날 행사가 등산놀이로 예정되고 있었지요. 그 전날엔 바로 화해의 맹세가 예정되고 있었구요. 거기에 조금 문제가 있었던 듯싶어요. 윤 선생께서도 알고 계시겠지만, 말하자면 행사의 의의가 반감될 우려가 있다는 거지요. 그래 등산놀이와 화해의 맹세 행사 날짜를 바꿨으면 어떨까 하는 의사였어요. 윗분들의 의사가 말씀입니다. 화해의 맹세로써 문화제의 의의를 최종적으로 결정해주는 마감 행사를 삼자는 겁니다……"
헛간을 내주면 다시 주인을 내쫓고 안방 차지까지 원하게 된다던가. 지섭은 그러나 거기까지는 쉽사리 양보할 수가 없었다. 그는 말없이 그냥 나 실장의 제안을 무시하려 들었다.
하지만 일단 이야기를 꺼낸 나 실장의 주장도 지섭이 예상한 것보다는 훨씬 더 집요하고 치밀한 데가 있었다.

유왕산 등산놀이가 망국 왕을 떠나보내는 슬픔밖에 그 왕의 귀환을 소망하는 기다림의 의미를 설명 듣지 못한 나 실장은, 두 사건의 시간적 전후 관계를 들어 뒤늦게 지섭의 모순을 지적하려 들었다.

"역사상의 시간 순서도 유왕산의 송별이 앞서고 화평의 서약은 그 나중이 아니었습니까. 유왕산 등산놀이 풍습을 연유시킨 왕과의 송별은 백제가 멸망한 해의 8월 17일 일이었고, 망국의 왕자 부여 융이 당나라에서 돌아와 신라 왕과의 화평을 맹세한 것은 나라 멸망 이후에 일어난 광복 운동 세력까지도 모두 평정이 끝난 5년 뒤의 일이었으니까, 문화제에서는 당연히 역사상의 서순을 따라 행함이 모순이 없을 게 아닙니까."

일견은 옳은 소리였다. 하지만 나 실장은 그 유왕산의 등산놀이가 임금을 떠나보내고 난 백제 유민들의 천 년의 기다림을 모르고 있었다. 유왕산의 풍습은 비록 임금이 떠나던 날에서 연유되었다 하더라도 그것은 그 화평의 맹세가 이루어진 이후에도 천 년을 이어 행해져온 행사였다.

"그것은 아마 나 선생이 등산놀이의 참뜻을 절반밖에 모르고 하는 말이겠지요."

지섭은 나 실장에게 그것을 분명히 설명해주었다. 그것은 곧 나 실장이 그에게 제의해온 행사 순서의 변경 요구를 받아들일 수 없다는 뜻이기도 하였다.

그러자 드디어는 그 문화제 행사 계획표를 둘러싼 마지막 희극이 일어나고 말았다.

유왕산 등산놀이의 다른 의미를 지섭으로부터 설명 들은 나 실장은 문화제 마감 행사로서의 등산놀이가 더욱 난처한 문젯거리가 아닐 수 없었다. 다시 말할 것도 없는 일이지만 유왕산 등산놀이는 백제 유민들이 아직도 생생한 국멸의 슬픔과 원망 속에 강제로 치러진 저 화평의 서약 이후에도 다시 긴 세월 그 왕국의 왕을 기다려온 소망과 그 소망의 표현의 마당이었다. 행사의 순서를 바꿔놓지 않는 한 화평의 서약은 하나 마나의 것이 되어버리기 십상이었다.

나 실장이 뒤늦게 그런 지섭의 속셈을 알아차린 것 같았다.

하지만 그 나 실장으로서도 이제 와서 어떻게 더 행사의 순서를 바꾸잘 수는 없는 상황이었다. 문화제 행사는 역사상의 순서를 따라야 한다는 주장을 편 것이 나 실장 자신이었고, 지섭의 주장대로라면 유왕산 등산놀이야말로 유감스럽게도 그 화평의 맹세를 뒤서야 할 행사가 분명하기 때문이었다. 그렇다고 지섭의 그런 의도가 분명해진 이상 문화제의 의의가 일방적으로 지섭의 의도대로만 이끌려가도록 두고 볼 수도 없는 처지였다. 지섭의 의도를 최소한으로 억제하고 애초의 화해와 전진의 정신이 구현될 최선의 대책을 마련해내지 않으면 안 될 입장이었다.

"어차피 꼭 유왕산 등산놀이로 문화제를 끝내야 한다면 그 내용을 좀더 적극적이고 긍정적인 방향으로 구성해가는 게 어떻겠습니까."

한동안 문화원 주변을 끙끙거리며 맴돌고 있던 나 실장이 어느 날 다시 지섭에게 말했다.

"적극적이고 긍정적인 방향이라면요?"

지섭은 벌써 나 실장의 속셈을 꿰뚫어보면서도 우정 다시 반문해보았다. 그러나 나 실장의 설명은 어느새 지섭의 예상을 훨씬 더 멀리까지 뛰어넘고 있었다.

"윤 선생은 그 등산놀이가 임금의 귀환을 간절히 기다리는 뜻이 더욱 깊고 오랜 것처럼 말씀하셨지요. 그렇다면 그 원망이 어린 송별의 의미, 이를테면 임금을 가슴 아프게 떠나보내는 석별의 사연에 대해서는 아예 어떤 의미를 부여치 않는 게 어떻겠습니까. 그냥 임금의 귀환을 기다리는 것으로도 행사의 의의는 충분한 것 아닙니까."

거기까지는 지섭으로서도 이미 짐작하고 있던 소리였다. 그런데 바로 그다음이 놀라웠다.

"그리고 그토록 사람들이 임금의 귀환을 간절하게 소망하고 기다려왔다면, 우리 문화제의 마지막에선 임금이 마침내 다시 이 땅으로 돌아오게 해서 이곳 사람들의 오랜 원망과 간원을 풀어주도록 하는 게 어떻겠느냐—, 제 생각은 이런 겁니다."

나 실장은 한마디로 등산놀이를 대왕이 다시 이 땅으로 귀환해 오는 행사로 꾸미자는 것이었다.

나 실장의 의도는 솔직하고 분명했다. 그는 그 송별의 원망을 숨겨버리는 대신 임금의 귀환을 마련해 보임으로써 저들의 오랜 기다림에 어린 간절한 소망을 풀어주자는 것이었다. 그리하여 기다림의 소망이 이루어지지 않았을 때의 원망을 풀어 씻게 하자는 것이었다.

바로 그 임금이 다시 돌아오게 하는 것은 지섭으로서도 이미 수차에 걸쳐 조심스런 생각을 거듭해오던 바였다. 하지만 임금이 돌아오게 함으로써 지역민들에게 영향을 주고자 노리는 바는 이번에도 지섭과 나 실장이 서로 정반대의 생각을 하고 있었다. 지섭이 어떤 감정의 매듭을 꿈꾸고 있었다면, 나 실장은 오히려 그 매듭을 풀어낼 계책을 생각하고 있었다.

어쨌거나 나 실장은 도대체 어떤 근거로 그런 상상을 하게 됐는지, 지섭은 차라리 어이가 없어질 지경이었다. 그는 한동안 넋이 빠진 듯 나 실장의 얼굴을 멀거니 바라보고 있다가 이윽고 서서히 사태의 심각성을 깨닫기 시작했다.

"임금을 다시 돌아오게 하다니요. 이 땅을 떠나가 바다 건너 당나라에 죽어 묻힌 당신이 어떻게 다시 돌아올 수가 있단 말이오?"

지섭은 어쩌면 대왕의 무덤에 관한 그의 비밀까지도 나 실장이 이미 눈치를 채고 있는지 모른다는 생각이 들었다. 용술이 혹시 나 실장과 남모를 거래를 벌였을 수도 있었다.

지섭은 우선 그 나 실장의 흉중을 짚어보기 위해 짐짓 더 목소리를 낮췄다.

하지만 나 실장은 아직 거기까지는 낌새가 보이지 않았다. 그는 다만 자신의 신념과 상상력에 의해 그처럼 대담스런 왜곡을 꿈꾸고 있는 것 같았다.

"의자왕이 당나라에서 돌아가시고 그 땅에 묻히신 건 사실이지요. 하지만 우리 문화제 행사는 어차피 역사를 상징적으로 해석하려는 노력 아닙니까. 그런 상징의 해석 속에선 당신이 다시 고토를 찾아 돌아오시게 할 수도 있는 일이겠지요."

"그런 상징이 문화제 참가자들에게 어떤 설득력을 발휘할 수 있을까요?"

"상징이란 말이 맘에 들지 않으시다면 필요한 설득력을 부가시킬 방법도 있을 수 있는 거니까요."

"필요한 설득력을 어떻게?"

"의자왕은 어차피 살아서는 이 땅에 돌아오지 못하신 분입니다. 우리가 문화제 행사로 당신을 다시 모셔 들인다 해도 당신이 진짜 살아 돌아오시는 건 아니겠구요. 우리는 다만 당신이 다시 돌아오시게 함으로써 당신을 끝없이 기다려온 사람들의 오랜 원망을 씻어줄 수 있다면 그만 아니겠습니까. 그런 뜻에서 그 상징이 보다 더한 설득력을 필요로 한다면, 우리는 그분의 귀환을 확인시키기 위하여 그분의 무덤을 이 땅에 하나 더 지어놓을 수도 있지 않겠습니까. 우리가 기다리던 임금은 마침내 이 땅으로 돌아와 계심을 보여주기 위해서 말입니다."

"이 땅에 그분의 무덤을 짓는다?"

지섭은 마침내 쇠망치로 뒤통수를 얻어맞은 것처럼 정신이 멍해졌다.

놀라운 일이었다. 신념이 강하다 보면 그 신념을 실현해나갈 지혜나 예감이 그토록 앞서는 것일까. 나 실장은 마침내 대왕의 무덤을 이 땅에 꿈꾸고 있는 것이었다. 당신의 귀환을 보여주어야겠다는 신념과 사명감으로 그는 이미 지섭의 비밀을 앞질러 꿰뚫을 경지에 이르고 있는 것이었다.

지섭은 그 대왕릉 속에 숨겨져온 비밀의 실마리가 참으로 뜻하지 않은 곳에서 엉뚱한 방향으로 풀려나가고 있는 듯한 착각이 들었다.

하지만 그는 그것을 쉽사리 용납할 수는 없었다. 대왕릉은 적어도 나 실장과 같은 인간들에 의해, 그 나 실장과 같은 엉뚱한 계책으로 거짓 꾸며진 역사의 왜곡일 수는 없었다. 그것이 그 위사(僞史)를 용인할 수도 있었던 지섭 나름의 최소한의 양심이기도 하였다. 지섭은 그 나 실장의 왜곡의 동기부터 용서할 수 없었다.

"그래, 나 선생은 그 나 선생 자신의 신념을 위하여 그토록 엄청난 역사의 왜곡마저 불사할 용의가 있다는 말이오?"

지섭은 차라리 그 비밀의 대왕릉이 이 땅에 숨겨져오고 있다는 사실 전체를 부인해버리고 싶은 심정으로 나 실장의 무의식적인 (기실은 면밀한 계획 아래 미리 그렇게 일이 꾸며졌을지 모르는) 발설을 힐난하고 나섰다.

하지만 거기 대해서도 나 실장은 이미 그 나름의 해답과 해답의 근거를 충분히 마련하고 있었다.

"의자왕이 당나라로 끌려가 그 땅에서 곧 병이 들어 돌아가 묻히신 건 기록에 남은 분명한 사실입니다. 그러나 그분의 무덤이 뒷날 어떻게 되었는지는 제 과문의 탓인지 들은 적도 없고 기록을 본 적도 없습니다. 그런데 당나라 고종은 그 후 망국의 태자 부여융을 웅진도독으로 삼아 옛 땅으로 귀국케 하였고, 나라가 망한 5년 뒤에는 신라와도 비로소 화평을 맺게 합니다. 그리고 그 후로도 부여융은 당나라의 후원을 입어 여러 차례나 옛 땅으로 돌아갈 기회를 엿보다 끝내는 고구려 땅에서 죽고 맙니다. 그렇다면 우리는 여기서 한 가지 가정을 세워볼 수 있습니다. 부여융이 이국땅에서 원한을 품고 돌아가신 부왕의 유골이나마 고국 땅에다 묻어드리고 싶은 소망을 지녔을 가능성 말입니다. 부여융은 사실상 나라가 멸망한 후에도 여러 차례 그의 옛 땅을 밟을 수 있었던 처지였습니다…… 그는 아마도 부왕의 유골을 고국 땅으로 옮겨 묻을 수도 있었을 것입니다. 적어도 지금 우리가 문화제를 생각해나가는 과정 가운데서는 그런 가정을 세워볼 수 있으리라는 말입니다. 그리고 그런 점에서 우리의 가정은 역사에 대한 일방적 왜곡이라고만 말할 수 없겠지요."

"그렇다면 그런 사실이 뒷날의 기록에 남아 있지 못한 이유에 대해서는? 그 무덤이 알려지지 않은 이유에 대해서는 어떤 설명을 꾸며야 할까요?"

"그야 부여융이 실제로 그런 소망을 지녔고 또 부왕의 유골을 옮겨 왔다 하더라도 그는 그 일을 떳떳하게는 못했을 테니까요. 그는 아직도 보복이 두려운 사람이었습니다. 그는 한때 웅진도독으로 신라와 화평을 맺고도 보복의 두려움 때문에 다시 당경(唐京)으로 도망쳐 간 일이 있었고, 이후에도 그는 신라의 강성을 보고 당으로부터 봉함을 받은 대방왕의 신분에도 불구하고 끝내는 옛 땅에 들어가지 못하고 고구려 땅에서 일생을 끝낸 사람이 아니었습니까. 그가 그런 두려움을 지닌 사람이었다면 아마도 그는 부왕의 유골을 밝은 날에 떳떳이 장사를 지낼 수는 없었을 것입니다. 혹은 당나라 쪽에서도 그걸 원하지 않았을 수 있었겠구요."

"당나라가 그걸 원하지 않았다는 건 무슨 뜻이 있는 겁니까?"
"의자왕의 무덤은 당나라에 그대로 남겨둔 채 유골만을 몰래 귀환시키는 방법을 생각할 수 있겠지요. 그래야 후일 그 의자왕의 무덤에 관한 증거가 나오더라도 또 다른 당신의 무덤에 대한 해명이 가능해질 것 아니겠습니까."
무서운 일이었다.
나 실장은 참으로 천재의 상상력을 발휘하고 있었다. 그런 그의 상상력은 능산리에 숨겨진 능실의 해답으로서도 현실을 훨씬 앞지르고 있었다.
거기까지 치밀한 설명을 마련해놓고 있다면, 이 일에 대한 그의 의도나 결심의 강도도 짐작할 만했다.
지섭은 더 이상 할 말이 없었다. 나 실장의 왜곡을 용납하겠다는 뜻에서가 아니었다. 작자의 그 치밀한 상상력에 압도당하여 기가 질리고 만 것이었다.
"그래 도대체 어쩌자는 겁니까. 당신은 이제 그래 무얼 어떻게 하겠다는 겁니까."
지섭은 갈수록 거침이 없는 그 나 실장의 지혜에 어떤 두려움마저 느끼기 시작했다. 그는 거의 자포자기가 되어버린 어조로 물었다.
"어떻게 하다니요. 아까도 말씀드렸듯이 필요하다면 의자왕의 무덤을 하나 은밀히 지어놓도록 하자는 거 아닙니까."
나 실장의 대꾸는 점점 더 명료하고 자신에 넘쳤다.
"이건 물론 몇몇 관계자들만의 철저한 비밀 사항이 되어야겠지만, 무덤을 만들어 그럴듯한 유품이나 몇 점하고, 지석 정도를 함께 새겨 묻어놓으면 될 일 아니겠습니까. 지석이란 원래 바깥 비문을 세울 수 없었던 데서 유래된 묘지(墓誌) 형식이니까, 이 경우엔 더욱더 안성맞춤이 될 테구요. 이런 작업들은 아마 윗분들의 뜻만 얻으면 우리 군청 쪽에서도 적극적인 협조를 보여줄 겝니다……"

증인의 손

18

 문화제를 위하여 의자왕의 거짓 무덤을 생각해낸 나 실장의 지혜는 놀랍게도 홍 박사와 몇몇 핵심적인 위원회 인사들을 차례로 설득시켜 마침내는 확정적인 행사 준비 사업으로 굳어져가고 있었다.
 지섭은 서서히 그 문화제 일에서 흥미를 잃어가기 시작했다.
 나 실장의 입김이 너무도 거세었다. 자문과 설득의 형식을 취하고 있었지만 군청을 대표하는 나 실장의 태도는 결과적으로 늘 일방통행적이었다.
 사람들은 이미 그 나 실장에게 지쳐버리고 있었다. 대왕의 거짓 무덤을 짓는 일에 대해서도 사람들은 한사코 자신들의 의사만을 고집하려 들지 않았다. 이번 일도 결국엔 나 실장의 뜻대로 되어가게 마련이라는 걸 알고 있었기 때문이다.

―어차피 일이 이 지경에 이르렀는데, 어찌할 게요, 이제……

모든 걸 그저 좋게만 생각하려는 홍 박사마저 그런 방법으로나마 최선의 성과를 꾀해보자는 정도로 태도가 잔뜩 누그러져버렸다.

해괴한 노릇이었다.

또 하나의 거짓 무덤이 지섭에게 그 능산리 대왕릉의 내력을 우스운 방법으로 해명하려 하고 있었다.

지섭은 대왕릉의 비밀을 공개함으로써 또 하나의 거짓 무덤을 지으려는 자들의 수고를 덜게 할 수도 있었다. 그러나 그는 그의 비밀을 말하지 않았다. 거짓 무덤을 원하는 자들에겐 얼마든지 그들이 원하는 무덤을 짓게 해두기로 마음먹었다. 능산리의 대왕릉이 비록 당신이 이 땅을 되돌아온 증거는 될 수 없다 하더라도, 누군가 후세인이 그곳에 당신의 거짓 무덤을 지어 숨겼다 하더라도, 거기에는 그들이 당신 대신 앓아왔고 또 뒷날까지 그것을 앓게 하고자 한 당신의 아픔이 간직되고 있는 것이기 때문이었다. 그 아픔을 망각해버리기 위한 오늘의 그것과는 전혀 목적이 같을 수가 없었기 때문이다.

어쨌든 실망이었다.

지섭은 차츰 자신을 도사리기 시작했다.

대왕의 거짓 무덤뿐만 아니라 문화제 행사의 동기나 목적 전반에 대해 심한 회의가 일고 있었다.

―일이 정 이런 식으로 되어갈 양이면 이쯤에서 차라리 손을 씻는 게 나을지 모르겠군.

그는 눈에 띄게 문화원 나들이가 뜸해지기 시작했고, 그쪽으로 이따금 얼굴을 내밀고 나타나는 날조차도 남의 일을 대하듯 언동이 심드렁했다.
하지만 나 실장에겐 그게 오히려 호기가 아닐 수 없었다. 지섭이 그처럼 소극적이 되어가는 사이에 그는 서둘러 자신의 계획을 결정적인 고비까지 밀어붙이고 나갔다.
문화제 행사 개막 전에 발굴 과정까지 거쳐놓자면 일은 과연 서둘러대지 않을 수 없는 형편이었다.
나 실장은 이제 지섭을 대신하여 홍 박사를 중심으로 한 비밀 소위원회를 구성하고, 능실 축조와 발굴 과정에 관한 치밀한 각본을 짜나가고 있었다. 그것은 요컨대 백제사에 관심하는 모든 사람들에 대한 음흉한 속임수요 무도하기 그지없는 역사의 날조였다. 언젠가는 결국 진실이 벗겨져야 하고 또 그렇게 되고 말 일이었다. 하지만 나 실장에겐 지금 양보할 수 없는 명분과 신념이 있었다.
지섭은 마침내 위원회의 총무 간사직을 물러나 집 안으로 들어앉고 말았다. 잊혀졌던 겨드랑이 밑의 아픔이 서서히 다시 머리를 쳐들고 되살아나기 시작했다.
그러던 어느 날 저녁 무렵 지섭은 오랜만에 다시 능산리의 대왕릉을 찾아갔다. 겨드랑이 밑의 아픔이 지섭을 그 능실로 부른 것이었다.
그런데 능산리의 묘역을 들어서자마자 지섭은 용술로부터 다시 한 가지 뜻밖의 사실을 전해 들었다.
"윤 선생님, 그렇지 않아도 이따가 날이 어두워지면 선생님을 한번 찾아가 뵈려던 참이었는데요."

능역 관리 사무실로 허겁지겁 지섭을 끌고 들어간 용술이 조급하게 지껄여왔다.

"아까 말씀이에요. 문화제 관리 위원회 사람들이 여길 다녀갔거든요. 군청의 나 실장님하고 홍 박사님이랑 몇몇 분이서 함께 말이에요……"

뜻밖이었다.

일이 벌써 거기까지 이른 것인가? 지섭은 불시에 머리통을 얻어맞은 것처럼 정신이 얼얼해왔다. 하지만 그는 아직도 용술이란 작자 앞에 당황하는 빛을 보일 수는 없었다.

"그래 그 사람들이 여길 와서 어쨌길래?"

지섭은 이내 침착을 되찾으며, 위인들의 동태를 용술에게 물었다.

"그 사람들 여긴 전에도 가끔씩 들러 간 일이 있었을 텐데 말일세."

묻고 있는 표정이나 목소리에 아무것도 대수로워하는 빛을 안 보이려 노력했다.

했더니 이번에는 용술이 오히려 한술을 더 뜨고 나섰다.

"아니에요. 전에도 그분들이 여길 다녀가신 일이 있기는 하지요. 하지만 이번엔 달라요. 그분들 아무래도 서하총 능실 속 비밀을 눈치채고 있는 것 같던데요. 그분들 하고 돌아가는 거동이 영락없이 그래 보였어요. 윤 선생님이 설마 그분들한테 무슨 귀띔을 건네신 건 아닐 테지요?"

"그야 물론 말을 할 리 없지. 귀띔은커녕 수상한 낌새 한번 엿보인 일이 없었으니까. 그런데 도대체 그 양반들 거동이 어떤 식이었길래?"

"말은 그저 능역 관리 형편을 둘러보러 왔다는 거였지요. 그러면서 처음엔 그저 여기저기 바깥 형편만 살피는 척하더군요. 하더니 나중엔 능실 출입구의 열쇠를 달래지 않아요. 그리곤 바로 서하충 능실부터 내부를 모조리 살피고 돌아갔어요. 바닥이고 벽면이고 능실 안은 모조리 빠뜨리질 않더군요. 다행히 비밀 능실로 통하는 묘도의 흔적까진 찾아내진 못했지만, 글쎄 전 그 양반들을 뒤따라 다니면서 얼마나 속으로 진땀을 뺐는지 모른다니까요……"

"그래 능실 속을 둘러보면서 그 양반들 무슨 애기들을 주고받던가?"

지섭은 그걸로 이미 사태를 짐작하고 있었으나, 아직은 좀더 자세한 이야기를 들어보고 싶었다. 그러자 용술은 목소리에 점점 분명한 확신이 어리고 있었다.

"애길 하다니요. 애길 했다가 제게까지 엉뚱하게 눈치를 채이려구요? 자기들끼리 서로 은밀한 눈애기들만 주고받는 눈치였어요. 하지만 제 느낌이 틀림없을 겁니다. 그 양반들 어디선가 비밀을 알고 와서 능실 입구를 찾고 있는 게 분명해 보였다니까요."

"능실 속을 살핀 건 서하충뿐이던가?"

"아니지요. 그 양반들 어딘가 능실이 있는 건 알았어도 그게 어디쯤인지 정확한 위치까진 모르는 것 같아요. 다른 능실도 모조리 살폈지요."

지섭은 역시 자신의 추측이 옳았던 것 같았다. 용술이 실상은 너무 넘겨짚고 있었다. 그 사람들이 비밀을 눈치채고 있는 건 아니었다. 새로 지을 거짓 무덤의 터를 물색하고 있는 것뿐이었다.

대왕의 능실을 꾸며 숨기자면 주위의 지세가 그럴듯한 곳이 아니면 안 되었다. 기왕에 왕릉으로 알려진 무덤들이 모여 있는 이곳 능산리 능역을 앞설 곳은 없었다. 이 왕릉들 중의 어느 능실 벽을 뚫고 또 다른 능실을 지하에 숨겨 꾸밀 계획임이 분명했다. 나 실장과 홍 박사 들은 이곳 능역의 형편을 살피고 능실의 위치를 물색하러 나온 것이었다.

용술의 귀띔은 이제 그것으로 충분했다.

상상 밖으로 일이 난처하게 꼬여 들고 있었다. 그렇다고 이젠 곁에서 어물어물 일이 되어나가는 꼴을 지켜보고만 있을 수도 없었다. 능실의 비밀이 불시에 위태로워지고 있었다. 지세의 이점으로나 작업의 편의도로나 기왕의 대왕릉실이 그것들을 충분히 감안한 곳이라면, 이번에도 위인들이 그곳을 파고들 공산이 컸다.

지섭은 어쨌든 그 능실의 비밀을 지켜내는 것이 급선무였다. 능실이 그들에게 발견되는 날엔 그것은 그 무도한 왜곡의 명분 이외에 아무것도 다른 것이 될 수 없었다. 더욱이 그 능실을 나 실장들이 생각하고 있는 바대로 대왕의 귀환을 위한 증거로 삼게 된다면, 그 오랜 당신의 아픔은 영영 다시는 세상에 전해질 길이 막히는 것이었다.

"같이 좀 가볼까."

지섭은 이윽고 용술의 사무실을 나섰다. 그리고는 위인을 앞세우고 좀 전에 나 실장 들이 다녀갔다는 서하총 능실 안으로 발길을 따라 들어섰다.

"벽을 열고 함께 들어가보세."

지섭의 지시에 따라 용술은 시종 말없이 서하총 좌측 돌벽을 뜯어내고 대왕릉으로 통하는 비밀 묘도로 앞장서 들어갔다.

거기까지는 물론 나 실장 들의 발길이 미치지 못한 곳이었다.

"여기 좀 봐."

대왕릉의 묘도를 지나 용술이 조심조심 현실 안까지 들어섰을 때였다. 지섭이 나직한 목소리로 용술을 그 자리에 불러 세웠다. 그리곤 용술의 전짓불이 미처 지섭을 향해 돌아서기도 전에 그의 주먹이 용술의 면상을 향해 혼신의 일격을 가했다.

"억!"

용술은 그 지섭의 주먹 하나로 간단히 현실 바닥으로 가라앉아 버렸다. 지섭은 깜깜한 어둠 속에서 다시 용술의 몸뚱이 위로 덮쳐들며 있는 힘을 다해 녀석의 목줄기를 눌러대기 시작했다. 버둥버둥 몇 차례 아랫도리를 허우적대던 용술이 이내 그나마의 반항기마저 단념하고 말았다.

지섭은 그제서야 녀석의 목줄기에서 손을 풀었다. 그리고는 곁에 떨어진 전짓불을 집어다가 녀석의 얼굴을 내리비췄다.

용술은 공포에 질린 얼굴로 멍청스레 지섭의 전짓불빛을 견뎌낼 뿐이었다. 지섭의 갑작스런 행동을 나름대로 이미 이해한 모양이었다. 숨통이 아주 끊기지 않고 살아남은 것만이 다행이라는 듯 무슨 변명 같은 걸 하고 싶어 하는 기미도 없었다.

"난 널 죽일 수도 있어."

지섭이 위협하듯 낮게 말했다.

"내가 널 정말로 죽인다 해도 이곳에 널 묻어두고 출입구를 닫아버리면 그걸로 그만이란 말야."

그러자 이번에는 용술도 뭔가 할 말이 있는 듯 안간힘을 다해 변명을 해왔다.

"전 아닙니다. 비밀을…… 전 비밀을 말하지 않았어요."

지섭도 이미 그것을 알고 있었다.

"알고 있어. 다시 말해두지만 아직도 이 능실의 비밀을 알고 있는 건 이 세상에서 오직 너하고 나뿐이다. 그자들도 아직은 절대로 눈치를 못 채고 있어. 네가 아까 본 것도 쓸데없는 짐작일 뿐이었어. 너도 차차 알게 되겠지만 그자들은 아까 다른 일 때문에 여길 왔던 거야."

"……"

"하지만 만약 이후라도 너와 나 이외의 누군가가 이 비밀을 아는 사람이 생기게 된다면, 그때 가선 넌 정말 각오해야 할 거다. 난 오늘 너에게 보여주고 싶었던 거야."

지섭이 비로소 용술의 몸뚱이로부터 천천히 자신의 상체를 떼어 일으켰다. 그리고는 녀석에게 한 번 더 다짐을 주듯 차갑게 덧붙였다.

"그 사람들 앞으로도 한동안은 여길 자주 드나들게 될 거다. 그리고 어쩌면 바로 저 능실의 벽면을 뚫어 허물고, 끝내는 이 비밀의 능실을 찾아내게까지 될지도 모른다. 하니까 넌 똑똑히 기억해 둬야 할 게다. 넌 이 능실을 찾아낸 첫번째 사람이다. 그리고 내가 두번째로 이곳에 들어왔을 때는 아무것도 부장품이 남은 것이 없었어. 난 끝끝내 그 점을 너에게 해명시키지 않았어. 이 능실 문이 열리는 날 넌 그 사람들 앞에선 그렇게 될 수가 없을 게야. 그야 너로선 그런 걸 굳이 해명해야 할 일보다도 오늘 일을 먼저 기억해 두는 게 훨씬 더 나을 테지만. 어쨌든 이 능실의 비밀은 네가 책임지고 지켜야만 할 일이란 걸 명심해둬얄 거다."

19

  문화제 준비는 날이 갈수록 진행이 활발해 보였다. 홍 박사마저도 이제 실무 처리 과정에서는 거의 뒷전 한가지 형편이 되고 말았지만, 나 실장 들에게는 그편이 오히려 작업 진행을 일사천리로 용이하게 해주었기 때문이다. 능역 출입이 점점 더 잦아지고 있는 것만 해도 모든 일이 예정대로 빈틈없는 진행을 보이고 있는 증거였다.

  관리 위원회 사람들은 공주와 부여의 행사 연고지들을 차례차례 답사해나가면서 필요한 계획과 조처들을 신속하게 처리해나가고 있었다. 유왕산으로 은산으로 쉴 새 없이 사람이 오갔고, 계백 장군 동상 건립의 일도 예정된 일정에 따라 작업 계획이 착실히 집행되어나갔다.

  지섭은 그저 모든 걸 옆에서 지켜보고만 있었다. 심지어 계백 장군의 동상 건립의 일에서마저 초연스레 관심을 거두고 지냈다.

  겨드랑이 밑 아픔만 나날이 더해갔다. 그리고 나 실장 들의 능역 출입 소식을 전해 들을 때마다 그 일의 귀추만이 궁금할 뿐이었다.
― 작자들이 끝끝내 또 하나의 거짓 무덤을 짓고 말 것인가. 그 능실을 숨겨 꾸밀 장소는 결국 어디가 될 것인가.

그간의 낌새로 보아 위인들은 이미 그 능실의 위치를 능역 안 어디쯤에 잡아놓고 있는 게 분명했다.

그것이 지섭을 더욱 궁금하고 초조하게 만들었다. 일이 그쯤 되었고 보면 위인들이 그 능실의 내력을 설명할 방법 또한 뻔한 것이었다. 방법이 같다면 작자들이 지금 눈독을 들이고 있는 곳의 위치도 거의 분명했다.

위인들은 결국 그 서하총의 현실 벽을 뚫으려 들 게 틀림없었다.

용술도 마침내 그런 낌새를 눈치채게 되었다.

"아무래도 수상해요. 요즘 와선 거의 서하총만 살피는걸요. 결국은 아마 들통이 날까 봐요."

그는 거의 자포자기가 된 꼴로 하소연 비슷이 넋두리를 하곤 했다.

지섭은 그러나 마지막까지 기다렸다. 위인들의 눈길이 어느 곳을 짚는지 마지막 선택을 보고 싶었다. 위인들의 그 마지막 선택이야말로 대왕릉의 내력에 대한 일종의 필연의 단서가 될 수 있을 것이었다. 아섭고 슬프지만 그것만은 지섭으로서도 마음대로 부인할 수만은 없는 일이었다.

희망이 전혀 없는 건 아니었다. 위인들의 눈길이 혹은 다른 데에 머무를 수도 있었다.

어쨌든 그는 마지막 순간까지 기다리지 않으면 안 되었다. 대왕릉의 내력을 끝끝내 그의 뜻대로 자신의 아픔과 상관하여 해석하고, 사실이야 어떻든 그 해석을 자신의 뜻대로 지켜가고 싶더라도 그 역시 그들의 선택이 이루어진 다음의 일이어야 마땅했다.
 선택의 결과를 기다려보아야만 했다. 용술을 속이면서까지 그 일을 위인들이 몰래 치러낼 수는 없을 것이었다.
 하지만 나 실장 들은 아직도 그 선택을 망설이고 있었다. 능역을 몇 번씩 오르내리면서도 하루 이틀 날짜만 허비하고 있었다.
 지섭도 함께 기다릴 수밖에 없었다.
 서울의 민 경위가 갑자기 부여를 내려온 것은 그럴 무렵의 어느 날 일이었다. 그는 계백 장군 동상 건립의 일에 대한 현장 자문을 의뢰받은 터에다, 지섭으로부터도 한두 번 문화제 행사 준비에 관한 계획을 전해 들은 바가 있어 이참 저참 겸하여 부여를 찾은 것이었다.
 그러나 지섭이 이미 문화제 일에서 손을 떼다시피 하고 지내는 사실을 알게 된 민 경위는 장군의 동상 건립 작업에 대한 자문의 일조차 뒤로 미룬 채 그길로 곧장 지섭을 찾아왔다.
 지섭은 그 민 경위의 방문이 더없이 반갑고 고맙게 여겨졌다. 무엇보다도 민 경위는 어떤 주술력과도 흡사한 기묘한 예감을 소유한 사내였다.
 그의 강한 예감력은 그 마상의 질주 중에 갑자기 폭발한 불가사의한 광기나, 때때로 그런 광기의 흔적이 번뜩이고 지나가는 눈빛 같은 데서도 자주 느낄 수 있었다.
 그는 과연 문화제 일에서 물러나 있는 지섭의 동기나 근황에 대해서는 한마디도 궁금해하는 말을 하지 않았다. 문화원에서 홍 박사를 만나 그간의 사정을 대강 다 전해 들은 탓이었겠지만, 그렇더라도 당사자로부터 한 번 더 자세한 사연을 듣고 싶어 할 수도 있는 일이었다. 한데도 그는 그저 모든 것을 이미 자신의 예감으로 꿰뚫어 알고 있는 듯이 침묵을 지켰고, 그런 지섭을 자기 쪽에서도 충분히 이해하고 있는 듯이 행동했다.

지섭은 어쨌거나 그 민 경위를 만나고 보니 막혔던 숨통이 다소 트이는 것 같았다. 그에겐 뭔가 참아온 말들을 할 수 있을 것 같았고, 그의 이해 속에서 자신의 위로를 구해볼 수도 있을 것 같았다. 아니 그는 민 경위를 만난 것만으로도 이미 그의 예감을 통하여 모든 것을 미리 말해버리고 있는 기분이었다. 그리고 그의 말 없는 위로 속에 자신이 훨씬 편해진 느낌이었다.

생각해보면 참으로 이상한 일이었다. 지섭으로선 실상 민 경위에 대해 아는 것이 거의 없는 거나 마찬가지였다. 지섭은 다만 홍 박사의 주선에 따라 기마상의 촬영 작업에 필요한 그의 협조를 구했을 뿐이었고, 민 경위는 그 지섭의 주문에 응하여 기대 이상의 열의를 가지고 지섭의 작업을 도왔을 뿐이었다. 그날의 작업과 관련하여 그와 주고받은 몇 마디 대화나 열의에 넘친 그의 협조 태도 정도로는 그를 알 만한 근거가 모자랐다.

지섭이 민 경위를 알고 있는 것이 있다면 그것은 차라리 그날의 뜻하지 않은 마상의 발작과 그 발작으로 인해 지섭이 얻어 지닌 겨드랑이 아래의 기이한 아픔을 통해서였다. 지섭은 오히려 그것들을 통하여 민 경위를 느끼고 이해해온 것이었다.

이번에도 사정은 마찬가지였다.

"예까지 오신 김에 우리 이따가 왕릉 쪽으로 바람이나 함께 쏘이러 나갈까요?"

민 경위와 집에서 점심을 함께하고 난 지섭은 자신도 모르게 문득 민 경위에게 왕릉 답사를 권하고 나섰다. 말을 해놓고 나니 지섭 자신도 뭔가 아슬아슬한 느낌을 금할 수가 없었다. 대왕릉을 가고 싶은 것은 민 경위가 아닌 지섭 자신이었다. 그것을 지섭은 민 경위의 당연스런 소망처럼 느끼고 있었다. 민 경위를 대신해 지섭이 그의 요구와 소망처럼 느끼고 있는 것이었다. 정도가 지나치다 보면 그의 비밀에 대해서까지도 홀연히 입을 열게 될 수가 있었다.

사실이 그러했다. 민 경위에 대해서라면 그는 그것을 말할 수도 있다고 생각했다. 그리고 스스로 그러고 싶었다.

대왕릉의 비밀은 사실 지섭 혼자서는 감당하기가 너무 무겁고 엄청난 것이었다. 지섭은 그것을 민 경위와 함께 견디고 싶었다. 홍 박사도 누구도. 이 부여 땅 안의 어떤 다른 사람보다도 민 경위 그 사람이라면 의당히 그렇게 해줄 것 같았다. 민 경위는 충분히 그를 이해할 수 있었고, 지섭도 그를 믿을 수 있을 것 같았다.

지섭이 그에게 능역 답사를 권하고 나선 것은 이를테면 그런 은밀스런 공모자로서의 공범 심리의 소산일 수 있었다. 그리고 그것은 지섭이 그의 비밀을 말하고 싶은 위태로운 조바심의 작동이기도 하였다.

"좋을 대로 합시다. 모처럼 만의 기회니까……"

민 경위는 과연 예감의 사나이답게 지섭의 기분에 쉽게 동화되어왔다. 그는 오히려 기다리고 있었던 듯 지섭의 제의에 순순히 응해 나서준 것이었다.

두 사람은 이윽고 능산리로 올라갔다. 그리고 민 경위는 거기서 다시 지섭의 오랜 조바심을 어루만져주듯 조심스럽게 물었다.

"어떻게…… 그때 상처는 뒤탈이 없습니까?"

기마상을 찍을 때의 사고 이야기였다. 지섭에게 마침내 그 자신의 아픔을 털어놓을 기회가 온 것이다. 자신의 그 겨드랑이 밑 아픔에 관한 이야기라면 그것은 물론 대왕릉의 비밀과도 깊은 관련이 있는 것이었지만, 그러나 아직 그 대왕릉의 비밀을 정면으로 들추고 나서는 것보다는 마음의 부담이 훨씬 가벼웠다.

"상처는 다 나았지요. 하지만 아직도 이상한 통증 같은 게 사라지질 않는군요."

지섭은 둘의 화제를 조급하게 자신의 아픔 쪽으로 끌어갔다.

"통증 같은 게라뇨? 어떻게 말입니까?"

민 경위는 잠시 지섭의 말뜻이 애매하게 느껴지고 있는 것 같았다. 지섭은 그 민 경위를 천천히 서하총 능실 쪽으로 안내해 가며 그의 혼란을 정돈시켜주었다.

"아, 지금 말씀드린 제 통증이 그때 사고에서 얻은 상처의 후유증인지 어떤지는 확실치가 않습니다. 무슨 무병(巫病)을 앓는 것처럼 원인이나 증세가 확연칠 않아요. 상처를 입은 건 다리 쪽인데, 통증이 오는 곳은 엉뚱하게도 겨드랑이 밑 근처거든요. 검사를 받아봐도 겨드랑이 쪽엔 별다른 이상이 나타나지 않구요. 한데도 그쪽에서 가끔 멍이 번지는 것 같은 얼얼한 아픔이 번져나곤 하는군요. 하지만 어쨌든 그게 시작된 시기는 분명해요. 바로 그때 사고 이후부터니까요. 그때 사고로 인한 육신의 상처가 아문 다음부터 이건 오히려 분명한 증상을 드러내왔거든요."
 민 경위는 역시 예감의 사내였다. 그는 그것으로 이미 통증의 정체를 짐작한 것 같았다.
 "그거 참 기이한 노릇이군요. 어디서 그런 통증이 올까요?"
 그는 곰곰이 혼자 생각에 싸여 드는 목소리로 지섭에게 물었다. 그는 벌써 그 통증의 진원을, 그 통증이 오는 배후의 상처를 묻고 있었다. 그것도 이미 지섭에 대한 물음은 아니었다. 그것은 차라리 민 경위 자신에 대한 물음이었고, 게다가 이미 자신의 해답을 마련해두고서, 그 해답을 지섭에게서 다시 한 번 확인해보기 위한 물음에 지나지 않아 보였다.
 "하지만 그런 통증을 느끼고 있는 윤 선생이라면 그 아픔이 오는 곳도 이미 짐작하고 계시겠지요."
 민 경위는 이내 단정적으로 말했다. 그 역시 어떤 물음이라기보다는 지섭으로 하여금 자신의 비밀을 실토하게 하기 위한 주문에 가까웠다.
 지섭은 갈수록 그런 민 경위가 편했다. 이상스럽게도 고압적이기까지 한 민 경위의 태도는 지섭의 갈등을 상당한 정도까지 감해주고 있었다.
 "그렇지요. 이 괴상한 통증이 어디서 오는가, 통증의 정체에 대해서는 저도 어지간히 생각을 해봤지요. 그리고 이제 나름대론 어느 정도 짐작도 하게 됐구요."

지섭은 이제 거의 홀가분한 마음으로 속마음을 털어놓기 시작했다.

"그래 그게 어디서 시작된 아픔인 듯싶었소."

민 경위는 어두컴컴한 능실 안으로 쭈뼛쭈뼛 지섭을 뒤따라 들어오며 은근히 다음 이야기를 재촉했다.

"하지만 제 통증의 정체를 말하기 전에 제가 민 경위님한테 한 가지 물어두고 싶은 게 있는데요. 가령 말입니다……"

지섭은 이제 비밀의 문턱까지 말머리가 다가들어가고 있었다.

"가령 이 부여 땅에 우리가 지금까지 묻혀 있지 않은 것으로 믿어온 어떤 백제 왕의 무덤이 숨겨져오고 있었다는 가정을 세워봅시다. 그리고 우연이든 필연이든 그 왕의 무덤이 어느 땐가 이 땅 사람에 의해 발견되는 일이 생긴다고 합시다……"

"……"

너무도 갑작스런 지섭의 상상에 민 경위는 그만 입을 다물었다. 입을 다문 채 조심스레 지섭의 다음 말을 기다리고 있었다.

지섭이 혼자서 말을 계속해나갔다.

"이야기가 너무 엉뚱할지 모르지만, 이건 어디까지나 가정에 불과하니까 조금만 더 제 말을 참고 들어보십시오. 어쨌든 여기서 그런 경우가 생길 수 있는 왕이라면, 이를테면 우선 왕조 패망 시에 바다 건너 당나라로 포로로 끌려가 그 땅에서 죽어 묻힌 의자왕 같은 분을 생각할 수 있겠지요. 그런데 만약 그 의자왕의 능묘가 이 땅에서 발굴되어 나오는 일이 생긴다면 말입니다. 그런 일이 정말 현실로 나타난다면 우리는 도대체 그와 같은 사실을 어떻게 받아들여야 하리라고 봅니까."

"……"

"제 말은 어차피 하나의 가정에서 출발한 것이니까, 그런 가정을 한 번만 더 빌려 말한다면, 그 경우 우리는 그 무덤이 진짜 의자왕의 무덤일 수 있느냐, 누군가가 후세에 거짓으로 지어 숨긴 가짜 무덤일 가능성은 없느냐, 그리고 의자왕이 어떻게 이 땅에 당신의 무덤을 남길 수 있었겠느냐…… 당연히 이런 의문점부터 떠오를 일이 아니겠습니까."

"……"

"그리고 만약에 그 무덤이 가짜로 판명이 나게 될 경우에도 문제는 더욱 복잡해집니다. 도대체 어느 시대, 어떤 사람들이 어떤 동기와 목적에서 이 땅에 그런 무덤을 지었느냐…… 그리고 그것이 오늘의 우리들에게 의미하는 바가 무엇이냐, 우리는 그것을 어떻게 해석하고 받아들여야 하느냐…… 이런 여러 가지 의문점들을 상정해볼 수 있겠는데, 민 경위님은 과연 이 모든 물음들에 대해 한 가지라도 분명한 대답을 해줄 수 있겠습니까? 민 경위님은 우선 그 무덤을 진짜로 믿을 수 있느냐 없느냐 하는 점 한 가지에 대해서만이라도 어떤 확신을 지닐 수 있겠느냔 말입니다."

"그야 지금 당장은 어느 한 가지 물음에 대해서도 분명한 대답을 말할 수는 없겠지요."

지섭이 비추는 전짓불을 따라 여기저기 능실 안을 둘러보고 있던 민 경위가 모처럼 만에 조용히 입을 열었다. 그리고 그의 다음 한마디는 지섭이 그에게 기대하고 있던 어떤 대답보다도 더 명료하고 감동적인 대꾸였다.

"하지만 제가 지금 여기서 말할 수 있는 분명한 사실 한 가지는, 그런 경우가 생긴다면 그 모든 의문점들에 대한 해답을 구해내지 못한 저로서도 지금 윤 선생이 앓고 있는 것과 같은 어떤 정체 모를 아픔을 앓게 되리라는 것입니다."

참으로 놀라운 일이었다. 그는 물론 나 실장 들이 계획하고 있는 거짓 무덤에 관한 음모를 알고 있을 리 없었다. 홍 박사가 아무리 그를 신뢰하는 처지라 하더라도 그런 일까지 함부로 귀띔을 해 줬을 리는 없었다. 돌아와 숨겨진 대왕릉의 비밀 또한 지섭과 용술 두 사람 심중에 깊이 숨겨져온 비밀이었다. 한데도 민 경위는 그 몇 마디 지섭의 암시만으로 정확한 정곡을 찍어낸 것이었다.

지섭의 아픔을 그가 말할 수 있다는 것은 그 아픔이 오는 곳의 비밀과 진실도 이미 알고 있다는 증거였다. 지섭은 다시 한 번 민 경위에 대한 미더움이 샘솟았다. 민 경위하고라면 충분히 그의 비밀을 함께 견디고, 비밀의 아픔을 나눌 수 있으리라는 확신이 들었다. 그가 누구건 상관이 없었다. 민 경위 쪽에서 지섭에게 문화제에 대한 실망의 동기나 이 후미진 능역과 묘실 속까지 그를 끌어들인 이유들을 한마디도 묻지 않은 것처럼, 지섭도 민 경위의 내력이나 깊은 내면을 따질 필요가 없었다. 느낌으로 아는 것이 보다 더 정확한 것일 수 있었고, 묻지 않고 아는 것이 보다 더 깊은 믿음일 수 있었다.

민 경위는 가령, 의자왕의 무덤 같은 것이 이 땅에 있어왔으면

이라는, 그 최초의 가정에 대해서마저 한마디도 이론을 덧붙여오지 않았다. 그 최초의 가정에 대한 한마디의 물음이야말로 그 가정 위의 수많은 다음 물음들을 얼마나 무의미하고 부질없는 것으로 만들어버릴 수 있는가.

민 경위가 그것을 모를 리 없었다. 한데도 그는 그것을 말하지 않았다. 그것은 이미 민 경위 자신에게도 그 비밀의 무덤에 대한 어떤 느낌과 확신이 자리 잡기 시작하고 있다는 증거가 아닐 수 없었다.

"민 경위님도 저와 같은 아픔을 앓게 되신다…… 하지만 민 경위님에겐 아직 제가 말씀드린 최초의 가정이라는 것이 끝내 그저 가정으로만 끝나버릴 수도 있을 일이니까 말씀입니다만."

지섭은 다소 자신이 서두른다는 느낌이 들었으나 이젠 더 이상 망설일 필요가 없을 것 같았다. 그는 서서히 민 경위를 비밀의 문 앞으로 이끌어가면서 마지막 다짐을 주기 시작했다.

비밀의 통로는 물론 아직도 민 경위 앞에 그 은밀스런 모습을 깊이 숨기고 있었다. 그것은 치밀하고도 조심성 많은 용술의 솜씨로 지섭의 강한 전짓불 아래서도 모습을 교묘히 숨기고 있었다.

한데 그때, 그때 거기서 민 경위는 뭔가 심상찮은 흔적이라도 발견한 것일까. 아니면 지섭의 기대와 달리 그때서야 비로소 사태의 심각성, 이를테면 그 지섭의 진심을 깨닫게 된 것인지도 알 수 없었다. 그는 뜻밖에도 지섭이 기대했던 바와는 정반대의 소리를 하고 있었다.

"여기…… 공기가 몹시 탁한 것 같군요. 이제 나갈까요?"

그리고 그는 정말로 탁한 공기 때문에 숨이 막혀오는 듯 두어 번 헛기침을 짜 뱉었다.

지섭은 그 민 경위의 한마디로 갑자기 전신의 힘이 모두 빠져나가버린 듯 맥이 풀렸다.

알 수 없는 일이었다. 민 경위의 어조는 어딘지 자신을 서두르고 있는 기미가 역력했다. 목소리 또한 자신의 동요를 억제하고 있는 듯한 어색한 노력의 흔적이 엿보였다. 그는 무언가 두려워하고 있었다. 그가 두려워하는 것이라면 새삼 설명이 필요 없는 일이었다. 그리고 그가 무얼 두려워하고 있었든 그는 그것으로 이미 자신의 의사를 분명히 한 셈이었다. 그는 지섭의 다음 말이나 행동을 원치 않고 있었다.

"나갑시다. 이제……"

그래 그 민 경위가 마침내 능 속을 더 이상 견딜 수 없다는 듯 뚜벅뚜벅 혼자 통로 쪽을 향해 걸어가기 시작했을 때도 지섭은 더 이상 그를 붙잡아볼 엄두가 생기지 않았다.

그는 그저 그 무덤의 어둠 속에, 그 어둠의 농도만큼이나 짙은 절망감 속으로 깊이깊이 심신이 함께 가라앉아 들고 있는 기분이었다.

"당신은 끝내 그 가정의 진위를 묻지 않는군요."

잠시 후, 지섭이 능실을 뒤쫓아 나와보니 민 경위는 아직도 묘도 앞 출입구 근처에서 그를 기다리고 서 있었다. 그 민 경위 역시도 그의 건장한 체구가 보기 흉하게 힘이 빠져 늘어진 모습이었다. 더위 때문이기도 하겠지만, 이마에 땀방울이 맺히고 눈빛은 여전히 두려움에 떨고 있었다.

지섭은 그 민 경위의 두려움을 향해 아깟번 능실 안에서보다도 더욱 절망적으로 그의 침묵을 추궁하고 들었다.

"도대체 이 땅의 어느 곳에 그런 일이 있을 수 있는가, 어떻게 감히 그런 일을 상상하게 되었는가…… 당신은 그걸 물어야 하는데도 그걸 묻지 않고 있어요……"

20

민 경위는 자신에 대한 지섭의 육박을 감당해낼 수 없었던 것 같았다.

그는 예정한 날짜도 다 채우지 못한 채 도망치듯 서둘러 서울로 되돌아가고 말았다.

— 미안합니다. 윤 선생. 윤 선생의 일에 계속 관심을 갖기엔 전 워낙 가당한 인물이 못 되었어요.

두려움 때문이라 할까요. 전 아무래도 윤 선생께서 제게 보여주고 또 묻고 싶어 하신 것들을 감당할 힘이나 의사가 없었던 것 같습니다.

그야 아직은 윤 선생께서 제게 보여주시려 했거나 묻고 싶어 하신 것들이 무엇인지는 아무것도 분명한 것이 없지요. 사실은 제 자신 그걸 자꾸만 기피해오고 있었으니까요. 하지만 듣지 않는다고 아무것도 모를 수는 없습니다. 제가 그걸 두려워하고 기피하려

했다는 것은 듣지 않고도 이미 윤 선생으로 하여 제게 짐 지워질지도 모르는 어떤 무서운 아픔의 그림자를 느끼고 있었던 때문이 아니겠습니까. 아마도 사실이 그랬을 것입니다.

전 늘 어떤 거대한 비밀의 벽, 거대한 어둠의 흐름 곁에 자신이 위태롭게 서 있는 듯한 느낌이 들곤 했으니까요. 그리고 그 윤 선생의 어떤 숙명과 같은 아픔의 물결이 불시에 저의 발목을 적셔 들어올 것만 같았으니까요.

하지만 전 끝내 그 아픔의 비밀을 감당해낼 수가 없었습니다. 저로선 감히 입에 담기조차 두려운 일이지만 제 짐작이 틀림없다면 윤 선생께선 아마, 윤 선생께 그 아픔을 전해주신 왕의 무덤을 어디서 만나고 계시거나 아니면 윤 선생 스스로 그런 무덤을 지으실 계획을 갖고 계실 듯싶었으니까요. 어느 쪽이 되었든 저에겐 너무도 엄청난 사건이 아닐 수 없습니다. 저 같은 위인의 초라한 관심으로는 감히 어떻게 감당해볼 엄두조차 내볼 수가 없는 일입니다.

하고 보면 저는 그저 사건을 구경하고 해석이나 하면서, 자신의 삶에 대한 최소한의 자부심과 위안거리나 찾아 헤매고 다니는 그런 정도의 인간이었던 듯싶습니다. 사건을 만들고 그 사건들의 아픔을 자신의 삶으로 살아내려 하시는 윤 선생과는 워낙에 차원이 달랐지요.

윤 선생의 아픔을 나누어 견뎌볼 용기와 성실성이 저에겐 없던 것입니다. 그래 이렇게 허겁지겁 윤 선생에게서 도망을 쳐온 게 아니겠습니까. 부끄럽기 그지없습니다. 변명을 드릴 염치도 없습니다. 하지만 사실을 말씀드리자면 전 원래부터가 그럴 수밖에 없는 위인이었습니다. 윤 선생께선 한 번도 거기 관심을 두어본 일이 없으셨습니다만 전 근본이 신라인의 후예였으니까요. 그것도 별로 큰 긍지를 못 지닌 신라인의 후예 말입니다.

윤 선생께서도 아시겠지만 제가 비록 깊은 관심으로 그걸 감당해내려 한다 해도 근본에 있어 그것이 가능할 수 없었던 위인이었지요. 변명 겸해 이런 말씀 드리는 것은 윤 선생의 그 아픔이란 결국 윤 선생 혼자서 감당해내셔야 할, 그럴 수밖에 다른 도리가 없는 것이라는 걸 저 자신이 알고 있었기 때문인 것입니다. 전 결국 국외자의 자리로 물러설 수밖에 없었고, 그 국외자로서는 너무 크고 깊은 것을 보지 않는 것이 최소한의 양식이라도 지키는 일이 될 것 같아섭니다. 바라기는, 언젠가 제게도 보다 허심탄회하게 윤 선생과 그 아픔을 함께할 용기가 내려지기를 빌어볼 뿐입니다.

안녕히 계십시오—

민 경위가 서울로 돌아가서 2, 3일 후에 지섭에게 보내온 편지였다.

편지를 읽고 난 지섭은 새삼 기분이 무거웠다.

민 경위는 짐작대로 지섭의 심중을 모조리 읽어내고 있었다. 그는 지섭이 스스로 거짓 능실을 꾸며 지을 계획을 갖고 있을지도 모른다는 빗나간 추측을 하고 있기는 하였다. 그것은 아마 위원회 쪽 비밀이 민 경위에 대하여 그만큼 철저하게 지켜진 결과일 수 있었다. 하지만 그보다도 민 경위는 그에 곁들여 지섭이 이미 어떤 모습으로 대왕의 능을 만나고 있을지 모른다는 정확한 상상력을 함께 발휘하고 있었다. 하면서도 그는 불가피한 자신의 한계를 고백하고 있었다. 사투리조차 쓰지 않는 그가 별로 긍지를 지니지 못한 신라인의 후예라는 점은 어쨌거나 지섭에겐 뜻밖의 사실이었다.

 그것은 지섭에게 새삼 많은 것을 생각하게 하였다. 그리고 몹시도 자존심을 상하게 하였다. 민 경위가 여태까지 홍 박사와 지섭들의 문화제 일에 기울여온 관심이나 호의를 위선 섞인 아량으로 폄하해버릴 수는 없었다. 그가 지섭의 내심을 읽어낸 민첩한 직감력 역시도 필경은 어떤 자기 숙명을 속이지 못하는 자의 본능과도 같은 것이었다. 뿐더러 민 경위의 그 예감에 가득 찬 광기마저도 거기서야 비로소 어떤 해명이 가능할 것 같았다.

 그는 진심으로 지섭과 아픔을 함께하고 싶어 했다. 하면서도 그는 스스로의 처지 때문에 또 다른 아픔으로 자신의 관심을 엄격히 삼가해버린 것이었다.

 지섭은 바로 그런 민 경위의 여유와 자기 엄격성에 자존심이 상했다. 그것은 역시 아직 여유가 만만한 국외자로서나 가능한 자기 여유나 엄격성의 일종이었다. 민 경위에게 그런 자의식이 남아 있는 한 아닌 게 아니라 그는 진실로 지섭과는 그 아픔을 함께할 수가 없는 사람이었다. 그리고 그것이 지섭은 슬펐다. 아픔을 함께할 용기가 내려지기를 비노라곤 했어도, 민 경위는 역시 그 스스로 부끄러워했듯이 지섭이 기대했던 것보다는 용기가 덜한 위인인지도 몰랐다.

 지섭으로선 어쨌거나 그 민 경위에게 실망을 하지 않을 수 없었다. 아픔을 함께 나눠 지닐 수 있으리라던 기대가 컸던 만큼 그에 대한 실망도 컸다. 지섭은 이제 자기 아픔의 증인이 되어줄 유일한 동지를 잃고 만 느낌이었다.

그는 갈수록 의기가 소침하여 줄곧 집 안에만 틀어박혀 지냈다. 민 경위가 고을을 다녀간 후부터는 문화제의 행사 준비가 더욱 은밀해지고 있어서 바깥을 나가봐도 자신은 늘 물 위의 기름 격이었다. 눈에 드러나는 일 외에는 무엇이 어떻게 돌아가고 있는지 작업 진척의 정도조차 정확한 정보를 얻을 수 없었다. 그런 가운데서도 내부적으론 행사 준비가 꽤나 활발히 진행되어간 모양이었다. 지섭은 그저 날마다 용술에게서 무슨 새로운 전갈이 있기만을 초조하게 기다리던 참인데, 드디어 하루는 그 용술이 허겁지겁 지섭을 찾아 마을로 내려왔다.

"윤 선생님 큰일 났어요."

지섭을 보자마자 제풀에 먼저 주위를 경계해가며 용술이 지섭에게 귀띔해온 소리는 언제부턴가 지섭이 예상하고 있던 그대로였다.

용술의 얘긴즉 문화제 관리 위원회가 이튿날부터 군청의 후원으로 능역 보수 작업을 시작한다는 것이었다.

알 만한 일이었다. 위인들이 드디어 본격적으로 일을 착수하고 나선 것이었다. 능역 보수 작업이란 필시 주위의 눈을 속이려는 방편일시 분명했다.

하지만 지섭은 아직도 그 용술 앞에 자신의 흉중을 죄다 까내 보일 필요는 없다고 생각했다.

"그럴 수도 있는 일이겠지. 문화제 행사가 준비되고 있으니까 능역 보수도 해둘 법한 일 아닌가. 그런 일로 지레 겁먹기는……"

일부러 대범스런 척 용술을 안심시켜두려고 했다.

하지만 용술은 이미 그 나름의 어떤 확신을 지니고 온 모양이었다.

"아니에요. 그건 윤 선생님이 사정을 아직 잘 몰라서 그래요. 전 오늘 그 사람들 앞에 서약을 한걸요. 그 사람들이 내게 맹세를 시켰단 말이에요."

"맹세라니, 무슨 맹세를?"

"앞으로 며칠 동안 이 능역 보수 작업 과정에서 있은 일은 아무것도 보거나 들은 것이 없는 걸로 한다구요. 이번 일은 내가 숨을 거두어 죽는 날까지 언제 어디서 누구한테도 절대 말을 하지 않겠다구요. 말을 하는 날엔 목숨을 바치게 되는 일이 있어도 딴말을 하지 않는다구 말입니다."

"자넨 그럼 숨이 끊길 때까지 입을 열어선 안 될 맹세를 두 번씩이나 하고 있는 셈이군. 그래, 그 사람들이 능역 보수 작업을 할 때 능실까지도 손을 댄다던가?"

지섭이 비로소 좀더 적극적인 관심을 보이기 시작했다.

"뻔한 일 아니에요. 그 사람들 능역 보수 작업을 핑계로 그 비밀 능실을 찾아보자는 속셈 아니겠느냐 이 말예요. 그 사람들 필시 우리 능실의 비밀을 알고 있는 게 분명할 겁니다."

"눈치가 그리 분명해 보이던가? 그래 능실을 찾겠다면 구체적으로 어디를 어떻게 파헤칠 작정이라도 서 있어 보이던가 말이네."

"그야 저한테까지 무슨 말을 해주진 않으니까 저로선 어디라고 분명한 장소를 말할 수가 없지요. 하지만 제 보기에는 아마 서하총 묘도의 남쪽인 것 같아요. 그쪽으로 자주 눈길들이 모이거든요. 지관(地官)이란 사람이 뭔가를 설명하면서 눈길이 자주 스치는 곳도 그쪽인 듯싶구요. 하지만 그 양반들이 그쪽을 점찍었다고 아직 안심을 할 수는 없는 일 아닙니까. 그쯤 냄새를 가까이 맡았으면 거기도 머지않아 곧 들통이 나고 말 날이 오지 않겠느냔 말입니다."

용술은 아직도 오해를 하고 있었다. 위원회 사람들이 비밀리에 하고자 하는 일이 새 능실을 꾸미려는 것인 줄은 상상을 못하고 있었다. 그러나 지섭은 아직도 굳이 그런 용술의 오해를 교정해줘야 할 필요까지는 없으리라 생각됐다. 그보다도 지섭은 우선 그 위사의 증인으로 용술을 자기편에 두게 된 사실만이 무척 다행스럽게 여겨졌다. 아니 위사에 대한 증인으로 말하면 거짓 무덤을 짓게 될 사람들 스스로가 가장 확실한 증인일 수 있었다. 하지만 그쪽은 지섭이 필요로 하는 증인이 못 되었다. 그것은 그들이 언제까지나 사실을 밝히고 싶어 하지 않을 사람들이라서가 아니라, 그들로서는 아직 또 하나의 대왕릉의 비밀을 알지 못하고 있었기 때문이다. 새로 꾸며질 대왕릉의 능실에 대해선 애초부터 거짓을 증거해줄 자격이 없는 사람들이기 때문이었다. 그렇다고 지섭이 언젠가는 그 용술로 하여금 그가 본 것을 세상에 발설시키고 거짓을 증거케 할 계획이 있어서도 아니었다. 용술은 그저 사실을 사실대로 보아두기만 하면 그만이었다. 그가 한 맹세대로 말을 하지 않더라도 상관이 없었다. 사실을 사실대로 보아둘 사람이 필요할 뿐이었다. 그런 사람이 있다는 사실 자체가 가장 힘 있는 진실에의 증거일 수 있었다. 지섭은 그 용술이 제법 대견스럽기까지 하였다.

"그야 두고 보면 알 일이겠지…… 하지만 자넨 맹세를 했다면서 자신의 맹세를 너무 가볍게 아는 것 같구만. 무슨 일이 일어나는지, 사실을 보기도 전에 입을 열고 다니고……"

지섭이 짐짓 책망하는 시늉을 해보이자 용술도 자신에 대한 지섭의 신뢰를 알고 있다는 듯,

"그야, 윤 선생님한테까지야 뭐……"

머리를 벅벅 긁어대며 능청스럽게 웃었다.

지섭은 그 용술에게 더 이상의 불필요한 오해가 생기지 않도록 거기서 다시 몇 가지 당부를 해둘 필요를 느꼈다.

"걱정할 것 없네. 난 군이 자네가 행한 서약을 깨뜨리게 하고 싶지는 않으니까. 자넨 그저 거기서 무슨 일이 행해지고 있는지 그것을 똑똑히 보아두기만 하면 되는 거네. 사사건건 내게 말을 건네줄 필요도 없어. 그리고 우리 능실에 관한 비밀도 너무 걱정할 필요가 없을 테구. 일이 시작되면 자네도 곧 사실을 알게 되겠지만, 그 사람들이 능실 남쪽을 파려고 하는 건 거기서 무슨 비밀의 냄새를 맡아서가 아니야. 그 사람들 지금 우리가 알고 있는 능실을 찾고 있는 게 아니니까……"

당부를 하고 나선 이제 그만 산으로 돌아가려는 용술에게 다시 한마디 덧붙여 물었다.

"그런데, 참 홍 박사님은 요즘 어떠시던가. 능역을 찾아오는 사람들하고 박사님도 늘 함께시던가?"

홍 박사가 아직도 문화제의 취지에 미련을 남기고 있는지 어떤지가 비로소 궁금해졌다.

그런데 바로 그 지섭의 물음에 대한 용술의 대답이 예상외로 고무적인 것이었다.
"아니에요. 박사님은 오시지 않아요. 처음 한두 번은 함께 오셨지만 요즘은 전혀 뵐 수가 없던걸요. 어제도 박사님은 오시지 않았어요."

21

백용술이 다녀가고 나자 지섭은 초조해 있던 기분에 한결 여유를 되찾은 듯했다. 아직도 확정적인 것은 아닐 테지만 위인들이 서하층의 묘도를 남쪽으로 뚫을 계획을 바꾸지 않는 한은 대왕릉의 비밀도 아직 크게 걱정할 바가 없을 것 같았다. 그리고 그 대왕릉의 비밀이 지섭 들에게 굳게 간직되고 있는 한 위인들이 어떤 은밀스런 방법으로 또 다른 능실을 꾸며 숨긴다 하더라도 그것이 얼마나 무모하고 부질없는 노릇인가는 언젠간 저절로 증명이 되고 말 터였다.
한데다 이번엔 홍 박사마저도 그 위사의 음모에 관심이 멀어져 가고 있다는 용술의 전갈은 민 경위에게 잔뜩 실망하고 있던 지섭에게 다시 천군만마의 원군을 마련해준 격이었다.
— 그러실 테지. 당신의 눈앞에서 당장 그런 위사의 음모가 꾸며지고 있는 걸 용납하실 리가 없는 분이지.
평생을 바쳐 백제를 찾고 그 백제의 얼을 사랑해온 분이지만,

홍 박사가 그토록 백제를 찾고 사랑해온 과정은 어떻게 보면 그 세월과 사람들에 의해 감행되어온 오랜 왜곡의 장막 너머로 백제 얼의 진짜 모습과 뜻을 찾아내려는 싸움의 연속이었다고 말할 수도 있었다. 진실을 찾기 위한 위사와의 싸움이 홍 박사의 생애였다. 그 홍 박사가 자신의 눈앞에서 감행되는 또 하나의 위사의 음모를 용납할 수는 끝내 없었을 터였다.

지섭은 마음이 한결 가벼워질 수밖에 없었다. 그리하여 그는 이날 저녁 홍 박사에게 위로도 드릴 겸 이젠 능실의 비밀에 대해서도 어느 정도 홍 박사와 의논이 가능하리라는 기대를 가지고 박물관 아랫동네로 당신의 사택을 찾아갔다.

"난 물론 처음부터 찬성한 일이 아니었지. 기력이 약한 늙은이가 그 사람들 고집에 눌려 잠깐 동안 어리둥절해지기도 했지만, 글쎄 그게 어디 될 법이나 한 일이어야지. 백제사가 그 꼴로 어렵게 된 게 바로 그런 당대용의 편의와 해석 때문이 아니었던가 말이오."

홍 박사는 지섭이 짐작했던 대로 위원회의 계획에 대해 완전히 홍미를 잃고 있었다. 홍미를 잃었을 뿐 아니라 뒤늦은 후회와 울분마저 숨기지 못하고 있었다. 그 때문에 홍 박사는 자연 문화제 일에서도 뒷전으로 물러나 손을 끊다시피 하고 있었다.

"잘하셨습니다. 전 오히려 박사님을 염려하고 있었는데요."

하지만 홍 박사는 아직도 지섭의 진짜 속셈을 모르고 있었다. 그는 지섭의 위로에 오히려 금세 못마땅한 어조가 되었다.

"잘하긴 뭐…… 그건 그렇더라도 문화제가 걱정이오. 내가 반대를 한 것은 거짓으로 무덤을 꾸미려는 일이지 문화제 행사 자체는 아니니까. 옳지 않은 일은 교정해가면서, 큰일까지는 그르치게 될 일을 말아야 하는데, 그 일 한 가질 못 참다 보니까 다른 일에도 모두 손을 떼고 물러나야 할 처지가 되는구만. 문화제만은 어떻게든 옳은 길로 치러져야 할 텐데……"

거짓 무덤을 지으려는 일이 잘못인 것은 분명하지만, 그 하나의 잘못 때문에 문화제 자체를 단념할 수는 없다는 것이었다. 하나의 잘못 때문에 문화제 전체가 잘못되어나가게 될 것을 홍 박사는 걱정하고 있었다. 그리고 자신은 그 잘못을 싸워 교정해낼 수가 없을뿐더러, 그로 인하여 문화제의 다른 일에서조차 손을 거두고 뒷전으로 멀리 물러앉게 되어버린 처지를 안타까워하고 있었다. 지섭도 물론 하나의 잘못이 문화제 전체를 망치게 해서는 안 된다는 데에는 전적으로 동감이었다. 그러나 또 다른 능실의 비밀을 알고 있는 지섭으로서는 홍 박사처럼 비관적이 아니었다. 그는 자기 능실의 비밀이 언젠가는 결국 위인들의 노력을 헛되게 만들고 말 것을 확신할 수 있었기 때문이다. 필요하다면 지금 당장 자신의 비밀을 이용하여 위인들의 기도를 중단시킬 수 있었다.

하지만 거기에는 물론 지극히 신중한 사전 다짐이 한두 가지 필요했다. 무엇보다도 지금은 능실의 비밀을 공개할 시기가 부적합했다. 당대에 필요한 해석을 위해서 거짓 무덤을 지으려는 자들은 예부터 있어온 능실의 존재 역시 진짜 것으로 믿으려 할 리가 없었다. 능실이 꾸며지게 된 내력 역시도 자신들의 의도와 일치시켜 보려 할 것은 물론 그 자신들의 의도에 근거하여 그것을 설명하려 할 것이 분명했다. 지섭 역시도 이제 와서 굳이 그 비밀의 능실을 의자왕이 묻힌 진짜 능묘로 고집하고 싶지는 않았다. 하지만 무덤의 내력을 그들이 꾸미고자 한 새 무덤의 것에 일치시킬 경우 지섭이 거기서 무엇보다 소중스럽게 지녀온 대왕의 아픔이 그곳에는 담길 수가 없었다.

또 하나의 문제는 홍 박사의 태도였다. 지섭 자신은 비록 그 능실이 진짜가 아닐지 모른다는 의심을 남기고 있다 하더라도, 세인들에겐 그것이 당분간 진짜의 것으로 믿어지게 되기를 바라고 있었다. 내용적인 해석이야 어떻게 내려지든, 자신들의 필요에 따라 스스로 거짓 무덤까지 지으려 했던 사정이 있고 보면, 위원회 사람들까지도 당분간은 그걸 진짜의 것으로 믿고 싶어 할 가능성이 없지 않았다.

하지만 홍 박사에 대해서만은 예상이 달랐다. 홍 박사는 어차피 이제 거짓 역사를 단념한 사람이었다. 능실의 비밀이 공개될 경우, 홍 박사는 기어코 무덤의 진위부터 가리려 할 터였다. 명분도 설득도 소용이 안 닿을 홍 박사의 성품이었다. 기어코 진실을 밝혀내고야 말 노인이었다. 언젠가는 진실이 밝혀져야 할 일이라는 것은 지섭도 물론 그렇게 믿고 있었다. 하지만 그것은 지금이 아니었다. 사람들이 스스로 거짓 무덤을 꾸미려 나선 지금이 아니었다. 또 다른 능실을 꾸미려는 사람들에겐 비밀 능실의 존재야말로 한동안은 결정적인 진실처럼 받아들여질 수도 있겠지만, 홍 박사에겐 우선 또 다른 어떤 시대에 지어진 거짓 무덤에 불과해 보이기 십상이었다.

결국은 그 홍 박사의 태도가 문제였다. 능실의 진실이 그 능실로 인하여 천 년을 침묵해온 대왕의 아픔이 옳게 전해질 수 있을 때까지, 홍 박사가 그것을 얼마나 참아줄 수 있느냐가 문제였다. 그리고 그런 점에서 지섭은 전혀 홍 박사를 믿을 수가 없었다. 능실의 비밀에 대한 암시 정도로 우선은 홍 박사의 결단에 확신을 주고 상심한 마음을 위로해주는 정도의 길밖에 다른 도리가 없을 듯싶었다.

"박사님께서 문화제의 앞날을 걱정하고 계신 점 저도 몹시 마음 아프게 생각합니다. 하지만 저의 생각으로선 어떻든 박사님의 결단이 현명하신 듯싶습니다."

지섭은 시시각각 홍 박사의 반응을 살펴가며 능실의 비밀을 조심스럽게 암시해 보이기 시작했다.

"이 점만은 저로서도 맹세코 확신할 수 있습니다만, 그 사람들 지금 쓸데없는 짓을 하고 있는 겁니다. 이것은 굳이 박사님의 양식이나 용기하고도 상관을 지을 필요가 없습니다. 이것은 사실에 관한 문제이기 때문입니다. 거짓 무덤을 꾸미려는 사람들 자신들도 머지않아 곧 그것이 얼마나 헛된 일이었나를 증명받게 될 겁니다……"

"글쎄, 그 사람들이 언제 스스로 그걸 깨달아주는지, 그걸 어떻게 장담할 수가 있겠느냔 말이오."

홍 박사는 여전히 비관적인 표정이었다. 하지만 지섭의 다음 한마디는 금세 얼굴색이 달라질 만큼 홍 박사에겐 충격적인 것이었다.

"깨닫게 됩니다. 깨닫지 않더라도 저들의 노력이 먼저 쓸모가 없는 것이 되고 맙니다. 그래서 전 그걸 사실에 관한 문제라고 했습니다. 이 땅의 어디엔가 의자왕의 진짜 무덤이 숨겨져오고 있었다면, 그 진짜의 무덤 앞에 저들의 모사는 스스로 뜻을 잃고 말 일 아니겠습니까."

"의자왕의 진짜 무덤이라니. 그런 게 어디에 있을 수 있다는 게요."

홍 박사는 갑자기 눈빛이 달라지며 지섭을 오히려 힐난하듯 하는 투로 되물었다. 지섭은 그 홍 박사 앞에 자신의 생각을 될수록 침착하게 차근차근 정리해나갔다.

"있을 수도 있는 일입니다. 전 언젠가 박사님께 망국 왕의 혼령이 제게 내린 것 같다는 말씀을 드린 일이 있었지요. 그리고 그때 전 박사님께 의자왕의 말년과 능묘에 대해서 새삼스런 의문을 말씀드린 일이 있었습니다. 그때 박사님은 그 망국 왕의 무덤이 혹시 이 땅의 어디엔가 숨겨져오고 있을지도 모른다는 저의 추측에 대해 아닌 게 아니라 제게 그 망국 왕의 혼령이라도 씌워든 겐지 모르시겠다고 저의 분별없음을 나무라셨습니다. 제 땅에 대한 애착 때문에 사실을 넘어선 섣부른 추측이나 상상을 경계하라고 말씀입니다. 전 아직도 물론 박사님의 말씀을 명념하고 있습니다. 하지만 이제 솔직하게 말씀드리면, 그때부터 제겐 박사님께서 경계하신 추측과 상상에서가 아닌 진짜 사실이 한 가지 있어왔습니다. 그리고 그 사실이라는 건 저 혼자서는 어떻게 감당해낼 수가 없을 만큼 엄청난 것이었습니다. 그래서 전 언젠가는 결국 박사님께 모든 사실을 말씀드리고 박사님의 생각과 뜻을 따를 작정을 지녀왔었지요. 그러나 전 그 사실을 박사님께 말씀드릴 때를 언지 못하고 있었습니다. 아직도 제가 박사님께 그걸 말씀드릴 수 있는 좋은 시긴지 어떤지 확신이 안 서고 있는 형편입니다. 다만 한 가지 제게도 그런 사실이 있어왔다는 것만은 박사님께 우선 자신 있게 말씀드려두고 싶습니다."

"그래 윤 형은 정말로 의자왕 능실을 찾았단 말이오?"

홍 박사의 얼굴빛은 이제 오히려 공포에라도 질린 듯 핏기를 잃고 있었다. 떨리는 입술로 간신히 묻고 있는 목소리도 두려움에 질린 사람의 신음 소리에 가까웠다. 추궁하듯 지섭을 노려보는 그 홍 박사의 두 눈엔 어떤 격렬스런 노기까지 어리고 있었다.

지섭은 그럴수록 침착했다.

"진짜 대왕의 능묘라고는 저도 아직 장담하지 않겠습니다. 하지만 진짜 대왕의 능묘이기를 바라는 능실을 한 곳 찾아두고 있는 건 사실입니다."

"그걸 어디서? 어디서 그런 능실이 발견됐단 말이오?"

"그건 아직 말씀드릴 수가 없습니다."

"말해야 하오. 말을 하시오. 어디에 그런 능실이 있단 말이오."

"아까도 말씀드렸지만 제겐 지금 그걸 박사님께 말씀드려도 좋은지 어떤지 시기에 대한 확신이 없습니다."

"시기에 대한 확신이라면, 무엇 때문에 지금 그런 게 필요하오."

"박사님께선 당장 능실의 내력을 규명하려 드실 것이기 때문입니다."

"그야 물론 당연한 일이오. 사실은 정확히 규명되어야 마땅하오."

"그건 박사님의 신념이고 방법이실 뿐입니다. 전 생각이 조금

다릅니다. 그리고 제가 박사님께 이 사실을 말씀드리지 않는 한 박사님은 아직 아무것도 규명하고 주장하실 것이 없으십니다. 능실의 비밀은 아직은 오직 저 한 사람의 것이니까요."

"사실에 대한 윤 형 자신의 해석 때문에, 자신의 해석을 고집하기 위해 사실을 말하기를 꺼리고 있다면, 그건 자신의 주장을 위해 거짓 무덤을 짓는 것보다 더한 배반이 될 수도 있는 게요. 그 능실이 지녀온 어떤 깊은 진실에 대해서까지도 말이오. 윤 형은 지금 사실을 말해야 하는 게요."

"언젠가는 결국 말씀을 드리게 되겠지요. 하지만 아직은 그럴 수가 없습니다. 박사님껜 대단히 죄송한 말씀이지만, 저의 이런 잠정적인 침묵을 저 자신은 오히려 그 진실을 위한 인내로 이해하고 있으니까요. 박사님께서도 방금 그런 뜻으로 진실이란 말씀을 하신 것 같습니다만, 진실과 사실은 다른 것 아닙니까. 이번 일에선 전 어차피 사실보다는 진실을 사기를 바라왔으니까요."

"사실과 진실이 다르다 하더라도 그 진실은 올바른 사실을 알았을 경우라야 생명이 긴 법이오."

"……"

지섭은 거기서 그만 입을 다물었다. 정확한 사실을 알아야 진실의 생명이 길다는 홍 박사의 말은 지섭으로서도 부인할 수 없는 진실이었다. 그러나 지금은 그 진실의 편에 설 수가 없는 입장이었다. 시기의 문제를 홍 박사가 충분히 이해해주지 못하기 때문이었다. 그야 지섭 자신은 지금도 일종의 위사 쪽에 서 있는 형편이었다. 하지만 위사를 밝히는 시기가 옳아야 그 위사의 가장 파괴적인 위사성을 줄일 수 있었다. 그것은 그 위사를 위사 아닌 진실의 역사 안으로 편입시켜 들일 방법이 될 수도 있었다. 가슴 아프지만 지섭은 홍 박사의 뜻을 외면하는 수밖에 도리가 없었다.

그의 침묵은 홍 박사에 대해 비정스러울 정도로 단호한 부정의 표현이 되었다. 홍 박사도 마침내 지섭의 결의를 짐작한 것 같았다. 지섭이 입을 다물어버리자 그도 더 이상 할 말을 잃고 있었다. 그는 지섭의 태도에 다시 한 번 비탄을 금할 수 없다는 듯 고개를 한두 번 크게 가로저었다. 그리고는 비로소 침착을 되찾은 듯 혼자서 골똘한 상념 속으로 빠져들고 있었다.

"제가 지금 사실을 말씀드리지 못하는 것은 바로 지금 박사님 안에 머물러 있을 그 불신감 때문입니다."

지섭은 이제 그만 홍 박사 앞을 물러나야겠다고 생각했다. 하지만 그는 아직도 뭔가 마음이 안 편했다. 그는 홍 박사에 대해 자신의 다짐도 남길 겸 다시 몇 마디 해명을 덧붙였다.

"외람된 말씀이지만 박사님께선 지금 무얼 생각하고 계십니까. 그럴 리가 없을 텐데…… 그럴 리가 없을 텐데도 그런 능실이 발견되었다면, 필시 그건 후세인의 손에 의한 조작이 아닌가…… 시기가 하필 이런 때가 되어서도 그러시겠지만, 감히 말씀드리자면 박사님의 생각 속엔 지금 필시 그런 의문들이 수없이 떠오르고 계십니다. 그리고 아마 박사님껜 제가 알고 있는 사실을 말씀드린다 해도 모든 것을 일단은 그렇게 부정적으로 보려 하실 겁니다. 그 박사님의 부정을 긍정 쪽으로 바꿔드릴 만한 분명한 증거를 찾아내기까지는 그게 언제나 박사님의 방법이셨으니까요. 저는 바로 그 박사님의 방법 때문에 지금은 사실을 말씀드릴 수가 없는 겁니다."

홍 박사는 여전히 말이 없이 지섭의 이야기에 귀를 기울이고 있었다. 그 홍 박사 앞에 지섭이 좀더 이야기를 계속했다.

"이번 일에 대해서만은 전 오히려 박사님의 방법과는 반대편을 택하고 싶으니까요. 우선은 그냥 진짜 능실로 믿어두고서, 그 믿음에서부터 사실을 규명해 들어가보고 싶다는 말씀입니다. 그래서 끝내는 그것이 가짜 무덤으로 밝혀지는 한이 있더라도 그때까지는 우선 그걸 진짜로 믿어두고서 말씀입니다. 그런다 하더라도 그 능실은 지금 이곳에서 지어내리는 또 하나의 가짜 무덤과는 경우가 다릅니다. 이번의 경우는 그것을 짓는 사람들 스스로가 이미 거짓의 증인이 되고 있지만, 제가 만난 대왕의 무덤에는 거짓을 증언할 증인이 아직 한 사람도 없습니다. 거짓을 증언할 증인이 없는 이상 일단 사실을 믿어두고서 그 믿음 쪽에서 사실을 규명해나가는 방법도 생각해볼 수 있는 일 아니겠습니까."

"……"

"또 한 가지 있습니다. 박사님께 지금 저의 비밀을 말씀드리지 못할 이유가 말씀입니다. 그것은 비록 사실 신봉자로서의 박사님이시라 하더라도 쉽사리 부인해버리실 수 없는 또 다른 진실이 거기에 있을 수 있기 때문입니다. 이를테면 그 능실이 진짜가 아닌 후세인의 조작이라 하더라도 그 조작에는 그것을 지은 사람들의 분명한 뜻이 있을 수 있기 때문입니다. 그 뜻은 능실이 숨겨져온 세월만큼이나 오래고 깊이 참아져온 것입니다. 그리고 그것은 저

한 사람을 제외한 이 세상 누구에게도 아직 스스로의 진실을 강요한 일이 없었던 것입니다. 그것은 어쩌면 진짜 대왕의 무덤이 지닐 수 있는 것 이상으로 깊고 무거운 진실일 수도 있습니다. 적어도 그것이 지하에 숨겨져온 세월의 의미의 무게만큼은 말입니다. 그 진실은 비록 박사님이시라 하더라도 함부로 부인을 하실 수는 없는 것입니다. 박사님의 사실 신봉이 그것을 부인하실 권리는 없습니다. 그것은 적어도 박사님의 훼손을 받지 않고서 보다 더 적합한 시기까지 스스로의 진실과 비밀을 간직해나갈 권리가 인정되어야 합니다. 전 물론 지금 결코 박사님을 비난하거나 불신하고 싶어 이런 말씀을 드리는 건 아닙니다. 저는 다만 박사님의 방법과, 또 하나의 무덤을 꾸미려는 이 시기가 적합질 못하다는 말씀을 드리고 싶은 것뿐입니다."

"그야 물론 윤 형이 원한다면 그럴 수밖에 도리가 없겠지요. 비밀의 열쇠는 윤 형의 것이니까."

묵묵히 이야기에 귀를 기울이고 듣고만 있던 홍 박사가 모처럼만에 다시 입을 열었다.

"하지만 내 생각 같아선 윤 형이 너무 기대를 않는 게 좋겠어요. 그런 비밀이 그토록 오래 지켜질 순 없으니까요. 게다가 그 능실의 비밀을 밝히기 위해선 윤 형이 생각하고 있는 것처럼 그렇게 긴 세월을 기다릴 필요도 없을 게요. 윤 형이 알다시피 오늘의 고고학은 능실 안 흙바닥에 남겨진 발자국 하나만 가지고도 그 주변과 경도의 대비를 따져 묘지의 축조 연대를 산출해내는 정도가 되었으니까요."

그것은 지섭에 대한 일종의 강요요 협박이었다.

지섭은 그 홍 박사의 말에 아닌 게 아니라 감자밭을 뒤엎듯 능실을 헤집어놓은 자신과 용술의 허물을 새삼 통감했다. 그러나 지섭은 지금 와서 그런 걸 괘념하고 있을 수는 없었다. 능실의 문이 다시 열리지 않을 수도 있었다. 영원한 비밀로 무덤이 다시 닫혀버릴 수도 있는 것이었다.

지섭의 어조는 갈수록 더 결연스러워져갔다.

"제가 여태까지 그 능실의 문을 닫고 있는 건 바로 박사님의 그런 희망 때문입니다. 그런 뜻에서 전 박사님께 다시 한 가지 당부를 드리고 싶습니다. 박사님께 이런 정도까지 제 비밀을 말씀드릴 작정을 한 것부터가 이미 박사님에 대한 저 나름의 깊은 신뢰가 전제된 일이었겠습니다만, 제가 앞으로 얼마 동안을 기다리게 되든지, 제가 그렇게 기다리는 동안까지는 박사님께서도 절대 이 일을 박사님과 저 두 사람 사이의 비밀로 해주셨으면 하는 것입니다."

홍 박사도 이젠 그런 지섭을 더 이상 건드리고 싶지가 않은 것 같았다. 그는 거의 지섭을 체념한 얼굴로 혼잣소리처럼 말했다.

"아까도 말했지만 그야 윤 형 생각이 그렇다면 나로선 어쩔 도리가 없는 일이지. 하지만 난 도무지 알 수가 없구먼. 윤 형은 결국 내게서 무얼 바라고 있는질 모르겠어. 거기까지 말하고 함구를 하려면 윤 형이 날 찾아온 동기가 무엇이오. 윤 형은 내가 그 일로 무얼 어떻게 하기를 바라느냔 말이오?"

"아직은 박사님께서 특별히 무얼 어떻게 해주시기를 바라진 않겠습니다. 전 그저 혼자서 감당하기가 어려운 비밀을 지녀오고 있었고, 언젠가는 그걸 박사님께 전부 말씀드려야 한다는 생각을 하고 있었을 뿐입니다. 그런데 오늘은 그 거짓 무덤에 대한 박사님의 결단에 감히 저 나름의 위로와 확신을 전해 올리고 싶어졌다 할까요. 하지만 역시 이 이상의 말씀은 때가 적합질 못한 것 같군요."

"알겠소. 하지만 기다리는 기간이 너무 길어지지 않기를 바라겠소. 사실의 은폐나 왜곡은 바른 역사 앞에선 똑같은 죄악이 될 수밖에 없으니까요."

홍 박사는 끝끝내 그 사실의 신봉과 관련한 자신의 태도를 양보할 기미가 없었다.

지섭은 우선 그쯤에서 자리를 물러나는 수밖에 도리가 없었다. 박사에 대해선 애초부터 어떤 섣부른 설득이 불가능한 처지였다.

지섭은 마침내 자리를 일어섰다.

한데 그때 홍 박사가 다시 한 번 그의 거동을 제지시키고 나섰다. 그리고는 지섭으로서도 이미 짐작하고 있던 당신의 태도를 새삼스럽게 되풀이 다짐해오고 있었다.

"한마디만 하겠소. 나도 이 점만은 미리 윤 형에게 밝혀두는 게 좋을 듯싶으니 말이오. 다름이 아니라 여기까지 이미 발을 적셔들게 된 이상 나도 언제까지나 그냥 윤 형만을 기다리고 있을 순 없는 일 아니겠소. 윤 형 당부대로 말을 함부로 흘리진 않겠소만, 나는 나대로 능실의 수수께끼 풀어볼 궁리를 해봐야겠단 말이오. 그 점 윤 형도 양해를 바라오. 그리고 그 능실 문이 언제 열리든 윤 형도 그때까지 그 능실의 원형을 훼손 없이 잘 보존해주시리라 믿고 싶소."

22

 용술 쪽에서는 아직 별다른 소식이 없었다.
 지섭은 다시 마음이 뒤숭숭해지고 있었다. 용술 쪽에서 다른 소식이 없는 것은 작업이 아직 본격적으로 진행되지 않고 있거나, 지섭이 크게 신경을 쓸 일이 일어나지 않고 있는 증거였다. 마음이 쓰이는 것은 그 능역의 보수 공사 쪽이 아니라 홍 박사 때문이었다. 능실 안을 훼손하지 말고 원형을 잘 보존해두라는 홍 박사의 당부는 지섭에겐 이미 견딜 수 없는 힐책이었다. 그는 도대체 자신의 허물을 벗어날 길이 없었다. 하지만 그보다도 지섭을 더욱 괴롭고 불안하게 한 것은 그로부터 능실의 비밀을 귀띔받고 난 홍 박사의 태도였다.
 지섭으로부터 숨겨진 능실의 비밀을 귀띔받고 난 다음부터 홍 박사의 태도는 예상보다도 훨씬 더 지섭을 불안하게 하였다. 홍 박사는 마치 시한부 숙제를 받은 초등학교 학생처럼 행신이 몹시 조급스럽고 초조해지고 있었다. 별반 할 얘기도 없이 지섭을 문화원까지 불러내어 이 눈치 저 눈치 살피고 돌아가는가 하면, 어느 때 부여 일원의 유적지 분포도와 각종 사서(史書)들을 책상 가득 쌓아놓고, 지섭이 말한 비밀 능실이라는 게 절대로 의자왕의 그것일 수가 없다고 새삼 완강하게 단언하기도 했다.
 그러면서도 또 틈만 있으면 발길을 끊고 지낸다던 능역 관리 사무소까지 찾아 올라가 이곳저곳 열심히 주위의 낌새를 살피고 돌아갔다. 지섭이 말을 하지 않더라도 어떻게든지 자신의 지혜로 비밀의 내력을 밝혀내고 말 결심을 한 사람의 행작이었다.

그 홍 박사의 집념과 노력이 언젠가는 결국 능실의 비밀을 찾아내고 말 것 같기도 했고, 그보다도 그 심상찮은 홍 박사의 행작이 주위 사람들에게까지 어떤 낌새를 눈치채게 할 위험성도 있었다.

지섭은 가끔 그 홍 박사에게 능실의 비밀을 조급하게 귀띔해준 자신의 행동이 후회스러워지기까지 했다.

한데다 하루는 또 군청 쪽 나 실장이 예상치 않았던 일로 다시 지섭을 찾아왔다.

나 실장의 방문 목적은 지섭에게 그 문화제의 전야제 행사를 책임 맡아달라는 부탁을 하기 위해서였다.

"윤 선생이 뭔가 언짢아하고 계신 대목이 있는 줄은 압니다만, 그렇다고 한동네 일을 가지고 너다 나다 갈라 앉아서 언제까지 이러고 계실 수만은 없는 일 아닙니까. 전야제 행사만은 역시 윤 선생께서 맡아주셔야겠어요. 어차피 이건 윤 선생께서 첫 발의를 하신 일이기도 하구요. 위원회의 의견들도 모두 한결같습니다."

아닌 게 아니라 문화제의 첫 발의자 격인 지섭을 그냥 모른 체해둔 채 행사 계획을 일방적으로 진행해나가기는 뭔가 민망스런 대목이 남았던 것일까. 나 실장은 굳이 전야제 행사만은 모든 계획과 진행에 걸쳐서 지섭 단독으로 책임을 맡아달라는 주문이었다. 사양을 해도 소용이 없었다. 전야제 행사로는 지섭이 애당초 예상했던 낙화암에서의 점등낙화제 그대로인 데다, 패배적인 분위기니 어떠니 해서 지섭을 경계하던 발의 시의 단서도 덧붙이지 않은 채였다.
 지섭은 아직 결정을 미룬 채 생각해볼 여유를 달라는 식으로 나 실장을 우선 되돌려 보냈다.
 하지만 그 나 실장이 집을 다녀간 다음부터는 마음이 더욱 뒤숭숭해졌다.
 지섭은 전야제 행사나마 한번 자신의 뜻대로 꾸며보고 싶은 것이 솔직한 욕심이었다. 하지만 이제 와서 못 이긴 체 그걸 떠맡고 나서기에는 명분과 자존심에 되돌아보이는 대목이 한두 곳이 아니었다. 막상 일을 떠맡고 나선다고 해도 이제 와서 그것을 어떤 식으로 꾸며갈 것인가는 구체적인 결정이 수월치가 않았다. 전야제 행사를 떠맡고 나설 것인가, 말 것인가, 그리고 만약 그것을 떠맡고 나선다고 할 때 행사의 진행을 어떤 식으로 이끌어갈 것인가, 지섭은 그 자신의 태도나 행사 방식에 관한 두 가지 결정을 앞에 놓고 한동안 망설임을 계속하고 있었다.
 그러던 어느 날.
 마침내 지섭으로 하여금 그 두 가지 숙제를 일거에 해결 짓게 만든 뜻밖의 사건이 생겼다.
 "윤 형, 집에 있소? 윤 형 집에 있느냐 말이오!"
 하루 저녁은 느닷없이 또 홍 박사가 지섭의 집 대문을 들어서면서 다짜고짜 그렇게 사람을 찾아댔다.
 지섭이 문득 심상찮은 예감이 들어 방문을 열고 나가보니, 얼굴에 모처럼 환한 웃음기가 피어난 홍 박사가 거기 웬일로 어린애처럼 흥분을 못 참고 있었다.

"이 사람, 찾았소. 오늘 드디어 찾아내고 말았단 말이오."

"찾아내다니, 무얼 말씀입니까."

지섭은 이미 분명한 예감이 떠오르고 있었지만, 그 예감을 확인이라도 하듯이 천천히 마루를 내려서면서 한 번 더 물었다. 하니까 홍 박사는 오히려 답답해 못 견디겠다는 듯이 지섭에게 급히 반문해왔다.

"찾았다면 그래 무얼 찾았겠소. 비밀 능실이 아니면 무얼 우리가 찾았겠느냔 말이오."

"비밀 능실을요? 그걸 정말로 찾아내셨단 말씀입니까."

"그래 정말이 아니면 내가 이렇게 흥분해서 윤 형네 집까지 쫓아왔겠소?"

"도대체 어디서요? 어디서 능실을 찾아냈단 말씀입니까?"

지섭은 우선 가슴부터 덜컥 내려앉았다. 하면서도 어딘지 미심쩍은 것이 남아 있어 몇 마디 더 물어보지 않을 수 없었다. 홍 박사의 대답은 갈수록 놀라웠다.

"어딘 어디서요. 서하총 안에서지."

"서하총 안이라면 새 능실을 꾸미려던 위원회 사람들하고 함께였단 말씀입니까."

"함께였지 않구. 그 사람들 일이 시작되자마자 새 능실의 묘도가 열렸단 말이오."

"그 사람들 작업은 서하총 묘도의 남벽 쪽을 뚫는 게 아니었던가요?"

"물론 남벽 쪽이었지. 남벽 쪽을 뚫었으니까 능실을 찾게 되었지……"

"허어, 그것참!"

지섭은 다시 한 번 놀라지 않을 수 없었다.

그의 대왕릉실은 아직 무사해 있다는 사실을 다행스러워하고 있을 여유조차 없었다. 서하총의 남쪽으로 또 하나의 비밀 능실이 꾸며져 있었다니…… 그건 참으로 귀신도 놀라 뒤로 나자빠질 일이었다.

처음 한동안 지섭은 무엇이 어떻게 돌아가고 있는지 정신을 차릴 수 없을 정도로 머릿속이 온통 뒤숭숭했다. 하지만 지섭은 곧 사태의 방향을 알아차렸다. 그리고 홍 박사가 흥분 김에 오해를 하고 있다는 것도 어슴푸레 깨달았다. 그 홍 박사 앞에 다소간 엇짚일 소리를 지껄인 자신의 부주의에도 새삼 후회가 되기 시작했다.

하지만 홍 박사는 홍 박사대로 자신의 흥분기 때문에 사태를 차근차근 따져 생각할 여유가 없어 보였다. 몇 마디씩 말이 빗나간 지섭의 실수에도 불구하고 그 지섭에게서 홍 박사는 전혀 다른 낌새를 알아차리지 못하고 있었다.

지섭은 당분간 그 홍 박사의 오해를 그대로 둬두는 것이 좋다고 생각했다. 그는 이제 그 홍 박사 앞에 표정이 짐짓 허심탄회해지면서 침착하게 물었다.

"그래, 현장 보존이나 유물 수습 방법 같은 것도 의논들이 되셨습니까."

밤이 되면 백용술이 필시 산을 내려올 듯도 싶었지만 위인을 기다리기에는 지섭의 궁금증이 너무도 조급했다. 홍 박사에게 어느 정도까지는 좀 자세한 경위를 알아보고 싶었다.

한데 그 홍 박사의 설명을 다시 듣고 보니, 그의 판단은 지섭이 예상한 것보다도 훨씬 더 단순하고 성급했던 것 같았다.

"현장 보존이나 유물 수습의 일 같은 것은 좀더 기다려야 할 일일 게요. 능실을 열고 들어가려면 제례도 갖추고 기술적인 고려도 앞서야 할 테니까. 한데 윤 형도 물론 아직 능실 속 유물에 손을 댄 일은 없었겠지요? 윤 형도 그만 사리쯤은 알 만한 사람이니까. 내 윤 형이 입구를 단속해놓은 걸 보고 그 점은 벌써 안심을 했지만 말이오. 글쎄, 윤 형의 솜씨가 어떻게나 교묘했던지 작업 지점이 그쪽이 아니었다면 거기 그런 일이 있으리라곤 상상조차 해보지 못했을 뻔하지 않았겠소."

하고 보니 능실은 아직 묘도조차도 제대로 열리지가 않은 상태였다. 한데도 홍 박사는 자신의 기대와 흥분 때문에 그것을 곧 지섭의 그것과 같은 것으로 속단하고 있는 것이었다. 홍 박사의 그런 단정은 아마 지섭과의 약속 때문에 아직은 침묵을 지킬 수밖에 없었고, 그 침묵 때문에 다른 입회자들의 의심을 사볼 기회마저 못 가진 것 같았다. 도대체가 묘도 입구를 지섭이 그토록 교묘하게 손질해 닫아놓았다면, 그 작업이 절대로 지섭 한 사람의 비밀이 될 수는 없었을 터임에도 불구하고, 홍 박사는 그 능역을 지키는 백용술의 존재조차도 생각해본 일이 없는 것 같았다.

어쨌든 이제 거기서 또 하나의 능실이 찾아진 건 사실이었다. 아직은 아무것도 확인된 바가 없지만, 그것이 만약 홍 박사의 단정대로 또 하나의 의자왕의 무덤으로 밝혀지기만 한다면(지섭은 왠지 자꾸 그런 예감이 들었다) 문제는 더욱더 복잡해질 판이었다. 그러나 그 문제가 더욱 복잡해지는 대신, 일이 만약 그리될 경우 지섭에겐 태도의 결정이 훨씬 수월해질 일면도 있었다.

대왕을 모신 비밀 능실이 두 곳이나 숨겨져온 사실은, 그 사실 자체로서 이미 명백해진 바가 있었다. 그것은 곧 지섭에게도 그 전야제 행사에 대한 자신의 태도를 쉽게 만들었다. 두 비밀 능실의 존재 사실은 지섭이 망설임을 계속해온 전야제의 진행이 어떠해야 하리라는 분명한 해답을 보여주고 있었다. 지섭은 이미 작정이 서고 있었다.

남은 문제는 다만 그 능실이 또 하나의 의자왕의 그것이냐 하는 것이 확인되는 일뿐이었다. 하지만 그것도 이젠 그리 긴 시일이 걸릴 일이 아니었다. 이번 능실의 발굴 작업은 비밀을 필요로 하는 일이 아니기 때문이었다.

내일이면 온통 부여 고을이 새로운 능실의 발굴 소식으로 떠들썩해질 판이었다.

천 년의 낙화

23

 능산리 묘역 안에서 또 하나 의자왕의 능실이 발견된 사실은 지섭으로 하여금 더 이상 일을 망설이고 있을 수 없게 하였다.
 지섭은 이제 사정이 너무도 명백해지고 있었다.
 그것은 또 하나의 거짓 무덤이었다.
 능실을 열었을 땐 지섭도 홍 박사와 함께 현장에 있었지만, 이 두번째 능실 또한 진짜가 아니라는 사실은 구구한 설명이 필요치 않았다. 눈을 끌 만한 부장품을 발견할 수 없는 것이나, 능실의 축조 시기가 백제국멸 3년 후의 8월달로 되어 있는 지석의 기록 따위가 모두 지섭 들이 서하총 서벽 쪽에서 찾아놓은 능실의 그것을 방불케 하였다.
 홍 박사도 이내 그것이 거짓 무덤이라는 것을 알아차린 것 같았다. 홍 박사뿐만 아니라 능실을 열었을 때 그곳에 있던 사람들은 누구나 곧 그것을 알아차렸음에 틀림없었다. 하물며 같은 서하총 능역 안에 똑같은 능실이 숨겨져오고 있음을 알고 있는 지섭으로 선 더 이상 의심을 해볼 여지가 없는 일이었다.

하지만 아무도 당장 그 능실의 진위에 관해서 입을 열려고 하는 사람은 없었다. 가짜 능실이 분명하다 하더라도 그걸 서둘러 말해야 할 필요는 없었다. 능실은 실상 가짜가 아니더라도 가짜로 치부될 운명이 미리 점지되어 있었던 셈이었다. 거짓 무덤을 지으려던 곳에서 바로 그 거짓 무덤을 지으려던 사람들에게 발견된 능실이 새삼스럽게 무슨 진위 문제로 말썽을 빚게 할 필요는 없었다. 가짜건 진짜건 적어도 그 능실을 자신들의 손으로 꾸며낸 것이 아닌 것만은 분명했다. 그리고 그 점은 자신들이 그 거짓 무덤을 지으려던 애초의 동기나 의도를 훨씬 더 떳떳하게 그리고 효과적으로 실현시켜줄 수 있음이 분명했다. 사람들은 섣부른 의심을 할 필요가 없었다.

지섭 역시도 쓸데없는 참견을 삼갔다. 그에게도 이제 능실의 진위가 문제 될 게 없어 보였기 때문이다. 같은 임금을 모신 두 개의 능실은 어느 것이 진짜고 어느 것이 가짜라고 고집할 수가 없었다. 아니 그것은 이제 양쪽을 모두 가짜로 보는 것이 타당할 일이었다. 양쪽을 모두 가짜로 보더라도 지섭은 오히려 그 가짜 능실에서 더욱 간절한 망국민의 소망을 느낄 수 있었다. 가짜 능실 속에 대왕의 그것으로 꾸며 숨겨진 저들의 말에서, 그 길고 무거운 침묵 속에서 진짜의 그것에서보다도 더욱 아프고 절절한 대왕의 육성을 들을 수 있었다.

　능실들을 가짜라고 한다면 양쪽 다 그 능실들의 옳은 축조 연대는 밝혀지지 않고 있는 셈이었다. 새로 발견된 능실 역시 묘실에 남겨진 발자국 하나로도 능묘의 축조 연대를 알아낼 수 있다는 고고학의 방법은 아직 신뢰할 만한 것이 못 되었다. 어느 시대 사람들이 무슨 생각으로 그런 능실을 꾸미게 되었는지, 그 능실을 꾸민 사람들의 의도도 분명한 것이 밝혀지고 있질 못했다. 이를테면 능실을 꾸민 사람들은 그들의 행위를 익명의 시대 속에 흔적을 지워 없애버린 것이었다. 그 대신 그들은 다 같이 그 익명의 시대 속에 행해진 자신들의 행위를 백제국의 멸망기와 그 멸망기에 즈음한 망국 왕의 죽음에다(사실을 무시하면서까지) 바침으로써 그것을 당대에서 증거하려 하고 있었다. 백제국 멸망 당년에서 대왕의 죽음을 증거하고 있는 것이었다.

　그것은 지섭의 시야로부터 대왕의 참모습을 가로막는 또 하나의 벽이었다. 그러나 그것은 저 『사기』나 『유사』의 그것과는 정반대의 방법으로 대왕의 아픔을 말하고 있었다. 양쪽이 똑같이 그들의 행위를 익명으로 바치고자 한 시기, 백제국 멸망 당년에 겨냥된 그 시기의 일치 사실 바로 거기에서 지섭은 능실을 꾸민 사람들의 동기와 숨겨진 말을 읽을 수 있었던 것이다. 그들이 그 능실 속에 숨겨 전하고 증거하고자 한 대왕의 말을 들을 수 있었던 것이다.

　지섭은 더 이상 망설일 필요가 없었다. 그는 이제 그가 할 일이 더없이 정연하고 분명해 보였다.

　그는 우선 위원회 쪽에 자신이 전야제 행사를 맡아 치러낼 뜻을 알렸다.
 위원회 쪽에서는 별다른 군말이 있을 수 없었다. 시기도 어지간히 박두해온 데다 새 능실의 발견으로 위원회 쪽에서는 그렇지 않아도 기세가 한창 드높아 있던 참이었다. 지섭에게 배당된 전야제 이외의 다른 행사들은 예정대로 이미 상당한 정도까지 준비 작업들이 진척되고 있었다.
 지섭도 이젠 일을 서두르지 않으면 안 되었다. 하지만 지섭은 그 전야제 행사의 내용이나 방법 때문에 새삼스레 골머리를 앓을 필요가 없었다. 그것은 두번째 능실이 발견됐을 때부터, 그리고 지섭이 그 전야제 행사를 주관할 결심을 했을 때부터 이미 분명하게 상정된 정경이 있었기 때문이다.
 깨끗하게 단장한 3천 명의 여인들로 하여금 낙화암 바위 위에서 3천 개의 등롱으로 백마강 강물에 몸을 던지게 하려는 애초의 계획 그대로의 정경이었다. 거기에다 지섭 자신의 새로운 계획을 몇 대목만 더 덧붙일 계획이었다. 하지만 그 지섭 자신의 새로운 계획을 미리부터 위원회 쪽에 알릴 필요는 없었다.
 그는 다만 주위에서 이미 알고 있는 애초의 구상대로 무난한 행사 계획서를 위원회에 제출했다. 그의 복안대로 무사히 행사를 끌어가기 위해서는 자신의 새로운 계획을 덧붙이는 대신, 전야제 분위기가 너무 퇴영적인 것이 되지 않게 하자는 위원회 쪽의 의사를 반영시킨 것이라야 하였다. 지섭은 그런 계획서를 위원회에 제출했다. 위원회 쪽에서는 지섭의 속셈을 그리 의심하는 눈치가 없었다. 위인들은 그저 고분고분 협조적인 지섭의 변화에 만족할 뿐이었다.

 지섭으로선 이제 낙화제와 유등 행사에 동원될 3천 명의 여인군을 확보해놓는 일이 우선의 과제였다. 3천 명의 인원만 확보되고 나면 그 3천 명의 여인들의 몸을 대신하여 강물로 낙화 져 흐르게 할 등롱은 위원회 쪽 예산으로 확보하기로 하였다.

 하지만 부여군 안에는 한꺼번에 3천 명의 아녀자들을 동원해낼 만한 곳이 없었다. 군내 여학교를 통틀어 헤아려도 3천 명 숫자에는 까마득한 형편. 게다가 지섭은 그 여인군을 일정한 의상으로 단장시킬 생각이었다. 위원회에 제출해놓은 행사 계획서에는 다만 통일된 의상에 대한 소견만을 밝혔을 뿐, 그 의상의 색상까지는 부러 정해 보이질 않은 상태였다. 하지만 지섭의 머릿속에는 이미 그 의상의 색상에 대해서도 분명한 작정이 내려져 있었다. 하물며 그 정해진 색상의 치마저고리까지 준비시킬 부녀자 3천 명이라니, 동원이 그리 쉬울 수가 없었다.

 동원 인원을 확보한 것은 그러니까 부여군 내 여학교들의 적극적인 이해와 성원에도 힘입은 바가 컸지만, 공주 쪽 여학교들의 협조 때문이기도 하였다.

 "전야제라면 그날은 어차피 공주 쪽 행사는 없는 날이 아니오. 시간이 좀 늦기는 하겠지만, 그날은 그쪽 아이들도 이곳 행사에 참가시키도록 하는 게 어떻겠소."

 인원 동원에 부심하는 지섭을 보고 홍 박사가 넌지시 건네온 말이었다. 그게 활로였다. 공주 쪽엘 달려가보니, 그쪽 학교에서들은 그게 오히려 당연한 일이듯 선선히 협조를 다짐해준 것이었다.

부여와 공주를 통틀고 나서도 아직 3천에선 2백여 명이 모자랐다. 하지만 이제 그 모자란 숫자 2백여 명 정도는 부여골 안에서 해결을 지을 수밖에 없었다.

"그날의 부소산을 오른 여인들이 전부 처녀들 신분은 아니었으니까요…… 그날의 여인으로 부소산을 다시 오르고 싶은 이 땅의 여자라면 처녀와 부인네를 가릴 일이 아니지요……"

지섭은 그런 식으로 위원회의 승낙을 얻어 모자란 2백여 명은 고을 안 부녀자들로 채우기로 하였다. 모자란 인원을 동원하는 일 역시 몇몇 기관과 마을을 통해 주선하기로 쉽게 해결을 보았다. 3천 명의 인원은 확보가 된 것이었다.

이젠 그 3천 명의 부녀자들에게 통일시켜 입게 할 의상의 색상을 정해주고 3천의 등롱을 준비해두는 일이 남아 있을 뿐이었다. 하지만 지섭은 그 일도 별로 말썽 없이 넘어갔다. 등롱의 준비는 위원회의 예산에 의지해서 단체 주문으로 매듭을 지었고, 위원회 쪽엔 별 의논이 없이 지섭 혼자서 일방적으로 결정을 내려버린 때문이기는 했지만, 흰색 치마저고리로 정해진 의상의 색상에 대해서도 당장엔 별다른 말썽이 없었다.

"흰색이 깨끗하고 정갈스러워 보이니까요. 다른 고을 문화제들의 행사 의상도 부녀자들 경우는 흰색 치마저고리가 대부분이더군요. 더욱이 우리 고을 문화제의 전야제 행사라면, 어느 곳보다도 제례의 성격이 짙은 편 아닙니까."

하얀 소복 차림의 여인들이 어떤 식으로 연상되었던지 홍 박사만이 어딘지 좀 켕겨 하는 얼굴로 몇 차례 고개를 갸웃거렸을 뿐,

그 홍 박사마저도 지섭의 몇 마디에 입을 무겁게 다물어버린 다음부턴 더 이상 아무도 그 여인들의 소복 차림에 불편스러운 관심을 보여오지 않았다.

하니까 이젠 그것으로 전야제 행사에 필요한 인원과 소도구들이 모두 확보된 셈이었다. 남은 일은 다만 인원과 소도구들을 전야제로 이끌어갈 지섭 자신의 행사 진행 방식과 거기 덧붙여질 자신의 역할뿐이었다. 하지만 그런 일은 아직 날짜가 더 촉박해올 때까진 조금도 서두를 필요가 없었다.

그런 일보다도 지섭으로선 아직 먼저 해결을 보아두어야 할 자신의 중요한 일 한 가지가 남아 있었다.

24

새 능실의 발견으로 한동안 사람들의 발길이 어수선하던 능산리 쪽 분위기가 조용히 가라앉고 난 다음이었다.

지섭은 어느 날 저녁 마침내 별러오던 일을 마무리 짓기 위하여 능산리로 올라갔다. 지섭이 별러오던 일이란 다름이 아니었다. 서하총 서벽 쪽 능실의 묘도를 다시 틀어막아버리는 일이었다.

그것은 서하총의 남쪽에서 또 다른 능실이 발견돼 나왔을 때부터 이미 작정이 내려져 있던 일이었다. 남벽 쪽에서 새로 발견된 능실을 진짜 왕릉으로 보이게 하기 위해서가 아니었다. 두 능실이 한꺼번에 알려지면 양쪽이 모두 가짜로 보일 것은 두말할 나위가 없는 일이었다. 하지만 지섭에겐 이미 그런 게 문제가 되지는 않았다. 능실 안에 간직되어온 길고 긴 세월 동안의 대왕의 아픔을 어두운 침묵 속에 아직 더 기다리게 해두기 위해서였다.

아직은 때가 온 것 같지가 않았다. 섣불리 능실을 세상에 알리려 했다간, 천 년의 참음이 헛되게 될 판이었다. 대왕의 침묵은 그 천 년의 기다림도 보람이 없이 아무런 아픔도 전할 수 없게 될 판이었다. 침묵은 그저 영원한 침묵으로 입을 다물고 증발해버릴 판이었다. 때가 될 때까지 기다리게 해야 했다. 지섭의 생애 안에서는 물론 현세의 역사 안에서 다시는 영원히 능실을 만나는 사람이 없게 된다 하더라도, 지섭으로선 일단 그렇게 다시 능실의 문을 닫아버리는 길밖에 없었다. 그것이 그 아픔을 세상에 전하진 못할망정 그것을 만난 능력 없는 사람이 그것을 책임지는 최선의 길이었다. 말하자면 그것은 그가 그것을 만난 일이 없는 원형의 상태로 비밀의 모습을 되돌려놓는 일이었다. 아쉽고 허무했지만 어쩔 수 없었다. 더욱이나 지섭으로 하여금 그 일을 서두르게 한 것은 홍 박사의 존재였다.

남벽 쪽 능실이 열리고 난 그날부터 홍 박사는 벌써 능실의 진위를 의심하기 시작했다. 그리고 이후부터의 홍 박사의 관심은 능실의 진위를 가리려는 데보다도 언제 어떤 사람들이 그런 무덤을 꾸며 지었는지, 실제 능실의 축조 연대와 동기 쪽으로 쏠려가고 있었다.

"내 밖에서는 이런 소리 안 하지만, 능실은 분명 진짜가 아니야. 부장품 같은 거라도 좀 나와줬으면 시대 규명이 용이해질 텐데,

그런 게 아무것도 없는 게 유감이지만, 지석문의 자체 같은 것도 시대 규명의 단서가 될 순 있겠지. 어쨌거나 능실의 축조 시기가 밝혀지기만 한다면 능실의 가짜 여부도 곧 판명이 날 게요."

홍 박사에게는 이를테면 그 위사의 동기나 시대 자체가 그 나름의 한 독특한 역사적 현실로서 관심의 대상이 되고 있는 셈이었다.

한데 그 능실에 대한 홍 박사의 의심은 그 정도에 그치는 것이 아니었다. 새 능실이 진짜가 아니라는 확신이 서고 나자 홍 박사는 다시 지섭을 의심하기 시작한 것이다. 지섭이 귀띔한 의자왕의 비밀 능실이라는 것이 그것이 아닐지도 모른다는 의심을 시작한 것이었다.

"어느 시대의 사람들에게 의자왕과 같은 옛 임금의 능묘를 꾸며 숨길 요구가 있었다면, 그 시대의 사람들에게서처럼 어느 땐가는 다시 그 같은 요구를 지닌 사람들의 시대가 되풀이되었을 가능성은 많거든."

같은 요구를 지닌 사람들의 시대가 되풀이될 수 있었다면, 대왕의 능실도 하나 이상이 꾸며질 수 있었으리라는 추론이었다. 허황스러운 가설에 불과한 추리가 사실의 정곡을 정확하게 꿰뚫고 있었다.

뿐더러 홍 박사는 그 다른 능실의 가능성을 앞세워 지섭을 자꾸만 의심하고 들었다. 지섭에게 또 다른 비밀의 능실이 숨겨져 있지 않으냐는 은근한 추궁이었다.

지섭은 물론 시치밀 떼었다. 홍 박사의 의심을 터무니없는 우스개로 돌리려 애를 썼다. 하지만 그는 홍 박사를 안심할 수가 없었다. 지섭에게서 별다른 단서를 얻을 수 없게 되자 이번에는 홍 박사 자신이 다시 현장 근처를 배회하기 시작했다. 끝끝내 의심을 풀지 못하는 기미였다.

지섭은 더 이상 기다릴 수가 없었다. 하루 빨리 능실의 흔적을 지워 없애놓아야 했다.

"그야 홍 박사의 생각처럼 정확한 능실의 비밀을 알아내어 그로부터 그 능실을 지은 사람들의 진의와 시대의 분위기를 읽어내는 것이 옳은 일이긴 하겠지. 하지만 이곳에 임금의 능실을 지어 숨긴 건 그들의 꿈이었다. 우리가 할 수 있는 일은 다만 그들이 지녔던 소망과 아픔을 함께 꿈꾸고 아파할 수 있는 것뿐이지. 지금 우리가 그 꿈을 깨게 할 수는 없어. 그 꿈의 옳고 그름이나 진위를 가릴 권리는 없는 거야. 더욱이 지금은 시기가 좋질 않아……"

지섭의 설득과 간곡한 요청에 백용술도 선선히 그의 결정을 납득했다. 지섭의 결정을 납득해주었을 뿐만 아니라 용술은 오히려 묘도를 막아 없앤 다음의 일까지 앞장서 걱정하고 나섰다.

"그렇담 묘도를 채울 흙부터 미리 골라놓아야 할 것 같군요. 그래야 혹시 이담에 누군가가 다시 현실 판석을 뜯는 일이 생기더라도 묘도를 채운 새 흙이 흔적을 남기지 않을 것 아닙니까"
하면서 용술은 밝은 날 자신이 미리 비슷한 흙을 골라놓겠노라 스스로 다짐해온 것이었다.

그리고 다음 날 저녁 지섭이 다시 그 능역으로 갔을 때 용술은 과연 뒷산 숲 속에다 묘도 벽면과 비슷한 점토질의 흙구덩이를 한 곳 마련해놓고 있었다. 그래 지섭은 이날 밤으로 다시 능실 안으로 마지막 하직을 고하러 들어갔다.

  능실 안은 처음 지섭과 용술이 묘도를 통해 현실을 들어섰을 때의 모습 그대로 어둡고 황량한 침묵에 싸여 있었다.

  지섭은 말없이 그 어둡고 황량스런 능실 바닥에 무릎을 꿇고 앉아 대왕을 찾았다. 능실은 아닌 게 아니라 대왕의 육신과는 아무 상관도 없는 억지 가조물에 불과할 수도 있었다.

  하지만 지섭은 언제부턴가 그 어두운 능실 속 허공 가운데서 너무도 가까이 대왕의 숨결을 느끼고 있었다. 그리고 그 소리 없는 허공 속에 가득한 대왕의 목소리를 듣고 있었다. 그것은 말할 것도 없이 그 능실을 만난 이후부터 지섭을 끊임없이 소스라쳐 놀라게 한 무겁고 통절스런 아픔의 소리였다.

  — 내가 너희의 아픔을 지녔노라. 너희의 아픔을 이 어둠 속에 천 년을 참고 기다려왔노라. 그것을 전하거라. 나를 전하고 나의 아픔을 전하거라. 그리하여 이 기나긴 어둠이 내게서 끝나게 하거라. 바로 나의 이 아픔이 너희의 아픔이요 나의 어둠이 곧 너희의 어둠이 아니더냐……

  그러나 지섭은 이제 다시 그 대왕의 말을 하직해야 하였다. 아픔의 한 조각을 지섭이 대신 얻어 앓는다 하더라도 그것은 기나긴 대왕의 어둠과 아픔을 조금도 가볍게 덜어낼 수 없는 노릇이었다. 그는 대왕의 아픔을 또다시 당신의 기나긴 침묵과 어둠 속으로 되돌려드리지 않으면 안 되었다. 이제는 끝내 영겁의 침묵 속으로 스러져버리는 한이 있더라도 그것을 다시 묻어두는 길밖엔 다른 도리가 없었다.

― 어쩔 수가 없습니다. 대왕께서는 증인을 잘못 고르셨습니다. 시기가 너무도 마땅칠 않습니다. 이 불온한 시기에서 당신의 말과 아픔을 감당하기에는 저의 능력이 너무나 모자랍니다……

지섭은 어두운 허공을 향해 뼈를 깎는 아픔으로 대왕에 대한 마지막 하직의 말을 외웠다.

― 바라옵기는 좀더 아픔을 참고 밝은 날을 기다리시옵소서. 그리고 능력 있는 증인을 택하소서. 그것이 당신의 길고 긴 기다림을 오히려 헛되지 않게 하는 길이옵니다. 그것이 당신의 말씀과 아픔을 아끼고자 하는 자의 마지막 소망이옵니다. 지금은 어쩔 수가 없습니다. 당신께서 너무도 힘없는 증인을 택하신 탓이옵니다……

회한과 원망 속에 고해진 지섭의 기원은 한 식경이나 끝이 날 줄을 몰랐다.

그는 마지막으로 한 번 더 대왕의 그 아픔의 비밀을 보기를 소망했다. 당신의 말씀과 깊은 어둠 속에 가려진 당신의 모습과 그 아픔의 정체를 한 번만이라도 분명하게 보여주기를 소원했다.

― 이제 마지막이옵니다. 이제라도 제게 당신의 참모습을 밝히 보게 하여주십시오. 그리고 제게 당신의 뜻을 옳게 지니게 하여주십시오. 그리하여 보다 큰 믿음과 지혜로 당신의 뜻을 지녀가게 하여주십시오. 여기, 오늘 저에게 마지막으로 단 한 번만이라도……

그러나 사위는 그저 무겁고 막막한 어둠뿐 대왕의 모습은 어디서도 흔적을 나타내지 않으셨다. 대왕은 이제 말씀이 없으셨고, 눈을 감으면 망막 위로 환히 비춰 들던 연꽃의 호수와 황금색 불꽃 어관조차도 이날따라 어두운 장막 뒤로 모습이 깊이 가려져버렸다. 눈에 떠오르는 것은 다만 대왕의 모습을 뒤로 가려버린 사기와 위사들의 완고한 얼굴들뿐이었다. 대왕은 그 얼굴들에 가려 끝끝내 모습을 나타내지 않으셨다.

대왕은 이미 당신의 능실과 지섭을 버리고 이 땅을 다시 떠나버리신 듯싶었다.

밤을 밝힐 듯 언제까지나 묵묵히 어둠 속에 꿇어앉아 있던 지섭이 기동을 시작한 것은, 능실 밖에서 기다리다 못한 용술이 제풀에 먼저 첫번 흙 부대를 메고 들어와 그의 주의를 일깨웠을 때였다.

"어떻게 윤 선생님은 그냥 여기 앉아 계신 채로 통로를 닫아버리고 말까요? 밤새 그러고 생불이 되어 앉아 계시기만 하실 테면 말입니다…… 하기야 그렇게 선생님이 여기 계시게 해둔 채 묘도를 닫아놓으면 진짜 무덤이 되기는 하겠지만요. 뒷날 누가 다시 묘실을 열더라도 선생님의 유골이 왕을 대신하게 될 수도 있을 테구요……"

묘실 입구까지 흙 부대를 끌어 들여온 용술이 뒤에서 전짓불을 비춰대며 지껄여대고 있었다.

지섭은 그제서야 정신을 차리고 능실을 나왔다. 그리고 용술과 함께 밤이 새도록 묘도의 공간을 조심스럽게 메워나갔다. 능실 안으로 흙을 운반해 들인 흔적이 남지 않도록, 묘도의 공간을 통해 공기의 내왕이 생길 만한 틈이 남지 않도록 세심한 주의를 기울여 작업을 해야 했기 때문에, 이날 밤 안으로는 물론 일이 마무리 지어질 수가 없었다.

지섭은 다음 날도 다시 해가 지기를 기다려 능역으로 올라갔다.

비밀 작업은 사흘 밤을 계속했다.

기이한 것은 작업이 계속된 그 사흘 밤 동안의 조화였다. 묘도를 막아나가자 대왕이 다시 당신의 능실로 되돌아오신 것이었다. 묘도를 반쯤 채우고 서하총 묘실을 돌아오던 날 지섭은 그 흙더미로 막혀버린 묘도 너머 어둠 속에서 당신의 모습을 다시 보기 시작한 것이다.

그것은 참으로 눈부시게 화려한 대왕의 모습이었다. 그는 그 붉은 연꽃에 둘러싸인 황금의 영좌를 보았고, 그리고 대왕의 이마 위에서 눈부신 황금색 왕관이 영겁의 화염으로 불타오르고 있음을 보았다.

대왕의 모습은 이튿날 밤에도 더욱더 눈부신 모습으로 되살아났다. 그리고 사흘째 되던 날 작업을 완전히 끝내고 났을 때 당신의 능실은 마침내 지섭에게로 그 빛을 옮겨 와 그의 가슴속에 끝없는 화염으로 불타오르기 시작했다.

놀랍고 감격스러운 일이 아닐 수 없었다. 능실이 일단 이 지상으로부터 다시 세월을 헤아릴 수 없는 긴 어둠 속으로 흔적이 묻혀 사라져감으로써 대왕의 모습은 그 능실의 어둠 속으로, 아니 지섭의 가슴속으로 다시 살아 돌아온 것이었다.

지섭은 비로소 안심이 되었다.

그러나 그는 이번에야말로 참으로 긴 세월을 기다려야 하리라 생각했다. 그 세월이 얼마나 될 것인지를 헤아릴 길이 없는 것은 지섭이 마지막으로 그 용술을 한 번 더 다짐해준 말에서도 분명히 읽혀질 수 있었다.

"묘하게도 자네가 먼저 그런 말을 했지만, 나도 사실은 그런 생각을 했었지……"

지섭은 판석을 감쪽같이 다시 껴 붙여놓는 작업을 끝내고 나서 마지막으로 용술에게 말했던 것이다.

"자네가 영영 다시 입을 열지 못하게 할 방법으로 자네의 유골을 능실 속에 남기는 게 어떨까 하고 말일세. 자네 말처럼 그렇게 되면 언젠가 뒷날에 다시 능실이 열렸을 때 자네 유골이 대왕의 것을 대신할 수가 있을 게 아닌가 말이네. 언젠가도 말했지만, 난 정말로 자넬 죽일 수도 있었어. 지금이라도 비밀을 말하고 싶어 견딜 수가 없다면 그편이 자넬 편하게 해주는 길일지도 모르구. 앞으로는 더욱 말할 필요가 없는 일이지…… 하니까 이건 우리의 괴로운 운명으로 알고 참아내야만 하네. 적어도 우리 당대에선 능실이 다시 열리게 될 날이 없을 걸로 알고서…… 우리 생애도 언제 끝날지 알 수 없지만, 이 비밀은 저세상까지라도 끝끝내 입을 다물고 지녀갈 각오로 말일세……"

25

대왕릉의 묘도를 말끔히 단속하고 난 다음 날, 지섭은 다시 서울로 민 경위를 찾아 올라갔다. 이젠 마지막으로 전야제 행사에 덧붙여질 자신의 역할을 확정 짓기 위해서였다. 시일도 이젠 넉넉한 편이 아니었고, 그것밖엔 별달리 서둘러댈 일도 없었기 때문이다.

지섭이 그가 맡은 전야제 준비를 마무리 지어줄 인물로 민 경위를 택한 것은 그의 도움도 도움이려니와, 지금까지 그가 지섭 들의 일에 기울여온 이유 있는 관심과 자기 엄격성에 대한 그 나름의 대가를 치르게 해주고 싶어서였다. 지섭은 민 경위에 대해 적어도 그만한 기대와 믿음만은 남기고 있었던 것이다.
 그래 지섭은 차를 내리자 곧바로 민 경위의 기경대 근무지로 그를 찾아갔다.
 민 경위는 아마도 그가 지섭의 간구를 외면하고 돌아섰던 전날의 매정스러움이 생각난 때문이었던지, 처음에는 지섭을 대하는 품이 몹시도 어색하고 조심스러워 보였다.
 지섭은 물론 그런 민 경위의 입장이나 처지를 충분히 이해할 수 있었다. 이해할 수 있었기 때문에 처음부터 그가 다시 민 경위를 찾아간 용건을 분명히 해두고 싶었다.
 "자꾸만 괴롭히려 들어서 미안하군요. 하지만 이번에는 그리 크게 신경을 쓰실 일은 못 됩니다. 제가 워낙 서울 길이 익질 못해서 한 가지 민 경위님의 도움을 구하려구요……"
 지섭은 그런 식으로 우선 민 경위를 안심시키고 나서 단도직입적으로 자신의 첫번째 용건을 설명하기 시작했다.
 "도움을 구할 일이란 다름이 아니구요. 우선 어디 궁중 복식을 잘 아는 옷집을 한 곳 찾아봐주십사 하는 것입니다. 그야 물론 옷집 자체에서 궁중 복식에 대한 지식을 갖추고 있는 곳은 드물겠지요. 더욱이 백제 시대의 왕이나 대관들 복식이라면 분명한 격식을 말할 수도 없겠구요. 하니까 그저 궁중 복식에 관한 규범이나 분위기 정도라도 이해할 만한 곳이면 그만일 겁니다마는…… 대략 이런 겁니다. 제가 대충 스케치를 마련해 왔어요."

지섭은 그러면서 그의 가방 속에서 미리 준비해 온 옷본 도안 몇 가지를 책상 위에 펼쳐 보이며 설명을 계속해나갔다.

"이쪽은 임금과 왕자 그리고 이쪽은 좌평들의 의관입니다. 전해 오는 기록이 없으니, 임금의 복식은 당대의 왕관들을 근거로 해서 외양의 분위기를 살려본 것입니다. 아마 이런 색상과 도안을 근거로 한다면 크게 망발을 살 것 같진 않습니다만, 이 정도로 일을 시켜볼 만한 곳이 어디 없겠습니까."

"이건 참 그럴듯하군요. 전 잘 모르는 일이지만, 이 도안을 따른다면 분위기가 제대로 살아날 것 같군요."

지섭의 설명을 들으면서 말없이 옷본 도안을 들여다보고 있던 민 경위가 한마디 끼어들었다. 하지만 그는 지섭이 자신에게 묻고 있는 소리엔 그리 주의를 기울이지 않았던 것 같았다.

"한데 이건 누가 입을 겁니까. 물론 이번 문화제 행사에 필요해서겠지만요."

"의자왕하고 왕자 효 그리고 여섯 사람의 좌평을 꾸밀 겁니다."

"그러니까 왕관을 포함한 임금의 어의 한 벌하고 왕자와 좌평들의 의관 일곱 벌을 합해 모두 여덟 벌 일거리가 되는 셈이군요. 그럼 이번 문화제엔 의자왕이 등장하는 행사도 마련이 됩니까."

짐작하고 있던 물음이었다. 민 경위의 물음은 이를테면 지섭의 정곡을 찌르고 든 셈이었다. 행사 계획표 안에는 물론 의자왕이 등장하는 대목이 없었다. 지섭 자신이 꾸며나가는 전야제에서뿐만 아니라 다른 사람들이 일을 진행시켜가고 있는 문화제 전체의 행사를 통틀어서도 대왕이 등장하는 장면은 계획된 바가 없었다. 하지만 지섭은 그것을 마음속에 혼자 마련해두고 있었다. 당신이 문화제의 한 주역으로 모셔져야 한다는 것은 지섭이 애초에 문화제를 발의하고 나선 동기이기도 했다.

하지만 지섭은 미리 그것을 말할 수가 없었다. 왕의 복식을 주문하는 일 역시 같은 사정이었다. 복식의 용처를 물어오게 된다면 일이 사전에 드러날 수밖에 없었다. 지섭이 서울까지 민 경위를 찾아간 것은 말이 미리 번지는 것을 피하기 위해서이기도 하였다. 한데 민 경위 역시 짐작대로 그것을 묻고 있었다.

"공식적으로는 물론 대왕을 위한 행사가 마련되지 않습니다. 그리고 공식적으로 일을 처결해나갈 수 없는 입장 때문에 일부러 여기까지 경위님을 찾아온 거구요."

지섭은 민 경위에게 자신이 내용적으로는 일을 꾸미고 있음을 솔직히 털어놓고 나서, 일을 그런 식으로 치러나갈 수밖에 없는 저간의 사정을 설명했다. 그리고 다시 한 번 민 경위의 주의를 환기시켰다.

"그러니 이 일은 여기서 마무리를 짓고 내려가는 수밖에 없습니다. 전 여기서 며칠씩 기다리고 있을 수도 없구요. 일을 맡길 곳이 정해지면 다음 일은 민 경위님께 부탁을 드리고 가고 싶어 말입니다. 그래야 일이 조용하게 치러질 수 있을 것 같아요. 어디 그럴 만한 곳이 생각난 데가 없습니까."

"그야 당장 생각난 곳이 있을 순 없지요. 하지만 그런 일 맡길 만한 옷집이 없을라구요. 옷집이 비록 아니더라도 고의상 연구에 이해가 닿는 곳이 있을 수도 있겠구요…… 그런 건 별로 문제가 아닐 겁니다."

민 경위는 쉽사리 지섭의 주문에 응하려는 기미였다. 뿐더러 지섭의 계획이나 처지에 대해서도 충분한 이해가 간다는 듯 몇 번씩 고개를 끄덕여 보였다. 하더니 그는 뭔가 아직 미심스러운 데가 있는 듯 갑자기 다시 물었다.

"한데 윤 선생께서 제게 도움을 청하실 일이란 그것뿐입니까…… 제게 옷집을 소개하고 뒷일을 감당해달라는…… 윤 선생 표정이 아마 그것만은 아닌 것 같은데 말입니다."

물론이었다. 지섭은 아직도 두번째 도움을 청할 일이 남아 있었다. 그것을 민 경위 쪽에서 미리 물어주니 지섭은 말이 훨씬 쉬워질 수밖에 없었다. 더욱이 이젠 그 지섭의 계획과 동기에 대해 민 경위의 이해가 통해진 다음이었다.

"역시 민 경위님은 못 당할 분이시군요…… 제, 솔직히 말씀드리지요."

지섭은 웃으면서 그 두번째 주문을 털어놓기 시작했다.

"민 경위님께서도 직접 저희 행사에 참가해주시라는 게 저의 두번째 청원입니다. 이건 공직에 계신 분에게 너무 무리한 부탁이 될지 모르겠습니다만, 어쩐지 전 민 경위님께서 그래주시리라는 믿음이 있어 드리는 말씀입니다. 그리고 만약 민 경위님께서 그렇게 해주시기로 작정해주신다면 저로서는 여간 일이 쉬워지지 않을 것 같구요……"

"제가 특별히 소용되는 일이시라면 그것도 아마 윤 선생 때문인 것 같군요. 이를테면 제가 참가할 문화제 행사라는 게 윤 선생께서 단독으로 진행해나가실 그 마음속 계획과 상관이 있는 게 아닙니까."

그는 좀 망설이는 얼굴로, 그러나 될수록 가벼운 말투로 추궁하고 들었다. 하지만 그는 이번에도 지섭의 내심을 꿰뚫고 있었다. 지섭은 그저 웃고만 있었다. 하니까 민 경위가 작정을 내린 듯 앞질러 물었다.

"제가 그래도 좋을지 어떨진 모르겠습니다만, 윤 선생 부탁이시라면 참가해드리지요. 한데 제겐 어떤 일을 주시렵니까?"

"그건 미리부터 아실 필요가 없을 겁니다. 마음속에 생각하고 있는 일은 있지만, 아직까진 분명한 역할이 결정된 것도 아니구요. 기왕 절 믿어주시는 김에, 당분간은 모든 걸 제게 맡겨주시고 민 경위님께선 다만 행사 당일까지 정확하게 시간을 대어 내려와주시기만 하면 되는 겁니다. 물론 그날까진 아까 부탁드린 의상들도 함께 찾아가지고서 말씀입니다. 하하…… 이렇게 되고 보니 민 경위님께 한꺼번에 너무 많은 부탁을 드리고 있는 것 같습니다만……"

민 경위는 다시 한동안 생각에 잠기며 대답을 망설였다. 하더니 이윽고 혼자 결심을 한 듯 선선히 응낙의 말을 해왔다.

"좋습니다. 저로서도 윤 선생께서 절 쉽게 부려주시는 게 오히려 즐거우니까요. 그런데 전야제 일자는 언제로 정해졌습니까?"

정확한 행사 날짜를 물었다.

"음력 8월 17일로 모든 행사를 마무리 짓도록 일정이 짜여질 테니까, 전야제 행사는 아마 8월 15일 가윗날 저녁이 아닐까 싶습니다. 보다 더 정확한 일시는 제가 다시 연락을 드리도록 하겠으니 민 경위님께서는 그때만 정확하게 대어 도착해주시면 될 겁니다."

"음력 8월 17일이라면 이제 한 열흘 남짓밖에 시일이 없군요. 그날이 아마 의자왕이 당나라 물길을 떠나갔던 날이지요?"

"민 경위님도 그걸 알고 계셨군요. 그래 그날로 문화제 날짜를 정한 겁니다. 하지만 뭐 너무 급하게 서두를 일은 없을 겁니다. 제 일은 이제 이걸로 마지막 준비를 끝내는 셈이니까요."

"다른 일들은 어떻습니까? 계백 장군 동상도 완성이 되어갑니까?"

"아시는 대로 그건 요즘 제 소관사가 아닙니다만, 듣자니 벌써 며칠 전부터 마무리 작업에 들어가고 있다더군요."

"그렇다면 윤 선생 일도 오늘 안으로 당장 주문을 끝내야겠군요. 조금만 기다려주십시오. 저도 이제 곧 퇴근 시간이 될 테니까요."

민 경위는 마침내 자리를 일어섰다. 그리고는 지섭을 혼자 응접실에 남겨놓고 서둘러 사무실 쪽으로 사라져 들어갔다.

그 민 경위가 다시 지섭 앞에 모습을 나타낸 것은 그가 말한 퇴근 시각을 아직 10여 분이나 남긴 채였다.

"사정이 있을 땐 조퇴를 해야지요. 자 그럼, 나가봅시다."

민 경위는 그러면서 당장 지섭을 앞장서 기경대를 나섰다. 그리고 이날 밤 안으로 모든 일을 끝냈다. 종로통 근처에서 간판이 오랜 한복지 가게 한 곳을 찾아들어가 거기서 우선 필요한 정보를 모두 얻어낼 수 있었기 때문이다.

그것으로 지섭은 남은 일을 모두 민 경위에게 맡기고 자신은 다시 부여로 내려왔다. 능산리에 새 능실이 발견된 사실은 끝끝내 한마디도 말하지 않은 채였다. 소문을 이미 알고 있을 민 경위 쪽도 그 일에 관해선 지섭에게 전혀 아는 체를 하지 않고 있었다. 민 경위가 굳이 입을 열어오지 않는 한 지섭 쪽에서 먼저 이야기를 꺼낼 필요가 없었다. 민 경위로선 굳이 더 자세한 걸 알아야 할 필요가 없는 일일뿐더러, 이야기가 잘못 나갔다간 전날의 일로 하여 그의 처지만 공연히 거북스럽게 할 뿐이었다.

지섭은 그냥 부여로 내려갔다. 그리고 이젠 그것으로 지섭에게는 전야제 행사에 관한 한 모든 준비가 끝나고 있었다.

26

전야제 일자가 마침내 음력 8월 14일로 확정 지어졌다.

음력 8월 14일의 전야제를 시발로 문화제 행사는 제4일째인 8월 17일 대왕의 귀환을 맞는 유왕산 등산놀이로 대단원의 막을 내리게 되어 있었다. 문화제 일시가 확정된 만큼 그에 따른 각종 행사 준비도 대부분 차질 없이 마무리가 지어졌다.

이해에는 유독 음력 절기가 늦어져 8월 가윗날은 양력으로 10월 하순의 늦가을에 해당했다. 부소산록 단풍이 천 년의 조락을 시작하고, 성지를 감돌아 흐르는 백마강 물굽이가 따가운 가을 햇살 아래 더욱 차갑고 푸르른 절기였다.

문화제 기간이 임박해오자 고을 안은 하루하루 분위기가 들떠오르기 시작했다. 거리 곳곳엔 갖가지 현수막과 아치들이 설치되고, 부소산 숲 속에선 옛 왕조의 영화와 비운을 되새기는 애끓는 노랫가락이 하루 종일 고성능 확성기에 실려 흘렀다.

전야제가 하루 앞으로 다가온 음력 8월 13일부터는 길거리의 인파까지 눈에 띄게 술렁댔다. 공연한 기대감에 집을 나와 여기저기 다방과 길거리를 기웃거리고 다니는 사람들에다, 행사 구경차 몰려든 시골 놀이꾼들로 여관 근처나 공원 유적지들은 발길이 막힐 지경이었다. 거리를 누비는 인파 가운데는 벌써부터 전야제에 동원될 흰 치마저고리 복색의 아녀자들까지 심심찮게 섞이고 있었다. 체육대회 분위기는 체육복 차림으로 거리를 누비는 선수들에게서 먼저 무르익어 오르듯이, 전야제 복색으로 지섭이 미리 고을 안 아낙들과 여학생 아이들에게 나누어준 치마저고리를 성급하게 차려입고 나선 극성파들의 뽐내기 나들이였다. 심지어는 전야제 날 밤부터 문화제 행사가 끝날 때까지 불을 밝혀 달게 되어 있는 청홍색 등롱을 벌써부터 문 앞에 내건 사람까지 있었다.

문화제는 어쨌거나 그 나 실장 들의 의도대로 들뜨고 흥청거리는 축제 분위기 일색으로 흐르게 될 낌새였다. 까닭 없는 기대와 흥분기에 쫓기고 있는 젊은이들의 술렁임이 그런 조짐을 더욱 노골화해갔다.

그것은 바로 나 실장 들이 일찍부터 노려왔던 바의 그 화창하고 흥겨운 축제의 분위기였다. 거기에 모두들 만족하고 있었다. 위원회 사람들이나 고을 사람들 전체가 그런 분위기를 만족해하고 있었다. 적어도 이들에겐 그 축제의 축제다운 분위기가 불만스러울 데란 있을 수 없었다.

다만 한 사람 위원회 사람들 가운데서도 홍 박사만은 좀처럼 그런 분위기에 마음이 편해지질 못하고 있었다. 홍 박사 한 사람만이 아직도 그 들뜨고 흥겨운 축제의 분위기에 오히려 잔뜩 긴장하고 있었다.

지섭은 그 홍 박사의 긴장을 알고 있었다. 그리고 지섭만이 오직 그 홍 박사가 긴장하고 있는 이유를 알고 있었다. 그것은 한마디로 지섭이 그런 흥겨운 분위기를 달가워하지 않고 있기 때문이었다. 그런 분위기를 달가워하지 않을 지섭을 홍 박사가 너무 익히 알고 있기 때문이었다. 뿐만 아니라 홍 박사는 지섭에게 필경은 어떤 심상찮은 음모가 꾸며지고 있는 기미를 어슴푸레나마 감지하고 있기 때문이었다. 문화제가 끝끝내 그런 식으로 무사히 치러져나갈 수 없을 어떤 음모가 그에게 꾸며지고 있음을 느끼고 있었기 때문이다.

홍 박사가 그런 느낌을 지니게 된 것은 지섭 쪽에서 자주 그런 암시를 주어온 결과이기도 하였다. 그렇지 않아도 홍 박사는 지섭을 늘 의심하고 수상쩍어해온 터였다. 처음엔 그 지섭이 숨겨버린 비밀 능실 때문이었다. 당사자들은 아직 사실을 알지 못하고 있었지만, 그 지섭의 비밀 능실과 상관하여 홍 박사는 아직도 지섭에 대한 의혹을 완전히 씻지 못하고 있었다. 그의 주위를 끊임없이 맴돌면서 미심쩍은 눈빛을 번득이고 있었다. 하지만 이젠 그 홍 박사로서도 더 이상 어떻게 지섭을 추궁할 길이 없었다. 능실의 문은 이제 영원히 다시 닫혀버린 뒤였다. 능실의 문이 닫혀버린 것처럼 지섭의 입도 닫혀버린 것이었다. 그를 계속 추궁한다 하더라도 소용이 없는 일이었다. 홍 박사는 제풀에 그만 맥이 풀리고 말았다.

한데도 홍 박사는 뭔가 아직도 지섭에 대해 마음을 놓지 못하고 있었다. 뜻하지 않게도 서하총 남벽 쪽에서 비밀 능실이 발견된 사실에 대해 그가 너무도 조용해 있는 점이나, 예상을 뒤엎고 전야제 행사를 냉큼 떠맡고 나선 갑작스런 태도의 돌변 사실하며, 거기다 또 문화제의 분위기가 나 실장 들의 주장대로 축제의 그것 일색으로 이끌리고 있는 사실에 대해서도 전혀 아랑곳을 않는 속셈이 홍 박사에겐 아무래도 의심쩍게만 보였다. 속으로 뭔가 그 나름의 계략을 품고 있는 게 분명했다.

"어떻게 맘을 바꿔먹고 그러지요? 윤 형도 이젠 생각이 조금씩 밝은 쪽으로 틔어져가는가 보지요?"

홍 박사가 농담처럼 넌지시 속을 짚어볼라치면 지섭은 번번이 그 홍 박사 쪽으로 공박의 방향을 되돌려놓곤 하였다.

"박사님마저도 이젠 그걸 원하고 계신 참이니까요. 박사님까지 그러시는 마당에 저 혼자 공연한 고집 부려봐야 소용이 있습니까. 전 그저 박사님만 뒤쫓기로 작정을 했습니다……"

속셈을 제대로 털어놓을 리가 없었다. 하면서도 지섭은 그런 식으로 뭔가 뜻이 알쏭달쏭한 소리로 홍 박사의 심사를 자주 어지럽히곤 하였다.

―글쎄요. 아직은 아무것도 장담할 수가 없는 일이지요. 무슨

일이건 진실은 뚜껑을 열어봐야 판명이 나게 마련 아닙니까. 꾸미려 해서 꾸며질 수 있는 게 역사는 아니니까요.

―비밀 능실이 발견되어 나온 건 그런대로 퍽이나 다행스런 셈이지요. 하지만 박사님께서도 알고 계시지 않습니까. 그 비밀 능실이 우리에게 의미하는 바의 진실을 말씀입니다. 전 박사님께서 그 능실을 어떻게 생각하고 계신지를 알고 있습니다.

―결국은 박사님 하시기에 달린 일이지요. 능실에 관해서나 문화제에 대해서나…… 아마 박사님 스스로도 그 점 충분히 생각하고 계실 줄 믿습니다만, 이 일에 대해선 결국 박사님의 태도가 모든 걸 좌우하게 됩니다. 박사님이 하셔야 할 일도 이미 정해져 있는 거나 한가지인 터이구요. 전 그저 박사님의 그 표현되지 않은 뜻을 받들어갈 뿐입니다.

당사자도 모른 채 그 홍 박사를 앞세워 무슨 일인가를 꾸미고 있는 기미가 분명했다.

하지만 지섭 역시도 당장은 그 홍 박사 앞에 자신이 꾸미고 있는 일이 무엇인가를 털어놓으려 하지 않았다. 그는 오히려 홍 박사의 뜻을 좇아 그렇게 해오고 있노라 하였지만, 그것은 아직 홍 박사 자신에게도 거의 짚여오는 바가 없는 일이었다.

홍 박사는 그저 기다릴 수밖에 없었다. 지섭으로부터 끊임없는 암시를 견디며 불안스럽게 기다리고 있었을 뿐이었다.

그런데 그 8월 13일 윤지섭이 마침내 홍 박사를 집으로 찾아왔다. 그리고 비로소 그가 기다려오던 음모의 정체를 털어놓기 시작했다.

"이제 내일로 전야제가 다가왔습니다."

지섭은 이날 홍 박사의 서재로 안내되어 든 다음 두 사람이 자리를 마주하기가 무섭게 성급하게 말머리를 꺼냈다.

이번엔 홍 박사도 지섭이 서둘러 말머리를 꺼낸 이유를 짐작하고 있었다는 듯 천천히 고개를 끄덕였다.

"알고 있소. 그리고 기다리고 있었지요. 문화제가 시작되기 전에 오늘쯤은 아마 윤 형이 나를 한번쯤 찾아오게 될 줄 알았어요."

거기에 덧붙여 홍 박사는 이미 지섭이 그에게 어떤 주문을 가지고 왔음에 틀림없으리라는 것, 그리고 그 주문이 어떤 것이든 가능한 한 그것을 힘껏 감당해갈 작정임을 무언중에 조용히 다짐해 보였다. 하고 보니 지섭으로서도 이젠 그 홍 박사가 그를 기다리고 있었던 일이나 듣지 않고도 이미 그의 내심을 속속들이 꿰뚫고 있었던 일 따위는 새삼 놀라워하거나 이유를 물어야 할 필요가 없었다. 어차피 두 사람의 마음은 하나였고, 서로가 서로의 마음을 자신의 것처럼 환히 꿰뚫어 읽어온 처지였다.

"전 애초에 박사님께 이 문화제에 관한 구상을 말씀드렸을 때부터 대왕이 주역이 되어 모셔질 행사를 한 가지쯤 생각하고 있었지요. 그건 아마 박사님께서도 아직 기억하고 계시리라 믿습니다만."

지섭은 이런저런 군소리 없이 곧바로 문화제의 발의 취지부터 홍 박사 앞에 다시 상기시켰다.

"알고 있어요. 하지만 이젠 불가능해졌지요. 의자왕이 따로 주역이 되어 모셔질 행사가 마련되지도 않았거니와 윤 형이 맡고 있는 행사 종목도 전야제 하루밖에 아니질 않소."

홍 박사는 오히려 그 지섭의 속셈을 유도해나가는 격이었다. 지섭은 그제서야 비로소 자신의 계획을 솔직하게 털어놓았다.

"그렇습니다. 대왕을 위한 행사도 없고 제 역할도 전야제뿐이지요. 하지만 전 짐작하고 계시다시피 아직도 그걸 단념하지 않았습니다. 제 말씀은 그러니까 저의 전야제 행사를 대왕을 모시는 것으로 만들 작정이라는 겁니다. 전 사실 그동안에 이미 그쪽으로 준비도 해왔던 터구요."

"전야제로 의자왕을 모신다면 그게 어떤 방식이 되어야 할 것인구."

"그야 별로 어려운 일이 아닙니다. 기왕에 꾸며진 낙화제 행사에서 특별히 계획을 변경할 일도 없구요…… 이를테면 그 3천 명의 등롱 행렬은 어차피 서글픈 망국민의 행렬이 아니겠습니까. 그리고 그때는 대왕과 효 왕자 일행도 함께 산을 넘을 테구요. 제 계획은 그 행렬의 선두에 대왕과 왕자를 앞세워 여인들을 선도해나가게 하려는 겁니다."

"위원회에 제출된 계획서엔 없었던 이야기로구먼. 아마 신경을 몹시들 곤두세울 텐데. 그렇게 되면 바로 왕이 그 망국의 대열을 선도하는 격이니 윤 형도 이미 알고 한 일이겠지만, 그런 분위기는 결코 달가워할 리가 없는 사람들이니."

"그야 저도 사람들이 이 문화제가 구김살 없이 화창한 축제의 분위기로 꾸며지기를 바라고 있다는 사실을 모르는 바는 아니지요. 그래서 여태까지 발설을 안 하고 지내온 거 아닙니까. 하지만 이 일은 그저 기왕에 계획되어온 등롱 행렬에 대왕만 앞세우면 그

만인 거거든요. 그리고 그 사람들 그게 정 마땅치가 않다면 그 사람들 소망대로 대왕의 연기를 연출시킬 수도 있겠구요."

"그 사람들 소망대로 연기를 연출시킨다면."

"그 사람들 생각대로라면 의자왕은 원래가 주색에 혹하고 정사에 무능한 임금이 아니었습니까. 전야제부터서 축제의 분위기가 필요하다면, 그 뭐 대왕까지도 한번 술에 취해 너울너울 걸음걸이를 비틀거리게 해보이지요. 진짜 나라를 망해먹은 허랑방탕한 패주의 모습으로 말씀입니다."

"……"

홍 박사는 이제 입을 다물었다. 그 홍 박사의 말 없는 눈빛에 쫓기듯 지섭 혼자서 말을 계속했다.

"망국 행렬의 선도역이 되든, 어리석고 방탕한 주정뱅이 노릇을 하든, 어쨌거나 이 문화제에는 대왕이 반드시 앞세워져야 합니다. 그것은 이를테면 백제 멸망사의 한 구체적인 해석의 방법일 수도 있으니까요. 나라를 망해먹은 당신의 말과 행동을 빌리지 않고는 공정한 해석이 불가능한 일이 아니겠습니까. 그래 저는 어쨌거나 그곳에 대왕을 모시려는 겁니다."

"해석의 문제라면…… 윤 형은 그래 그 왕을 통해서 어떤 해석을 보이려는 겁니까?"

묵묵히 듣고 있던 홍 박사가 다시 무겁게 입을 열었다. 그 역시 이미 짐작하고 있던 일이었을 테지만, 그러나 그것을 지섭에게서 다시 확인해보고 싶어 하는 어조였다.

하지만 지섭은 아직 거기까지는 분명한 대답을 삼갔다.

"그야 얼마든지 해석의 방법은 많을 수 있겠지요. 서하총에 발견된 새 능실의 의미나 유왕산 등산놀이의 유래에 관한 것, 나아가서는 백제 멸망의 멀고 가까운 이유들까지도 모두 함께 관련이 될 일이니까요. 이를테면 그 지하의 능실이 진짜냐 가짜냐 하는 문제 하나만 하더라도 대왕이 이 땅을 어떻게 떠나갔느냐―, 혹 어쩌면 이 땅을 아예 떠난 일이 없는 것으로 하고 싶은 우리들의 희망과도 관련을 지어 해석해볼 수 있는 일 아니겠습니까. 떠난 일이 없다면 돌아옴도 있을 수 없고, 거꾸로 그 돌아옴을 없애자면 떠남부터서 없애야 할 수도 있구요…… 하지만 여기서 제가 미리 그런 해석까지 정해 붙일 수는 없지요. 그건 그저 제 희망에 불과할 뿐이구요. 해석의 방향은 대왕이 정해야지요. 행렬을 앞장설 대왕이 말입니다."

지섭은 끝내 그 해석의 방향에 대한 개인적인 희망은 밝히질 않았다. 개인적인 희망을 드러내 보이지 않는 대신 그는 갈수록 홍 박사를 옴짝달싹 못하게 육박해 들어갔다.

"그래 내가 윤 형을 도울 일이 무엇이겠소?"

홍 박사는 마침내 항복하듯 긴장한 얼굴로 묻고 있었다. 그것은 이를테면 그 전야제의 대왕 역을 누구로 정하고 있느냐는 물음이었다. 하지만 홍 박사는 대왕 역의 배역을 묻지 않고 자신이 도울 일이 무엇인가를 물었다. 그것은 곧 홍 박사 자신이 이미 지섭의 대답을 알고 있다는 증거이기도 했다.

지섭의 대답은 과연 홍 박사의 예상대로였다.

"박사님께서 도울 일이란 내일 그 대왕이 되어서 행렬을 앞장서

주시는 거지요. 무어니 무어니 해도 대왕의 거동을 통하여 모든 해석의 방향을 정해주실 수 있는 분은 이 고을에 오직 박사님 한 분뿐이시니까요. 전 그저 그 박사님의 해석을 뒤좇을 뿐입니다."

"하지만 난 아직도 그 해석의 방향을 생각해보질 않았는걸."

홍 박사는 그러나 뭔가 지섭의 제안을 사양하고 싶은 눈치였다. 하지만 지섭은 끝끝내 그 홍 박사의 퇴로를 가로막고 나섰다.

"생각해보지 않은 것은 누구나 마찬가지일 것입니다. 전 그저 떠남이 없으면 돌아옴이 없게 된다거나, 다시 돌아옴이 없으려면 떠남부터 없어야 한다는 따위의 생각을 두서없이 꿈꿔본 것뿐, 당사자이신 대왕마저도 궁성을 버리고 산을 오를 때까진 아직 생각이 미리 정해질 수가 없었을 테니까요. 해석의 방향은 아마 복식을 갖추고 행렬을 이끌다 보면 비로소 분명한 것이 떠오르게 되겠지요. 그리고 그게 무엇보다 정직한 결정이 되겠구요. 내일 행렬을 앞장서주십시오. 그리고 거기서 떠오르는 생각을 따라주십시오. 박사님밖에 그래주실 분이 아무도 없습니다."

"돌아옴이 없으려면 떠남부터가 없어야 한다…… 돌아옴이 없으려면……"

홍 박사는 마침내 눈을 지그시 내려 감고 주문처럼 같은 소리를 중얼거리고 있었다. 침착을 잃지 않으려 같은 소리를 계속 중얼거리고 있었으나, 그의 얼굴빛은 이제 무엇에 질린 듯 서서히 창백하게 핏기를 잃어가고 있었다.

하지만 지섭은 이제 그걸로 만족이었다. 홍 박사의 얼굴빛이 창백해지고 있음은 그가 이미 자신의 역을 각오한다는 증거일시 분명했다. 그리고 행렬을 앞장서 갈 대왕의 연기가 얼마나 비극적인 것이 되어야 하는가를 스스로 감득한 증거가 분명했다. 지섭은 그 홍 박사가 이윽고 깊은 신음 소리와 함께 내려 감았던 눈을 다시 떴을 때, 그리고 그 눈길 속에 어떤 무서운 열기 같은 것이 활활 불타오르고 있음을 보았을 때, 그것을 다시 한 번 분명히 확신했다.

더 이상 두 사람은 말을 주고받아야 할 필요가 없었다.

지섭은 그만 자리를 일어서 홍 박사의 집을 물러나왔다.

홍 박사와 헤어져 집으로 돌아와보니 때마침 서울의 민 경위가 주문한 의상들을 찾아 싣고 지섭의 집을 찾아오던 참이었다.

그런데 그 지섭을 찾아온 민 경위의 모습이 예상 이상으로 지친 꼴이었다.

그는 차를 타고 온 것이 아니라, 기마대 말을 내어 부여까지 하룻길을 달려온 것이었다.

"새벽길에 나서서 국도를 달렸지요. 무리를 무릅쓰고 겨우겨우 녀석을 달래가며 오긴 했지만 생각보다 길이 꽤 멀군요, 허허."

그는 마치 자신의 행동을 스스로 어이없어하듯 허탈한 웃음을 흘리고 나서 지친 사지를 마루 위로 내던졌다.

하지만 민 경위는 그것도 잠시뿐, 여독이라도 조금 가라앉히고 나서자는 지섭을 재촉하여 이내 다시 지친 말고삐를 잡아끌고 나섰다.

"여기까지 드러누워 잠이나 자자고 온 건 아니니까요. 뭐가 어떻게 되어가는지 거리 구경이나 좀 나가봅시다."

호기심 많은 어린애처럼 거리의 분위기를 살피고 싶어 했다. 말은 그냥 쉬게 해두자는 지섭의 권유에도 민 경위는 부득부득 고집을 꺾으려 들지 않았다.

"지치기는 저나 나나 매일반일걸요. 여기까지 온 김에 제놈도 이 거리는 한번 누벼볼 만할 겁니다."

민 경위는 거리의 분위기를 살피는 쪽이 아니라 말 등을 올라탄 자신의 모습이 오히려 분위기의 일부분을 이루는 격이었다. 게다가 말 등에 높다랗게 올라앉은 민 경위의 근엄한 표정과 그 민 경위 곁에서 마부처럼 초라하게 종종걸음을 쳐대야 하는 지섭과의 대조는 이 좁은 부여 거리에 더없이 희극적이고 환상적이기까지 한 기이한 분위기를 자아냈다.

그런 식으로 민 경위는 말을 타고 홍 박사를 찾아갔고 위원회를 찾아갔고, 그리고 그와 그의 말이 모델이 되어 건립된 계백 장군의 기마상을 찾아갔다.

그리고 밤이 늦을 때까지 여기저기 축제 분위기로 들뜬 길거리를 누비다가 물먹은 솜처럼 녹초가 된 다음에야 지섭과 함께 찾아든 여관방 잠자리 속으로 미련 없이 곯아떨어져 들어갔다.

그가 이 문화제에서 해야 할 일에 대해서는 끝끝내 한마디도 물은 일이 없는 채였다. 지섭 쪽에서도 굳이 그걸 말해주려고 하지 않았지만, 그 역시 지섭을 상대로 하여 그걸 물으려 한 일이 없었던 것이다. 마치도 그가 일부러 말을 타고 내려온 일을, 그리고 이 고을 물정을 하나도 모르는 낯선 나그네처럼 기이한 모습으로 거리를 누비고 싶어 한 심사를 지섭이 전혀 물으려 하지 않은 것처럼.

그것은 물론 홍 박사와 지섭 사이에서처럼 말을 하지 않아도 이미 서로가 서로의 심중을 알고 있었기 때문일 터였다. 새삼스럽게 말을 하거나 물을 필요가 없었기 때문이었다.

지섭이나 민 경위나 서로가 그것을 알고 있었기 때문이었다. 하지만 민 경위는 아직도 지섭의 의중 가운데서 가장 중요한 대목을 놓치고 있었던 셈이었다.

27

등롱들이 이윽고 꽃으로 변하여 강물로 져 내려 흘렀다.

꽃들의 행렬은 끝날 줄을 몰랐다. 낙화암 절벽 끝에서 져 내려도 져 내려도 꽃들의 행렬은 다할 줄을 몰랐다. 하얀 소복 차림의 여인들이 온 산을 뒤덮을 듯 황혼의 산길을 이어 오르고 있었다. 그리고 그 소복의 대열은 산을 넘어 절벽 끝에 이르러 황혼 속에 굽이치는 백마강 강물 위로 꽃이 되어 떨어졌다.

떨어진 꽃잎으로 강물까지 하얗게 무늬져 흘러갔다.

부소산 산마루까지 부왕을 모시고 온 왕자 지섭이 그 광경을 침통하게 지켜보고 있었다.

하지만 그곳엔 웬일로 부왕의 모습이 보이지 않았다. 부왕의 의상을 갖춘 홍 박사가 어디론지 자취를 감춰버리고 없었다.

홍 박사는 처음부터 그곳엘 올라온 일이 없었던 것도 같았고, 함께 왔다가 슬그머니 혼자 몸을 숨겨 사라진 것도 같았다.

지섭은 초조하게 홍 박사를 찾았다. 촌각을 지체할 수 없는 급박한 상황이었다. 끊임없이 산을 넘어가 절벽 끝으로 낙화 져 내리는 수백 수천의 소복의 여인들을 부왕이 없이는 어찌할 수가 없었다.

그 갸륵한 여인들을 위하여 부왕의 결단이 있어야만 했다. 여인들을 모른 체해버릴 수가 없었다. 혼자서 몸을 숨겨 달아날 수는 없었다.

끊임없이 산을 넘어오는 여인들의 행렬이 시시각각으로 부왕의 결단을 재촉하고 있었다.

하지만 아직도 홍 박사의 모습은 나타나질 않았다. 그 홍 박사가 없이는 부왕의 결단이 불가능한 것이었다. 지섭은 정신없이 숲속을 헤매었다. 숲 속을 헤매며 목청이 터져라 홍 박사를 찾았다.

하지만 끝끝내 홍 박사의 모습은 나타나지 않았다. 대왕을 따르던 민 경위와 백용술 들만이 지섭처럼 안타깝게 여인들의 행렬을 지켜보고 있었다.

이상스런 일은 바로 그때 지섭 자신이 어떻게 해선지 홍 박사 대신 대왕의 모습으로 꾸며져 있는 것이었다. 홍 박사를 꾸몄어야 할 대왕의 어의가 어느 틈엔지 그의 몸을 감싸고 있었고, 지섭은 이미 대왕의 모습으로 참담하고 비통스럽게 여인들의 행렬을 지키고 있었다.

민 경위와 용술 들마저도 어느새 그 대왕의 결단을 기다리는 왕자와 신하로 그를 옹위하고 있었다. 그것은 어쩌면 지섭 자신이 처음부터 대왕으로 분하여 거기까지 산을 올라와 있는 것 같기도 하였다.

지섭은 비로소 자신의 처지가 더욱 힘겹고 급박해 있음을 깨닫기 시작했다. 이제 결단은 자신의 것이었다. 그것은 촌각도 시간을 지체할 수 없는 일이었다. 산을 넘어가는 여인들과 행렬을 함께하거나 거기서 그냥 모습을 숨겨 길을 피해 사라져버리거나, 결단은 그저 다음 한 걸음을 내딛는 데에 달려 있는 것이었다. 대왕은 원래 거기서 공주 쪽으로 몸을 피해 간 것으로 되어 있었다. 공주 쪽이 되자면 여인들과는 거기서 길을 갈라서야 하였다.

하지만 그는 망설였다. 그리고 그 망설임 속에 땀을 흘리다 잠이 깨었다. 모든 건 아직도 꿈이었을 뿐이었다.

그러나 그것은 그저 꿈만은 아니었다.

다음 날 저녁—, 바야흐로 전야제 행사가 시작됐을 때 지섭은 기이하게도 간밤의 꿈속에서와 한가지로 자신이 대왕으로 그곳에 서 있었다.

그가 역을 하기로 한 왕자 효는 민 경위가 대신해 나섰고, 민 경위가 역해야 할 신하들의 그것을 백용술을 비롯한 임시변통의 삯일꾼들이 대신하고 있었다.

홍 박사의 사정이 그리되어버린 것이었다.

홍 박사 당신의 본의는 아니었다. 홍 박사는 실상 모든 걸 이미 각오하고 있는 듯싶어 보였었다. 그러나 이날 낮 지섭이 민 경위, 백용술 들과 함께 문화원 사무실로 그를 찾아갔을 때였다.

지섭의 계획은 홍 박사 일행이 문화원 사무실에서 분장을 끝내고 있다가 박물관 뒤꼍께서부터 행렬을 앞장서 선도케 할 참이었다. 바로 그 분장 과정에서 사고가 벌어졌다. 예정에도 없는 행사를 꾸미고 있는 지섭에 대한 관리 위원회 사람들의 추궁이 터져 나온 것이었다. 그런 계획을 무엇 때문에 숨겨왔으며 의자왕으로 분장시킨 홍 박사로 하여금 여인들의 행렬을 선도케 함으로써 전야제의 분위기를 어떻게 이끌어가려느냐는 채근이 이어졌다.

지섭이나 홍 박사나 내심을 제대로 털어놓을 리가 없었다. 그러자 위원회 사람들은 그것으로 이미 모든 사정을 미루어 헤아리게 되었고, 급기야는 위원회의 승인이 없는 의자왕의 등장을 중도 차단하러 나서기에 이르렀다.

한동안 그렇게 옥신각신 우김질을 계속하다 보니 홍 박사의 모습이 문득 사무실 안에서 사라지고 없었다. 누군가에 의한 강제 납치가 분명했을 터이지만, 사무실엔 아무도 홍 박사가 간 곳을 아는 사람이 없었다.

그래 다행히 의관만이라도 그대로 남기고 갔기에 지섭이 부랴부랴 대왕 역을 대신 꾸며 나온 것이었다. 지섭이 부왕 역을 대신해 나섰으니, 그가 역해야 할 왕자의 분장을 민 경위가 대신할 도리밖에 없었다. 이 조심스런 지섭의 행사에 민 경위와 함께 백용술까지 한 묶음으로 끌어들인 것은, 용술로 하여금 민 경위와의 어떤 공범 의식을 경험시켜줌으로써, 만약의 경우 민 경위까지 그의 주위를 맴돌면서 숨겨진 능실에 대한 위인의 섣부른 행동을 저지시켜줄 마음의 덫을 심어주기 위해서였다.

어쨌거나 모든 사정이 간밤의 꿈속과 엇비슷이 흘러갔다. 그는 바로 그 꿈속에서와 한가지로 부소산 정상의 기로에 머물러 끊임없이 산을 넘어가는 소복 여인들의 행렬을 지켜보고 서 있었다.

꿈속에서와 다른 점이 있다면 다만 한 가지 왕자 효로 분장한 민경위가 그의 말을 단장시켜 이 산길까지 힘들여 끌고 온 과외의 연출 효과 정도라고 말할까. 그리고 그 꿈속에서와는 달리 현실의 지섭은 심한 술기가 그의 의식을 훨씬 헐겁게 해주고 있는 점이라고나 말할까.

문화제는 어차피 이제 축제 분위기 일색으로 이끌릴 판이었다. 지섭 혼자의 힘으로는 그 흐름을 어떻게 달리 돌려놓을 수가 없었다. 더욱이나 그가 비장의 무기이듯 몰래 계획해온 대왕의 동참 행사마저 이미 절반쯤 파탄이 나고 만 판이었다.

그럴 바엔 차라리 역설적인 연기를 보여주는 수밖에 없었다. 축제를 원하는 자들에겐 왕이 스스로 축제의 즐거움을 연기해 보일 수도 있는 일이었다. 나라가 망해감도 아랑곳을 않는 그 허랑방탕한 임금을 품어온 백성에겐 진짜 주색에 빠진 무능한 임금을 연기해 보임도 방법이 될 수 있는 일이었다. 거기서도 어떤 역설의 진실을 만나게 할 수가 있을 법한 일이었다.

그래 지섭은 스스로 마시고 스스로 취해갔다. 그리고 술 취한 패주로서 아직도 넋 없이 방탕기를 즐기듯 비틀비틀 행렬을 앞장서 온 것이었다.

하지만 이젠 그 술기마저 그의 심사를 더욱 비장스럽게 하였다.

그 아릿아릿한 술기 속에 그는 단번에 천 년의 세월을 거슬러 올라가 쫓기는 왕으로 그곳에 서 있었다. 끊임없이 산을 넘어가 절벽 끝에 등롱으로 떨어져 간 소복의 여인들이 그의 눈앞에 꽃잎이 되어 낙화 지고, 낙화가 되어 석양의 강상을 수놓아 흘러갔다. 그리고 아직 산길을 메우며 줄지어 올라오는 소복 여인들의 끊임없는 행렬들, 그 어렴풋한 등불의 행렬에선 천 년의 노랫소리가 어우러져 올라왔다. 소리는 없어도 지섭은 그것을 귓가에 역력히 느끼고 있었다. 천 년을 이어져온 통곡과 함성의 애끓는 노랫소리였다. 그리고 그 역력한 노랫소리의 환청 속에 지섭의 귀청을 울리고 지나가는 무거운 목소리가 끼어들고 있었다.

— 돌아옴이 없으려면 떠남부터가 없어야 한다. 돌아옴이 없으려면, 돌아옴이 없으려면……

동시에 눈을 지그시 내려 감고 주문처럼 같은 소리를 외워대는 홍 박사의 질린 얼굴이 지섭의 눈앞을 천천히 지나갔다.

— 홍 박사, 당신도 아마 같은 결단을 내렸던 걸 게요.

지섭은 더 이상 망설이고 있을 수가 없었다. 어둠이 스며들기 시작한 그의 눈 끝에 희미한 이슬기 같은 것이 맺히고 있었다.

"왕자야!"

그는 이윽고 결단을 내린 듯 그 이슬기 맺힌 눈빛으로 곁에 선 민 경위를 똑바로 내려다보았다. 그리고 사직을 지켜 전하지 못한 회한을 안은 부왕답게 조용히 왕자에게 이르기 시작했다.

"이제부턴 너 왕자의 책임이 막중하여지겠고나."

하지만 왕자나 신하들은 아직 그 부왕의 흉중을 헤아릴 수가 없었다. 말뜻을 얼핏 알아듣지 못해 어리둥절해 있는 왕자에게 부왕이 다시 다짐을 계속했다.

"사직을 능히 보전하지 못하게 된 임금이 그 백성의 떼죽음을 보고 어찌 혼자서 목숨을 도모코자 하겠느냐. 내 이제 저들과 함께 수중 혼령으로나마 이 땅을 지켜간 군왕으로 남고자 함이니, 왕자는 뒷일에 더욱 부끄러움이 없어야 하리라."

목소리까지 이젠 사뭇 지섭의 그것과는 다른 정체 모를 위엄이 어리고 있었다.

말을 마치자 대왕은 이윽고 행렬을 천천히 뒤따르기 시작했다.

이젠 왕자나 신하들도 대왕의 말뜻을 분명히 알아차릴 수 있었다. 하지만 아직도 왕자나 신하들은 다만 대왕의 말뜻을 이해할 수 있었을 뿐, 아직도 그 말 속에 숨겨진 진짜 연기는 알아차리질 못했다. 다만 한 사람 왕자로 분장한 민 경위만은 어딘지 심상찮은 예감이 스치는 듯싶었다. 그러나 그도 굳이 그런 상서롭지 못한 예감을 괘념하고 나설 사람이 아니었다. 왕자와 신하들은 영문도 모른 채 여인들의 행렬로 뒤섞여 드는 대왕을 뒤따라 말을 버리고 절벽으로 내려갔다.

여인들의 행렬은 이제 차라리 꽃불로 이어진 강물의 흐름이었다. 그 절벽 끝에서 등롱으로 낙화 져간 여인들의 모습은 고란사 쪽으로 길을 돌아 나갔기 때문에 강물을 거슬러 산을 되돌아오는 사람이 아무도 없었다. 꽃불의 강물은 아래쪽으로만 흘렀고, 그렇게 흘러내린 강물 자락은 절벽 끝에 이르러 차례차례 꽃구름으로 낙화 져 내렸다.

대왕도 왕자도 이젠 그 강물의 흐름에 실려 내리고 있었다.

일행이 마침내 절벽 끝에 이르렀다.

대왕은 거기서 다시 한 번 무릎을 꿇고 하늘을 높이 우러렀다. 그리고 잠시 동안 그 침통스럽도록 적막한 우러름이 끝났을 때 대왕은 마침내 몸을 날려 강물로 뛰어내렸다.

그것은 등롱으로 대신된 투신이 아니었다. 대왕 자신의 몸을 강으로 날린 것이었다. 믿어지지 않을 만큼 창졸간의 일이었다.

주위 사람들은 미처 방금 거기서 무슨 일이 일어났는지조차 알아차릴 수 없었을 지경이었다. 한동안 그저 어리둥절한 표정으로 서로의 얼굴들만 멍청스럽게 쳐다보고 서 있었다. 그것은 어떤 기묘한 환각 속에 어이없는 속임수를 당하고 난 사람들의 바보스런 얼굴 그것과 흡사했다.

그러나 다만 한 사람 그런 창졸간의 변고를 당하고 나서도 혼자서 몰래 기묘한 웃음을 숨기고 있는 사람이 있었다. 그는 다름 아닌 왕자로 뒤에 남은 민영서 경위 바로 그 사람이었다.

하지만 그때 민 경위가 혼자서 그 기묘한 웃음을 숨기고 있었던 것도 딴 뜻이 있어서가 아니었음은 물론이다.

— 왕자야! 이제부턴 너 왕자의 책임이 막중해지겠고나. 내 이제 저들과 함께 수중 혼령으로나마 이 땅을 지켜간 군왕으로 남고자 함이니, 왕자는 뒷일에 더욱 부끄러움이 없어야 하리라.

그것은 부왕이 마지막으로 남기고 간 유훈의 참뜻이 그때 비로소 그에게 분명해진 때문이었다. 그가 그 부왕의 참뜻을 깨달아 지니게 된 망국의 왕자였기 때문이다.

해설

역사의 공백과 공허를 가로지르는 진리의 정치학

정홍수
(문학평론가)

1

이청준 소설은 흔히 '자유와 꿈' '사랑과 화해'와 같은 인간 행복의 조건을 탐구하면서 끊임없이 세상의 이념적 질서를 문제 삼는(그의 소설에서 '정치학'이 중요해지는 것도 이 때문이다) '관념소설'로 불린다. 그런데 이 느슨해 보이는 비평적 호명은 궁사나 매잡이, 소리꾼 등 토착적 장인의 세계를 다룬 이청준 소설의 또다른 중요한 계열에 대해서도 근본적으로 유효하다. 이청준 소설에서 중요한 것은 인물과 그를 둘러싼 세계의 사실적 재현이 아니기 때문이다. 이청준 소설이 인물과 세계의 사실적 층위를 외면하는 것은 아니지만, 그 층위의 진정한 의미는 모종의 지향성 속에서 결정된다. 궁극적으로 문제가 되는 것은 개개의 체험이나 현실의 사건이 아니라 지향성으로서의 이념이다. '환부 없는 아픔'이라는 초기 소설의 테마에 1950년대 전후문학의 진부한 언어로는 포착될 수 없는 실존적 고통이나 문학주의적 자기 구원의 화두를 내세우고자 한 4·19세대 작가로서의 은밀한 자부심이 없었다고 할 수는 없을 것이다. 그러나 등단작 「퇴원」(1965)에서 시작하여 「병신과 머저리」(1966), 「소문의 벽」(1971)으로 이어지는 이 계열의 작품들에서 소설의 인물들이 앓고 있는 아픔은 기본적으로 당대 한국 사회의 억압적 현실에 대한 이청준 소설 고유의 응전 속에서 발견된 것이었다. 다만 이청준의 소설적 방법은 현실의 억압을 그 자체로 그리기보다는 억압의 조건과 정황을 이념화하여 '전짓불 앞의 진술'과 같은 좀더 포괄적이고 추상도 높은 물음으로 바꾸어놓았다. 그렇게 함으로써 가령 '진술 불가능한 상황에서의 진술'이라는 궁지는 한 개인의 정신적 외상의 차원 위에 소설이 불가능한 시대의 소설 쓰기라는 자기 언급적 상황을 포개고, 당대 현실을 포함하는 억압의 보편적 조건과 정황을 다시 포개어 복합적이고 중층적인 소설적 질문을 만들어내었다. 통상적 의미의 리얼리즘과 구분되는 이러한 미학적 방법으로부터 이청준 소설 특유의 정치학이 펼쳐졌음은 두루 아는 대로다.

가령 대표작으로 꼽히는 『당신들의 천국』(1976)에서 그 정치학의 핵심으로 선명하게 떠오른 것은 '천국', 그러니까 유토피아의 꿈이다. 5·16군사쿠데타가 일어난 1961년, 나병 환자들의 집단 거주지인 소록도에 권총을 찬 현역 의무장교 조백헌 대령이 병원 원장으로 부임하면서 시작되는 이 소설은 소록도를 '문둥이들의 천국'으로 만들겠다는 조백헌 원장의 꿈과 좌절을 그리고 있다. 그런데 여러 평자들이 지적한 것처럼 조백헌이라는 인물이 어떻게 해서 이런 천국의 꿈을 갖게 되었는지 소설에는 아무런 설명이 없다. 이와 관련해서는 지배와 억압의 질서 너머를 꿈꾸어온 이청준 소설의 일관된 문제의식과 함께, 조백헌 원장의 모델이 된 실제 인물이 있으며, 그의 이야기를 다룬 논픽션 르포가 선행 텍스트로 존재한다는 사실을 고려에 넣어야 할지도 모르겠다. 그러나 종교의 천년왕국설에서 현실 정치의 이념에 이르기까지 인류사의 오랜 꿈이 각인된 유토피아의 테마가 이로 인해 어느 정도 제한된 영역 안에서 다루어진 측면도 없지 않다. 물론 『당신들의 천국』이 탐구하고 있는 것은 유토피아의 갈망 그 자체라기보다는 유토피아의 정치학을 가능하게 하는 조건으로서 구체적인 인간적 실천의 자리다. 이청준의 통찰에 따르면 유토피아의 정치학은 언제든 억압과 배반의 현실로 바뀔 수 있다. 지배자와 피지배자 사이에 힘의 행사와 수용을 둘러싼 갈등이 불가피하기 때문이다. 조백헌 원장이 가진 천국에 대한 신념과 소록도 주민들을 향한 절대적인 선의가 혹독한 배반과 비판을 거쳐 자유와 사랑에 기초한 힘의 행사와 수용이라는 정치학에 이르고, 그 정치학이 다시 '성한 자'와 '문둥이' 사이의 운명적 간극이라는 자생적 운명의 자리와 만나게 되는 과정은 끊임없는 반성적 사유의 서사 속에서 자기 인식의 자리를 찾아가는 이청준 소설의 고유한 형식을 유감없이 보여준다. 그러면서 자생적 운명에 기초하지 않는 '당신들의 천국'을, 부재하는 '우리들의 천국'의 시선으로 비판하는 지점까지 그 유토피아의 정치학을 타협 없이 밀어붙임으로써 근본적이고 급진적인 좌표 위에 자신의 정치학을 정립한다. 1970년대 중반에 제출된 이 '자생적' 정치학의 폭과 깊이는, 에고와 타자의 매개 수준이 높을 경우 권력과 자유가 하나로 수렴되며 절대적 권력은 자유와 복종이 서로 완전히 합일되는 순간에야 가능하다는 최근의 '권력' 논의(한병철, 『권력이란 무엇인가』, 김남시 옮김, 문학과지성사, 2011)를 어느 면 선취하고, 또 어느 면 넘어서고 있다는 점에서도 뚜렷이 드러난다. 그러나 그보다 더 중요하게 생각되는 것은 이 작품의 정치학이 자유를 향한 4·19의 열망과 성취를 짓밟고 들어선 5·16 집권 세력의 개발독재 정치학과 정면으로 맞서고 있다는 사실이다. 조백헌 원장은 소설 서두의 등장 장면이 압축적으로 보여주고 있는 것처럼 그 개발독재 정치학을 온몸으로 체화하고 있는 인물이다. 민족중흥과 근대화의 집단적 구호 아래 개인의 자유와 꿈을 압살하며 불도저처럼 밀어붙인 개발독재의 현실이 어떠했는지 우리는 안다. 소설에서는 조백헌 원장이 이상욱과 황 장로의 비판을 통해 자신의 정치학을 수정하고 '당신들의 천국론'을 폐기하는 데까지 나아가는 반면, 현실에서는 무수한 비판에 재갈을 물린 채 진행된 일방적인 힘의 행사가 중단될 기미는 전혀 보이지 않았다. 그런 만큼 『당신들의 천국』이 1974~75년에 씌어지고 1976년에 출간되었다는 연대기적 사실은 거듭 음미되고 환기되어야 한다.

이청준 소설의 정치학은 언제든 당대 한국인의 현실로부터 솟아나와 다시 그곳으로 돌아간다. 돌아가되, 끈질기고 치열한 매개와 우회의 소설적 성찰을 통해 드러나는 다른 삶, 다른 세상의 가능태와 함께 돌아간다. 원장의 지위를 내려놓고 한갓 조력자로 돌아온 조백헌은 병력자인 윤해원과 건강인 서미연의 결혼을 거들면서 자생적 운명 위에 건설될 '우리들의 천국'의 미미한 가능성을 보고자 하지만, 기실 서미연 역시 미감아 출신이라는 점에서 이 천국론 역시 시작부터 균열을 품고 있다. 그러나 이 균열은 유토피아 정치학의 아포리아를 난경 그 자체로 껴안고 있는 균열이다. 이 균열을 포함하는 자리에서 이청준 소설의 유토피아 정치학은 거듭 새롭게 다시 씌어질 것이었고, 「비화밀교」(1985), 『인간인』(1991), 『신화를 삼킨 섬』(2003) 등을 거쳐 마지막 소설집 『그곳을 다시 잊어야 했다』(2007)에 이르기까지 지배와 억압의 질서를 자유와 사랑의 그것으로 탈구축하기 위한 끊임없는 모색과 탐구를 보여주게 된다. 승자의 관점에서 일방적으로 기술되고 전유된 백제 패망사를 그 영욕의 본디 자리로 되돌려놓음으로써 과거의 시간과 현재의 시간을 동시에 구원하고자 한 또 다른 야심 찬 작품 『춤추는 사제』(1979) 역시 그 지난한 도정을 함께하고 있음은 물론이다.

2

1977년 1월부터 1978년 2월까지 『한국문학』에 연재되었고, 1970년대의 끝자락인 1979년 4월에 출간된 장편 『춤추는 사제』는 공식적 역사가 억누르고 삭제한 꿈의 자리로 돌아가 그 꿈의 상상적 되삶을 통해 인간 진실의 온전한 회복 가능성을 묻는 작품이다. 그런데 역사의 어둠 속에 봉인된 꿈의 이야기는 아픔으로 시작한다. 아픔이되, 이청준 소설의 기원적 메타포이기도 한 '환부 없는 아픔'의 형식으로 현상한다. 그리고 그보다 앞서 천 년을 넘는 침묵이 있다. 이 침묵의 자리가 아픔의 현상학을 거쳐 꿈의 이야기로 풀려 나오고 마침내 그 꿈을 되살게 되기까지, 『춤추는 사제』는 현재와 과거의 동시적 일깨움 혹은 구원이라는 목표를 향해 더디지만 집요한 사유의 제의를 펼쳐 보인다.

부여 능산리 고분군 서하총 내부에 숨겨져 있던, 의자왕의 것으로 추정되는 비밀 능실의 존재는 이 소설의 상상적 발화점이다. 역사의 기록에 의하면 나당 연합군에 항복한 백제의 의자왕은 태자와 왕자, 신하, 백성 1만 2천여 명과 함께 당나라로 붙잡혀 갔고 거기서 죽음을 맞아 뤄양 시 북망산에 묻힌 것으로 되어 있다. 함께 끌려간 의자왕의 아들 융의 묘석이 1920년 그곳 북망산에서 출토된 것도 이런 역사적 사실을 뒷받침한다. 그런 만큼 당나라로 끌려간 바로 그날 조성된 것으로 묘석에 기록된 의자왕의 묘가 부여 땅에 남아 있을 수는 없는 노릇이다. 그렇다면 작가는 일종의 대체역사소설을 구상했던 것인가. 의자왕이 부여 땅에서 죽음을 맞았고 그의 묘가 부여 땅에 남아 있다는 역사적 가정이 백제 멸망사를 완전히 다시 써야 할 정도의 계기가 아니라는 점은 차치하고도, 대체역사소설적 구상은 전혀 이 소설의 겨냥점이 아니다. 작가가 소설의 발화점으로 끌어들인 부여 땅 의자왕 능실의 존재는 역사를 고쳐 쓰려는 '대체'나 '가정'의 차원에서 마련되었다기보다 역사의 음지로 추방된 진실의 시간을 뒤늦게나마 호명하고 마주하려는 깊은 원망(願望)에서 솟아난 것이다. 실제로 그러한 작가의 원망이 뜨겁게 배어 있는 소설 안으로 들어가보면, 그 위치가 딱히 서하총 내부의 숨겨진 공간이 아닐지라도 백제 땅 어딘가에 왕의 영가(靈駕)를 모셔두려고 했던 백제 유민들의 간절한 마음을 떠올리기는 그리 어렵지 않다. 작가 역시 이 점을 분명히 하고 있다. "지난 역사를 다시 고쳐 지을 수는 없는 노릇이다. 그러나 그것을 다시 꿈꾸어볼 수는 있을 것이다. 그 꿈을 통하여 그것을 좀더 창조적이거나 다른 방법으로 살아낼 수는 있을 것이다"(「작가 노트」, 『춤추는 사제』, 열림원판 이청준 문학전집, p. 267).

소설의 주인공이자 화자는 윤지섭이라는 인물로, 애초에는 백제 와당의 연꽃무늬를 좋아하는 평범한 기왓장 수집가였지만 점차 자신이 나고 자란 백제의 역사와 문화에 깊은 관심과 애착을 지니게 된 사람이다. 그 과정에서 그는 통일신라 중심의 공식화된 역사 기술(최근, '통일신라'라는 관념 자체가 일제강점기 일본인 동양사가들에 의해 발명된 것이라는 논쟁적 주장이 제기되기도 했음을 상기해볼 일이다) 속에서 백제사에 대한 폄훼와 배제, 왜곡이 적지 않게 이루어져왔다는 문제의식을 날카롭게 벼려 갖게 된 것으로 보인다. 그리고 이러한 의식은 그가 소설 속의 현재인 1970년대 남한 땅에서 백제인의 후손이자 동시에 '광의의 호남인'으로 살아가고 있다는 사실과 깊숙한 곳에서 이어져 있다. 소설에서 윤지섭이 겪는 아픔을 이해하고 돕기는 하나 그 아픔의 동참에 이르러서는 어떤 운명적 거리를 두는 인물이 민영서 경위인데, 그는 "별로 큰 긍지를 못 지닌" "신라인의 후예"로 되어 있다. 다른 말로 하면 그는 '영남인'인 것이다. 박정희의 등장 이후 한국 현실에서 '호남인'/

'영남인'의 구도가 어떤 정치적·정서적 약호인지는 첨언이 필요 없는 일일 테다. 이 소설이 출간된 이듬해인 1980년, '5월 광주'의 참상을 겪으면서 앞의 빗금 사이로 다시금 엄청난 폭력적 간극이 발생한 점을 떠올릴 때, 이청준 소설의 예언자적 지성에 새삼 전율하게 된다. 어쨌든『춤추는 사제』가 윤지섭과 민영서 경위를 피해자/가해자의 손쉬운 대립 구도에 놓지 않고, 일정한 운명적 거리에도 불구하고 서로 동정적인 이해를 나누는 관계 속에 배치하고 있는 점은(소설의 결말에서 이 두 사람은 운명의 합일 혹은 나눔이라는 상징적 제의에까지 이른다) 이청준 소설의 정치학이 이른 원숙한 깊이라 할 만하다. 앞서도 말했듯 그 정치학은『당신들의 천국』(1976)에서 사랑과 자유의 실천적 화해, 자생적 운명에 대한 승인과 배려의 차원에까지 이르렀거니와, 이청준 소설이 거듭 이 정치학의 심화를 모색하고 있었음이 이로써 분명해진다. 그러니까 의자왕과 나라를 잃은 백제 유민들의 아픔과 꿈을 온몸으로 앓고 꾸는 윤지섭의 어느 면 과도해 보이기까지 하는 일련의 행동은 백제사의 바른 정립을 향한 재야 사가의 열정만으로는 설명될 길이 없는 것이다. 소설에서는 직접적으로 충분히 진술되어 있지 않지만, 그가 겪고 있는 호남인으로서의 현재적 아픔(이 아픔 역시 객관화하기 힘들다는 점에서 '환부 없는 아픔' 혹은 '알 수 없는 아픔'이다)이 이 소설의 또 다른 심층의식이 될 수밖에 없는 이유가 여기에 있다. 그리고 이 소설의 정치학은 이처럼 과거와 현재 양쪽에서 오랫동안 내연해온 '알 수 없는 아픔'의 대면에서 생성되고 있다.

1천 3백여 년 동안 역사의 음지 속에 봉인되어 있던 의자왕의 비밀 묘소를 발견한 뒤 윤지섭은 그 능실의 존재가 전해줄 대왕의 말을 기다리지만 돌아오는 것은 침묵뿐이다. 계백 장군의 기마상 건립을 준비하는 과정에서 윤지섭은 문화원장 홍은준 박사의 소개로 기경대(騎警隊) 민영서 경위의 도움을 받는다. 민 경위가 말을 탄 계백 장군의 모습을 실연하고, 윤지섭이 그 모습을 촬영하는 도중 사고가 일어난다. 다리와 어깻죽지를 다친 윤지섭에게 부상 부위가 아닌 겨드랑이 밑에서 정체 모를 통증이 엄습한다. 여기서 윤지섭의 앓음이 정신적 차원의 그것이 아니라 명백한 육체적 통증을 수반한 앓음이라는 사실은 작가가 이 소설에서 힘주어 강조하고 있는 대목이다. 작가는 그 통증을 여러 차례 반복적으로 묘사하는데, 윤지섭의 앓음이 그의 전 존재를 건 싸움으로 이어지리라는 예감을 갖게 한다. 민 경위가 부쳐온 사진 속 말의 모습은 윤지섭에게 하늘을 나는 한 마리 용마의 비상을 연상시킨다. 아기장수 설화나 용마의 전설에서 겨드랑이는 날개가 돋는 자리다. 윤지섭의 통증이 겨드랑이 쪽으로 엄습하는 것은 아픔의 기원에 비상하지 못한 백제의 꿈이 있음을 암시한다. 윤지섭은 꿈에서도 아픔을 느끼게 되고, 마침내 스스로도 예감하고 있던 대답에 이른다. "아픔은 바로 왕에게서 온 것이었다./아픔이 곧 대왕의 말이었다"(p. 93).

　물론 그 아픔은 대왕의 말이기도 하지만, 망국의 한을 품은 백제 유민들의 말이기도 하다. 역사는 660년 8월 17일, 의자왕이 부여 백강을 떠나 당나라로 끌려갔으며 거기서 죽음을 맞았다고 기록하고 있다. 그런데 서하총에서 발견된 비밀 능실은 다른 말을 전하고 있다. 역사의 기록 밖에 있는 그 다른 말에 따르면, 왕은 그날 부여를 떠나지 않았고 자신의 땅에서 최후를 맞았다. 그리고 망국의 백성들이 왕의 유해를 수습해 서하총 내부 은밀한 곳에 모셔두었던 것이다. 혹은 유해를 수습하기 쉽지 않았을 수도 있다. 아마도 이편이 더 가능성이 높을 것이다. 그랬다면 훗날 백제 유민들이 마음을 모아 유해 없이 가묘 형태로나마 왕의 능실을 몰래 조성했을 수도 있다. 말할 것도 없이 이 모두는 작가 이청준의 소설적 상상이다. 그런 능실은 작가가 소설을 구상하고 집필하던 시점에도 그렇고, 그 이후에도 전혀 발견되지 않았으니 말이다. 그렇다면 '다른 말'의 존재는 다만 역사의 다른 가능성을 살아보는 상상의 탈주일 수 있겠다. 혹은 소설적 상상을 지지해주는 표준적 개념을 좇아 '허구적 진실'의 영역으로 보면 그만이다. 물론 이 정도로 짚고 넘어가도 소설을 이해하는 데 큰 무리는 없을지 모르겠다. 그러나 알랭 바디우에 기대어 주체를 구성하도록 소환하는 사건으로서의 진리라는 차원에서 이 문제를 생각해볼 수도 있다.

알랭 바디우에 따르면(『윤리학』, 이종영 옮김, 동문선, 2001), 어떤 정황들에 의해 주체가 되도록 소환될 수 있는 동물은 '인간-동물'뿐이다. 그리고 바로 그때 그의 존재의 모든 것은 진리가 자신의 길을 펼치는 데 사용되며, 인간-동물은 비로소 불사의 존재가 되도록 독촉받는다. 그 정황들이란 진리의 정황들인데, 문제는 기왕에 주어져 있는 것들로는 그러한 정황을 규정할 수 없다는 점이다. 그러므로 '이미 주어진 것' 속의 일상적 기입으로는 환원될 수 없는 무엇인가가 일어났다고 가정하지 않으면 안 된다. 이 잉여적 부가물이 바로 바디우가 말하는 진리로서의 사건이다. 사랑이나 혁명, 물리학의 창조, 예술 양식의 발명 등이 그러한 사건에 해당한다. 진리의 과정은 사건적인 잉여적 부가물의 관점에서 상황에 관계하려는 결정으로부터 유래하는데, 이를 일러 충실성이라고 부른다. 다시 말해 충실성이 상황 속에서 생산하는 것이 바로 진리인 셈이다. 그리고 상황 속에서 전개되고, 기존의 지식들로는 사고할 수 없다는 점에서 진리는 '내재적 단절'이다. 그렇다면 『춤추는 사제』에서 작가 이청준이 의자왕의 마지막 행로를 두고 펼쳐 보인 상상의 결단은 이러한 진리 과정에서의 충실성의 개입으로 이해할 수도 있다. 『삼국사기』나 『삼국유사』가 기록하고 있는 것처럼 의자왕의 방탕과 실정이 백제 패망의 원인이었든, 소설 속 윤지섭의 분석처럼 외교적 판단의 실수가 중요 변수였든, 망국의 왕이 된 의자왕의 마지막은 치욕 그 자체였다고 할 수 있다. 가령 그해 8월 2일, 나당 연합군의 전승연에서 왕과 태자 융이 적장들 앞에 술잔을 따라 올려야 했던 장면 하나만으로도 그 치욕의 어떠함은 충분히 짐작 가능한 것이지만, 당나라 소정방 군에 끌려 망국의 백성들을 뒤로한 채 적국으로 가는 배를 타기 위해 백강 포구로 내디뎠던 그 한 걸음 한 걸음은 정녕 어땠을까. 이 순간의 치욕과 모멸은 거의 생사의 결단을 요구하는 지점까지 왕을 뒤흔들었으리라. 그리고 이 순간 백제 망국민 모두의 치욕과 아픔이 왕의 한 걸음 한 걸음과 동행하고 있었을 것이다. 『춤추는 사제』는 어쩌면 이 장면을 다시 살기 위한 상상적 결정에서 시작되지 않았을까.

그러니까 이청준의 소설적 구상은 두 가지 상상의 모티프에 의해 성립되었다고 볼 수 있다. 하나는 숨겨져 있던 의자왕 묘지의 발견이라는 모티프이고, 다른 하나는 마지막 치욕의 순간에 대한 되삶이다. 두 모티프는 서로를 감싸고 지탱하면서 『춤추는 사제』의 상상적 서사에 단순한 리얼리티의 차원을 넘어서는 소설적 진실의 힘을 부여한다. 그리고 두 모티프 중에서도 특히 후자의 모티프가 사건으로서의 진리가 출현하고 펼쳐지는 순간에 이어지고 있다는 점에서 좀더 결정적이다. 아마도 의자왕은 역사의 기록이 알려주는 것처럼 그날 그 견딜 수 없는 치욕 속에서 조국을 떠났을 것이다. 그러나 그날 그 순간, 치욕의 임계점에서 사건으로서의 진리가 충실성의 결단과 함께 생성되고 있었다면? 만일 그렇다면, 그 진리의 사건은 '내재적 단절'의 형식으로 도래하는 진리의 속성상 기존의 역사나 앎의 언어에는 기입될 수 없었을 것이다. 『춤추는 사제』는 그 진리의 사건을 현전시킬 충실성의 결단을 소설의 언어로 상상하고 재현하려 한 야심 찬 시도이다. 이청준 문학에 대한 가장 깊은 이해자이기도 했던 김현은 이 소설이 출간된 뒤 작성한 짧은 평문에서 진실의 존재론을 통해 이 소설의 정치학을 옹호하는데, '진실을 꿈꾸려는 의지' 밖에 실체로서의 진실이 있는 것이 아니라는 그의 비평적 통찰은 진리 과정의 충실성이라는 자리에서 『춤추는 사제』의 상상적 결단을 이해하려는 관점에도 시사하는 바가 적지 않은 듯하다: "진실은 진실을 꿈꾸려는 의지의 표현 속에 있지, 그 의지 밖에 실체로 존재하는 것이 아니다. 진실이 진실을 꿈꾸는 의지 밖에 있다면, 인간에게는 진실을 아는 단 하나의 안내자만이 필요할 것이다. 그러나 진실이 진실을 꿈꾸는 의지 속에 있다면, 인간은 그 진실을 추구하는 사람이면서, 그를 안내하는 안내자이어야 한다. 사람이 사람답게 사는 것이 힘든 것은, 안내하는 사람과 길을 찾는 사람 역할을 동시에 해야 하기 때문이다"(「이청준의 두 개의 장편소설」, 『뿌리깊은 나무』 1979년 12월호; 『김현 문학전집 14』, p. 81).

3

그런데 우리는 정작 이 소설에서 진리 혹은 진실이 생성되고 펼쳐지는 결정적 장면이 구체적으로 어떠한지 말하지는 않았다. 기존 역사의 지식에는 포착되지 않았지만, 불멸의 존재로 태어나는 인간 진리의 장에서는 도래했을 수도 있는 그 장면은 끝까지 미루어지다 소설의 마지막 순간에야 실체를 드러내 보이는 만큼, 우리 역시 작품의 웅숭깊은 호흡을 존중하는 게 예의일 것이다. 그러나 결국 그 장면을 이야기하지 않고는 이 글을 맺을 길이 없다. 대왕이 당신의 아픔을 전하기 위해 천 년을 지하에서 참고 기다려왔음을 알게 된 후, 윤지섭은 그 아픔을 세상에 널리 전해야겠다고 마음먹는다. 그의 결의는 자못 비장하기까지 한데, 가령 다음과 같은 독백은 독자의 감정이입을 어렵게 할 정도로 과잉된 열기에 휩싸여 있다. "그 아픔으로 나의 영혼과 육신을 채워서 뼈를 비틀고 살을 짓찧는 고통으로 당신의 말들을 전하게 하라……"(p. 150). 앞서 잠깐 언급하기도 한 소외된 특정 지역민으로서의 정체성에 대한 민감하고 고통스런 자의식을 감안하더라도, 이 과잉된 열기를 소설 안에 제시된 윤지섭의 삶으로부터 자연스럽게 도출해내기는 쉽지 않다. 그가 보여주는 진리에의 절대적인 헌신과 사명감은 『당신들의 천국』의 조백헌 원장의 그것에 견줄 만한데, 이 소설이 모종의 이념형적 질문을 통해 구성되었다는 방증일 수도 있겠다. 그러나 소설의 결말에서 충격적으로 도래할 진리의 순간을 포함하여 작가가 이 소설에서 던지고 있는 질문의 층위에 이미 리얼리티의 초과를 전제하는 이념적 계기가 내포되어 있다는 사실을 이해할 필요도 있을 것이다.

윤지섭은 아픔의 확산과 공유를 위해 '백제 문화제'를 구상하고 추진한다. 이 과정에서 '부끄러움의 정직한 수락' 혹은 '패배의 적극적인 확인'이 중요한 문제로 떠오르고, 때로는 홍 박사와 주로는 군청 공보실 나병찬 실장과의 갈등과 대립 국면이 조성된다. 이청준 소설의 근원적인 화두이기도 한 '부끄러움' 혹은 '패배'의 테마가 여기서도 특유의 성찰적 사유의 언어로 전개된다. 부끄러움의 실재나 패배의 역사를 '거짓 화해'의 이데올로기로 분식하고 봉합하려는 움직임에 대해 윤지섭이 보이는 단호한 거부의 몸짓은 이청준 소설의 정치학이 더디고 힘든 대로 인간 진실의 전면적 동행 위에서 추구되는 과제임을 분명히 한다. 망국의 역사를 둘러싼 백제와 신라 사이의 구원(舊怨)이 기나긴 역사의 경과 속에서도 완전히 씻겨나가지 않은 현실을 두고, 관의 입장을 대변하는 나 실장은 '화해'의 제의를 강조하며 '지역감정'의 매듭을 상징적으로 해소하는 쪽으로 문화제 행사를 진행하도록 종용한다. 그러나 윤지섭이 보기에 매듭을 풀기 위해서라도 그 매듭은 있는 그대로 드러나야 한다. 매듭의 진실을 보지 않고 매듭을 풀 수는 없다. 부끄러움이나 아픔의 문제도 같은 차원에서 접근해야 한다. 그러지 않을 때 그것은 '거짓 화해'의 이데올로기로 부끄러움이나 아픔을 덮으며 진실을 또 한 번 왜곡하는 일이 될 것이다. 기실 나 실장으로 대표되는 세력은 '화해'와 '원망의 해소'를 명분으로 내세워 의자왕의 묘를 급조하려는 역사 위조의 계획까지 감행한다. 망국의 한을 품은 백제 유민들이 후대에 만든 의자왕의 묘(윤지섭이 발견한 묘는 그중 하나일 것이다)와, 관이 꾸미려는 의자왕의 묘는 둘 다 거짓 무덤이라는 점에서는 같다. 그리고 둘 다 사실을 넘어선 모종의 지향을 품고 있다는 점에서 동렬에 놓을 수도 있다. 그렇다면 이 둘을 갈라놓는 경계는 무엇인가. 소설의 질문을 중층화하고 그 속에 섬세한 아이러니의 켜를 쌓아두는 작가 특유의 성찰적 화법이 선명한 대목이다. 말할 것도 없이 그 경계에는 전면적 인간 진실을 향한 의지, 진리를 향한 충실성의 결정이 있다.

이제 윤지섭은 그 충실성의 결정으로 나아간다. 먼저 그는 서하총에서 발견된 비밀 능실의 문을 다시 봉인하기로 결정한다. 그것은 '거짓 화해'의 이데올로기로 역사의 아픔을 덮으려는 세력으로부터 의자왕과 백제 망국민의 아픔, 그 침묵의 진실을 지키기 위한 결단이다. 그리고 최후의 결정과 결단이 남아 있다. 그러나 이 결정은 사실 그 자신도 알 수 없는 결정이다. 그것은 그 순간으로

가서 그 순간을 살아보아야만 내릴 수 있는 결정이고 결단이다. 백제 문화제의 전야제 행사를 책임지게 된 지섭은 막연한 예감을 품고 그 순간으로 간다. 다만 그에게는 다시 찾아든 겨드랑이께의 그 알 수 없는 통증으로부터 새로운 화두가 떠올랐으니, "떠남이 없으면 돌아옴이 없게 된다거나, 다시 돌아옴이 없으려면 떠남부터 없어야 한다"(p. 289)는 생각이 그것이다.

  3천 명을 헤아리는 하얀 소복 차림의 망국의 여인들이 손에 손에 등롱을 들고 부소산을 넘어 낙화암 절벽 쪽으로 움직이고 있다. 그 행렬을 이끌어온 것은 의자왕 차림을 한 윤지섭과 왕자 효로 분한 민 경위, 그리고 여섯 좌평이다. 부소산 정상의 기로에서 의자왕이 된 윤지섭은 산마루를 넘어간 여인들이 절벽 끝에서 등롱으로 떨어져 내려 백마강을 낙화로 흘러가는 것을 보고 있다. 윤지섭의 의식은 술을 탐했다는 의자왕처럼 술기운에 헐거워져 있다. 방심(放心)의 상태이겠다. 역사의 기록에 따르면 의자왕 행렬은 부소산을 오르지 않고 공주 쪽으로 몸을 피해 간 것으로 되어 있다. 그러나 소설의 이 순간 의자왕의 결단은 철저히 역사의 공백 혹은 구멍으로 남아 있다. 그 구멍-공백을 찾아낸 것은 진실을 향한 이청준 소설의 의지, 불사의 존재로 인간 진리를 실현하려 한 이청준 소설의 충실성이다. 이제 의자왕의 결단은 천 년의 세월을 넘어 윤지섭의 결단이 된다. 아픔과 아픔이, 꿈과 꿈이 그렇게 불사의 시간 속에서 만난다. 의자왕-윤지섭은 절벽 끝에서 몸을 던진다. 그러고 보면 그가 남긴 마지막 말은 어쩌면 췌언이었을지도 모른다. "사직을 능히 보전하지 못하게 된 임금이 그 백성의 떼죽음을 보고 어찌 혼자서 목숨을 도모코자 하겠느냐. 내 이제 저들과 함께 수중 혼령으로나마 이 땅을 지켜간 군왕으로 남고자 함이니, 왕자는 뒷일에 더욱 부끄러움이 없어야 하리라"(pp. 297~98). 그러나 굳이 왕자-민 경위를 향해 이 말을 남겨둔 것은 이청준 소설의 섬세한 정치학으로 보아야 하리라. 진정한 화해를 향한 또 다른 의지와 충실성이 펼쳐져야 할 또 다른 주체의 자리가 거기 있기 때문이다.

『춤추는 사제』는 이청준 소설의 정치학이 품고 있는 진실(진리)에의 의지와 윤리적 깊이를 보여주는 야심 찬 작품이다. 여기에는 역사의 꿈과 아픔을 그 진실의 자리에서 되살고자 하는 불가능한 시도가 있다. 그 되삶은 윤지섭의 투신이 보여주듯 생사를 건 결단과 도약을 요구한다. 물론 윤지섭의 죽음은 소설 속의 그것이다. 그러나 그렇다고 해서 그 죽음이 허구의 차원이나 상징적 차원에만 머무는 것은 아니다. 그것이 사건으로서의 진리의 차원에서 펼쳐질 때 우리는 가장 깊은 윤리적 결단 앞에 선 인간의 형상과 마주한다. 지금 우리가 딛고 있는 현실 혹은 역사는 그런 불사의 존재들을 통해 공허와 무의미를 넘어왔다. 그러나 다른 한편 우리는 이 작품의 절절한 호소를 삼켜버린 역사의 폭력을 알고 있다. 이 소설이 씌어지고 출간된 것은 유신정권 말기인 1970년대의 끝자락이었다. 그 이듬해인 1980년에 소설 속 윤지섭이 온몸으로 메우고자 했던 공허의 시간은 또다시 역사의 폭력에 노출되며 회복되기 힘든 지경으로 굴러떨어졌다. 그 참상 앞에서 왕의 유훈을 받아 들었던 신라의 후예 민 경위는 무슨 말을 할 수 있었을까. 4·19세대 이청준 소설의 정치학은 여기서 앞이 보이지 않는 막막한 패배를 예감했을 수도 있다. 그러나 다 아는 대로 이청준 소설은 여기서 멈추지 않았다. 1980년대를 거쳐 다음 세기에까지 이어진 이청준 소설의 그 아프고 웅숭깊은 정치학의 심화를 이해하기 위해서라도 『춤추는 사제』는 거듭 다시 읽혀야 할 중요한 텍스트다.

〔2012〕

자료

텍스트의 변모와 상호 관계

이윤옥
(문학평론가)

> **『춤추는 사제』**
> | **발표** | 『한국문학』 1977년 1월호~1978년 2월호.
> | **최초의 단행본 수록** | 『춤추는 사제』, 홍성사, 1979.

1. 실증적 정보

1) 초고: 작가의 육필 초고가 대학노트에 남아 있다. 초고에 덧붙인 메모 가운데 '의자왕=무령왕'이 있다. 초고에서 인물들은 '기섭'에서 '지섭', '만용'에서 '용술'이 된다.

2) 잡지연재본과 단행본의 차이

① 『춤추는 사제』의 잡지연재본은 총 4장 25절이었다. 그런데 연재본의 1장과 2장이 둘로 나뉘고, 4절과 15절이 둘로 나뉘어 1979년 단행본에서는 총 6장 27절이 된다.

　　잡지연재본(괄호 안은 단행본의 장)

　　제1장: 〈대왕의 침묵〉 1~8절(〈대왕의 침묵〉〈꿈을 앓는 사람들〉)

---

* 텍스트의 변모를 밝힘에 있어 원전의 띄어쓰기 및 맞춤법을 그대로 살렸음을 일러둔다.

제2장: 〈음양의 역사〉 9~15절(〈음양의 역사〉〈가칭 백제 문화제〉)

제3장: 〈증인의 손〉 16~20절(〈증인의 손〉)

제4장: 〈천 년의 낙화〉 21~25절(〈천 년의 낙화〉)

② 민영서 경위는 연재본에서 여러 정황상 백제인의 후손으로 여겨질 뿐, 어느 지방 출신인지 알 수 없다. 하지만 이청준은 단행본에서 그가 신라의 후손임을 분명히 밝힌다. 이청준이 신라인의 후예를 의자왕의 태자로 삼은 이유를 생각해볼 필요가 있다.

③ 연재본에서 팔도민속경연대회 실황 중계방송 라디오 대담자는 익명의 문화재 전문위원이다. 그런 그가 단행본에서는 백제 문화를 폄하하는 김병호 박사가 된다.

3) 『신화를 삼킨 섬』: 『춤추는 사제』는 많은 점에서 『신화를 삼킨 섬』을 예고한다. 두 작품에는 핍박받은 한 집단의 오랜 기다림과 소망이 있으며 그것을 풀어줄 자생적 영웅에 대한 꿈이 있다. 또한 그 꿈을 실패한 영웅이야기인 아기장수 설화가 대변하고, 사제(무당)는 집단의 소망과 영웅의 부활을 매개한다. 하지만 현실적인 힘인 관(官)이 행사하는 권력이, 사제가 주관하는 '백제 문화제'나 '합동 위령제(역사 씻기기)'라는 이름의 제례(씻김굿)를 방해한다.

2. 텍스트의 변모

1) 『한국문학』(1977년 1월호~1978년 2월호)에서 『춤추는 사제』(홍성사, 1979)로

- 7쪽 13행: 대왕은 여전히 말씀이 없으셨다. → 대왕은 눈부시게 빛나는 황금의 영좌(靈座) 위에 조용히 누워 계셨다./현실 안은 사방이 온통 붉은색 연꽃무늬로 둘러싸여 있었다. 바닥이고 벽이고 심지어 궁륭형의 천정까지도 모두 붉음 일색의 연꽃 장식이 만발해 있었다./대왕의 영좌(靈座)는 이를테면 붉은 연꽃의 호수 위에 고요히 떠 있는 한 척의 황금색

배였다./거기다가 대왕이 누워 계신 왕관 쪽에서도 그 크고 빛나는 황금색 관식이 영원의 화염처럼 밝게 불타오르고 있었다./대왕의 영좌는 왕관의 황금색 화염으로 인하여 그 연꽃의 호수 위에 스스로 밝고 영화롭게 빛났다. 그리고 붉은 동백꽃의 노란색 꽃술처럼 밝고 그윽하게 안으로 감싸여들었다./대왕은 그러나 말씀이 없으셨다./대왕은 그냥 말없이 그렇게 기다리실 뿐이었다./지섭은 한동안 지그시 감고 있던 눈을 번쩍 뜨고 말았다./안타깝고 초조로와 더 이상 참고 기다릴 수가 없었다./현실 안은 그러자 일시에 모든 것이 사라져 버렸다./사방이 그저 까만 어둠뿐이었다. 연꽃의 호수도 황금색 영좌도 흔적이 없이 사라지고 능실 안은 그저 까만 어둠과 두꺼운 침묵이 가득할 뿐이었다./그 어둠 속에서도 대왕은 여전히 말씀이 없으셨다./대왕은 아직도 그 1천 3백년 이상을 참고 기다려 온 어두운 침묵 속에서 무겁게 입을 다물고 계셨다.

- 9쪽 21행: 묘실 → 능실
- 22쪽 6행: 일 → 인연
- 46쪽 16행: 그는 언제나처럼 눈을 뜨자마자 그 벽 위에 걸린 싯귀부터 천천히 한 차례 마음속으로 다시 읊조려보고 있었다. → 밤새 만나본 대왕의 모습이 아직도 한동안 눈에 선했기 때문이었다./그는 이날 밤 새벽녘에야 간신히 조금 눈을 붙인 늦잠 속에서까지 돌아온 왕을 다시 만나고 있었던 것이다./대왕이 돌아와 계신 능실이 그의 꿈속에선 온통 붉은색 연꽃 무늬의 전(塼)들로 꾸며져 있었다. 바닥도 벽도 그리고 궁륭형의 높은 천정까지도 모두가 붉은색 연꽃 무늬의 호사스런 치장이었다. 그 붉은색 연꽃 무늬의 현실 안에 대왕은 눈부신 황금색 영좌에 누워 역시 춤추는 황금색의 불꽃 왕관을 쓰신 모습으로 편하고 위엄있게 돌아와 계셨다./그러다 지섭이 마침내 눈을 떴을 때 그는 언제나처럼 그 벽 위에 걸린 싯귀부터 천천히 한 차례 마음 속으로 다시 읊조려 보고 있었다.
- 49쪽 10행: 하지만 능실 안에는 첫날의 휑한 그 모습 그대로 아무것도 더

눈길이 끌릴 만한 부장물을 찾아볼 수가 없었다. → 현실 벽이나 바닥은 모두 연꽃무늬의 붉은색 치장이어야 했고, 천정 역시도 아름다운 궁륭으로 연꽃무늬가 만발해 있어야 했다. 그리고 무엇보다도 그 기다란 영좌 위에는 황금색 어관의 흔적이 남아 있어야 했고, 왕의 머리가 놓였던 곳에는 화염이 타오르는 형상의 황금 왕관이 놓여 있어야 했다./지섭이 눈을 감으면 그것들은 금새 그 곳에 있었다./하지만 눈을 뜨면 사정은 언제나 정반대였다. 눈을 떴을 때 그의 앞에 있는 것은 언제나 까만 어둠과 무거운 침묵의 절벽뿐이었다. 전짓불을 켜고 봐도 왕관의 흔적은 자취가 없었다. 다만 깊은 흙먼지와 풀뿌리 아래로 연꽃무늬의 천이 깔린 바닥이나 그 붉은 연꽃의 천들로 아름다운 궁륭형을 이룬 천정의 모양이 고작일 뿐이었다./도대체 능실 안에선 그 밖에 첫날의 휑한 모습 그대로 아무것도 더 눈길이 끌릴 만한 부장품을 찾아볼 수가 없었다.

- 51쪽 11행: 그 긴긴 왕의 침묵을 기다리고 있을 때면 금방이라도 그 어둠의 어느 쪽에선가 왕의 목소리가 울려나올 것 같은 조급하고 간절한 기분이 되곤 하는 것이었다. → 눈을 감고 기다리고 있을 때면 번번이 그 황금의 대왕이 눈앞에 나타나고 그리고 그가 눈을 떴을 땐 대왕의 모습이 허무하게 사라지고 나서도 그 허허한 어둠 속에서마저 어느 쪽에선가 금방 왕의 목소리가 우렁우렁 울려 나올 것 같은 조급하고 간절한 기분이 되곤 하는 것이었다.

- 55쪽 15행: 지섭은 마침내 자리를 서둘러 빠져나왔다./그리고는 세수도 하는둥 아침상 숟갈도 드는둥마는둥 → 지섭은 자리를 빠져나오자 아침상을 드는둥 마는둥

- 58쪽 15행: 박사님께서도 그럼 그 책에 쓰인 기록만을 믿고 계시다는 말씀입니까? → 박사님께서는 혹시 다른 상상을 하고 계실 수도 있지 않으시겠느냐는 말씀이지요.

- 58쪽 17행: 그거 참 뜻밖의 추리로군요. → 〔삽입〕

- 68쪽 3행: 한번 → 몇 번
- 70쪽 22행: 마음이 → 심사가
- 71쪽 3행: 대왕의 황금 영좌나 왕관들은 말할 것도 없었다./대왕의 침묵이 깃들어 있어야 할 까만 어둠의 능실 전체가 흔적을 깨끗이 지우고 없었다. → 〔삽입〕
- 89쪽 14행: 전에도 무슨 라디오 프로에서 목소리를 들은 일이 있던 문화재 전문위원의 직함이 있는 인사였다. → 언젠가 그 서울의 고고학자들 몇 사람과 왔다가 지섭의 와당 수집을 비웃고 간 김병호 박사 바로 그 사람이었다.
- 101쪽 22행: 정반대의 → 힘찬
- 103쪽 2행:「…」→ 〔삽입〕
- 108쪽 18행: 그 일은 이제 그 동상의 설계를 자청하고 나선 동학인 김주상의 전담사가 되다시피 하고 있었다. → 〔삽입〕
- 110쪽 21행: 기와를 잘 굽는 일이 곧 부처님을 잘 모시는 일이었다. → 〔삭제〕
- 111쪽 8행: 온화하고 세련된 백제 불상과 궤를 같이 하고 있는 듯한 그 → 〔삽입〕
- 138쪽 1행: …그래 그새 무슨 재미를 볼 것 같은 낌새라도 찍혔나? →그래 언젠가 이 능실 문이 세상을 향해 열리는 날이 오면 우리 죄값을 어떻게 감당해야 할지 생각이나 좀 해봤나 말일세. 능실을 이렇게까지 갈아엎어 가면서 무슨 그럴만한 낌새라도 찍혔다면 또 몰라도…
- 138쪽 5행: 한 마디 안하고 넘어갈 수는 없어 가볍게 나무라는 지섭이의 추궁에 → 갑자기 준열해진 지섭의 추궁에
- 139쪽 6행: 어이가 없는 일이었다./용술은 아직도 그가 저지른 엄청난 실수를 실수로 깨닫지 못하고 있는 위인이었다. 실수를 깨닫게 해주기엔 때가 이미 너무 늦어 버리고 있었다. → 〔삽입〕

- 140쪽 20행: 영욕 → 진실
- 161쪽 14행: 지섭은 홍박사의 엄호사격에 새로운 용기가 솟아났다. → 〔삽입〕
- 176쪽 20행: 그러나 → 얼핏 공주쪽 주장을 대신하고 있는 듯 보였지만 사실에 있어서는
- 179쪽 4행: 듣기 좋은 구호나 설득만으로는 물론 손쉬운 일이 아니었다./지역감정을 조장하는 것이 위험하다고 하지만 그게 언제나 옳은 소리만은 아니었다. 아니다 아니다 하면서도 기량이 뛰어난 성인야구보다 고등학교 학생들의 그것에 사람들의 관심이 더 크게 쏠려드는 것은 그 지역인들의 공통의 긍지와 자존심 때문이라 할 수 있었다. 그리고 그 공동의 긍지와 자존심은 승부와 연결된 야구경기와 같은 데서 더욱 더 치열하게 불타오르기 마련이었다./그게 바로 탓할 수 없는 지역감정의 표현이요 그것의 주장이었다. → 〔삭제〕
- 179쪽 19행: 공주 쪽 사람들은 이제 차라리 그 나 실장의 뒷전에 물러서 있었다. 나 실장으로 대표된 군청 쪽에서 이젠 그 공주 쪽 주장을 완전히 대신해 나서고 있는 꼴이었다. 공주 쪽 사람들은 그 나 실장에게 더없이 적절한 명분과 구실을 마련해 준 셈이었다. 일이 참으로 묘하게 되어가고 있었다. → 〔삽입〕
- 181쪽 18행: 사실이란 역사 기술 가운데선 필요에 따라 무시되기도 하고 변경되어질 수도 있다던 것이 홍 박사에게 보인 지섭 자신의 태도였다. 한데 나 실장도 지금 참으로 뼈아픈 방법으로 지섭에게 그런 자신의 생각을 돌이켜 보게 해주고 있었다. 하다보니 지섭은 그보다도 더 한술을 더 떠 나가고 싶어졌다. → 〔삽입〕
- 182쪽 3행: 그 역사도 전날 홍 박사 앞에선 행사거리로 내세운 적이 있던 생각이었다. 하지만 지섭은 나 실장의 그 자신만만한 태도 앞에 갑자기 생각이 바뀌어 오히려 공박조로 몰아붙이고 있었다. 나 실장도 그러나 여

전히 자신이 만만했다. → 〔삽입〕
- 182쪽 22행: 나 실장은 기회 있을 때마다 그의 주장이 자기 개인의 의사와는 상관이 없노라 강변하고 있었다. 하지만 어떤 필요성이나 요구에 의해 피력되어진 주장이라도 그것이 자꾸 되풀이되다 보면 그 자체의 논리나 신념이 주장의 주장다운 속성으로서 자생하게 마련이었다./나 실장은 그것이 아무리 그 자신의 주견이 아니라 하더라도 그 나름의 역연한 논리가 뒤따르고 있었다. 그것은 청사 쪽의 어떤 의사를 전달하는 입장이라기보다 나 실장 자신의 만만찮은 신념 같은 것이 엿보이고 있었다. → 〔삽입〕
- 183쪽 13행: 나 실장은 이미 부여고을 사람이 아니었다. → 〔삽입〕
- 190쪽 19행: 그런 의미에서 그들은 이를테면 처신이 임의로운 애초의 부여 출신은 아닌 사람들이었다. → 〔삭제〕
- 191쪽 15행: 하지만 어쨌거나 그 공주쪽 사람들과 청사쪽은 보조가 일치했다. 애초의 동기야 어떤 것이었든 바깥으로 드러난 양자의 주장은 궤가 용케도 같았기 때문이었다. → 하지만 어쨌거나 나 실장은 그 공주 쪽 사람들에게서 무엇보다 떳떳한 자기 주장의 명분을 얻고 있었다. 그리고 나 실장의 동조에 힘을 입은
- 193쪽 6행: 그 점을 소홀히 하신다면 저희로서도 이 문화제에 대해선 더 이상 협조의 뜻을 지닐 수가 없겠어요. → 〔삽입〕
- 194쪽 10행: 아름다울 수가 없기 때문입니다. → 〔삭제〕
- 195쪽 17행: 그것이 하필 그 나 실장의 입으로 말해진 희망이어서도 더욱 그러했다. → 〔삽입〕
- 207쪽 6행: 그것이 그 위사를 용인할 수도 있었던 지섭 나름의 최소한의 양심이기도 하였다. → 〔삽입〕
- 207쪽 13행: (그실은 면밀한 계획아래 미리 그렇게 일이 꾸며졌을 걸 모르는) → 〔삽입〕

- 209쪽 7행: 그리고 그런 그의 상상력은 능산리에 숨겨진 비밀 능실의 해답으로서도 현실을 훨씬 앞지르고 있었다. → 〔삽입〕
- 230쪽 10행: 그는 지섭의 다음 행동을 원치 않고 있는 것이었다. → 〔삽입〕
- 231쪽 17행: 겁이 너무 많다고 할까요. → 두려움때문이라 할까요. 전 아무래도 윤 선생께서 제게 보여주고 또 묻고 싶어 하신 것들을 감당할 힘이나 의사가 없었던 것 같습니다.
- 231쪽 22행: 윤선생의 말씀이 두려웠기 때문이었읍니다. → 하지만 듣지 않는다고 아무 것도 모를 수도 없읍니다.
- 233쪽 1행: 하지만 사실을 말씀드리자면 전 원래부터가 그럴 수밖에 없었던 위인이었읍니다. 윤 선생께선 한 번도 거기 관심을 두어 본 일이 없었읍니다만 전 근본이 신라인의 후예였으니까요. 그것도 별로 큰 긍지를 못 지닌 신라인의 후예 말입니다. 윤 선생께서도 아시겠지만 제가 비록 깊은 관심으로 그걸 감당해 내려 한다 해도 근본에 있어 그것이 가능할 수가 없었던 위인이었지요. 변명 겸해 이런 말씀 드리는 것은 윤 선생의 그 아픔이란 결국 윤 선생 혼자서 감당해 내셔야 할 그럴 수밖에 다른 도리가 없는 것이라는 걸 저 자신이 알고 있었기 때문인 것입니다. 전 결국 국외자의 자리로 물러설 수밖에 없었고, 그 국외자로서는 너무 크고 깊은 것을 보지 않는 것이 최소한의 양식이 될 것 같아섭니다. → 〔삽입〕
- 234쪽 1행: 그것은 역시 어떤 자기 숙명을 속이지 못하는 자의 본능과도 같은 민첩한 직감력이었다./하지만 그는 아무래도 용기가 없었다. 아픔을 함께 할 용기가 내려지기를 비노라곤 했어도, 민경위는 역시 그 스스로 부끄러워했듯이 지섭이 기대했던 것보다는 용기가 훨씬 덜한 위인이었다. 민경위 개인의 깊은 내력을 알고 있지 못한 지섭으로서는 그 민경위의 용기 없음이 그의 어떤 인간적 내력에 연유된 일인지도 모른다고 생각했다. 아닌게 아니라 그 민경위란 사람은 이쪽 일과는 애초부터 별 지연(地緣)

이 안닿는 호기심 많은 구경꾼에 불과한 인물이었는지도 알 수 없었다. → 하면서도 그는 끝내 자기의 한계를 고백하고 있었다. 사투리조차 쓰지 않는 그가 별로 긍지를 지니지 못한 신라인의 후예라는 점은 지섭에겐 참으로 뜻밖의 사실이었다./그것은 지섭에게 새삼 많은 것을 생각하게 하였다. 그리고 몹시도 자존심을 상하게 하였다. 민 경위가 여태까지 홍 박사와 지섭들의 문화제 일에 기울여 온 관심이나 호의를 위선 섞인 아량으로 핍시해 버릴 수는 없었다. 그가 그 지섭의 내심을 읽어 낸 민첩한 직감력 역시도 필경은 어떤 자기 숙명을 속이지 못하는 자의 본능과도 같은 것이었다. 뿐더러 민 경위의 그 예감에 가득 찬 광기마저도 거기서야 비로소 어떤 해명이 가능할 것 같았다./그는 진심으로 지섭과 아픔을 함께 하고 싶어하고 있었다./하면서도 그는 스스로의 입장 때문에 또 다른 아픔으로 자신의 관심을 엄격히 삼가 버리고 있었다./지섭은 그런 민 경위의 여유와 자기 엄격성에 자존심이 상했다. 그것은 역시 아직 여유가 만만한 국외자로서나 가능한 자기 엄격성의 일종이었다. 민 경위에게 그런 자의식이 남아 있는 한 아닌게아니라 그는 진실로 지섭과는 그 아픔을 함께 할 수가 없는 사람이었다. 그리고 그것이 지섭은 슬펐다./아픔을 함께 할 용기가 내려지기를 비노라곤 했어도, 민 경위는 역시 그 스스로 부끄러워했듯이 지섭이 기대했던 것보다는 용기가 덜한 위인인지도 몰랐다.

- 236쪽 13행: 자넨 그럼 숨이 끊길 때까지 입을 열어선 안 될 맹세를 두 번씩이나 하고 있는 셈이군. → 〔삽입〕
- 246쪽 22행: 그야 지섭 자신은 지금도 일종의 위사 쪽에 서 있는 편이었다. 하지만 위사를 밝히는 시기가 옳아야 그 위사의 가장 파괴적인 위사성을 줄일 수 있었다. 그리고 그것은 그 위사를 위사 아닌 진실의 역사 안으로 편입시켜 들일 방법이 될 수도 있었다. → 〔삽입〕
- 249쪽 17행: 「하지만 내 생각 같아선 윤형이 너무 기대를 않는 게 좋겠군요. 그런 비밀이 그토록 오래 지켜질 순 없으니까요. 능실의 비밀을 밝히

기 위해선 윤형이 생각하고 있는 것처럼 그렇게 긴 세월을 기다릴 필요가 없어요. 윤형도 알다시피 오늘의 고고학은 능실 안 흙바닥에 남겨진 발자국 하나만 가지고도 그 주변과 경도의 대비를 따져 묘지의 축조연대를 산출해 내는 정도가 되었거든요.」/그것은 지섭에 대한 일종의 강요와 협박이었다./지섭은 그 홍박사의 말에 아닌게아니라 감자밭을 뒤엎듯 능실을 헤집어 놓은 자신과 용술의 허물을 새삼 통감했다./그러나 지섭은 지금 와서 그런 걸 괘념하고 있을 수는 없었다. 능실의 문은 어차피 다시 열리지 않을 수도 있었다. 영원한 비밀로 문이 다시 닫혀져 버릴 수도 있는 것이었다./지섭의 어조는 갈수록 더 결연스러워지고 있었다. → 〔삽입〕

- 251쪽 21행: 그리고 그 능실 문이 언제 열리든 윤형도 능실을 함부로 훼손하지 않게 원형을 잘 보존하여 주시기 바랍니다. → 〔삽입〕
- 252쪽 9행: 능실 안을 훼손하지 말고 원형을 잘 보존하고 있으라는 홍 박사의 당부는 지섭에겐 이미 견딜 수 없는 힐책이 되고 있었다. 그는 도대체 자신의 허물을 보상할 길이 없었다. 하지만 그보다도 그를 더욱 괴롭고 불안하게 하고 있는 것은 지섭으로부터 능실의 비밀을 귀띔받고 난 홍박사의 태도였다. → 〔삽입〕
- 253쪽 2행: 지섭은 그 홍박사가 불안스러워 견딜 수가 없었다. → 〔삭제〕
- 261쪽 3행: 새로 발견된 능실 역시 그 묘실에 남겨진 발자국 하나로도 능묘의 축조연대를 알아낼 수 있다는 고고학의 방법은 아직 신뢰할만한 것이 못 되었다. → 〔삽입〕
- 261쪽 14행: 그것은 지섭의 시야로부터 대왕의 참모습을 가로막는 또 하나의 벽이었다./그러나 그것은 저 사기나 유사의 그것과는 정반대의 방법으로 대왕의 아픔을 말하고 있었다. → 〔삽입〕
- 270쪽 13행: 그는 마지막으로 한 번 더 대왕의 그 아픔의 비밀을 보기를 소망했다. 당신의 말씀과 깊은 어둠 속에 가려진 당신의 모습과 그 아픔

의 정체를 한 번만이라도 분명하게 보여 주기를 소원했다./— 이제 마지막이옵니다. 이제라도 제게 당신의 참 모습을 밝히 보게 하여 주십시오. 그리고 제게 당신의 뜻을 옳게 지니게 하여 주십시오. 그리하여 보다 큰 믿음과 지혜로 당신의 뜻을 지녀가게 하여 주십시오. 또 한 번 마지막으로 단 한 번만이라도…」/그러나 사위는 그저 무겁고 막막한 어둠뿐 대왕의 모습은 어디서도 그 흔적을 나타내지 않으셨다. 대왕은 이제 말씀이 없으셨고, 눈을 감으면 망막 위로 환히 비쳐 들던 연꽃의 호수와 황금색 불꽃 어관조차도 이 날따라 어두운 장막 뒤로 모습이 깊이 가려져 버렸다. 눈에 떠오르는 것은 다만 대왕의 모습을 뒤로 가려 버린 사기와 위사들의 완고한 얼굴들뿐이었다. 대왕은 그 얼굴들에 가려 끝끝내 모습을 나타내지 않으셨다./대왕은 이미 당신의 능실과 지섭을 버리고 이 땅을 다시 떠나버리신 것 같았다. → 〔삽입〕

- 272쪽 1행: 일을 시작한 지 사흘만에야 능실의 묘도는 완전히 막혀졌다. 능실이 일단은 이 지상으로부터 다시 세월을 헤아릴 길 없는 기나긴 어둠 속으로 흔적없이 묻혀 사라져 간 것이었다. → 비밀 작업은 사흘 밤을 계속했다./한데 기이한 것은 작업이 계속된 그 사흘 밤 동안의 조화였다./묘도를 막아 나가자 대왕이 다시 당신의 능실로 되돌아오신 것이었다./묘도를 반쯤 채우고 서하총 묘실을 돌아오던 날 지섭은 그 흙더미로 막혀 버린 묘도 너머 어둠 속에서 당신의 모습을 다시 보기 시작한 것이다./그것은 참으로 눈부시게 화려한 대왕의 모습이었다. 그는 그 붉은 연꽃에 둘러싸인 황금의 영좌를 보았고 그리고 대왕의 이마 위에서 눈부신 황금색 왕관이 영겁의 화염으로 불타오르고 있음을 보았다./대왕의 모습은 이튿날 밤에도 더욱더 눈부신 모습으로 되살아나기 시작했으며 사흘째 되던 날 작업을 완전히 끝내고 났을 때 당신의 능실은 마침내 지섭에게로 그 빛을 옮겨 와 그의 가슴 속에서 끝없는 화염으로 불타오르기 시작했다./그것은 참으로 놀랍고 감격스런 일이었다. 능실이 일단 이 지상으로부터

다시 세월을 헤아릴 수 없는 기나긴 어둠속으로 흔적없이 묻혀 사라져감으로써 대왕의 모습은 그 능실의 어둠 속으로, 아니 지섭의 가슴 속으로 다시 살아 돌아온 것이었다./지섭은 비로소 안심이 되었다./그러나 그는 이번에야말로 참으로 긴 세월을 기다려야 하리라고 생각했다.

- 274쪽 1행: 지섭이 그가 맡은 전야제 준비를 마무리지어 줄 인물로 민 경위를 택한 것은 그의 도움도 도움이겠거니와, 지금까지 그가 지섭들의 일에 기울여온 여유 있는 관심과 자기 엄격성에 대한 그 나름의 댓가를 치르게 해 주고 싶어서였다./지섭은 그 민 경위에 대해 적어도 그만한 기대와 믿음만은 남기고 있었던 것이다. → 〔삽입〕
- 278쪽 5행: 그는 좀 망설여지는 것이 있는 얼굴로, 그러나 될수록 가벼운 말투로 추궁하고 들었다. → 〔삽입〕
- 278쪽 18행: 민 경위는 다시 한동안 생각에 잠기며 대답을 망설이고 있었다./하더니 이윽고 혼자 결심을 하고 난 듯 선선히 응낙의 말을 해왔다. → 〔삽입〕
- 292쪽 3행: 하지만 민 경위는 아직도 지섭의 의중 가운데서 가장 중요한 대목을 놓치고 있었던 셈이었다. → 〔삽입〕

2) 『춤추는 사제』(홍성사, 1979)에서 『춤추는 사제』(장락, 1994)로

* 1979년 단행본에 실린 〈後記〉가 〈작가의 말: 음양(陰陽)의 역사〉로 재수록된다.

- 20쪽 23행: 자신은 부인하지만 → 〔삽입〕
- 65쪽 13행: 윤 선생께선? → 〔삭제〕
- 70쪽 9행: 말을 향해 떠들어대고 있는 소리가 귀를 잠깐 스치고 있는 것을 의식했을 뿐이었다. → 떠들어대는 소리를 스쳐들었을 뿐이다.
- 85쪽 6행: 기나긴 침묵 속에 → 〔삽입〕
- 135쪽 8행: 직정적 → 심정적
- 142쪽 14행: 은밀스런 주장 → 소리 없는 증언

- 142쪽 15행: 주장 → 증언
- 152쪽 5행: 부여와 공주의 각계각층인사들이 광범위하게 망라되고 있었다. 가까이는 → 〔삭제〕
- 160쪽 4행: 생활 → 성찰
- 163쪽 7행: 수치스러운 패배의 기록만을 들춰댈 필요가 없다는 것입니다. → 〔삭제〕
- 167쪽 16행: 원로학자 → 소장학자
- 172쪽 3행: 지섭은 홍 박사가 뭐라고 말을 하든 그 점을 알고 있었다. → 지섭은 그 점을 분명히 믿고 있었다.
- 173쪽 1행: 외롭고 고통스런 → 쓰라린
- 182쪽 4행: 갑자기 생각이 바뀌어 오히려 → 돌연 어떤 배신스런 의구심을 느끼며 심한
- 191쪽 17행: 날이 갈수록 반발이 거세어져 갔다. → 때마다 새로운 갈등거리를 엮어내고 있었다.
- 193쪽 20행: 아니 문제는 그것을 문화제 행사목록으로 삼는 데에 있는 것이 아니라 그것으로 나 실장들이 내세우고 싶어하는 그 일의 해석방향과 내용에 있었다. 화해의 서약은 지섭의 처음 목적이나 해석방향과는 정반대인 때문이었다. → 〔삽입〕
- 195쪽 16행: 그의 의도야 물론 다른 데에 있었지만 → 〔삽입〕
- 195쪽 23행: 함수조직 → 힘과 조직
- 197쪽 1행: 유왕산 등산놀이는 원래 옛 임금을 이국으로 떠나 보내는 망국 유민들의 아쉬움과 원망의 정에서 비롯된 고을의 유습이었다. → 유왕산 등산놀이의 유습에는
- 198쪽 14행: 그것은 또한 문화제를 끝내는 마감 행사거리로 가장 적합한 순서인 것이었다. → 〔삭제〕
- 201쪽 9행: 지섭의 의도적인 → 이제 거의 확정적 관계에 있는

- 207쪽 5행: 이기적인 → 허황스런
- 211쪽 19행: 일방적인 통고나 다름이 없었다. → 일방통행식이었다.
- 224쪽 20행: 무슨 무병(巫病)을 앓는 것처럼 원인이나 증세가 확연칠 않아요. → 〔삽입〕
- 229쪽 9행: 그 아픔 역시도 → 〔삭제〕
- 243쪽 13행: 신념 → 양식
- 263쪽 23행: 의상을 통일시켜 입혀야 한다는 데도 별다른 문제가 없으리라는 것이었다. → 〔삭제〕
- 269쪽 8행: 혼백을 만나고 → 숨결을 느끼고
- 284쪽 13행: 당사자도 모른 채 그 → 〔삽입〕
- 290쪽 10행: 기이한 것이었다. → 지친 꼴이었다.
- 290쪽 14행: 무리를 무릅쓰고 겨우겨우 녀석을 달래가며 오긴 했지만 → 〔삽입〕
- 299쪽 19행: 뒤에 남겨진 → 〔삭제〕

3) 『춤추는 사제』(장락, 1994)에서 『춤추는 사제』(열림원, 2002)로
* '작자'가 대부분 '위인'으로 바뀌었다.
- 41쪽 5행: 참아오고 → 묻어두고
- 69쪽 20행: 렌즈 → 파인더
- 100쪽 23행: 일반화시켜 → 재생산해
- 120쪽 5행: 마지막으로 → 그 위에 다시
- 173쪽 18행: 부여 쪽 사람답지 않은 말을 하고 있었다. → 퍽 어정쩡한 소리를 늘어놓고 있었다.
- 183쪽 14행: 그렇다고 물론 공주 고을 사람도 아니었다. → 〔삽입〕
- 198쪽 1행: 그럴 수가 없었다. → 그럴 수도 없었고 또 그래서도 안 되었다.
- 203쪽 3행: 거기에는 유왕산 사람들이 다만 그들의 왕을 떠나보내는 슬픔을 되새길 뿐만 아니라, 그들의 땅에서 그들의 왕을 기다리는 더욱더

간절한 소망의 뜻이 숨어 있었다. 원망을 풀고 화평을 서약한 피의 맹세가 치러진 후에도 그들은 다시 그들의 왕을 기다리는 것이었다. → 다시 말할 것도 없는 일이지만 유왕산 등산놀이는 백제 유민들이 아직도 생생한 국멸의 슬픔과 원망 속에 강제로 치러진 저 화평의 서약 이후에도 다시 긴 세월 그 왕국의 왕을 기다려온 소망과 그 소망의 표현의 마당이었다.

- 207쪽 5행: 허황스런 의도 → 엉뚱한 계책
- 224쪽 4행: 왕릉리 → 능산리
- 241쪽 3행: 문화제가 걱정이오. → 〔삭제〕
- 270쪽 19행: 또 한 번. → 여기, 오늘 저에게
- 280쪽 3행: 나중에사 문득 생각이 난 일이지만, → 〔삭제〕
- 294쪽 21행: 홍 박사 일행이 → 〔삽입〕
- 299쪽 19행: 망국의 → 〔삽입〕

3. 인물형

1) 윤지섭: 백제 기와 수집가인 그는 제관이 되어 백제 문화제를 의자왕을 위한 제의로 꾸민다. 『흰옷』의 황동우도 교사지만 윤지섭처럼 사제가 되어 고을 축제를 일종의 위령굿으로 치른다.

2) 홍은준: 이청준은 초고에 '홍 박사 이름은?'이라는 메모를 남겼다. 그가 고심 끝에 선택한 이름은 '은준'이다. '준'이 들어간 이름은 등단작 「퇴원」이후 여러 작품에 나오는, 작가 자신이 투영된 이름이다.

3) 백용술: 「불 머금은 항아리」에도 백자항아리를 만든 장인 백용술이 나온다. 두 작품을 비교해보면 이청준이 왜 두 사람에게 같은 이름을 주었는지 짐작할 수 있다.

4) 나병찬 실장: 나 실장은 현실적인 힘의 상징인 관(官)을 대표한다. 『신화를 삼킨 섬』에서 합동 위령제를 통제하며 원하는 방향으로 이끄는 이 과장도 나 실장과 같은 인물이다.

4. 소재 및 주제

1) 말의 무덤: 윤지섭이 앓는 아픔이 자신의 말처럼 무병(巫病)이라면 그는 그 아픔을 통해 무당이 될 것이다. 무당이 죽은 자의 말을 대신하듯이 윤지섭이 무당이 되어 전할 것은 바로 대왕의 말이다. 그래서 윤지섭의 아픔은 무덤으로 나타난 대왕의 말, 백제 유민들의 소망이며, 대왕의 무덤은 부활을 꿈꾸는 말의 무덤이다. 연작『남도 사람』의 첫 작품인「서편제」에는 또 다른 말의 무덤인 소리 무덤이 나온다. 소리 무덤 속 말도 부활을 꿈꾸기는 마찬가지여서, 『남도 사람』연작은「다시 태어나는 말」로 끝난다(45쪽 16행, 85쪽 10행).

2) 수수께끼 같은 아픔: 「퇴원」을 시작으로 이청준의 작품에는 수수께끼 같은 아픔을 앓는 인물들이 많이 나온다. 「병신과 머저리」의 동생은 그 대표 인물이라 할 수 있다. 그들이 앓는 환부를 잘 알 수 없는 아픔은 몸이 아니라 마음, 정신의 아픔이다. 『춤추는 사제』에서 이 아픔은 무당(사제)이 앓는 무병으로 깊어진다(80쪽 4행, 224쪽 20행).

3) 아기장수와 용마: 『춤추는 사제』의 윤지섭은 사제의 속성을 갖고 있으면서 신령의 차원도 담당한다. 이청준이 생각하는 우리나라 무신(巫神)들은 서양의 신들과 달리 설화 속 아기장수를 닮아 있기도 하고, 삼별초의 난 시절 김통정 장군처럼 신화화된 실제 역사상의 인물이기도 하다. 윤지섭은 아기장수의 역할과 의자왕의 신화화를 혼자서 감당한다. 무병과 같은 아픔을 통해 사제가 된 윤지섭에게 내리는 신은 다름 아닌 의자왕이기 때문이다.

윤지섭은 계백 장군의 기마상 때문에 민 경위를 만나 아픔을 얻어 앓고, 그로 인해 대왕의 말을 만난다. 이청준은 이 과정을 묘사한 장을〈꿈을 앓는 사람들〉이라고 했다. 그 장은 아픔과 대왕의 말에 대한 장이다. 제목대로 아픔을 앓는 사람들은 꿈을 앓는 사람들이며, 대왕의 말을 앓는 사람들이다. 그러니 꿈(소망)은 곧 아픔이며 대왕의 말이어서 대왕의 말, 아픔을 전하자는 뜻은 꿈을 전하자는 뜻에 다름 아니다. 그 꿈의 구체적인 내용은 무엇일까. 그것은 바로 왕의 귀환이다. 그 왕의 귀환은 이 땅의 사람들이 실로 천 년 이상이나 긴 세월 동안 끊임없이 소망해온 일이었다. 백제의 유민들인 그들이 그토록 간절한 소망을 간직하게 된 것은 나라를 잃고 이 땅을 떠날 수밖에 없던 망국 왕의 치욕이 바로 자신들의 치욕이요, 망국 왕의 설움이 자신들의 설움이 될 수밖에 없었기 때문이다. 하나의 운명 공동체인 유민들은 자신들의 설움과 치욕을 씻기 위해, 왕이 자기 옛 땅으로 돌아와주기를 바라는 소망을 갖게 된다. 언젠가 돌아와 그들의 삶을 구원해줄 왕에 대한 소망, 그들로 하여금 오늘을 살아가게 하는 힘이 되는 그것은 바로 우리 민담에서 백성들이 기다리는 구세주 아기장수에 대한 소망을 닮았다. 이청준이 생각하는 설화의 아기장수는 백성의 오늘의 삶을 구원해주는 현세의 구세주다. 그는 『신화를 삼킨 섬』에서 아기장수 설화, 그 이야기 속의 꿈과 기다림이 사람들로 하여금 세상을 살아갈 수 있게 만든다고 말한다. 『춤추는 사제』에서 윤지섭이 구현하는 의자왕은 『신화를 삼킨 섬』의 아기장수에 다름 아니다. 대왕의 무덤에서 나온 지석이 말하듯, 의자왕이 당나라 물길을 떠나갔던 바로 그날, 이 땅의 사람들은 왕을 가슴에 묻었다. 그리고 마치 무덤에 묻힌 아기장수가 부활하듯이 언젠가 왕이 부활하기를 기다린다. 대왕은 백제 유민들이 천 년 동안 간직해온 소망의 구세주다. 대왕은 그들의 아기장수다. 그렇기 때문에 그들의 집단적인 꿈인 대왕의 부활이 몸으로 나타날 때, 대왕의 신내림을 받아 대왕이 되어 대왕의 말을 전하는 지섭의 아픔으로 나타날 때, 그 아픔은 날개 잘린 아기장수의 아픔으로 나타난다. 겨드랑이 아래의 정체를 알 수 없는 아픔은 날개 잘린 아기장수-대왕의 아픔이다. 아기장수를 생각하지 않고는 그 아픔을 이해할 수 없다. 그래서 지섭은 계백 장군(민 경위, 태자 효)의 사진을 받았을 때 그 아픔의 정체를 찾아낸다.

그 사진에 찍힌 계백 장군은 바로 부활하여 용마를 탄 아기장수의 모습 그대로였다.

4) 음지의 역사: 이청준이 1979년 단행본 『춤추는 사제』에 쓴 〈後記〉는 1985년 산문집 『말없음표의 속말들』에 〈陰畵의 歷史〉로 실린다. 〈음화의 역사〉는 다시 1994년 단행본에서 〈작가의 말: 음양(陰陽)의 역사〉가 된다. 거기에 따르면 역사에서 야사(野史)는, "한 시대의 흐름이나 사건들을 가능한 한 당대의 시간벽 안에 가두어 기록함으로써 그 역사를 완결 지어"버리는 정사(正史)의 음화다. 정사에서는 "그 기록 자체가 당대 역사의 일회적인 완성이요, 그 불변의 실체"이다. 하지만 "야사는 오히려 정사의 기록이 끝나는 데에서부터 시작하여 기록의 역사를 두고두고 기록 바깥에서 감당해 나가려는 후세 사람들의 지혜나 노력의 소산처럼 보인다." 윤지섭 역시 역사의 유일한 전거가 되는 사실의 기록 자체가 당대의 풍속과 진실을 밝히는 데 방해가 될 수 있다고 생각한다. 그래서 그는 진실을 왜곡하는 사록의 장애물을 넘어 진실을 만나기 위해 역사를 거꾸로 읽는 독법을 택한다. 그의 독법은 양지의 역사가 아니라 음지의 역사를 읽는 방법이다(127쪽, 140쪽 19행).

5) 사실과 역사의 진실: 홍은준 박사와 윤지섭은 사실과 역사의 진실에 대해 대립되는 태도를 취할 때가 있다. 「뺑소니 사고」의 배영섭과 양진욱도 마찬가지다. 배영섭은 사실을 중시하고, 양진욱은 사실에 대한 해석과 역사에 대한 책임을 역설한다(181쪽 18행, 246쪽).

- 「뺑소니 사고」: 배 형은 먼저 이걸 알아두셔야 합니다. 역사란 사실이 아닙니다. 하느님은 우리에게 완성한 역사를 주시지는 않습니다. 처음부터 하느님이 모두 만들어주신 신성 불가침한 것이 역사가 아니란 말입니다. 역사는 해석입니다. 우리들의 해석 위에 역사는 만들어져 나가는 것입니다. 여기에 우리들의 역사에 대한 책임이 있는 것입니다. 그 역사에 대한 책임 앞에 사실을 너무 신봉하고 그것을 두려워하고만 있을 필요는 없습

니다….

6) 명분과 신념: 나 실장은 현실이 요구하는 보다 큰 화해와 단합이라는 명분을 위해서는 가짜 대왕릉을 짓는 따위 역사의 왜곡, 사실의 왜곡도 가능하다고 생각한다. 그의 신념은 공동체의 아픔이 간직되어 있는 대왕릉의 진정한 의미를 왜곡하고 그 아픔을 망각시킬 뿐이다. 「뺑소니 사고」에서 '일과 사상 연구회' 회장 양진욱도 '역사에 대한 책임'이라는 명분과 신념을 위해 사실을 왜곡한다(183쪽 8행).

- 「뺑소니 사고」: 양진욱은 아직 사실을 기억하고 있을 수도 있었다. 그때와 마찬가지로 지금도 그는 '역사를 만들기 위해' 혹은 이미 '분명한 방향'을 잡아 구르고 있는 그 '이루어져 가는 역사'를 훼손하지 않기 위해 그런 태도를 보이고 있을 수도 있었다. 어쨌든 양진욱이 사실을 시인하지 않는 것은 마찬가지였다.

7) 현실적인 힘: 이청준에 따르면 현실은 내일에 대한 이념인 꿈과 그 꿈을 공적으로 실현하는 힘인 권력이 이끌어간다. 홍은준 박사와 윤지섭은 백제의 패망사를 공동체가 감내해야 할 아픔으로 인식하고 문화제의 의미를 거기에서 출발시키고자 한다. 하지만 군청 공보실 나병찬 실장은 두 사람과 반대 입장에 선다. 나 실장은 국가 권력의 현실적인 힘을 대변하는 사람이다. 『신화를 삼킨 섬』의 도청 이 과장이 합동 위령제를 대하는 태도도 나 실장과 같다. 나 실장은 패배의 아픔 자체를 부인한다. 그것은 배반에 다름 아니다. 그가 생각하는 화해는 권력 집단이 백성에게 강요하는 화해며, 승자가 패자에게 강요하는 화해다. 나 실장이 백제 문화제를 화해의 서약으로 삼고자 하는 것은 문화제를 또 다른 형백마이맹(刑白馬而盟)으로 만드는 것이다. 그래서 나 실장은 형백마이맹을 반드시 문화제 의식의 대미로 삼아야 하며 그렇게만 된다면 다른 것은 아무래도 좋다고 주장한다(189쪽 21행, 196쪽 1행).

- 『신화를 삼킨 섬』: i) 하지만 거기까지 행사 준비를 뒷바라지해온(실상은

지휘해왔다 해야 옳겠지만) 도청의 이과장은 이날도 여전히 내빈석 근처엔 자리를 마련하지 않은 채 멀찌감치 뒤쪽에서 얼굴 없는 진행자 노릇만 하고 있었고, (…) ii) 저런 게 화해요 화합의 모습이라면, 그걸 믿고 따라야 하는 사람들은 이러나 저러나 어차피 어릿광대 꼴일밖에. 한마디로 희극이자 비극이지.

8) 증인: 사실을 사실대로 보아두는 사람이 증인이다. 증인은 현실적인 힘이 사실을 왜곡할 때 진실의 가장 훌륭한 증거일 수 있다(237쪽).

- 「뺑소니 사고」: 하지만 어떤 식으로든 양진욱이 그때의 일을 증언할 수 없다는 사실은 배영섭에게 크나큰 충격이었다. 이제 세상에서 진실을 알고 있는 사람은 다만 그 혼자뿐이었다. (…) 이제부터는 나 혼자 견뎌야 했다. 혼자서는 견디어낼 자신이 없었다. 그는 두렵고 외로웠다. 그는 이번에야 말로 사실을 말하지 않을 수 없게 되어버리고 있었다.

- 「해공의 질주」: 그런데 막상 두 사람의 결합에 '내'가 증인이 되어 줄 것을 다짐한 다음—그러니까 H군은 기어코 그의 사랑에 대한 '나'라는 증인을 한 사람 얻어낸 다음 그는 별반 이유도 없이, 이제 그는 P녀에 대해 그녀와의 사랑에 대해 할 일을 다한 사람처럼, 그들의 사랑은 그것으로 완성이 되어버린 것처럼 갑자기 P녀를 시들해하기 시작하더니 오래지 않아 그의 부모가 기다리는 본가로 머리를 숙여 들어가다.

- 「증인」: '증인'에 대한 열망으로 눈이 벌겋게 충혈되어 가고 있었다. 하지만 언제까지나 그들의 사랑에는 증인이 나타나 주질 않고 있었다.

9) 흰옷: 윤지섭은 백제 문화제를 제례로 여긴다. 흰옷〔素服〕은 제례에 어울린다. 흰색은 사제의 색이고 신관의 색이고 무녀의 색이기 때문이다. 제의가 나오는 『춤추는 사제』 『흰옷』 『신화를 삼킨 섬』에는 흰색이 고루 나타난다. 『흰옷』에서는 제관인 황동우의 옷과, 굿판에 해당하는 버꾸농악놀이를 연희하는 아이들의 옷이 모두 흰색이다. 『춤추는 사제』에서 윤지섭은 제관이면서 의자왕으로 죽어야 하기 때문에 왕의 복색을 하지만

삼천궁녀들의 옷은 흰색이다. 『신화를 삼킨 섬』에서 제관인 유정남의 옷도 새하얀 무복(巫服)이다(264쪽 18행).

- 『흰옷』: i) 이날의 행사 목적이 흥겨운 놀이보다 망자들의 위령과 진혼에 있어 그런지 아이들의 흰 복색이 눈에 띄게 새로웠다. 홍, 청, 황, 백의 꽃꼬깔과 고운 색허리띠, 긴등드림들로 장식한 옛 치장 대신 흰 바지저고리 소복에 역시 흰색 꽃고깔과 허리띠를 둘러맨 단조로운 차림새들. 그러나 짙푸른 녹음빛 한가운데에 펼쳐진 하얀 율동의 윤무는 어떤 화려한 색깔이나 치장으로 해서보다도 더욱 곱고 깨끗하고 숙연스러워 보였다. ii) (…) 이날의 신관(제관) 격인 흰 두루마기 차림의 동우를 중심으로 그의 학교 동료 교사인 듯한 젊은이 몇 사람이 묵묵히 줄을 지어 앉아 있었다.
- 『신화를 삼킨 섬』: (…) 그녀는 굿판의 주무(主巫)로서 단정한 쪽머리에 새하얀 무복 차림으로 조용히 굿상 앞으로 나와 앉았다.

10) 사제와 굿: 흰색이 지배하는 『춤추는 사제』의 백제 문화제, 『흰옷』의 위령굿, 『신화를 삼킨 섬』의 합동 위령제는 모두 제의, 굿판이며 이 굿판의 성격은 무엇보다 씻김굿이다. 『신화를 삼킨 섬』에서 합동 위령제의 목적으로 제시된 '역사 씻기기'라는 이름 자체가 이미 그 제의가 씻김굿임을 뜻한다. 『춤추는 사제』의 백제 문화제도 백제 유민의 역사 씻기기라 할 수 있다. 세 작품에서 윤지섭, 황동우, 유정남은 제의를 담당하는 사제들인데, 이청준에 따르면 이들은 천계와 지상, 현세를 이어주는 매개자다.